DAS NACKTE BROT

MOHAMED CHOUKRI

Das nackte Brot

Aus dem Arabischen von Georg Brunold und Viktor Kocher

Eichborn Verlag
Frankfurt am Main

Satz: Greno, Nördlingen.
Druck: Fuldaer Verlagsanstalt GmbH.
Bindearbeiten: Fleischmann, Fulda.
ISBN 3-8218-4403-5

EINS

Ich weine, weil mein Onkel tot ist. Die Kinder um mich herum weinen mit mir zusammen. Sonst weine ich nur, wenn jemand mich schlägt oder wenn ich etwas verloren habe. Ich sehe auch andere Leute weinen. Der Hunger ist im Rif. Die Dürre und der Krieg. Eines Abends bin ich nicht mehr imstande, meine Tränen aufzuhalten. Der Hunger schmerzt mich. Ich lutsche meine Daumen, lutsche und lutsche. Ich erbreche mich, doch nur Speichel sabbert aus meinem Mund.

Meine Mutter sagt immer wieder zu mir: »Schweig! Wir werden nach Tanger auswandern. Dort gibt es viel Brot. Du wirst nicht mehr um Brot weinen, wenn wir in Tanger angekommen sind. Dort essen die Leute sich satt.«

Mein Bruder Abdelkader weint nicht.

Meine Mutter sagt: »Sieh deinen Bruder Abdelkader an, er weint nicht, und du weinst.«

Ich schaue in sein bleiches Gesicht und in seine leeren Augen und höre auf zu weinen. Nach wenigen Augenblicken verläßt mich die Geduld wieder, die ich von ihm geborgt habe.

Mein Vater kommt herein. Er findet mich weinend. Er verpaßt mir Fußtritte und Faustschläge.

»Schweig! Schweig! Schweig! Das Herz deiner Mutter wirst du fressen, du Hurensohn.«

Er hebt mich in die Luft. Er schleudert mich auf den Boden. Er tritt mich, bis seine Füße erlahmen und meine Hose durchnäßt ist.

Auf dem Weg in unser Exil, zu Fuß, sahen wir Viehkadaver, um die schwarze Vögel und Hunde ihre Kreise zogen. Ekelhafte Gerüche. Zerfetzte Eingeweide, Gewürm, Blut und Eiter.

Nachts heulten die Schakale in der Nähe des Zeltes, das wir irgendwo aufstellten, dort, wo die Erschöpfung und der Hunger uns zum Halt zwangen. Da und dort begruben die Leute ihre Toten, wo sie soeben gestorben waren. Mein Bruder hustete und hustete.

Ich fragte meine Mutter voller Angst: »Wird er auch sterben?«

»Aber nein. Wer hat dir gesagt, daß er sterben wird?«

»Mein Onkel ist tot.«

»Dein Bruder wird nicht sterben. Er ist nur krank.«

In Tanger sah ich das viele Brot nicht, das mir meine Mutter versprochen hatte. Der Hunger war auch in diesem Paradies, aber es war kein Hunger, der die Leute umbrachte.

Wenn der Hunger sich mit Gewalt über mich hermachte, ging ich hinaus in unser Viertel Ain Ktiouet. Ich suchte in den Mülleimern nach eßbaren Resten. Ich traf einen Knaben, in den Mülleimern wühlend wie ich. Sein Kopf und seine Hände voller Pusteln. Barfüßig, Hemd und Hose durchlöchert. Er sagte zu mir: »Die Mülleimer in der Stadt sind besser als die in unserem Quartier. Die Abfälle der Christen sind besser als die der Muslime.«

Nach dieser Entdeckung ging ich ab und zu weiter aus unserem Quartier hinaus. Alleine oder zusammen mit den Mülleimerkindern.

Einmal entdecke ich ein totes Huhn. Ich presse es gegen meine Brust und renne nach Hause. Meine

Eltern sind in der Stadt. Mein Bruder hat sich in einer Ecke ausgestreckt. Sein Oberkörper liegt, etwas erhöht, auf einem Kissen. Er atmet schwer. Seine großen, matten Augen überwachen den Eingang. Er sieht das Huhn. Seine Augen werden munter. Er lächelt. Sein ausgemergeltes Gesicht rötet sich. Es kommt Bewegung in ihn, er erwacht aus seiner Bewußtlosigkeit. Er hustet vor Freude. Ich finde ein Messer. Er hustet und keucht. Ich wende mein Gesicht nach Osten, so wie ich meine Mutter beten sehe. Ich sage laut: »Im Namen Gottes. Gott ist groß.« So tun es die Erwachsenen. Ich schneide dem Huhn in die Kehle, bis sein Kopf ganz abgetrennt ist. Ich warte, daß es blutet. Ich massiere es, damit es vielleicht blutet. Etwas Schwarzes, ganz wenig, rinnt aus seinem Hals. Im Rif habe ich Nachbarn ein Schaf schlachten gesehen. Sie hielten ihm ein Becken unter die Kehle, aus der das Blut schäumte. Das Becken wurde voll, und sie gaben es meiner kranken Mutter. Sie hielten sie auf dem Bett fest, doch sie sträubte sich dagegen, das Blut zu trinken. Sie brachten sie mit Gewalt dazu. Das Blut lief ihr über das Gesicht und über die Kleider. Sie wälzte sich im Bett, dann verlor sie die Besinnung und versetzte die andern mit unverständlichen Worten in Aufregung. Warum fließt das Blut jetzt nicht aus der Kehle dieses Huhns, wie ich es aus der Kehle des Schafs fließen sah? Ich höre ihre Stimme: »Was machst du da? Wo hast du es gestohlen?«

»Ich habe es gefunden, krank. Da habe ich es geschlachtet, damit es nicht vorher stirbt. Frag meinen Bruder.«

»Du Narr!« Sie reißt es mir wütend aus den Händen. »Die Menschen essen kein Aas.«

Mein Bruder und ich wechseln traurige Blicke. Er schließt die Augen, in der Hoffnung auf etwas Eßbares.

Mein Vater kommt jeden Abend verdrossen nach Hause. Wir wohnen in einem einzigen Raum. Manchmal schlafe ich mitten im Gerümpel. Mein Vater ist eine Bestie. Kein Mucks, kein Wort ohne seine Ermächtigung, als würde er über alle Dinge bestimmen und nicht Gott, wie ich es die Leute sagen hörte. Er schlägt meine Mutter ohne verständlichen Grund. Ich habe ihn öfters zu ihr sagen hören: »Ich werde dich verlassen, du Hurentochter. Mach deine Sache allein mit diesen zwei Welpen!«

Er zieht seinen Schnupftabak hoch. Er spricht mit sich allein. Er speit nach unsichtbaren Leuten. Er verflucht uns. Er sagt zu meiner Mutter: »Du bist eine Hure und die Tochter einer Hure.« Er beleidigt die ganze Welt. Manchmal lästert er Gott und bittet ihn hinterher um Verzeihung.

Mein Bruder weint. Von Schmerzen gepeinigt, weint er um Brot. Er ist kleiner als ich. Ich sehe IHN auf ihn zugehen. Die Bestie geht auf ihn zu. Wahnsinn in den Augen. Die Arme eines Kraken. Keiner kann ihn aufhalten. Ich will um Hilfe schreien: »Eine Bestie! Ein Verrückter! Haltet ihn!« Das Scheusal dreht ihm mit all seiner Kraft den Hals um. Mein Bruder krümmt sich zusammen. Blut spritzt aus seinem Mund. Ich stürze aus dem Haus, an ihm vorbei, während er meine Mutter mit Schlägen und Tritten zum Schweigen bringt. In einem Versteck warte ich auf das Ende der Schlacht. Nichts regt sich. Um mich die Stimmen dieser Nacht, nah und fern. Der Himmel. Die Lichter Gottes sind Zeugen des Verbrechens meines Vaters. Die Leute schlafen. Die Lichter Gottes leuchten auf und verschwinden. Die Silhouette meiner Mutter. Ihre erstickte Stimme. Sie sucht mich. Sie schluchzt. Warum ist sie nicht so stark wie er? Die Männer schlagen die Frauen, und die Frauen weinen und schreien.

»Mohamed, mein Mohamed! Komm! Hab keine Angst! Komm!« Ich sehe sie gerne so, ohne daß sie mich sehen kann.

»Schau, hier bin ich.«

»Komm!«

»Nein! Er wird mich töten, wie er meinen Bruder getötet hat.«

»Hab keine Angst! Komm mit mir! Er wird dich nicht töten. Sei still, daß uns die Nachbarn nicht hören.«

Er schluchzt und schnupft seinen Tabak. Seltsam: er tötet seinen Sohn, und dann weint er darüber.

Wir blieben alle drei wach, weinten und schwiegen. Mein Bruder wurde in ein weißes Leichentuch gewickelt. Ich schlief ein und ließ die beiden alleine schluchzen.

Am Morgen weinen wir wieder alle, schweigend. Ich mache mich zum ersten Mal zu einem Begräbnis auf. Mein Bruder, verhüllt, in den Armen des Schaichs, dann mein Vater, und ich hinke barfuß hinterher. Sie legen ihn in eine feuchte Grube. Ich zittere und weine. Ein Klecks von geronnenem Blut klebt auf seiner Lippe. Sie bedecken ihn mit Erde. Es bleibt ein kleiner Hügel zurück.

Als wir zum Friedhof hinausgingen, bemerkte der Schaich, daß meine Füße blutverschmiert waren. Er fragte mich auf rifi: »*Mana 'dh-dhamma?* Was ist das für Blut?«

»Ich bin auf Scherben getreten.«

Mein Vater sagte: »Er kann nicht einmal richtig gehen. Der Schwachkopf.«

Der Schaich fragte mich: »Du hattest deinen Bruder lieb?«

»Sehr lieb. Meine Mutter hatte ihn sehr lieb. Sie liebte ihn mehr als mich.«

»Wer liebt seine Kinder nicht?!«

Ich dachte daran, wie mein Vater meinem Bruder den Hals umgedreht hatte. Beinahe hätte ich es hinausgeschrien: Mein Vater liebte ihn nicht. Er ist es, der ihn getötet hat. Ja, er hat ihn getötet. Er hat ihn getötet. Ich habe es gesehen, wie er ihn getötet hat. Er, er hat ihn getötet. Ich habe es gesehen, wie er ihn getötet hat. Er hat ihm den Hals umgedreht. Das Blut spritzte aus seinem Mund. Ich habe es gesehen, ich habe es gesehen, wie er ihn getötet hat. Mein Vater hat ihn getötet, — daß Gott ihn strafe!

Um den ungeheuren Haß gegen meinen Vater zu unterdrücken, fing ich aufs neue zu weinen an. Ich hatte Angst, daß er mich töten würde, wie er meinen Bruder getötet hatte. Er schimpfte mit leiser drohender Stimme: »Hast du jetzt genug geheult?«

Der Schaich sagte: »Ja, jetzt ist genug geweint. Dein Bruder ist zu Gott gegangen. Er ist jetzt bei den Engeln.«

Ich haßte auch diesen Mann, der meinen Bruder begraben hatte.

Er kauft einen Sack Weißbrot und billigen Tabak. Er geht weit hinaus aus Tanger, zu den Baracken der spanischen Soldaten, zu einer kleinen Schieberei.

Am Abend kommt er mit Militärklamotten zurück. Er verkauft sie im großen Souk den marokkanischen Arbeitern und Armen.

Eines Abends kam er nicht zurück. Ich schlief und ließ meine Mutter in Sorge und Tränen. Wir warteten drei Tage. Manchmal weinte ich mit ihr. Ich tröstete sie. Liebt sie ihn? Liebt sie ihn nicht? Ich begriff ihren Kummer, wenn sie sprach:

»Da sind wir, alleine. Wer wird uns helfen? Wir kennen niemanden in dieser Stadt. Deine Großmutter Roukaya, deine Tante Fatma und dein Onkel Idriss sind auch aus dem Rif ausgewandert, nach Oran. Es kann nicht anders sein, die spanischen Soldaten müssen deinen Vater gefaßt haben. Er ist aus der spanischen Armee davongelaufen.«

Wir erfuhren, daß sie ihn ins Gefängnis gesteckt hatten. Es hatte ihn ein marokkanischer Soldat verraten, der ihn aus Spanien kannte. Mein Vater wollte ihm eine Decke nicht so billig verkaufen, wie er es verlangte, und darum verriet er ihn. Das war es, was meiner Mutter erzählt wurde.

Sie geht in die Stadt auf Arbeitssuche. Sie kommt genauso enttäuscht zurück wie mein Vater in den ersten Tagen nach unserer Ankunft in Tanger. Sie nagt an ihren Fingernägeln. Sie schluchzt. Zauberer verschreiben ihr Wundermittel, damit mein Vater aus dem Gefängnis entlassen werde und damit sie Arbeit finde. Sie betet und ruft den Himmel an. Sie zündet Kerzen an auf den Gräbern der Heiligen. Sie sucht das Glück der Zukunft bei den Seherinnen. Es gibt keine Freilassung aus dem Gefängnis, es gibt keine Arbeit, es gibt keine Aussicht für uns, außer wenn Gott es will und sein Abgesandter Mohamed. So spricht sie.

»Warum«, frage ich meine Mutter, »gibt uns Gott nicht unser Glück, wie er es den anderen gibt?«

»Nur Gott weiß es. Wir wissen es nicht. Es ist nicht recht, wenn wir nach dem fragen, was der weiß, der über uns ist.«

Sie verkaufte Dinge aus unserem Haushalt. Eines Tages hieß sie mich mit den Kindern unserer Nachbarschaft Kraut pflücken zu gehen.

Ich fürchte, daß sie sich über mich hermachen. Es ist kein guter Freund unter ihnen, bei dem ich Hilfe finde, wenn ich mit mehr als einem in eine Keilerei gerate. Denn sie halten zusammen gegen die Neuankömmlinge in der Stadt. Ich bleibe hinter ihnen zurück und tue so, als müßte ich pinkeln. Dann laufe ich in die Stadt hinunter. Ich mag ihr Treiben. Im großen Souk esse ich Kohlblätter, Orangenschalen und Reste von verdorbenem Obst. Einem Jungen, der etwas größer ist als ich, rennt ein Polizist nach. Der Abstand zwischen den beiden ist gering. Ich stelle mir vor, ich sei dieser Junge. Ich keuche mit ihm. Die Leute schreien: »Er wird ihn erwischen! Er wird ihn erwischen!« Sie schreien: »Seht! Er hat ihn!«

Ich zittere. Ich habe Angst. Ich sehe mich, wie ich selbst erwischt werde. Ich habe zu Gott gerufen, daß der Junge nicht erwischt werden möge. Doch sie haben ihn. Ich bin voller Haß gegen jene, die sich darüber freuen. Doch sie haben ihn. Von weitem sehe ich eine Frau, eine Europäerin, keuchend die Menge der Gaffer einholen. Ich höre sie etwas rufen, in einer Sprache, die ich nicht verstehe. Ein Marokkaner sagt: »Er hat ihr nichts außer dem Griff der Tasche gelassen.«

Ein Polizist drischt mir seinen Stock über den Hintern. Ich fahre hoch und jaule auf rifi: »*Aimainou! Aimainou!* Mutter! Mutter!« Ich stoße lautlos Verwünschungen aus. Zwei andere Polizisten prügeln die Knaben und treiben die Männer auseinander. Sie schlagen auch die Erwachsenen, die arm aussehen.

Ich hatte schon gehört, daß die Polizei die Leute schlägt und sie ins Gefängnis steckt, wenn sie getötet oder gestohlen haben oder wenn bei einer Schlägerei Blut fließt.

Ich ging in den Friedhof Bouarrakia. Ich nahm ein paar Basilikumzweige von den schönen Gräbern und legte sie auf das Grab meines Bruders. Ich sah viele Gräber ohne Basilikum, ohne Grabplatte, wie das Grab meines Bruders: ein Erdhügel und zwei einfache Steine, der eine über dem Kopf, der andere über den Füßen. Die vergessenen Gräber machten mich traurig: über und über von Unkraut bedeckt, einige von ihnen ganz ausgelöscht. Auch hier, im Friedhof gibt es die Reichen und die Armen. »Warum sterben die Menschen?« — »Gott will es so.« Das war die Antwort meiner Mutter. »Wohin gehen die, die sterben?« — »Ins Paradies oder ins Feuer.«

»Und wir?«

»Ins Paradies, wenn Gott will.«

»Was ist dort im Paradies?«

»Du stellst zuviele Fragen. Wenn du groß bist, wirst du alles das verstehen.«

Ich fand im Friedhof das Kraut, das mir meine Mutter beschrieben hatte. Ich sah drei Männer, die eine Flasche im Kreis herumgehen ließen und daraus eine dunkle Flüssigkeit tranken. Einer von ihnen rief mir zu: »He du! Komm Kleiner! Komm, ich gebe dir etwas.«

Ich bekam Angst und rannte davon.

»Gib es deiner Mutter, du Hurensohn!«

Beim Mittagessen sagte sie zu mir: »Dieses Kraut ist wunderbar.«

Ich verspeiste es mit demselben Genuß wie sie. Ich schlang mehr, als daß ich kaute.

»Wo hast du es gesammelt?«

»Auf dem Friedhof Bouarrakia.«

»Auf dem Friedhof?!«

»Ja, auf dem Friedhof. Was ist dabei?«

Sie brachte den Mund nicht mehr zu.

»Ich habe das Grab meines Bruders besucht, ich habe einen Basilikumzweig daraufgelegt. Der Erdhügel seines Grabes ist nicht mehr hoch. Wenn er sich weiter so senkt, wird das Grab bald dem Erdboden gleich sein, und wir werden es von den angrenzenden Gräbern nicht mehr unterscheiden können.«

Sie hatte aufgehört zu essen. Ihr Gesicht war versteinert. Ihre Augen füllten sich mit Tränen. Ich fügte hinzu: »Dieses Kraut gibt es dort im Überfluß, um die vergessenen Gräber herum.«

»Was im Friedhof wächst, darf man nicht essen.«

»Warum?«

Bestürzt sah sie mich an. Ich aß mit Appetit weiter. Ich glaubte, sie müßte erbrechen. Sie nahm mir den Teller weg und sagte auf rifi: »Jetzt reicht's! — Daß du dich selber ißt!«

»Ich bin nicht satt.«

»Wo hast du den Basilikumzweig genommen?«

»Von einem der Gräber. Da ist eine Menge Basilikum.«

Sie sagte aufgebracht: »Morgen wirst du zum Friedhof zurückgehen und das Basilikum an seinen Ort zurücklegen. Das sind die Gräber von anderen Leuten. Paß auf, daß dich niemand dabei sieht. Wir werden für deinen Bruder auch welche kaufen. Dann machen wir ihm ein schönes Grab.«

Sie fing an zu schluchzen. Auch mich überkam der Kummer, und meine Tränen flossen. Sie drückte mich an sich, und ich schlummerte ein.

Sie nimmt mich mit zum großen Souk. Wir kaufen einen Haufen altes Brot, das die Bettler unter einem hohen Baum beim Grab des heiligen Sidi El Makhfi verkaufen. Sie kocht es im Wasser weich, mit einem bißchen Öl und Gewürzen. Manchmal ohne.

Eines Morgens früh sagte sie zu mir: »Ich gehe zum Markt. Ich will Gemüse und Obst kaufen und es weiterverkaufen. Du bleibst hier. Paß auf das Haus auf! Und daß du nicht mit den Kindern spielst und das Haus den Dieben überläßt!«

Die Kinder des Quartiers sind anders als ich. Ich fühle mich minderwertig unter ihnen, obwohl einige genauso elend daran sind wie ich. Als ich einen von ihnen Hühnerknochen aus einem Mülleimer klauben und daran lutschen sah, sagte er: »Die Herren des Hauses hier werfen immer guten Abfall weg.«

Doch über mich sagten sie: »Das ist ein Rifi. Er ist aus dem Land des Hungers und der Mörder gekommen.«

»Er spricht nicht Arabisch.«

»Die Leute vom Rif sind alle krank, dieses Jahr, sie haben die Krankheit des Hungers.«

»Sogar ihre Tiere sind krank.«

»Wir essen sie nicht. Sie essen sie. Das macht sie kränker und kränker.«

»Wenn ihnen eine Kuh stirbt oder ein Schaf oder eine Ziege, essen sie sie. Sie essen sogar Aas.«

Der Junge, der aus den Bergen in die Stadt gekommen ist wie der Rifi, teilt mit ihm diese Ecke, doch er wird nicht in gleicher Weise gedemütigt. Er schneidet besser ab, er ist ein Leichtgläubiger: Der Rifi ist ein Betrüger, der Junge aus den Bergen ist ein Einfaltspinsel.

An unser Haus grenzt ein kleiner Obstgarten. Der große Birnbaum führte mich jeden Tag in Versuchung. Eines Morgens früh erwischte mich der Besitzer des Gartens dabei, wie ich seine großen Birnen herunterschlug, die reifsten, mit einem langen Schilfrohr. Er schleifte mich hinter sich her, und ich versuchte heulend mich freizumachen. Meine weiße Pumphose war durchnäßt von Urin, obwohl er mich nicht schlug. Er sagte zu seiner lächelnden Frau: »Da ist er, der Käfer, der unseren Birnbaum schädigt. Er zerstört mehr, als er essen kann, wie die Ratten.«

Sie fragte mich mit einer Freundlichkeit, die meine Angst milderte: »Wo ist deine Mutter, mein Kleiner?«

»Sie ist zum Souk gegangen, Gemüse und Obst zu verkaufen.«

»Hör auf zu weinen! Und dein Vater?«

»In Haft.«

»In Haft?«

»Ja, in Haft.«

»Der Arme! Warum ist er in Haft?«

Die Frage machte mich verlegen. Sie wiederholte sie, zärtlich mein Gesicht streichelnd.

»Sag mir, warum ist dein Vater in Haft?«

Ich dachte, die aufrichtige Antwort würde die Ehre meiner Eltern verletzen.

»Ich weiß nicht. Meine Mutter weiß es.«

Der Mann diskutierte mit seiner Frau, wo sie mich festhalten sollten, bis meine Mutter zurück war. Seine Tochter war dazugekommen, barfuß, um den Kopf ein weißes Tuch, ihre zierlichen, makellosen Hände naß. Ich merkte, daß die Frau und das Mädchen Mitleid mit mir hatten. Aber der Mann, zwischen Ernst und Scherz, schien in seinen Worten und Gesten entschlossen, mich zu bestrafen. Er führte mich in einen dunklen Raum, überfüllt mit altem Gerümpel, lauter kaputte Sachen. Er sagte zu mir, ehe er die Tür zuschloß: »Wehe, wenn du heulst. Ich geb's dir mit dieser Rute hier, wenn du heulst.«

Gefangen in einem Zimmer. Es ist das erste Mal. Ich erfahre, daß Leute, die nicht zu meiner Familie gehören, über mich verfügen können. Die Birnen gehören denen, die mich jetzt eingesperrt haben. Aber warum verlassen wir das Rif, während andere Leute auf ihrem Land bleiben? Warum ist mein Vater im Gefängnis, warum verkauft meine Mutter Gemüse und läßt mich hungernd allein, während dieser Mann und seine Frau in ihrem Haus bleiben? Warum haben wir nicht, was die anderen haben?

Durchs Schlüsselloch sehe ich das Mädchen voll Eifer mit Wasser und Seife den Boden säubern, immer noch barfuß, das Kleid über die weißen Schenkel hochgezogen, ihre kleinen Brüste nackt. Sie hüpfen aus ihrer Bluse, verschwinden und tauchen wieder auf, wie zwei Trauben. Ihr Haar ist ganz von ihrem weißen, hennabefleckten Tuch umhüllt, wie ein Krautwickel.

Ängstlich klopfe ich gegen die Tür. Mein Auge folgt ihren Bewegungen. Mein Herz klopft mit ihren Bewegungen, bange und bezaubert zugleich. Sie hat sich zur Tür umgewandt, noch immer vornübergebeugt, um den Boden aufzutrocknen.

»Komm und mach mir diese verfluchte Tür auf!«

Einen Augenblick ist sie unentschlossen. Innerlich flehe ich weiter: Ich bitte dich, sei nicht so unentschlossen, komm zu mir! Sie läßt den Lappen liegen und richtet sich auf. Sie trocknet sich die Hände und stemmt sie in die Hüften. Ein leichter Schmerz huscht über ihr gerötetes Gesicht. Doch da kommt sie schon auf die Tür zu. Mein Herz klopft. Ich zittere. Sie schließt die Tür auf und sagt freundlich lächelnd: »Hier bin ich! Was willst du?«

Ich stottere, Tränen in den Augen: »Meine Mutter schlägt mich, wenn sie vom Souk zurückkommt und mich nicht im Haus findet. Sie hat mich dagelassen, es zu bewachen.«

Ich senkte den Kopf, voller Scham, herzerweichend. Mein Blick fiel auf ihre vollen Schenkel. Sie zog ihr Kleid zurecht. Sie musterte mich mitleidig. Ich blickte bittend zu ihr auf. Sie knüpfte ihre offene Bluse zu. Ihre Brüste saßen jetzt fest. Durch das Weiß der Bluse schimmerten ihre Warzen wie zwei Traubenbeeren.

»Wirst du noch einmal mit deinem Stock die Birnen vom Baum in unserem Garten schlagen?«

»Nie! Töte mich mit deinen eigenen Händen, wenn du mich noch einmal dabei erwischst!«

Sie lächelte. Ich nicht. Ich rannte hinaus. Ihre sanfte Stimme holte mich ein: »Komm! Bist du hungrig?«

Ich zuckte zusammen. In meiner Aufregung sagte ich: »Nein, satt.«

Sie bestand darauf, daß ich wartete. Ihre Eltern waren ausgegangen. Ich warf einen Blick zum Baum. In meine Liebe zu ihm hatte sich Abneigung gemischt. Ich würde nicht mehr von ihm essen. Sie streckte mir einen Fladen Brot hin, triefend von schwarzem Honig.

»Wenn du Hunger hast, schau bei uns vorbei! Hast du keine Schuhe?«

»Meine Mutter wird mir ein Paar kaufen.«

Sie schaute mir lächelnd nach, und ich entfernte mich, immer wieder zurückblickend. Bevor ich verschwand, sah ich sie winken. Ich winkte lächelnd zurück und verschwand.

Er folgt uns hartnäckig. Er macht sich an sie heran und flüstert ihr etwas ins Ohr. Sie entfernt sich von ihm. Wir wechseln die Straßenseite. Sie faßt meine Hand, zerrt mich ein paarmal jäh mit sich. Er bleibt uns verbissen auf den Fersen. Er grinst. Sie ist aufgebracht. Wir bleiben stehen. Er überholt uns und verlangsamt seine Schritte. Wir wechseln aufs neue die Straßenseite. Er folgt uns hartnäckig. Ich bin wütend. Ich frage sie: »Was will er eigentlich, dieser Mann?«

»Das ist nicht deine Sache.«

Ich blicke mich nach ihm um. Er lächelt. Er folgt uns weiter. Was will er von meiner Mutter? Will er sie entführen? Kein Zweifel, er ist ein Räuber Ich halte ihre Hand, so fest ich kann.

»Klammer dich nicht so fest! Ich laufe dir nicht davon.«

Wütend schreie ich ihn an: »Geh weg! Geh weg! Was willst du?«

Al-la'ana alaihi! Er lacht. Er lacht mich an und lacht meine Mutter an. Sie sagt zu mir: »Ich habe dir gesagt, du sollst schweigen. Hörst du nicht?«

Obwohl ich es sie nicht merken lasse, bin ich auch auf sie böse. Ich verteidige sie, und sie heißt mich schweigen.

Da traf meine Mutter eine Frau. Sie fingen an, von meinem Vater zu sprechen. Der Verfolger entfernte sich. Die Frau strich mir durchs Haar. Ihre rauhe Hand fuhr mir liebkosend übers Gesicht. Ich ließ die Hand meiner Mutter los und umschlang ihre Hüften. Die Frau sagte: »Warum ist dein Mohamed so traurig?«

Meine Mutter schaute zu mir herunter und legte mir den Arm um den Hals. Meine Wut verging. Sie sagte zu der Frau: »Er ist immer so.«

Sie verabschiedeten sich. Meine Mutter sagte zu mir: »Küss Lalla Luiza die Hand!«

Gehorsam küßte ich der Frau Luiza die Hand.

Der Bauch meiner Mutter schwillt an. Manchmal geht sie nicht zum Souk. Sie erbricht sich tagsüber öfter. Sie ist erschöpft. Ihre Beine schmerzen. Sie schluchzt. Ihr Bauch schwillt und schwillt. Ich habe Angst, daß er platzt.

Ihr endloses Schluchzen machte auf mich keinen Eindruck mehr. Ich wurde härter, immer härter und trauriger. Ich ließ auch das Spielen. Eines Nachts trugen sie mich halb schlafend in ein anderes Haus. Dort schlief ich mit drei Kindern zusammen.

Am Morgen sagte die Nachbarin zu mir: »So du, jetzt hast du eine Schwester. Sei lieb zu ihr!«

Sie besucht ihn einmal jede Woche im Gefängnis. Manchmal kommt sie in Tränen zurück. Ich habe begriffen, daß die Frauen mehr weinen als die Männer. Sie weinen und hören auf zu weinen, wie die Kinder. Manchmal sind sie traurig, wenn man denkt, sie müßten sich freuen, und sie freuen sich, wenn man denkt, sie müßten traurig sein. Wann sind sie traurig und wann froh? Ich habe meine Mutter schon zur selben Zeit weinen und lachen gesehen. Ist sie verrückt?

Ich bleibe zu Hause, um auf meine Schwester Rhimou aufzupassen. Ich weiß, wie ich sie zum Lachen bringen kann. Aber ich weiß nicht, wie ich sie zum Schweigen bringen kann, wenn sie weint. Ich bin es leid und gehe hinaus. Ich lasse sie liegen, weinend und mit ihren ungelenken Gliedern strampelnd, wie eine Schildkröte auf dem Rücken. Wenn ich wiederkomme, finde ich sie schlafend oder lächelnd. Meistens schlafend. Die Fliegen tummeln sich auf ihrem Gesicht, das von den Stichen der Mücken gefleckt ist. Nachts die Mücken, tags die Fliegen.

Meine Schwester wächst. Meine Mutter weint und jammert jetzt weniger. Ich werde immer gewalttätiger, gegen meine Mutter und gegen die Kinder im Quartier. Wenn ich gegen sie den kürzeren ziehe, zerschlage ich Gegenstände, oder ich werfe mich zu Boden, schlage mich selbst, schreiend und heulend, und beschimpfe meine Mutter oder die Kinder.

Ich fragte sie: »Können auch die Frauen ins Gefängnis gesperrt werden?«

»Warum?«

»Ich frage nur.«

»Ja, auch die Frauen, wenn sie den Leuten etwas Schlechtes getan haben.«

Sie hat angefangen, uns zum Souk mitzunehmen. Meine Schwester saugt an ihrer Brust, und ich suche meine Nahrung meistens fern von den beiden, im Souk oder in den Gassen der Medina. Ich bettle und stehle. Wenn sie mich schilt, weil ich wegbleibe, sage ich zu ihr: »Ich verschwinde aus diesem Dreckhaus. Ich komme nie wieder.«

»So bist du! Du Käfer! Schon jetzt bist du so. Was muß ich erst sagen, wenn du größer bist ...?«

Eines Morgens überraschte er uns im großen Souk, begleitet von einer Nachbarin, die ihn zu meiner Mutter geführt hatte. Meine Mutter schluchzte, im Souk und zu Hause. Warum schluchzt sie seinetwegen? Er ist roh und böse. Diese Nacht überfiel mich der Schlaf früher als gewöhnlich, und ich ließ die beiden einander ihr Leid klagen.

Am Morgen ging sie nicht zum Souk. Sie ging ins öffentliche Bad. Sie schmückte sich, putzte sich die Zähne und schminkte sich die Augen. Ich sah sie sehr fröhlich diesen Morgen. Eigenartig. Als mein Vater das Haus verließ, sah ich sie trotz ihrer Aufmachung schluchzen. Ich dachte, ich habe noch nie eine Frau so viel weinen sehen wie sie. Ich fragte sie, warum sie weine. Sie erklärte mir, daß mein Vater den Soldaten suchen gehe, der ihn verraten habe, und daß die beiden miteinander kämpfen würden. Das paßte mir. Ich hoffte, daß er den Soldaten finden und töten würde, damit er ein zweites Mal wegbliebe, diesmal lange. Daß einer der beiden den andern töten würde. Das war alles, was ich wünschte. Ich wollte ihn weghaben, lebend oder tot.

Am Abend kam er mißmutig nach Hause. Er hatte eine Weinfahne. Ich hörte meine Mutter zu ihm sagen: »Du hast getrunken, nicht wahr?«

Er stammelte ein paar Worte und sank niedergeschlagen und erschöpft zusammen. Er war traurig, weil er nicht gefunden hatte, was er suchte, und ich war traurig, weil er zurückgekommen war. Ich hörte sie über unseren Umzug nach Tetuan diskutieren. Es würde nicht bei unserem ersten Exil bleiben. Sie diskutierten immer noch traurig miteinander, als ich einschlief.

In der Nacht weckte mich meine volle Blase. Schmatzende Küsse. Unausgesetztes Keuchen. Die Verrenkungen der Liebe. Sie lieben sich. Fluch über ihre Liebe! Klatschendes Fleisch. Puh! Wie sie lügt! Nie mehr werde ich ihr glauben!

»Deinen Mund!«

»Hier bin ich. Nicht grob! Nicht so! Warte!«

Was tun sie?

»Ich will dir sagen, wie!«

»Ich lege mich auf den Fußboden schlafen!«

Er schlägt sie. Was tun sie?

»Hurentochter!«

»Aber nein, nein, du tust mir weh! Das ist mein Darm! So, so ist es besser. Nein, nein, nicht so! Ja, so.«

Das muß eine Krankheit des Fleisches sein. Keuchen, Küsse, Stöhnen. Keuchen, Küsse. Keuchen, Küsse, Stöhnen. Sie beißen sich. Sie verschlingen sich. Sie lecken ihr Blut . . .

»Mmmmmmm . . .!«

Er beschimpft sie. Ein langer unterdrückter

Schrei. Schluchzen. Er hat sie getötet. Ich spüre, wie sich meine Blase leert. Die warme Flüssigkeit strömt mir wohlig zwischen die Schenkel.

Am Tag vor unserem Auszug sah ich das Mädchen, das mich aus meiner Gefangenschaft befreit und mir das Honigbrot gegeben hatte. Ich kündigte ihr unseren Umzug nach Tetuan an. Sie nahm mich bei der Hand und führte mich mit sich ins Haus. Ich aß Schwarzbrot mit warmem Honig und Butter. Sie gab mir einen großen, leicht geröteten Apfel und füllte mir die Taschen mit Mandeln. Sie wusch mir das Gesicht, die Hände und die Füße. War ich ihr kleiner Bruder? Ihr Sohn? Sie kämmte meine zerzausten Haare, schnitt sie mir, und ich spürte ihre weichen, warmen Hände auf meinem Kopf und auf meinem Gesicht. Sie parfümierte mich, schnupperte an mir. Dann zeigte sie mir mein Gesicht in einem kleinen Spiegel mit silbernem Rahmen. Ich schaute mehr in ihr Gesicht als in mein eigenes. Sie nahm meinen Kopf in die Hände, so wie ich die Spatzen in die Hände nehme, damit ich ihnen nicht wehtue. Sie drückte sanft meinen Kopf und wiegte ihn in ihren Armen. Zum Abschied gab sie mir Küsse auf die Wangen. Sie küßte meinen Mund. Ich dachte an sie wie an eine Schwester, die nicht meine Mutter geboren hatte.

Am Tag unseres Auszugs waren meine Gedanken beim Grab meines Bruders. Sein Grab wird ohne Wasser bleiben, ohne Basilikum, ohne Grabstein. Das Grab meines Bruders wird untergehen, wie die kleinen Dinge zwischen den großen untergehen.

ZWEI

Im Viertel Ain Khabbaz fanden wir eine Wohnung, gleich neben einem Obstgarten. Ein einziges Zimmer, und der Abtritt war draußen. Meine Mutter kehrte zu ihrer Arbeit zurück, sie verkaufte Gemüse und Obst im Viertel Trankat. Mein Vater genoß seine Arbeitslosigkeit auf dem Platz Feddane, zusammen mit den kriegsversehrten Veteranen aus dem Spanischen Bürgerkrieg. Er prahlte vor ihnen damit, wie man ihn gezwungen habe, sein Leben aufs Spiel zu setzen, und wie schrecklich die Schlachten gewesen seien, ob im Sieg oder in der Niederlage. Und der Caudillo sei mit ihnen gewesen, der Hadschi Franco.

Ich machte den Laufjungen für unsere spanischen Nachbarn. Meine Schwester wälzte sich am Boden und versuchte, auf die Füsse zu kommen. Ich hatte Spaß an ihr und spielte mit ihr, aber wenn sie ihre Windeln vollmachte, suchte ich das Weite und ließ sie in ihrem Gestank, bis meine Mutter vom Souk zurückkam. Von Zeit zu Zeit blieb mein Vater einen Tag oder zwei weg. Wenn er zurück war, stritten sie sich. Er schlug sie, daß sie blutete. Doch nachts hörte ich die beiden unter der Decke lachen und vor Vergnügen stöhnen. Das war es also, was sie miteinander versöhnte. Wenn ich groß wäre, würde auch ich eine Frau haben. Tagsüber würde ich mit ihr streiten, sie schlechtmachen und schlagen, und nachts würde ich mich mit ihr versöhnen, nackt, in der Umarmung. Das wäre wirklich ein schönes und unterhaltsames Spiel zwischen Mann und Frau.

Mein Vater fand eine Arbeit für mich, in einem Café unseres Viertels. Der Patron des Cafés hatte einen verstümmelten linken Arm. Mein Vater stellte mich vor ihn hin.

»Das ist er, mein Sohn. Wenn einer der Säufer oder der Kifer ihm etwas tut, was er nicht verdient, dann schicke ich dem die Seele in die Hölle. Du kennst uns Männer vom Rif. Wir haben nicht zuviel Geduld.«

»Mach dir keine Sorgen, Si Haddou. Keiner kommt ihm zu nahe.«

Ich arbeite von sechs Uhr bis nach Mitternacht. Jeden Monat kommt mein Vater ins Café. Der Patron stellt ihm ein Glas Tee hin und gibt ihm 30 Peseten für meine Arbeit. Er ruft mich, damit ich mich vor meinen Vater hinstelle und ihm die Hand küsse. Der sagt zu mir: »Soeben habe ich den Lohn deiner Arbeit eingesteckt. Gott vergelte es dir!«

Er hat mir nie etwas von den 30 Peseten gegeben. Nachdem er mein Gehalt eingesteckt hat, bleibt er einen oder zwei Tage weg. Manchmal kommt er betrunken zurück. Ich höre meine Mutter keifen, ich höre die Worte »Hurerei« und »Sauferei«. Er beutet uns aus, mich und meine Mutter. Auch der Patron des Cafés beutet mich aus, denn andere Jungen im Café verdienen mehr als ich. Ich werde alle bestehlen, die mich ausbeuten, sogar wenn es mein Vater oder meine Mutter ist. So habe ich gelernt, den Diebstahl als rechtmäßig zu betrachten, in der Sippschaft der Unberührbaren.

Den einen Teil der Kundschaft des Cafés bilden die Gäste des Tages, den anderen die Gäste der Nacht. An den Feiertagen mischen sie sich. Sie plaudern über das Leben des Tages und das Leben der

Nacht. In Verstecken rauche ich Kif und Zigaretten. Wenn ich für einen der Gäste eine Besorgung erledige, gibt er mir einen Krümel Kif oder ein Glas Wein oder einen Bissen Majoun El-Hachich. Viele Male erbreche ich gelbgrünen Schleim.

Ich wurde krank. In den Tagen der Krankheit schien mir das Leben sonderbar. Die Krankheit vertieft die Einsamkeit. Die Menschen lieben sich selbst noch mehr in der Einsamkeit. Ich begriff, daß ich nichts war, nur ich selbst. Ich sah mich im Spiegel meiner Seele, allein.

Die Gäste des Cafés ermutigten mich wieder, Kif zu rauchen und Majoun zu essen. Einer von ihnen sagte zu mir: »Man erbricht sich nur beim ersten Mal.«

Der Kifer hatte recht. Ich erbrach mich nicht wieder und wurde nicht mehr krank. Ich trank das erste Mal Weinbrand. Ich erbrach mich. Ich wurde krank. Auch da sagten sie: »Das ist nur das erste Mal.« Sie haben wirklich recht, die Kifer und die Säufer.

Der Patron des Cafés ist nicht der Mann, der an meinem Verhalten etwas aussetzt. Ich habe begriffen, daß ihm wichtig nur das ist, wodurch sich sein Vermögen vermehrt. Auch er betrinkt sich und bekift sich. Hin und wieder frage ich mich: Ist es das, wozu wir geboren werden und leben? Ach! Aber nein! Da ist noch das Paradies und die Hölle. Wie es mir meine Mutter gesagt hat.

Manchmal schlafe ich im Café auf den Bänken. Manchmal schlafe ich in der spanischen Bäckerei neben dem Café.

Eines Nachts sah ich sie ihr Spiel treiben. Fünf oder sechs Bäckergesellen packten Yazidi und warfen ihn auf den Boden. Sie banden ihm mit einem Tuchfetzen den Mund zu, damit er nicht beißen konnte. Einer von ihnen zog sich die Hose aus und rieb seinen Hintern, sein Glied und seine Hoden an Yazidis Nase. Ist das der Spaß der Leute? Ich floh aus der Bäckerei, voller Angst, daß es mir ebenso ergehen könnte wie Yazidi oder schlimmer. Die Angst draußen auf dem Weg nach Hause war mir lieber. Es war gefährlich. Ich hatte schon viel gehört von sexueller Gewalt gegen Mädchen und Knaben. Der Weg zu unserer Wohnung war finster, furchterregend in der Nacht.

Die Wohnung des Patrons war im Haus gleich neben dem Café. Manchmal begann er mit der Sauferei im Café und setzte sie in einem Bordell der Stadt fort, bis zum nächsten Tag, wie die Gäste des Cafés sagten. Manchmal blieb er mehr als einen Tag weg, in den Bordellen der Stadt oder in den Bordellen der anderen Städte. Während seiner Abwesenheit verdoppelte ich meine Diebstähle. Den Küchenchef übermannte der Schlaf bei Nacht und bei Tag. Ich strich das Geld der Gäste ein und legte es in ein hölzernes Kästchen über dem Tresen. Wenn der Küchenchef aufwachte, nahm er das Geld, ohne nachzurechnen.

Allmählich ging ich auch ins Haus des Patrons, wann immer ich wollte. Ich aß mit seinen Kindern. Ich schlief mit ihnen im gleichen Zimmer, wenn mich die Besoffenheit nicht zwang, im Café zu schlafen. Seine Frau machte sich mehr als einmal in der Woche schön, zog den Kaftan an und schmückte sich. Sie übernachtete nicht im Haus oder kam erst nach Mitternacht zurück. Ihr Gesicht war rund, ihr Busen groß, und ihr Hintern war das, was an ihrem

Leib am meisten hervortrat. Wenn sie sich in ihren leichten Kleidern vom Stuhl erhob, schien es, als stiege sie aus dem Bad. Sie war eine Frau, die wirklich viel schwitzte. Ich musterte ihren Körper, und sie lächelte mir zu. Sie schalt mich nie. Ihn, den Patron, sah ich auch seine Frau und seine Kinder schlagen, wie mein Vater es tat, doch weniger roh. Oft sah ich ihn seine Kinder küssen, sie spielten mit ihm, und er sprach friedlich und freundlich mit seiner Frau. Mein Vater tobte und schrie wie ein Tier.

Manchmal verstrich mehr als eine Woche, ohne daß ich zu meinen Eltern ging. Ich erholte mich von ihren Streitereien. Ich wurde mager. Ich schlief nicht viel. Ich wurde krank. Der Bauch meiner Mutter schwoll. Diesmal würde ich nicht zu Hause bleiben, um auf das Kind aufzupassen, das aus ihrem Bauch kam. Ich war schon groß geworden und arbeitete. Ich stellte mir das Geschrei vor, das in ihrem Bauch zunahm. Eines Tages würde ich es hören: Wäh äh äh äh äh äh äh . . .

Ich unterbrach die Arbeit im Café. In der Zeit meiner Genesung lernte ich im Obstgarten Vögel jagen. Ich bastelte eine Schaukel und knüpfte sie mit einem festen Seil an den Ast eines Feigenbaums. Schaukeln machte mir Spaß. Mein kleiner Penis stand dabei auf.

Im Sammelbecken der Gartenbewässerung lernte ich schwimmen. Ich stand früh morgens auf, um Früchte von den Bäumen zu stehlen, Hühner, Eier und Taubenkücken. Ich kannte alle Schößlinge im Garten. Meine Beute verkaufte ich den Lebensmittelhändlern des Viertels. Mein sexuelles Verlangen versetzte mich jeden Tag in Aufruhr. Hühner, Ziegen, Hündinnen, Färsen . . . Das waren meine Weibchen. Der Hündin steckte ich den Kopf in ein Sieb. Die Färse fesselte ich. Ziegen und Hühner schließlich ... Wer hat vor ihnen Angst?

Meine Brust schmerzte mich. Ich fragte die Erwachsenen danach. Sie sagten mir, das sei die Pubertät. Während der Erektion hatte ich Schmerzen in den geschwollenen Brustwarzen. Ich masturbierte über allen verbotenen und nicht verbotenen Bildern. Wenn ich jene Flüssigkeit ausspritzte, die wie Nasenschleim war, fühlte sich mein Glied innen an wie verletzt.

Eines Morgens kletterte ich auf den Feigenbaum. Durchs Geäst sehe ich Assia. Sie geht stolz und langsam. Sie nähert sich dem Becken. Wenn sie mich entdeckt, sagt sie es ihrem Vater. Verdammt seien alle Väter, wenn sie wie mein Vater sind. Sie läßt ihren Blick schweifen, um sich und in die Ferne. Sie bleibt stehen. Sie horcht nach den Stimmen ringsum. Ihre großen, schwarzen Augen sind wachsam. Sie macht einem Angst. Würde ich sie nicht kennen, hielte ich sie für eine Dschinnija. Sie nähert sich dem Becken mit einem sicheren, einem mißtrauischen Schritt. Fürchtet sie sich? Welches Zaudern! Sie bewegt sich vorwärts, als ginge sie auf Eiern, in der Angst, sie zu zertreten. Jetzt bleibt sie oben auf den Stufen zum Bassin stehen. Wie wenn sie allein auf dieser Welt wäre. Sie öffnet den Gurt ihres Schlafrocks. Unbeweglich haftet mein Blick an ihrem unberührten Körper. Ihr rosa Schlafrock öffnet sich wie die Flügel eines Vogels, der auffliegen will, aber nicht kann. Das makellose Weiß ihrer Schultern tritt heraus. Mein Kopf schwindelt vor Lust. Sie verschwimmt vor meinen Augen. Die Feige fällt mir aus der Hand. Die in meinem Mund würge ich hinunter. Mein

Korb kippt um. Die Hälfte seines Inhalts fällt hinunter. Die karmesinrote Scheibe der Sonne taucht auf, im Licht der Dämmerung wie ein Ei, in einen blauen Teller geschlagen. Sie lobpreist die Schöpfung. Die Spatzen zwitschern, die Tauben gurren, der Hahn kräht, und ein Esel, den ich nicht sehen kann, überdröhnt alle Stimmen. Ich sehe nichts außer ihr, die . . . sich auszieht. Assia zieht sich aus. Ich male mir aus, alle Wesen wären nackt. Die Bäume lassen ihre Blätter fallen, die Menschen entblößen sich, die Tiere schütteln Haare und Fell ab. Der Schlafrock gleitet von ihrem Körper. Sie ist nackt. Assia nackt. Die Tochter des Herrn des Gartens ist nackt. Wie blendend ihr Körper! Wie schwarz ihr Haar! Ihre Brüste sind voll. Die beiden Beeren stehen heraus. Der Flaum unter ihrem Nabel ist schrecklich schwarz und schön. Meine Erektion schmerzt mich. Sie steigt zwei Stufen hinab. Meine Erregung wächst. Ihr schwarzes Haar bedeckt ihren Rücken. Sie bückt sich. Ihre Haare fallen über die Schultern nach vorn, geben den Rücken frei. Das weiße Fleisch teilt sich unten über einer feinen, dunklen Höhlung. Der Speichel läuft mir im Mund zusammen. Ich schmatze. Mein ganzer Körper leidet in seiner Lust. Ein angenehmes Zittern und eine wundervolle Entladung erlösen mich. Im Geäst hängend, kippe ich vornüber und falle beinahe hinunter. Ganz langsam steigt sie die schlüpfrigen Stufen weiter hinab. Sie mustert das Wasser. Sie benetzt die schwarzen Büschel in ihren Achselhöhlen und ihre weißen, festen Brüste. Sie benetzt die Öffnung zwischen ihren Schenkeln. Sie benetzt ihren ganzen Körper und springt. Ich steige hinab. Vorsichtig bewege ich mich auf allen vieren vorwärts.

Ich verstecke ihren Schlafrock zwischen den Büschen beim Becken. Ich kehre frohlockend auf den Baum zurück. Kichernd warte ich, was geschehen wird. Munter und gierig verspeise ich die Feigen. Meinen Handel im Viertel habe ich vergessen. Sie schwimmt wie ein Fisch. Sie taucht auf und unter wie eine Ente. Wie die Meerjungfrau, von der ich gehört habe, erscheint und verschwindet sie. Der Garten mit seinen schönen und häßlichen Stimmen ist aufgewacht. Alles ist schön. Ihr Bauch, ihr Rücken, ihre Hüften, ihr Kopf, im stillen, glasklaren Wasser. Am schönsten ist, daß sie glaubt, es sähe sie keiner.

Zitternd steigt sie aus dem Wasser. Sie ist verwirrt. Sie schützt ihre Brust mit dem linken Arm und mit dem rechten ihre Scham. Sie schaut voller Angst um sich. Stirb meine Göttin! Aufgeregt wendet sie sich dahin und dorthin. Stirb! Sie erblickt den Schlafrock. Sie zieht ihn hastig an. Ihr Weiß verschwindet. Ich breche in ein irres Lachen aus. Noch einmal überdröhnt der Esel alle Stimmen.

In der Nacht sah ich im Traum Assia ihren Gürtel lösen. Nackt glitt sie dahin. Wie ein Fisch huschte sie über den Grund des Beckens. Ich träumte, ich schwömme mit ihr. Unter ihr. An ihrer Seite. Uns umarmend hielten wir inne. Dann tauchten wir wieder hinab auf den Grund des Beckens, um zu schlafen, ohne atmen zu müssen.

Ich sah das junge Mädchen Mounat, wie sie ihr Kleid hochzog. Ich lag unter einem kleinen Baum. Ich hatte es so eingerichtet, daß ich sie sehen konnte, aber sie mich nicht. Warum war kein Flaum auf ihrem rosaroten Ding? Ihr rosarotes Ding sah widerlich aus, wenn sie sich beim Pinkeln bückte. Wie ein

Mund ohne Zähne, widerlich war ihr Ding. Ich ging ins Haus unserer Nachbarin, um für meine Mutter etwas zu borgen. Ich überraschte sie dabei, wie sie sich umzog. Ihr Bauch stand widerlich heraus. Ihre Brüste hingen schlaff herunter. Ihr Fleisch war wabbelig. Wenn das der Körper der Frauen ist und nicht jener von Assia, dann ist der Frauenkörper widerlich, widerlich, widerlich!

Mein Penis ist zu meinem täglichen Kitzel geworden. Ich hege ihn in meinen Fingern, wie ich eine schmerzende Wunde pflege, und warte, daß er schwillt. Er tut mir weh. Er wird härter und härter, bis er sich rötet, schwitzt und der Puls in ihm pocht. Ich bin nur noch mit ihm beschäftigt. Ich spüre Schmerzen in meinen Hoden, wenn es mir nicht gelingt zu Ende zu masturbieren. In meiner Vorstellung der Körper von Assia; ich küsse sie, ich berühre ihre Brüste, und sie läßt mich gewähren. Sie liebkost mich mit der Hand und mit dem Mund.

Ich erzählte ihr, was geschehen war. Sie rannte mir nach. Ich übersprang alles, was ihr im Weg war und sie daran hinderte, mich einzuholen. Ich strauchelte. Sie warf sich auf mich. Ich kam auf die Beine und wollte abhauen. Sie packte mich. Sie verpaßte mir ein paar Ohrfeigen. Ich weinte. Plötzlich schaute sie verlegen drein und bekam Mitleid. Sie streichelte mich. Ich lud sie ein, mit mir ein gekochtes Ei zu essen. Ich grub ein Loch in die Erde, wickelte die Eier in nasse Stofflappen oder Papierfetzen, deckte sie mit Erde zu und zündete darüber ein Feuer an. Wir aßen das gekochte Ei und Früchte, und während sie im Schatten des Apfelbaums träumte, wachte ich über ihren Schlummer. Zweifellos träumte sie von einem Mann. Das hatte man mir von den Frauen, die träumen, gesagt. Sie hatte einen Bruder, der kleiner als sie und als ich war. Ich aß die Eier noch lieber mit ihm zusammen, und mich in seine Nähe zu legen war eine noch größere Freude und Wonne.

Ich verschwende viele Schachteln Streichhölzer auf meinen neuen Sport. Ich sitze lauernd auf dem Rand des Beckens, bis die Fische aus ihren Verstecken kommen. Ich binde fünf oder sechs Streichhölzer zusammen. Ich zünde sie an und werfe sie auf die dahinflitzenden Fische. Ich setze meine Feuerangriffe auf die fliehenden Fische fort, bis sie wieder in ihren Löchern sind. Mit Hingabe pflege ich diese unbedeutende Leidenschaft, genieße den Anblick der Flammen, die durch die Luft fliegen und im Wasser jäh verlöschen, und den Schrecken der Fische, die in ihre Löcher flitzen. Eine Flamme entwischt meiner Hand und fällt hinter mir ins Gebüsch. Ich beachte es nicht. Ich zünde eine andere an. Ich bemerke die Flammen auf der Hecke nicht. Ich höre ein Knistern im Schilf. Ich versuche das Feuer zu löschen, mit Steinen und allem, was mir in die Finger kommt. Feuer! Ich fliehe. Ich verstecke mich in der Scheune. Bekannte Stimmen und unbekannte rufen nach Hilfe und Wasser. Ich tauche in einem Strohhaufen unter, voller Sorgen über die unglückselige Entwicklung. In der Nacht gehe ich in den Viehstall hinüber. Ich bringe eine holländische Kuh auf die Beine. Ich liebkose sie. Ich spiele mit ihrem Euter. Sie läßt mich saugen. Tagsüber lungere ich im Viertel herum. Nachts schlafe ich in der Scheune.

In der dritten Nacht gehe ich meinem Vater in die Falle. Er hat einigen Jungen im Viertel eine Belohnung in Aussicht gestellt für ihre Unterstützung.

Zwei Nachbarn brechen unsere verriegelte Haustür auf, um mich und meine Mutter zu retten. Er schlägt uns mit dem Soldatengurt. Mein ganzer Körper blutet. Das Auge meiner Mutter ist verquollen. Tagelang weiß ich nicht, wie schlafen. Ich wünsche, ich könnte in der Luft schlafen.

Ich kehrte zurück zur Arbeit im Café, zum Majoun, zum Kif, zum Saufen. Ich trat ins Haus des Patrons. Seine Tochter Fatima war da, über den Zuber gebückt. Ihr Kleid war nach hinten geschürzt. Sie schien älter geworden, seit ich sie zuletzt gesehen hatte. Sie war ja auch älter als ich. Ich blickte sie an. Die Gewalttätigkeit meines Vaters steigerte meine Begierde auf alles, was fleischlich war. Sie wandte sich mir lächelnd zu. Ich stellte mir vor, wie sich ihr leichtes Kleid im Wind heben würde. Assia war schöner, doch Fatima war in meiner Nähe und leichter zu haben. Die andere war eine schwindende Erinnerung. Sie hebt den Kopf, stützt die Hände in die Hüften, ächzt. Sie streckt sich. Ihre vollen Schenkel sind nackt. Sie zieht ihr Kleid über die Knie. In meiner Vorstellung nähere ich mich ihr. Ich beginne ihr das Kleid herunterzuziehen. Ich werde es anzünden. Sie wird sich der Lust der Flammen ergeben, die von unten um sie hochzüngeln. Schön wäre sie, nackt, mitten im Feuer. Sie sagte ärgerlich: »Was willst du? Träumst du heute früh?«

Enttäuscht sagte ich: »Der Zucker ist alle im Café.«

Sie musterte mich. In strengem Ton sagte sie: »Weißt du nicht, wo der Zucker ist?!«

Wie zu sich selbst sagte sie noch mit gedämpfter Stimme: »Bei dir wundert einen nichts mehr.«

Ich blickte sie herausfordernd an. Sie war verwirrt.

»Aber was ist heute mit dir? Du bist wirklich merkwürdig heute. Ich werde es meinem Vater sagen.«

Mit gesenktem Kopf ging ich zum kleinen Lagerraum. Ich holte den Zucker. Sie ging mir nach und schaute mir aufmerksam zu.

Ich zimmere mir immer Notlügen zurecht, wenn ich weiß, daß sie allein zu Hause ist. Wenn ich Lust habe, stelle ich mir vor, wie die Flammen sie entkleiden. Sie hat sich an meine Vorwände gewöhnt. Ich verstehe ihren gespielten Ärger. Wir beobachten uns mehr, als daß wir miteinander reden. In einer kalten Nacht zieht es meinen Leib zu ihrem. Wir wärmen uns und spielen mit unseren Körpern. Wir bedecken uns mit unseren Körpern gegen die Kälte. Wir reiben uns aneinander. Ich berühre sie zärtlich, und in meiner Phantasie schlage ich sie, daß das Fleisch klatscht. Ihr Gesicht ist unter meinem Gesicht. Ihr Gesicht taucht von oben über mir auf.

Meine Mutter kam mit einem Knaben nieder. Meine Schwester Rhimou war groß genug geworden, sich um ihren Bruder Achour zu kümmern.

Eines Abends trank ich Wein und kifte im Café. Ich saß draußen vor dem Café, schwärmend. Ich betrachtete die Sterne am Himmel und meine eigenen Sterne, wenn ich die Augen schloß. Mein Arbeitgeber rempelte mich an.

»Steh auf und bring dem Herrn da ein Glas Wasser!«

Wie im Traum sah ich ihn an. Der verdammte Kerl! Er hat meine Sterne ausgelöscht.

»Und du? Was tust du hier? Gib es ihm selber!«

Er schlug mich, und ich floh. Das war meine letzte Nacht im Café gewesen. Ich ging hinaus in die Dunkelheit, den Kopf voll von den Vögeln der

Nacht. Ich hatte keine Angst vor den Geistern, weder vor den menschlichen noch vor den Dschinn. In der dunklen Straße rannte ich einer Katze oder einem Kaninchen nach.

Ein paar Tage nach dem Id El Kebir begleitete ich meine Mutter zum Bach, der am Obstgarten vorbeifließt. Sie reinigte das Fell des geschlachteten Widders und andere Dinge. In der Nacht hörte ich sie sagen: »Mein Gott! Ich habe das Messer vergessen, mit dem ich das Fell reinigte. Auf einem Stein habe ich es liegen lassen.« Ich sagte ihr kein Wort. Ich ging hinaus und rannte los. Als ich den Bach erreicht hatte, fand ich das Messer sogleich. Ich packte es mit einer Bewegung, als stünde ich in einem Zweikampf. Ich blickte nach dem anderen Ufer. Ein Schatten auf dem Wasser! Ich hatte gehört, wer einen Dschinn sieht und ein Messer in die Erde stößt, bannt den Dschinn auf seinen Fleck. Ich stieß das Messer mit aller Kraft in die Erde. Ich sprang auf, doch meine Knie gaben nach. Ich fiel hin und kam wieder hoch. Ich war nicht in der Lage, zu schreien oder mich umzuwenden. Ich spürte, ein einziger Blick müßte das Monster auf mich ziehen, das ich gesehen hatte. Ich strauchelte und kam wieder auf die Füße, bis ich das Haus erreichte, das Herz in der Kehle. Ich wurde so krank, daß man dachte, ich würde sterben. Ein Schaich kam in unser Haus, um den Dämon aus meinem Leib zu vertreiben. Der Mann befahl meiner Mutter, einen schwarzen Hahn zu schlachten, mit ihm um mich herumzugehen und dann siebenmal um den Brunnen im Hof.

Nach meiner Genesung erzählte ich meinen Freunden, was mir zugestoßen war. Alle glaubten mir.

Ein paar Erwachsene sagten, vielleicht sei die Gestalt, die ich gesehen hatte, ein Bauer gewesen, der erst um diese Zeit nach Hause ging. Aber die Mehrheit der Leute glaubt an die Geschichten von Dämonenerscheinungen. Daß der Dschinn ein Soldat aus dem Heer Gottes ist, daß er zu den Menschen geschickt wird, mit dem Guten oder dem Bösen, das sie verdienen.

Mein Vater fand mir eine andere Arbeit, in einer Ziegelfabrik, für 25 Peseten in der Woche. Ich schob einen Handwagen, beladen mit Lehm oder mit Ziegeln, acht oder neun Stunden am Tag. Meine Hände häuteten sich, wurden blutig und bedeckten sich mit Schwielen. Mein Gesicht wurde rauh von der Sonne und vom Staub, und mein Körper wurde hart wie eine Trommel. Ich wurde zu einer anderen Arbeit geschickt, in eine Tonwarenfabrik. Dort war es ebenso, und ich schob acht oder neun Stunden am Tag einen Handwagen. Diesmal war ich es selbst, der den Lohn erhielt. Ich gab die Hälfte davon meinem Vater, wenn ich zum Essen nach Hause ging oder um meine Kleider zu waschen und dort zu schlafen. Ich weigerte mich, den Handwagen zu schieben. Ich sagte zu meiner Mutter, als mein Vater nicht dabei war: »Ich bin wirklich ein Esel! Die Esel heben die schwersten Lasten und schleppen sie herum.«

»Und was hast du vor?«

»Ich weiß, was ich tun werde.«

Mein Vater sagte mir während der Mahlzeit: »Das Essen und die Übernachtung hier im Haus kosten Geld. Wenn du nicht arbeitest, gibt es hier nichts zu essen und keinen Platz zum Schlafen. Hast du verstanden, was ich sage?!«

Ich sagte mit gesenktem Kopf: »Ja.«

Und zu mir selbst: Und was tust du? Ist es nicht meine Mutter, die im Souk von Trankat Gemüse verkauft?

Ich verließ die Fabrik und kaufte einen Schuhputzerkasten. Ich machte die Runde durch die Cafés und Bars. Ich sammelte die Zigarettenstummel, trank den Bodensatz aus den Weingläsern und die Reste der Sprudelgetränke. Ich klaubte die Speisereste aus den kleinen Tellern zusammen, ehe die Kellner die Tische auf den Terrassen abräumten. Die Leute, denen ich die Schuhe putzte, waren von meiner Arbeit nicht begeistert. Ich erlangte keine Meisterschaft in meinem neuen Beruf. Die Bürste entwischte mir, wenn ich mit der Behendigkeit, in der es die Schuhputzer zur Meisterschaft bringen, die Hand wechseln wollte. Mich ärgerten der gegenseitige Neid und die Lächerlichkeit, in der es dieser Beruf zur Meisterschaft bringt. Oft schlug ich mich mit den anderen. Ich freundete mich mit einem Zeitungsverkäufer an, der ungefähr in meinem Alter war. Ich gab den Beruf des Schuhputzers auf und wurde Zeitungsverkäufer: Diario de Africa.

DREI

Wir zogen um ins Viertel Trankat. Ich helfe meiner Mutter Gemüse und Obst verkaufen. Mit gellender Stimme rufe ich die spanischen Kunden herbei.

»Vamos a tirar la casa por la ventana!
Quien llega tarde no come carne!
Debalde! Debalde vendo hoy!«

Jeden Nachmittag zweige ich ohne Wissen meiner Mutter das Kleingeld ab, um Majoun und Kif zu kaufen, mich ins Café zu setzen und die Eintrittskarten für das Kino zu bezahlen.

Ich traf meinen Freund Taferseti. Er war traurig. Er sagte: »Mein Onkel ist tot.«

»Der Arme.«

»Er hat sich selbst getötet, samt seiner Frau und seinen drei Kindern.«

»Wie ist das geschehen und warum?«

»Tagelang waren sie ohne Essen. Er und seine Frau wollten keinen von den Nachbarn um etwas bitten. Sie mauerten von innen mit Steinen und Lehm die Tür zu und starben.«

»Gott erbarme sich ihrer!«

Wir kauften eine halbe Flasche Mahia. Wir tranken sie auf der Kuppe des Jebel Dersa. Wir beschlossen, ins Bordell zu gehen.

Lalla Harouda, von der wir Halbwüchsigen alle wußten, daß sie eine Meisterin der Hochzeitsnacht war, sagte zu uns: »Es scheint, ihr zwei habt getrunken, nicht wahr?«

»Ja, aber du bist schön, und wir wollen dich.«

Sie lächelte und musterte uns aufmerksam. Ihr Gesicht glänzte von der Schminke, und ihre Augenränder waren mit Kuhl geschwärzt. Mein Freund schaute mich an. Ich versicherte der Frau, daß wir nicht viel getrunken hatten. Daß wir nur fröhlich seien und mit ihr schlafen wollten, wie es unsere Freunde im Viertel taten. Sie musterte uns immer noch, und wir hatten Angst, daß sie ablehnen würde. Sie sagte zu uns: »Gut, wer kommt als erster?«

Ich blickte zu meinem Freund. Er sagte: »Bitte, geh du zuerst zu ihr hinein.«

Sie verlangte von mir, daß ich im voraus bezahlte. Ich zögerte nicht. Sie verkauft ihren Körper, und wir kaufen ihn. Sie zog sich stehend aus, die Zigarette in ihrem Mund. Der Rauch trieb ihr Tränen in die Augen. Sie sagte zu mir: »Mach deinen Mund auf!«

Ich hatte Angst vor ihr. Gehorsam machte ich den Mund auf. Lächelnd steckte sie mir ihre Zigarette in den Mund. Sie drehte mir ihren Rücken zu. Ich löste ihren Büstenhalter, während ich begierig den zarten Flaum betrachtete, der auf ihrem Rücken sproß. Sie wandte sich um und stand jetzt lächelnd vor mir, ihre Brüste in den Händen. Sie nahm mir die Zigarette wieder ab. Ich lächelte sie an, voller Angst vor ihrem Körper. Ich dachte, sie hat aus meinem Mund einen Aschenbecher gemacht.

»Rauch! Rauchst du nicht?«

Hastig, aufgeregt nahm ich eine Zigarette heraus. Sie sagte: »Zieh deine Kleider aus! Wovor hast du Angst?«

Mein Glied war aufgerichtet. Ich begann meine Hose aufzuknöpfen. Mein Herz schlug heftig. Assia und Fatima, da gab es keine Angst, aber in unseren Berührungen hatten wir uns nur gestreichelt und liebkost. Diese Frau würde mich in ihr Fleisch eindringen lassen, wie ein Messer ins Fleisch eindringt. Ich würde ihre Öffnung verletzen.

Sie legte sich aufs Bett. Sie öffnete ihre Schere. Ihr Ding war rasiert. Mir fiel ein, wie Mounat gepinkelt hatte. Sie griff mit der Hand nach meinem aufgerichteten Glied. Ich dachte, und wenn ihr unterer Mund Zähne hat? Ich rückte zwischen ihre Schenkel, vorsichtig und ängstlich. Sie preßte ihre Beine hinter meinem Rücken zusammen. Sie drückte mich an sich. Ungeduldig sagte sie: »Du weißt noch nicht einmal, wie man in eine Frau eindringt.«

Ich wußte nicht, was sagen, doch ich dachte an die Hunde, die steckenbleiben. Ihr Ding war trocken. Sie schob mich etwas zurück. Sie spuckte auf ihre Fingerbeeren und feuchtete ihren unteren Mund mit Speichel an.

»Los, komm jetzt! ... Aber was hast du? Komm rein oder geh runter von mir!«

Und wenn ihr unterer Mund Zähne hat?

»Hab keine Angst! Ich fresse dich nicht. Du bist schön. Komm!«

Ich drang in sie ein, vorsichtig und ängstlich, und ich dachte an die Hunde, die steckenbleiben. Ihr falscher Mund packte mich. Er entwischte mir wieder, ihr schlüpfriger Mund. Er schäumte jetzt.

»Autsch! Au! Au! Nicht so. Genau deshalb hasse ich diese Hochzeitsnächte mit Kindern. Berühr mich nicht dort! Kein Zweifel, das ist das erste Mal, daß du mit einer Frau schläfst.«

Ich sagte gar nichts. Ich war drauf und dran, ihr zu sagen, daß wir, meine Freundin im Viertel und ich, schon mit unseren Körpern gespielt hatten. Sie wollte mir ihren Mund nicht geben. Sie gab mir ihre

Wange. Ihre Lippen entwischten mir. Sie war wie ein Fisch, der durch die Hand glitscht. Meine Hand glitt von ihrem Busen.

»Ah, ah! Das ist mein Fleisch, mein Kleiner, und kein Stoffballen. Du bist noch zu klein, um so mit einer Frau Liebe zu machen.«

Fatima war schöner als Lalla Harouda, die mich ihre Brüste nicht berühren ließ. Trotzdem hatte sie mir ihren Mund und ihren Busen gegeben. Die falsche Massage verschlang nicht viel Zeit.

»So. Du bist fertig. Dein Freund ist dran.«

Sie stieß mich weg. Ich zog mich zurück, und mein Glied tropfte.

»Oh, nicht so! Du machst mir das Bett schmutzig. Warte, ich zeige dir, wie du dich zurückziehen mußt.«

Wie blöd diese Frau war. Schrieb sie mir auch noch vor, wie ich von ihr runtermußte? Sie legte ein Tuch auf ihre Wunde. Sie drehte mir den Rücken zu. Ihr Hintern machte mich an. Ich dachte, es stimmt, sie ist eine Meisterin im Liebemachen, wie man es mir gesagt hat, aber sie beschwert sich die ganze Zeit.

»So du, jetzt hast du mit deiner ersten Frau geschlafen. Bin ich nicht die erste Frau, mit der du geschlafen hast?«

Ich lächelte und nickte.

»Du wirst immer an diese Hochzeitsnacht mit mir denken.«

Er war immer noch aufgerichtet.

»He! Worauf wartest du? Wasch dich und zieh dich an, rasch! Dein Freund wartet darauf, daß er an die Reihe kommt.«

Ich wusch ihn am Becken, zog die Hose an, doch er war immer noch aufgerichtet. Kaum war er weich geworden, da wurde er schon wieder hart.

Mein Freund Taferseti fragte mich: »Wie ist sie?«

»Wunderbar! Ohne Zähne.«

»Was?« fragte er verblüfft. »Sie hat keine Zähne?«

»Ich meine nicht die Zähne in ihrem Mund. Ihre Scheide beißt nicht. Sie packt dich und saugt, aber sie beißt nicht. Du wirst selbst sehen. Sie ist warm und weich.«

Sie rief von drinnen: »He, komm rein! Der Zweite!«

Ich dachte, ihr Ding ist nicht schön, aber seine Wärme ist herrlich. Das wärmt den ganzen Körper, es ekelt mich nicht, doch es ist besser, einzudringen, ohne es zu sehen.

Taferseti und ich trafen uns wieder und kehrten dreimal oder viermal in der Woche hierher zurück, auf der Suche nach neuen Frauen, die uns zu sich hereinließen. Einige von ihnen lehnten ab. Mit fast allen war es dasselbe im Bett: »He! Mach fertig, schnell!« Wir kehrten zu denen zurück, die uns ihre Lippen und Brüste gaben und uns beim Liebemachen Zeit ließen. Ich sagte zu Taferseti: »Mit einer Frau schlafen, ohne ihre Lippen zu küssen und ihre Brüste zu streicheln, ist nichts Ganzes.«

»Alles geben sie nur den Erwachsenen. Manchmal nur, wenn einer sie schlägt.«

»Stimmt. Aber sind wir noch so klein? Jeder, bei dem er sich aufrichtet, ist ein Mann.«

»Stimmt.«

»Heute abend gehen wir zu den Spanierinnen.«

Im spanischen Bordell ließ uns das erste Mädchen nicht herein. Sie sagte: *»Uno solamente. Nada de dos.«*

Ich sagte zu Taferseti: »Sie empfängt nur einen.«

»Geh mit ihr hinein, wenn du willst!«

»Aber nein. Entweder gehen wir beide hinein oder gar nicht.«

Er sagte: »Sie soll scheißen gehen!«

»Sie ist jung und schön.«

»Stimmt, aber sie soll sich den Rock vollscheißen gehen! Sie und ihre Jugend sollen scheißen gehen! Es gibt andere, schönere als sie, du wirst sehen.«

Wir gingen zu einer anderen. Sie war etwas älter als jene, die uns abgewiesen hatte. Gelassener als die andere. Sie sah freundlich aus und war schön. Doch die erste, die Jüngere, war noch schöner. Ich dachte: Schande über die hochmütige Schönheit!

»Was sagst du zu ihr, Taferseti?«

»Unwichtig. Sie ist nicht schlecht. Was zählt ist, daß sie uns nimmt und lieb mit uns ist. Schande über jene erste junge!«

»Sie ist etwas dick.«

»Unwichtig. Wir wollen es versuchen mit ihr. Danach suchen wir andere, schönere als sie.«

Ich dachte, Schönheit ist eine Qual. Diesmal warfen wir Kopf oder Zahl. Mein Freund gewann. Er sollte zuerst hineingehen. Er zögerte und sagte zu mir: »Mohamed, geh du zuerst mit ihr hinein! Du bist es gewohnt, als erster hineinzugehen.«

Ich ging hinein, und sie rief: »Antonio! Bring Wasser und ein Handtuch!« Er erschien in der Tür und verschwand wieder. Er kam zurück mit dem Wasser und dem Handtuch. Seine Augenlider waren geschwärzt. Sein Gesicht hatte er mit rosa Schminke schön gemacht. Seine Brüste traten hervor. Seine Hose spannte sich über dem Hintern. Die Frau sagte zu mir: »Gibst du ihm nichts?«

Ich gab ihm zwei Peseten. Ich wandte mich wieder zu ihr, um ihr 15 Peseten zu bezahlen.

»Nein, nein! Nachher! Willst du abhauen?«

Sie wusch ihn mir mit warmem Wasser und Seife. Sie drückte ihn, von der Wurzel bis zur Eichel, und rieb ihn in ihrer Hand. Die Marokkanerinnen wuschen ihn nicht und drückten ihn nicht mit der Hand. Später erfuhr ich, daß sie auf diese Weise herausfinden, ob das Glied in Ordnung ist oder krank. Ich konnte nicht verhindern, daß er sich aufrichtete in ihrer Hand. Wir lächelten beide. Sie sagte: *»Eres fuerte! Eh!«*

Sie zog alle ihre Kleider aus. Ihr Ding war nicht rasiert. Die Marokkanerinnen rasieren es alle. Ich wartete, daß sie auch sich selber waschen würde. Sie tat es nicht. Sie legte sich aufs Bett, die Beine hochgezogen, die Schenkel zusammengedrückt. Warum verstecken die ihr Ding? Die Haare zogen sich wie eine Zunge bis zum Nabel hoch. Wäscht sie sich nicht, weil sie mir zu verstehen geben will, daß sie sehr sauber ist? Ihre Brüste lagen jetzt da wie zwei kleine runde Brote. Sie nahm mich nicht in ihre Schere. Sie lag jetzt ausgestreckt da wie ein großer Thunfisch. Ich hatte gehört, daß der Prophet Jona von einem Wal verschlungen worden war. Sie schlug das eine Bein über das andere. Ich schaute auf die Öffnung zwischen ihren Beinen. Die Stellung war mir fremd. Sie ließ mich zärtlich ihren Mund küssen. Er war süß und warm, und hinter ihren Ohren hervor stieg mir der Geruch eines Parfüms in die Nase.

Sie klagte: »Ay! Ay! Wart einen Augenblick! Zieh dein Ding heraus. Ich will meine Stellung wechseln. Diese Stellung scheint dir nicht zu liegen. Diese ist vielleicht besser.«

Sie wechselte ihre Stellung. Ich fürchtete, sie würde mich nicht noch einmal eindringen lassen.

Mir gefielen beide Stellungen gleich gut. Sie ließ es zu, daß ich liebevoll ihre Brüste streichelte. Als ich meinen Mund mit ihrer Brust füllte und meine Zunge an ihrer Warze leckte, mußte ich ein starkes Verlangen unterdrücken, um sie nicht zu beißen. Sie war nicht in Eile. Ihre Haare plagten mich an der Eichel.

Mein Freund fragte mich: »Wie ist sie?«

»Besser als alle anderen. Sie gibt ihren ganzen Körper. Sie ist sauber und parfümiert. Und sie ist nicht in Eile wie die anderen.«

»Wirklich?«

»Du wirst selbst sehen. Auf dem Körper einer Frau wie sie möchte ich dereinst sterben.«

In der Nacht träumte ich, wie ich an der Brust einer Frau saugte. Ihre Milch flutete über mein Gesicht, bis ich erstickte.

Mein Bruder Achour starb. Ich trauere nicht über seinen Tod. Ich habe ihn schreien gehört und strampeln gesehen, doch ich denke nicht an ihn. Außer meinem Körper ist mir nichts wirklich wichtig. Auch meine Schwester Rhimou sehe ich wachsen und sprechen lernen, doch das interessiert mich nicht. Ich gehe völlig auf in meinen eigenen Sorgen und in meinen Ausschweifungen, träume allem nach, außer dem häuslichen Leben. Ich schlafe häufiger in den Gassen als zu Hause. Meine Mutter leiht mir etwas Geld. Wir, Taferseti und ich, kaufen beim Großhändler Gemüse und Obst und verkaufen es im Trankat weiter. Während der Traubenernte kaufen wir eine Anzahl Kisten davon und verkaufen sie auf den Landmärkten.

Dieser Handel dauert nicht lange. Alles, was wir einnehmen, geben wir für Wein aus und für die Frauen im Sania. Im Winter machen uns unsere

Zügellosigkeiten arg zu schaffen. Wir stehlen oder tragen im Bahnhof den Reisenden die Koffer.

Mein Vater verfiel wieder auf den Gedanken, nach Oran zu reisen, um seine Brüder zu besuchen, die in der Zeit des Hungers auch aus dem Rif abgewandert und dort ansässig geworden waren. Mittlerweile war es meine Schwester Rhimou, die meine Mutter zu ihrem Standplatz begleitete, um in der Menge der kleinen Diebe die Ware zu bewachen. Eines Abends beleidigte und schlug Comero sie, der Bandenchef unseres Viertels. Ich rauchte im Café Si Mouhend Kif, als einer meiner Freunde vom Rif mit der Nachricht kam.

»Comero hat deine Schwester beleidigt und sie gegeschlagen. Er hat ihr einen Kohlkopf gestohlen. Deine Mutter ist nicht an ihrem Standplatz. Du mußt deine Schwester rächen.«

Ich fand meine Schwester weinend. Meine Bekannten, die sich um mich geschart hatten, sagten: »Er sitzt jetzt im Café Bab Tout.«

»Warum gibst du es diesem Zuhälter nicht?«

»Du wirst ihn besiegen. Wir kennen dich im Kampf. Bouras hat ihn schon mit einem einzigen Treffer am Kopf hingelegt.«

»Ja, kämpf mit ihm! Wir sind mit dir. Ihm wird keiner gegen dich beistehen. Wer im Viertel kämpft schon mit der Rasierklinge wie du?«

Ich kaufte drei Rasierklingen und verteilte sie auf meine Taschen. Einer meiner Freunde ging zu Comero mit der Aufforderung zum Kampf im Souk El Barrani. Ich würde dort auf ihn warten. Vier Freunde waren mit mir. Er kam, begleitet von zweien. Er sagte zu mir: »Willst du auch, daß ich dir die Eier in den Arsch trete?«

Ich spuckte ihn an, und wir begannen zu kämpfen, mit bloßen Händen. Er war stärker. In seinen Schlägen lag das ganze Gewicht seines Körpers. Ihm gegenüber war ich wie eine Feder. Mit faulen Kniffen verhinderte ich, daß er mich mit den Händen zu fassen kriegte. Das war mein Vorgehen bei allen, mit denen ich mich schlug. Unsere Freunde sahen uns zu, feuerten uns an, und keiner mischte sich ein. Einige seiner Schläge saßen. Ich wich zurück, ehe er mich unterkriegte. Ich nahm eine Klinge heraus und begann um ihn herumzutanzen. Er kam außer Atem. Ich landete ein paar erfolgreiche schnelle Streiche in seinem Gesicht, an seinen Armen und seiner Brust. Ich ließ ihn schreiend stehen. Er wand sich in Schmerzen, während ich im Schutz meiner Freunde floh.

In jener Nacht kriegte mich mein Vater zu fassen, mit Hilfe einiger Jungen, die gegen mich waren. Um ein Uhr früh stiegen wir in den Bus, der nach Nador fuhr.

Wir hielten in Ketama an, um in einer Bude schwarzen Kaffee zu trinken. Es war ein kalter Morgen. Zum ersten Mal stapfte ich durch den Schnee. In großen Flocken fiel er auf die Pinien. Die Reise war beschwerlich. Die Gesichter der Leute, die wir unterwegs sahen, waren finster. Die Armut zeigte sich in ihren Kleidern, ihren Häusern aus Stein und Lehmziegeln. Die wertvollen Dinge hatten ihnen die Spanier abgenommen. Wir aßen trockenes Fladenbrot und hartgekochte Eier, die schon zu stinken anfingen. Wir überquerten den Fluß, den Moulouya. Die Frauen und die Kinder überquerten ihn auf den Schultern von Trägern. Mein Vater hatte einen Personalausweis. Ich hatte keinerlei Papier. Und alle, die keinen Pass besaßen, waren genötigt, diesen Fluß in genügender Entfernung von der Brücke mit dem spanischen Grenzposten zu überqueren. Bald fuhren wir im Bus, bald setzten wir die Reise zu Fuß fort, im Gelände draußen, wenn sich die Straße einem der Grenzposten näherte.

In Oujda verbrachten wir eine Nacht bei einer Familie von Bekannten meines Vaters. Am Morgen tötete ich die Flöhe in meinen Kleidern zuhauf. Ich war verdreckt. Ich hustete. Ich hörte nicht mehr auf, mich zu kratzen. Die Leute, die mein Vater kannte, hungerten noch ärger als wir. Verfluchte Reise! Hungerreise!

VIER

Wir kamen in der Nacht in Oran an. Im Viertel El Tahtaha führte uns ein Mann, der Rifi sprach, zur Wohnung der Familie, nach der mein Vater suchte. Aus den bewohnten Höhlen stürmten uns bissige Hunde entgegen. Beinahe hätte mich einer gebissen, als er sich mir zwischen die Beine warf. Ich ging vor meinem Vater. Er vertrieb die Hunde mit Steinen. Wenn sie uns nahekamen, benützte er den Stock, den er irgendwo am Boden gefunden hatte. Er fluchte über die Hunde und über mich.

»Vorwärts du Angsthase! Vorwärts und friß deine Mutter, die Hure!«

Ich stolperte und fiel hin. Er ließ den Stock auf mich herabsausen. Ich heulte auf. Lautlos beschimpfte ich ihn. Mit dem Stockende stieß er mich vor sich her. Ich nahm einen kleinen Prügel auf, um mir die Hunde vom Leib zu halten. Ich sammelte Steine. Ich trat auf scharfkantigen Schotter und dornige Pflanzen. Er schlug mich und verfluchte mich dröhnend. Ich schlug und verfluchte ihn in meiner Phantasie. Hätte ich meine Phantasie nicht gehabt, ich wäre explodiert.

Ein Mann kam aus einer der Höhlen. Die beiden riefen sich etwas zu, bevor sie sich umarmten. »Ah! Si Mustafa! Ah! Si Haddou!« Es war eine Grotte, gerade groß genug für zwei arme Leute. Die Frau fanden wir betend. Der schwarze Anzug des Mannes war abgetragen, sein Gesicht unrasiert, das Kleid der Frau weiß, sehr sauber. Das Licht in der Grotte kam aus zwei Ölfunzeln.

Sie fragte mich nach meinen Geschwistern, die im Exil geboren waren. Ich erzählte teils die Wahrheit, teils Lügen. Wer hätte auch vor meinem Vater die Wahrheit sagen können? Ich hörte den Mann nach den Zuständen in Marokko fragen und nach dem Leben der Leute, die aus dem Rif nach Norden und nach Süden ausgewandert waren.

Mein Vater sagte zu ihm: »Unser Leben dort, in den Städten des Nordens, ist elend. Die Arbeit in den Fabriken ist hart, und die Löhne sind mager. Prostitution an allen Ecken, aber die Männer vom Rif lassen es nicht zu, daß ihre Töchter im Bordell landen.«

»Auch hier in Oran ist das Leben nicht einfach, aber solange wir noch in der Lage sind, Brot und Zwiebeln zu erwerben, bleibt unsere Ehre unversehrt.«

Die Frau beklagte den Tod meines Bruders Abdelkader, den sie noch im Rif gekannt hatte. Sie sagte, daß sie mich im Alter von fünf oder sechs Jahren im Rif verlassen habe.

»Jetzt sind es acht oder neun Jahre, daß du nicht mehr um mich bist«, sagte sie.

Am nächsten Tag fanden wir meinen Onkel Idris und meine Großmuter Roukiya im Viertel Douar Jedid und im Viertel Serrimin meine Tante, die mit einem Marrakschi verheiratet war.

Meine Großmutter sagte zu mir: »Du bist groß geworden. Bald wirst du ein Mann sein und dich verheiraten wie dein Onkel Idris. Du wirst eine Stelle antreten und mich besuchen, nicht wahr?«

Sie war abgemagert und krank.

Mein Vater ließ mich bei meiner Tante zurück und machte sich auf den Weg, in anderen Städten, fern von Oran, nach seinen Geschwistern zu suchen. Nach ungefähr drei Monaten traf ein Brief ein, in dem es hieß, mein Vater sei wieder in Tetuan, und es sei das Beste, wenn ich in Oran bliebe.

Der Mann meiner Tante fand für mich eine Arbeit auf einem französischen Landgut, wo er selbst im Stall arbeitete. Man arbeitete von fünf Uhr früh bis sechs Uhr abends auf dem Feld, denn sonst war mit der Zeit nichts anzufangen. Manchmal dehnten wir die Siesta auf zwei Stunden oder mehr aus, wenn die Arbeitsaufsicht nicht kam. Ich führte zwei Maultiere im Pfluggespann. Das war meine Arbeit. Meine Haut bräunte sich, meine Handballen wurden schwielig, mein Körper mager und zäh. Die Gunst des alten Pflügers, dessen Anordnungen ich zu befolgen hatte, war schwankend. Er war streng oder freundlich zu mir, je nach den Umständen. Ich begriff, daß seine Flüche nur ein Mittel waren, die Last seiner eigenen mühsamen Arbeit abzuwerfen. Was mich kränkte, war aber, daß er mich als einen Kabylen behandelte. »Euer Land hat nur einen großen Mann hervorgebracht, und das ist Abdelkrim El Khattabi.« Ich wußte noch nicht, wer das war, Abdelkrim El Khattabi.

Ich arbeitete ungefähr sechs Monate auf dem Feld. An den Sonntagen jagte ich morgens Spatzen und nachmittags ging ich in die Stadt. Einmal versuchte ich auf einen hohen Baum zu steigen. Ich kletterte mehrmals den glatten Stamm hoch, ohne sein Ende zu erreichen. Er war zu lang und zu glatt. Ich wurde wütend. Für wen hielt sich dieser Baum? Ich ging zur Scheune, in die Garage, und füllte einen Kanister mit Benzin. Ich leerte den ganzen Kanister gegen den Stamm und zündete das Feuer an. Der Anblick der

Flammen war wundervoll, und der glatte Stamm rauhte sich auf. Ich malte mir aus, wie das Feuer immer weiter um sich griff, bis alle Bäume Feuer fingen. Ich dachte an den Tag zurück, an dem ich im Ain Khabbaz das Gebüsch angezündet hatte. An jenem Tag hatte ich die Schönheit der Flammen nicht genießen können. Der Baum geht in Flammen auf, und keiner kommt herbei. Die Wohnhäuser des Landguts sind weit weg. So du, jetzt bist du nicht mehr glatt. Jetzt kann ich dich mit Leichtigkeit besteigen. Der Baum erschien mir wie eine Frau. Ich dachte zurück an den Tag, als ich mir ausmalte, wie ich das Kleid von Fatima in Brand steckte. Ich suchte mir einen anderen Baum aus, einen kleinen, glatt und schön. Der Stamm paßte zu den Maßen meiner Arme, wenn ich ihn umschlang. Ich zeichnete auf den Stamm die Umrisse einer Frau und begann mit meiner Schöpfung. Es wird mit dir sein wie mit einer Frau. Im Verlauf der Woche schnitzte ich die Höhlungen für zwei Brüste in den Baum und den Mund und das Loch zwischen den Beinen.

Die Baumfrau. In die zwei Höhlungen steckte ich zwei Orangen, mit zwei Löchern zum Saugen, oder zwei Äpfel zum Beißen, und eins von beiden nahm ich in den Mund. In das Loch zwischen den Beinen steckte ich einen Lappen voller Creme oder Öl. Ich übertrug bald die schönsten Bilder auf meine Baumfrau.

Eines Abends sagte der Mann meiner Tante: »Morgen wirst du nicht aufs Feld gehen. Die Frau des Aufsehers, die Frau von Monsieur Segondi, möchte dich sehen. Wahrscheinlich wirst du bei ihr im Haus arbeiten, falls du ihr gefällst.«

Ich war erfreut, aber diese Bedingung: »Falls du ihr gefällst . . .« machte mir Kummer.

Die Frau des Aufsehers empfing mich freundlich. Jung, schön, von mittlerer Statur, leicht brunett. Die Anmut des Körpers erinnerte mich an die Erscheinung von Assia. Verlegen stand ich vor ihr, doch meine Phantasie war nicht schüchtern. Ein neuer Gegenstand meiner Träume. Sie sprach spanisch mit mir. Ich selbst mußte mit dem Durcheinander in mir kämpfen, um mich an die wenigen spanischen Wörter zu erinnern, die ich schon zu vergessen begann. Sie gab mir drei Tage Ferien und etwas Geld, bevor ich meine Arbeit bei ihr aufnahm. Ich gab es aus, indem ich mich in der Stadt herumtrieb, zwischen Kino und Zirkus und in den Cafés der Neustadt. Aus der Stadt brachte ich eine Flasche Wein mit, die ich abends auf dem Landgut trank, in der kleinen Hütte neben dem Haus meiner Tante. Ich teilte meine Einsamkeit mit Tigre, dem mächtigen Hund meiner Tante. Meine Herrin lehrte mich Teller waschen, Eier und Fische braten und andere Hausarbeiten. Einmal bereitete ich ein marokkanisches Gericht zu. Sie fand den Tajine köstlich. Bald sagte sie mir einmal in der Woche: »Heute essen wir marokkanischen Tajine. Und du mußt ihn alleine zubereiten.«

Ich war glücklich bei ihr. Sie blieb der Gegenstand meiner sexuellen Wünsche. Ich dachte nicht länger an die Baumfrau. Die Sehnsucht machte mich traurig, wenn ich an die Prostituierten in den Bordellen von Tetuan dachte. Langsam oder schnell, Lippen küssen, eine Brust an mich drücken oder nur mit meinem Ding in ein Ding eindringen. Ich hätte einen Freund haben müssen, um mich aufzuraffen. Den

Weg zu den Sündenhäusern, von denen ich gehört hatte, wußte ich nicht zu finden, und die ganze Gesellschaft in Oran war züchtig. Kaum, daß man einmal lächelte.

Manchmal sah ich Monsieur Segondi, den Italiener, seine entzückende Frau küssen, und unter meinen Blicken ließ er seine Hand über ihren Körper gleiten. Meistens brachte ich den beiden das Frühstück ins Schlafzimmer. Ihr Ehemann war nackt bis hinunter zum Gürtel, und durch ihr Nachthemd schimmerten ihre beiden Brustwarzen. Zum erstenmal hieß sie mich die Unterhosen ihres Mannes waschen. Widerstrebend willigte ich ein, doch als ich die Unterhosen ins Wasser legte, sagte ich zu mir: Für einen Mann ziemt es sich nicht, die Unterwäsche eines anderen Mannes zu waschen Und zu meiner Herrin Monika sagte ich: »Ich werde die Unterhosen von Monsieur Segondi nicht waschen.«

»Und warum nicht?«

»Weil es die Unterhosen von Monsieur Segondi sind.«

»Und was ist dabei?«

Ich sagte zu ihr mit gesenktem Kopf: »Ein Mann wäscht nicht die Unterhosen eines anderen Mannes.«

Sie lachte.

»Und die Kleider einer Frau?«

Ich sagte verlegen: »Die Kleider einer Frau ... das ... das ist etwas anderes. Einer Frau kann ein Mann die Kleider waschen, wenn sie nicht selbst waschen kann.«

Sie sagte lächelnd: »Du bist wunderbar.« Und dann: »Du bist großartig. Sag mir, ist das bei euch in Marokko so üblich?«

Ich wußte nicht, ob das wirklich unseren Bräuchen entsprach oder meine eigene Idee war. Noch nie hatte ich mich einer solchen Prüfung unterziehen müssen. Es war wirklich ein Problem mit dieser Frau.

Ich sagte zu ihr: »Ja, es entehrt einen Mann, die Kleider eines Mannes zu waschen.«

»Das ist euch also fremd ...«

Sie und ihr Mann lachten viel über den Vorfall. Ein paar Tage danach befahl mir der Mann mit Bestimmtheit, ihm seine Unterhosen zu waschen. Ich weigerte mich. Er beharrte darauf, und ich weigerte mich. Ich gab ihm zu verstehen, dies sei eine Arbeit für die Frau aus der Stadt, die ihnen die Wohnung putzte. Vergeblich hoffte seine Frau, daß seine Hartnäckigkeit nachlassen würde. Laut und wütend sprachen die beiden miteinander, französisch, so daß ich bloß ein paar Wörter verstand.

Er fuhr mich an: »Warum weigerst du dich, meine Unterhosen zu waschen?«

»Darum.«

»Glaubst du, deine Kleider seien sauberer?«

Ich antwortete nicht.

Wütend schrie er: »Dann geh nach Hause und komm nie wieder hierher!«

Furz auf alle Anordnungen deiner Herrschaften, sagte ich mir. Es hat mir nur noch gefehlt, daß ich die Scheiße von Monsieur Segondi waschen muß. Ich werde zurückkehren nach Tetuan. Mein Leben ist dort und nicht hier.

Nach drei Tagen forderten sie mich auf, zur Arbeit zurückzukehren. Der Vater meiner schönen Herrin kam von Sidi-bel-Abbès. Er erzählte mir, das Land seiner Herkunft sei Spanien. Er wunderte sich, als er bemerkte, daß ich in keiner Sprache lesen und schreiben konnte.

Er fragte mich: »Unterrichtet man bei euch kein Arabisch und Spanisch?«

»Doch, ich habe davon gehört, daß man Arabisch und Spanisch unterrichtet.«

»Warum bist du dann nicht zur Schule gegangen?«

»Mein Vater hat nicht daran gedacht, mich in die Schule zu schicken.«

»War er es, der nicht wollte, daß du zur Schule gingst, oder wolltest du nicht?«

»Ich weiß nicht. Jedenfalls wäre ich nicht aus der Schule davongelaufen. Wir sind sehr arm, und der Unterricht kostet dort einiges.«

Er musterte einen Augenblick meine Stirn und fragte mich: »Woher hast du diese Narbe?«

»Ein Radfahrer fuhr mich an, als ich während eines Radrennens die Straße überqueren wollte.«

Die Abende in Oran sind im Sommer lang und schön. Die Alten spielen Dame, die Jungen fechten leidenschaftlich mit Stöcken. Die Frauen setzen sich zum Plaudern in die Hauseingänge, die Kinder schwärmen aus, dahin und dorthin, spielen, bauen im Lehm und basteln mit Holz und Schilfrohr.

Ich besuchte mit meinen Herrschaften Sidi-bel-Abbès. Der Vater meiner Herrin und ihre Tante empfingen mich sehr freundlich. Ihr Vater hatte von ihnen allen die größte Zuneigung zu mir. Ich wanderte in der Stadt herum. Sie schien mir elend. Die Hauptstraße und die Kathedrale gefielen mir. In gewissen Straßen hörte ich die Leute spanisch miteinander reden. Ich sah einen Zirkus. Die Vorstellung begann um fünf. Doch meine Herrschaften hatten mir gesagt, um sechs würden wir nach Oran zurückkehren. Ich rauchte, traurig, und trank zwei

Gläser Wein in einer spanischen Bar. Ich besuchte den Tiergarten, der dem Zirkus angeschlossen war. Vor dem Affenkäfig blieb ich stehen. Die Kinder, die mit dem Tier spielten, reizten es mit List und Heimtücke. Ich wußte nicht, wie es zuging, aber plötzlich spürte ich, daß mir die Krallen des Affen das Gesicht zerkratzten. Die Kinder lachten und bereuten es sogleich. Der Wärter trieb sie vom Käfig weg. Der Affe sprang aufgeregt im Käfig herum, zähnefletschend. Der Anblick eines Paares ließ mich die Schmerzen in meinem Gesicht vergessen. Ein Bursche und ein Mädchen, Artisten des Zirkus, umschlangen sich in ihren glitzernden Kleidern hinter dem großen Zelt. Ich dachte, was ist schöner als das Leben im Zirkus? Ich dachte an den Garten im Ain Khabbaz, wie sich Assia entkleidete, wie ich mich am Leib von Fatima rieb, und an die Prostituierten vom Sania in Tetuan. An die Wärme der Frauenschenkel. Das war es, wonach ich mich sehnte.

Zurück im Haus, betupfte die Tante meiner Herrin mein Gesicht mit Jod. Sie sagte, ich solle im Garten spazierengehen. Der Garten war voller Spinnweben. Im Gartenhaus fand ich zwei klapprige Holzbänke, staubbedeckt. Der Anblick erfüllte mich mit Traurigkeit. Der Garten ist heruntergekommen. Zerbrochene und verrottete Gegenstände. Die Bäume wimmeln von Spatzen, mein Kopf und meine Schultern sind voller Vogeldreck.

Am nächsten Tag wurden meine Kratzer dunkler. Meine Herrschaften nahmen mich auf ihren Ausflug nicht mit. Ich bleibe alleine zu Hause. Ich drehe das Radio an. Nach einer Weile drehe ich es aus und setze den Plattenspieler in Gang. Ich verstehe die Worte auf den Schallplatten nicht. Doch die Musik umgibt mich mit Welten von Türkis. Meine Herrin wußte, daß ich das Stück »An der schönen blauen Donau« besonders liebte. Wenn sie gutgelaunt war, sagte sie lächelnd zu mir: »Ich lege dir deine Platte auf. Strauß ist ein bedeutender Musiker.« Ich nehme das Fotoalbum. Ich überfliege die Bilder ihrer Familie. Zu einigen, auf denen sie noch ein kleines Mädchen ist, sage ich: Wachse! Wachse schnell! Sie scheint zu wachsen mit jeder Seite, die ich umschlage. Ich halte inne bei den Bildern vom Strand, wo sie aus dem Wasser steigt oder im Sand liegt, mit ihrem Mann oder alleine. Drei Bilder tauchen auf, auf denen sie vollkommen nackt ist. Auf dem ersten steht sie aufrecht, leicht nach vorn gebeugt, die Hände unter dem Bauch gefaltet. Auf dem zweiten kniet sie auf einem pelzbezogenen Diwan, ihre Brüste zuvorderst, die Hände hinter sich auf den Diwan gestützt. Ich höre, wie sie mich aus dem Foto fragt: »Ist diese Stellung schön?« — »Wundervoll!« Auf dem dritten Bild liegt sie hingestreckt auf dem Diwan, den Kopf auf die gekreutzten Arme gelegt, das rechte Bein ein wenig abgespreizt. In dieser Stellung sagt sie zu mir: »Komm her!« Mein Verlangen sagt in seiner Stimme: »Du gehörst mir.«

Wer mochte sie so photographiert haben? Ihr Mann? Hätte ich doch eine Kamera gehabt an jenem Morgen, um Assia zu photographieren, wie sie auf das Becken zuging, nackt badete, in ihrer Verwirrung den Schlafrock suchte und verängstigt floh.

Ich stieg hinab in den Vorratskeller, um in meiner Phantasie die Hochzeit zu begehen. Ich öffnete den Hahn eines Fasses und füllte eine Karaffe mit dem Wein, dessen Verlockungen ich kannte. Ich legte schwarze Oliven und dänischen Käse auf die Platte.

Gemächlich trinke und esse ich. Eines von Monikas Bildern zwinkert mir zu. Ich hauche ihr Leben ein. Monika streckt sich. Das Bild flößt meinem fiebernden Körper einen wundervollen Traum ein. Ist sie aus dem Bild in meine Vorstellung getreten, oder bin ich in ihr Bild getreten? Mein Körper bebt. Er wird gewalttätig. Ich packe meine Schlange aus und beginne sie zu reiben und zu liebkosen. Sie schwillt, rötet sich, sie schwitzt und keucht, ich habe Honig im Mund, ich versinke in wogenden Farben. *Kullu 'l-alwani la lawna laha walaha kullu 'l-alwan.* Alle Farben haben keine Farbe, und jede hat alle Farben.

Ich hörte Schritte. Ich knöpfte hastig meinen Schlitz zu.

Sie sagte: »Aber was machst du da?«

»...«

»Und dieses Album ... Was tust du damit hier?«

»...«

Sie nahm das Album, und ich stieg hinter ihr die Treppe hinauf.

»Wer hat dir erlaubt, mein Album zu öffnen?«

Sie gab mir einen Klaps. Ihr Klaps war der Höhepunkt meiner Verzückung.

»Du hast getrunken, nicht wahr? Ich werde dir nie verzeihen, was du hier getan hast.«

Ich wanderte über die Felder, wutentbrannt über mich selbst, und Tigre lief mir nach. Es fiel mir ein, daß ich die parfümierte Seife und ein Glas im Keller gelassen hatte. Die schöne Monika wird sagen, er braucht auch meine Seife. Meine Scham quälte mich. Sie weiß nun, daß ich in meiner Vorstellung mit ihr Liebe mache.

Bei meiner Rückkehr sah ich sämtliche Arbeiter des Dorfes mit ihren Familien um eine Herde von

Schafen versammelt, in die ein Eisenbahnzug hineingefahren war. Sie schlachteten einige davon, doch andere waren schon tot, ehe man sie schlachten konnte. In der Nacht fingen die Schakale in der Nähe des Hauses zu heulen an. Ich dachte, jetzt zerreißen sie ihnen die Eingeweide. Wäre ich ein Widder in dieser Herde gewesen, würden mir ihre Reißzähne jetzt das Gekröse zerfetzen. Tigre kam herein, blutüberströmt. Er drehte sich im Kreise, ging hinaus, kam wieder herein, winselte, versuchte die Wunden am Hals zu lecken. Ich ging in das Haus meiner Tante und weckte sie. Sie streute ihm Asche auf die Wunden und verband ihn.

Sie sagte: »Seine Wunden sind tief. Gewiß haben ihn fünf oder sechs Schakale angegriffen.«

Ich band ihn in der Mitte der Hütte an, aus Angst, er könnte davonlaufen. Ich sah ihn langsam, langsam sterben. Er war tot, bevor ich einschlief.

Am Morgen trug ich seinen Kadaver an den vier Pfoten hinaus und begrub ihn unter einem Baum. Es war das erste Mal, daß ich einen Kadaver begrub. Sonderbare Gefühle ergriffen Besitz von mir. Warum hat das Schicksal diesem Hund einen so schrecklichen Tod bestimmt? Und auch die Herde ist vom Zug überfahren worden. Der Schäfer ist dumm. Tigre kennt die Bedeutung des Todes nicht. Gewiß ist die Welt voll Dummheit. Bin auch ich dumm?

Ich wollte nicht zu meiner Herrin zurückkehren. Ich war immer noch voller Scham.

Meine Tante sagte zu mir: »Wenn du nicht zu Madame Segondi gehen willst, mußt du selber wissen, was gut für dich ist. Irgendeine Arbeit mußt du haben.« Ich dachte an das, was mir mein Vater in

Tetuan gesagt hatte: »Essen und schlafen in diesem Haus kostet Geld.«

Monika kam zu meiner Tante. Ich begann zu übersetzen, was die eine zur anderen sagte. Meine Tante sprach nur Rifi und den Dialekt von Oran. Monika redete spanisch mit mir. Sie sah blendend aus, meine Herrin. Sie erschien mir heute noch lieblicher. Die Launen der Frauen sind schwer zu verstehen. Wenn einer überzeugt ist, daß eine Frau ihn ins Unheil stürzen wird, dann rettet sie ihn. Wenn er glaubt, daß sie ihn retten wird, führt sie ihn vielleicht ins Unheil. Rettung und Untergang hängen von ihrer Laune ab. Monika verabscheut mich also nicht wegen dem, was ich getan habe, aber sie macht mir notgedrungen Vorwürfe.

Sie sagte: »Ich habe fest geglaubt, du seist krank. Warum bist du heute nicht zur Arbeit gekommen?«

»Tigre ... Die Schakale haben ihn in der Nacht getötet.«

»Der Mann deiner Tante hat es mir berichtet. Der Arme! Es war ja ein stattlicher und schöner Hund. Wo hast du ihn begraben?«

»Unter dem Olivenbaum.«

»Das hast du fein gemacht. Der Mann deiner Tante wird einen anderen Hund finden.«

Das tat mir weh. Ein Hund geht, ein anderer Hund kommt. Mein Gott! Sei auch mit den Hunden gnädig!

Sie erhob sich und nahm mich bei der Hand. Ihre Hand war warm. Ein lieblicher Schauer durchrieselte meinen Körper.

»Komm jetzt mit mir nach Hause!«

Sie hat also ihrem Mann nichts gesagt. Ihn verabscheute ich, und sie liebte ich. Wie meinen Vater und meine Mutter. Ich begann wieder viel zu träumen. Ich träumte, ich flöge oder ich lebte in einer Höhle, ausgestreckt auf Seide, glitzernde Farben an den Wänden und um mich Dämpfe von Weihrauch und Parfümen. Ich winke mit der Hand, und eine Tafel kommt, gefüllt mit allem, wonach mich gelüstet. Ich klatsche in die Hände, und ein wundervolles Mädchen, das Menschenhände noch nie berührt haben, tritt ein. Sie tanzt nackt vor mir, im Kerzenlicht und in einem Nebel von Weihrauch.

Eines Morgens, nachdem ihr Mann das Haus verlassen hatte, sah ich, wie sie eine Schachtel Watte und eine Unterhose nahm und ins Bad ging. Ich hatte schon mehrmals im Mülleimer Watte gesehen, die mit schwarzem Blut durchtränkt war. Woher kommt dieses Blut? Ich halte mein Auge ans Schlüsselloch. Sie zieht die Unterhose aus, setzt sich auf die Schüssel und dreht das Wasser an. Pinkelt sie? Wie schön ihr Hintern ist! Monika pinkelt, Monika scheißt! Ich wünschte mir, daß sie nicht pinkeln und nicht scheißen würde. Sie wäscht ihr Ding und reibt ihre Scham. Sie legt ein weißes Tüchlein in ihre Wunde. Die Frau im Bordell von Tetuan, mit der ich das erste Mal schlief, habe ich dasselbe tun sehen, als ich mich aus ihr zurückzog. Sie steckte ein Stück Watte in ihre Wunde. Sie zieht die saubere Unterhose an. Bluten sie alle so? Die schöne Monika blutet! Eine ekelhafte Sache, wenn sie alle immer bluten.

Ein Bursche aus der Nachbarschaft begleitete mich zu den Feldern. Er war jünger als ich. Wir würden viele Spatzen fangen. Das sagte ich ihm. Ich trug Ruten und Netze bei mir. Der Bursche war reizend, von feinem Wuchs, in kurzen Hosen, schön seine Haut, die Wangen gerötet. Seine Lippen scharlachrot, fein geschwungen. Seit Tagen flößte er mir einen lieblichen Ekel ein, sooft ich ihn sah. Wir stellten die Fallen und setzten uns unter einen Olivenbaum. Wir aßen gebratenes Fleisch und gekochte Eier. Er rauchte und trank mit mir.

Er sagte: »Das ist das erste Mal, daß ich rauche und trinke.«

Ich sagte ihm, was mir in Tetuan gesagt wurde: »Die nächsten Male wirst du beim Rauchen und Trinken nicht mehr husten oder dich schlecht fühlen. Das sagte man mir beim ersten Mal, als ich noch in Tetuan war.« Ich fügte hinzu: »Ist dir übel?«

»Ein wenig.«

Ich schlug ihm vor, in den Kornfeldern Vogeleier suchen zu gehen. Wir strichen vergnügt herum, während das Verlangen nach ihm meinen Körper in Wallung brachte. Seine Lippen glänzten. Wir setzten uns. Ich lag ausgestreckt auf dem Rücken. Er lag neben mir. Tetuan! Ich erinnerte mich an ein Lied, das so beginnt:

Aschiqtu tiflatan andalusiatan,
saghiratan, schabatan, chumurijatan . . .
Ich entbrannte für ein andalusisches Mädchen,
Ein kleines, junges, dunkles . . .

Ist er noch ein Knabe? Mein Ding richtete sich auf. Ja, er ist noch kindlich. Meine Augen wurden feucht vor Lust. Ich streichelte seine Hand. Er zog sie zurück, setzte sich auf und sah mich verständnislos an. Meine Augen waren immer noch feucht. Er hatte Angst.

»Was willst du mit mir tun?«

»Hab keine Angst! Du bist schön. Leg dich neben mich!«

Ich streichelte ihn mit der Hand. Ich begann fast zu weinen vor Lust.

Er sagte: »Ich mag dieses Streicheln nicht.«

Mit den Augen sagte ich ihm: »Ich flehe dich an. Ich liebe es, dich zu liebkosen.«

Er wollte aufstehen. Ich hielt ihn fest. Mein Körper bebte. In meinem Kopf drehte sich alles. Er entriß mir seine Hand und sprang auf. Er wollte fliehen. Ich packte seine Beine und riß ihn um, unter mich ... Ich habe dich, Knabe!

»Ich sage es meiner Mutter! Ich sage es meinem Vater und meiner Mutter! Ich sage es ...«

Alle Mütter der Welt! Alle Väter der Welt! Abwechselnd beißt er in meine Hand und in die Erde. Zwei Körper werden ein Körper. Er zerkratzt mich. Ich beiße ihn ins Genick. Er unterdrückt sein Schreien und Zittern. Meine Hitze und seine Hitze werden zu einer einzigen. Ich mache von Hand mit seinem Glied Liebe. Sein Glied richtet sich auf in meiner Hand. Er kommt auf den Geschmack. Ich küsse sein Genick, sein Haar, sein Gesicht, seinen Mund ...

Er beklagte sich bei seinen Eltern. Der verdammte Kerl! An diesem Abend schalt mich meine Tante. Ich schämte mich. Ich stritt alles ab. Ich schwor, daß ich unschuldig sei. Ich ekelte mich vor den Begierden meines Körpers. Ich weinte. Am nächsten Tag sah ich, wie meine Tante die Mutter des Burschen auf die Stirn küßte, als sie sie um Verzeihung bat. Mein Körper, pfui!

Meine Tante sagte zu mir: »Sicher machst du deiner Mutter große Sorgen in Tetuan. Sei vernünftig!«

Ich stellte mir vor, wie das Gespräch weiterginge:

»Wie soll ich vernünftig sein können? Wie?!«

»Tu nichts Böses!«

»Aber ich liebe alles lustvolle Böse.«

»Ich verstehe dich nicht.«

»In Tetuan hatte ich die Schenkel der Prostituierten im Bordell Sania. Und hier? Soll ich deine Schenkel begehren? Monikas Schenkel gehören ihrem Mann, deine deinem Mann. Und ich?«

Meine Herrin bemerkte meine Nachlässigkeit und Drückebergerei bei der Arbeit.

»Sicher sehnst du dich danach, deine Familie in Tetuan zu sehen.«

»Ich weiß nicht.«

»Ich bin sicher, du sehnst dich nach deiner Familie.«

Ich sagte bei mir, gib mir deine Schenkel, und ich gebe dir meine ganze Familie! Verrückt! Sehnsucht nach Tetuan, verrückt! Wein, Frauen, Kif. Verrücktheit ist schön. Tetuan ist eine verrückte Stadt. Meine Verrücktheit ist nicht hier. An jedem Ort auf der Welt würde ich meine Verrücktheit suchen.

Sie sagte: »Hör zu! Wir geben dir einen ganzen Monat Ferien, du kannst deine Familie besuchen. Dann kommst du zu uns zurück.«

Ich war einverstanden. Ich hatte ihr schon eines der Fotos gestohlen und ein kleines Taschentuch, das ich parfümiert hatte mit ihrem besten Parfüm.

Meinen Großvater und meine Großmutter hatte ich nie gesehen, außer wenn sie an freien Tagen meine Tante besuchten. Manchmal kam er oder sie auf das Landgut, aber ich ging nicht hin, um sie zu begrüßen. Ich empfand keine Zuneigung für die beiden. Keine Liebe, keinen Haß. Weder für ihn noch für sie. Das war alles. Oran habe ich nie gemocht, außer am Tag meiner Abreise. Sollte ich hoffen, wo ich nicht liebte? Ich hörte jemanden sagen:

Ad-dachil ila wahran zarban wal-charidsch minha harban.

Wer nach Oran kommt, hat Eile, wer es verläßt, ist auf der Flucht.

Auf der Rückreise nach Tetuan überlegte ich mir, was ich vorzog. Oran ist ein schönes Exil, Tetuan ein schönes Gefängnis. Lieber das Gefängnis zu Hause als die Freiheit in der Verbannung.

Ich verbrachte zwei Tage in Mellila und einen in Nador. Ich redete über Oran mit Leuten, die ich nicht kannte. Einer von ihnen sagte: »Die Leute wandern aus nach Oran, und du wanderst aus — aus Oran.«

FÜNF

Als ich in Tetuan ankam, stand fest, daß ich nicht nach Oran zurückkehren würde. Meine Tante schrieb meiner Mutter in einem Brief, der vor mir eingetroffen war, ich hätte ihr Schwierigkeiten gemacht, mit denen sie nicht zurecht käme, und es sei das beste, wenn ich in Tetuan bliebe. Als mir meine Mutter das mitteilte, sagte ich zu ihr: »Und wer hat gesagt, daß ich nach Oran zurückkehren will?«

Meine Mutter hatte ein Mädchen zur Welt gebracht, das noch an ihrer Brust gestorben war, doch ihr Bauch begann schon von neuem zu schwellen. Mein Vater verbrachte immer noch den größten Teil seiner Zeit auf dem Platz Feddane, wo er seine Arbeitslosigkeit genoß. Er schlief viel. Er fraß wie ein Schwein. Er verschaffte sich Schnupftabak, und manchmal kam er besoffen nach Hause. Er hatte nicht aufgehört, die Leute und manchmal Gott zu verfluchen. Er mochte niemanden auf dieser Welt. Wenn sich ihm eine Katze näherte, packte er sie am Schwanz und schlug sie gegen eine Wand. In seiner verschrobenen Art ging er mit Hühnern, Kaninchen und Zuchtvieh sehr liebevoll um, bevor er sie schlachtete. Wenn er ein Huhn oder ein Kaninchen zum Schlachten bekommen konnte, kam es mir trotzdem so vor, als stürbe das Tier in seinen Händen, noch bevor er es töten konnte.

Meine Schwester Rhimou war gewachsen. Meine Mutter war im Souk schon sehr auf sie angewiesen. Einer meiner Freunde aus dem Trankat versöhnte mich mit Comero, doch ich blieb auf der Hut vor seiner Rache. Ich sah die Narbe, die sich über seine ganze rechte Wange zog. Zahlreiche meiner Bekannten fürchteten sich nun vor mir. Es war meine persönliche Spezialität, eine oder zwei zusammengesteckte Rasierklingen im Mund zu tragen und zu reden, ohne sie herauszunehmen. Dieses Spiel überzeugte sie von meiner Meisterschaft im Kampf mit der Rasierklinge.

Aus dem Bordell Sania waren etliche Frauen weggezogen und andere waren gekommen, Berbermädchen, die im Bordell für ihre Unerfahrenheit im Liebemachen berühmt waren. Und mit ihnen waren auch die Burschen gekommen, die in den Cafés Frauentänze aufführten, im gegürteten Kaftan. Auch Zuhälter waren gegangen und andere gekommen. Ich fand Gefallen daran, in den Gassen zu schlafen, in Gesellschaft der Obdachlosen oder alleine. Eines Morgens früh weckte mich in einer Gasse ein mitleidsvolles Mädchen. Sie war schön, obwohl sie hinkte.

Sie fragte mich: »Bist du nicht der Sohn der Frau Maimouna?«

»Ja.«

»Ich kenne deine Mutter. Warum schläfst du nicht in eurem Haus?«

»Mein Vater hat mich hinausgeworfen.«

Sie kam zurück mit einem Butterbrot und einer Tasse Milchkaffee. Ich schämte mich, sie in ihrer Großherzigkeit abzuweisen, doch von nun an achtete ich darauf, früh aufzustehen und aus dieser verlassenen und gemütlichen Gasse zu verschwinden. Für die Zuneigung der Leute hatte ich nichts mehr übrig, weder für die der Männer noch die der Frauen.

Im Winter kehrte ich zum Schlafen in die alte Ecke der Bäckerei zurück. Ich rolle mich zusammen wie ein Igel, mit dem Rücken zur Wand des heißen Ofens. Wenn ich nachts aufwache, um meine Stellung zu wechseln oder um zu pinkeln, finde ich schlafende Katzen auf mir. Manchmal mag ich ihr leises Schnurren, das dem Lärm einer fernen Fabrik gleicht. Ich genieße auch alle traurigen Stimmen, die von ferne zu mir dringen oder in meiner Nähe flüstern. Einige der Lieder, die ich aus dem fernen Café höre, sind traurig und wundervoll: Asmahane, Umm Kulthum, Abdelwahab, Farid El Attrache. Sie sind mir aus der arabischen Welt die liebsten.

Eines Morgens weckte mich ein Mann und fragte: »Bist du nicht der Sohn von Sidi Haddou?«

»Aber nein. Das bin ich nicht.«

Er wiederholte die Frage eindringlicher.

»Bist du nicht sein Sohn Mohamed, der von Oran zurückgekommen ist?«

»Ich habe dir gesagt, nein! Und ich kenne niemanden mit diesem Namen.«

»Wie heißt du denn?«

»Mohamed.«

»Aber dein Vater ist Sidi Haddou Ben Allal und deine Mutter ist die Lalla Maimouna.«

»Ich habe dir gesagt, daß ich niemanden kenne außer mir selbst.«

»Wer ist denn dein Vater?«

»Er ist tot.«

»Tot?«

»Ja, tot, schon lange.«

»Wie hat er geheißen?«

»Ich weiß es nicht. Ich war noch im Bauch meiner Mutter, als er starb.«

Er musterte mich einen Augenblick und sagte: *»Ma schaa 'l-lah! Ma schaa 'l-lah!«* Er hielt mir zwei Peseten hin: »Da, kauf dir etwas zum Frühstück. Du bist sicher hungrig.«

Unwillig sagte ich zu ihm: »Ich habe nichts nötig. Ich habe Geld bei mir.«

»Du hast Geld bei dir und schläfst hier wie eine Katze. Bist du blöd?«

Ich sagte wütend: »Die alte Katze bist du, und wirklich blöd bist du!«

Außer sich, sah er mich an. Ich sprang auf und schrie ihm ins Gesicht: Auuuuu! Au! Au! Ich machte mich davon und hörte ihn hinter mir, immer wieder: *»Bismillahi 'r-rahmani 'r-rahimi!* Schütze uns Gott vor den Söhnen dieser Zeit!«

Meine Mutter kam mit einem Mädchen nieder und gab ihm den Namen Zohra wie schon dem anderen Mädchen, das kurz zuvor gestorben war. In einer der Nächte biß eine Ratte sie in die Hand, und sie starb auch.

Oft überrascht mich mein Vater auf der Straße, packt mich von hinten am Kragen meines Hemds oder dreht mir den Arm auf den Rücken, um mit seiner freien Hand die Schläge prasseln zu lassen, bis das Blut fließt. Dann weiß ich, daß zu Hause der dicke Soldatengurt wartet. Wenn seine Hand und sein Fuß ermüden, beißt er mich in die Schulter oder in den Arm, kneift mich ins Ohr, bearbeitet mein Gesicht mit den Fäusten. Wenn er mich auf der Straße schlägt, mischen sich meistens Leute ein und befreien mich. Doch er tut es immer wieder. So lasse ich mich, wenn er mich packt, auf den Boden fallen und schreie wie ein Verrückter. Er fegt den Boden mit mir, einen Augenblick lang, tritt mich mit den Füßen, bis ich ihm entwische und ihn von ferne verfluche, voller Abscheu gegen alle Welt auf Himmel und Erde spucke.

Einmal saß ich mit zwei Taschendieben in einem Café bei grünem Tee, Kif rauchend. Wir kamen überein, gemeinsam zu klauen, um hinterher eine Nacht im Bordell zu verbringen. Wir gingen zum neuen Souk. Die Menschenmenge war dicht. Er überfiel mich von hinten, packte mich am Hemdkragen. Noch ehe ich zu meinen Kniffen griff, die mich von ihm befreiten, griffen ihn meine beiden Freunde an. Sie schlugen ihn mit den Fäusten und stießen ihn mit den Köpfen. Ich hörte ihn schreien, ächzen und um Hilfe rufen. Ich sah, wie er sein Gesicht mit den Händen bedeckte, während das Blut zwischen seinen Fingern hervorquoll. Ich entfernte mich, um das Ende des Spektakels abzuwarten. Ich hätte mich gern an der Keilerei beteiligt. Wäre der Ort nicht so voll von Leuten gewesen, hätte ich mitgemacht. Es war mir eine Wohltat, daß er unter meinen Augen geschlagen wurde, bis sein Blut so floß wie meines immer, wenn er mich schlug. Absalam, der sich wieder zu mir gesellt hatte, sagte: »Der Hurensohn! Was ist vorgefallen zwischen dir und diesem Hund?«

»Nichts, er ist mein Vater.«

»Dein Vater?!«

»Ja, aber er verdient mehr, als er bekommen hat.«

Sebtaoui, der herbeikam, sagte: »Bastard! Hurensohn!«

Er fragte mich: »Was hat er mit dir?«

Absalam sagte: »Das ist sein Vater.«

»Sein Vater?! Dein Vater?!«

»Ja, mein Vater.« Ich fügte hinzu: »Er verdient mehr, als ihr ihm gegeben habt. Er ist ein Hund.«

Als wir zur Gasse Darb Talaa kamen, sah ich einen Betrunkenen aus einer Bar treten. Es war eine kalte, regnerische Nacht.

Absalam sagte: »Der Regen wird die Kälte mildern.«

Der Besoffene taumelte dahin. Wir hörten ihn auf den Boden plumpsen.

Sebtaoui sagte: »Der ist arg besoffen. Bestimmt hat er den ganzen Tag hier gesoffen. Ich hasse das Saufen am Tag.«

Der Besoffene richtete sich mühsam auf. Wir betraten selber das Haus, aus dem er gekommen war. Eine Frau empfing uns, auch sie betrunken. Sie hatte einen zierlichen Körper, doch ihr Gesicht war schlaff. Sie trug einen schwarzen, wollenen Kaftan. Sie nahm den Kopf von Absalam zwischen ihre Hände, liebevoll, zärtlich, und gab ihm einen gut hörbaren Kuß auf den Mund.

Sie sagte zu ihm: »Was hast du mir heute mitgebracht? Was hast du deiner Mutter mitgebracht?«

Sie war demnach wirklich seine Mutter. Sie küßte ihn so auf den Mund, als wäre er ihr kleiner Liebhaber.

Absalam sagte zu ihr: »Alles. Alles, was du willst, wirst du haben, solange ich lebe.«

Dann gab er ihr eine goldene Kette, an der ein Kreuz hing. Sie warf einen prüfenden Blick auf das Kreuz und sagte: »Das werde ich von der Kette nehmen und dem Goldschmied geben, damit er es einschmilzt und eine Khmissa daraus macht.«

Ich sah Sebtaoui auf einen hell erleuchteten Raum zugehen. Stimmen von lachenden Männern und

Frauen. Absalam stellte mich seiner betrunkenen Mutter vor.

»Mama, das ist ein neuer Freund, Mohamed.«

Sie maß mich mit ihrem vernebelten Blick.

»Er wird die Nacht bei uns bleiben.«

Sie schlang mir die Arme um den Kopf und gab mir einen langen, schallenden Kuß auf die Wange. Ich genoß ihren Atem, dieses Gemisch von Wein und einem starken Parfüm. »Willkommen bei uns!« Sie musterte mich wieder, etwas nach hinten gelehnt, mein Gesicht immer noch zwischen ihren Händen, ihre Augen schläfrig, feucht schimmernd. Sie ließ den Kopf in den Nacken fallen. Jetzt sah ich mein Gesicht in ihren wäßrigen Augen. Was will diese Frau von mir? Ist sie von mir angetan? Ich zitterte. Ihre Augen sind schön. Absalam sah seiner Mutter lachend zu. Ist sie wirklich seine Mutter, oder ist das ein Spiel? Vielleicht hat sie ihn nur aufgezogen.

Sie sagte zu uns: »Geht alle hinauf ins Zimmer. Es wird euch alles gebracht, was ihr wollt.«

Sebtaoui und ich stiegen ins obere Geschoß hinauf und ließen Absalam mit ihr über unseren Abend verhandeln.

Ein Mädchen, ungefähr zehn Jahre alt, brachte uns ein Tablett mit einer Flasche Cognac.

Sebtaoui sagte: »Es gibt nichts Besseres als Cognac an diesem kalten Tag.«

Ich sagte: »Auch für die Verdauung.«

Wir hatten ein sehr fettes Gericht gegessen. Der Geldbeutel, den Sebtaoui gestohlen hatte, enthielt 3000 Pesten.

Er sagte: »Absalam ist mit seiner Mutter übereingekommen, drei schöne Mädchen von draußen zu holen. Es gibt da viele Mädchen, die nicht offen herumhuren. Sie bleiben in ihren Häusern und warten, bis sie von den Zuhälterinnen gerufen werden. Einige von ihnen sind verheiratet. Es sind auch Jungfrauen unter ihnen zu finden.«

»Und es ist möglich, mit einer Jungfrau ins Bett zu gehen?«

»Sie verbringen die Nacht in der Gesellschaft, und am Ende des Gelages treibt die Zuhälterin jemanden auf, der sie nach Hause begleitet, oder sie schläft bis zum Morgen bei ihr.«

»Und wenn einer ein Mädchen entjungfern will?«

»In diesem Fall muß er den Preis ihrer Entjungferung bezahlen.«

»Wieviel zum Beispiel?«

Er schaute mich verwundert an.

Ich fügte hinzu: »Ich frage ja nur.«

»Willst du eine entjungfern?«

»Wenn das möglich ist, warum nicht!«

»Das kostet dich tausend oder tausendfünfhundert Peseten.«

»Hat die Mutter von Absalam keine jungen Mädchen hier? Ich habe ihre Stimmen gehört, unten in dem Zimmer, in das du hineingegangen bist.«

»Sie hat zwei Mädchen, professionelle, schöne, doch ich und Absalam haben unseren Hunger auf sie gestillt. Heute nacht ist keine da, außer einem neuen Mädchen. Sie trinkt Cognac, um ihre Zahnschmerzen zu dämpfen.«

Wir hörten ein schüchternes Lachen.

»Da sind sie, sie kommen.«

Die Mutter von Absalam führte lächelnd den Zug an, und hinter ihr erschienen drei Mädchen im Kaftan. Wahrhaftig, das wird eine festliche Nacht. Die Mutter von Absalam füllte sich selbst ein Glas und verschwand damit. Absalam kam herein, in der Hand eine Stange Zigaretten, Virginia. Jede der drei setzte sich neben einen von uns, ohne auszuwählen.

Drei Tage lang ging ich nicht hinaus. Die drei verließen uns jeweils am Morgen, gingen ins Bad, und am Abend kamen sie wieder, gewaschen, parfümiert, geschminkt, frisiert. Sebtaoui und Absalam gingen zusammen aus, während ich es vorzog, zu bleiben, zu schlafen und in den Tagträumen meiner Erinnerungen an Tanger, Tetuan und Oran zu schwelgen. In der Nacht hatte das Leben den Duft der Ewigkeit. Ich gab nicht mehr als 300 Peseten aus. Manchmal kam Aziza zu mir, die Mutter von Absalam, und erzählte mir aus ihrem Leben, trank mit mir und rauchte eine Blonde. Manchmal rauchte sie auch Kif. Am vierten Abend kehrten Absalam und Sebtaoui nicht zurück. Sie bat mich, hinauszugehen und die beiden zu suchen. Es war mir übel, und ich hatte Schweißausbrüche, als ich aus dem Haus ging. Nach zwei Stunden war ich zurück. Sie begann zu schluchzen und fragte: »Sicher waren es die Männer von der Polizei, die sie aufgehalten haben?«

Ich wußte nicht, wie ich sie beruhigen konnte. Von Zeit zu Zeit wiederholte ich eintönig: »Ich hoffe, daß man sie nicht gefaßt hat.«

Sie kam immer wieder, bis nachts um eins, und hinaus ging sie jedesmal mit einem Glas voll Cognac. Einmal schluchzte sie, einmal lachte sie.

»Unten ist ein Mädchen, das heute nacht alleine schlafen wird. Willst du mit ihr schlafen? Du brauchst ihr nichts zu bezahlen. Ich bringe das in Ordnung mit ihr.«

Ich lächelte sie an. Sie trank ihr Glas in einem einzigen Zug. Ich stand auf. Sie schmiegte sich an mich. Sie nahm mein Kinn in die Hand und küßte mich lustvoll auf den Mund.

Sie sagte: »Du erinnerst mich an meinen Bruder Sellam.«

Zum erstenmal sah ich eine Frau wirklich besoffen. Sie lenkte mühsam ihre Schritte zur Tür und rief draußen.

»Yasmina! Komm herauf zu mir!«

Ich hörte die beiden vor der Tür miteinander flüstern. Sie wird sie sicher zu mir schicken. Das Mädchen kam herein, schüchtern, im Kaftan, den Duft eines starken Parfüms ausströmend.

Sie sagte: »Es ist immer noch sehr kalt, obwohl es in Strömen regnet.«

Ich schenkte ihr Cognac mit Limonade ein. Sie begann an dem Glas zu nippen. Wir sprachen nicht viel. In ihrer Gegenwart verflog meine Langeweile. Ich nahm ihre Hand in meine. Meine Augen und mein Lächeln sagten ihr: »Ich verstehe nicht viel von den Dingen. Und du, Yasmina?«

Ihre Augen und ihr Lächeln sprachen: »Auch ich verstehe nicht viel von den Dingen dieser Welt.«

Ich sah zur Lampe hinüber. Wir müssen unbedingt das Licht ausmachen, damit wir nicht so sitzen bleiben wie Bruder und Schwester.

SECHS

Die Nachbarn versöhnten mich mit meinem Vater. Ich half meiner Mutter wieder regelmäßig an ihrem Marktstand. Mein Vater verbot mir, auszugehen und die Nächte in den Cafés zu verbringen. Nachts nicht auszugehen war eine unerträgliche Marter für mich. Denn die Nächte waren alles, was ich hatte, solange ich den ganzen Tag im Stand meiner Mutter zubrachte.

Eines Morgens standen zwei Geheimpolizisten vor dem Stand, ein Marokkaner und ein Spanier. Der Marokkaner sagte zu mir: »Komm mit uns!«

Absalam und Sebtaoui, dachte ich. Ich bat den Sohn der Pfefferminzverkäuferin vom Nachbarstand, auch auf unseren Stand aufzupassen, bis meine Mutter vom Gemüselager zurück war. Sie führten mich zur Hauptwache.

Dort fragte mich der Marokkaner: »Wo sind Absalam und Sebtaoui?«

»Ich kenne die beiden nicht.«

»Was soll das heißen, du kennst sie nicht?«

»Ich kenne sie nicht.«

Er verpaßte mir zwei Ohrfeigen und packte mich am Hemd.

»Hör zu! Wenn du uns nicht die Wahrheit sagst, stülpen wir dir das Gesicht nach innen. Hast du verstanden oder nicht?«

Der spanische Polizist erschien wieder unter der Tür des Büros und sagte: »Bring ihn herein!«

Als ich drinnen war, hob der Kommissar den Blick und sagte: »Ach so, du bist das.«

Ich hatte seinem Sohn Julio, im Ain Khabbaz in Tanger, immer alle Spatzen gegeben, die in meine Fallen gingen, denn ich war vor Kadavern gewarnt. Seine Frau heuerte mich damals an, sie zum Gemüsehändler und manchmal zum Souk zu begleiten und ihr beim Tragen zu helfen.

»Wo wohnt deine Familie jetzt?«

»Im Trankat.«

»Verkauft deine Mutter immer noch Gemüse?«

»Ja.«

»Und du, was machst du?«

»Ich helfe ihr am Stand.«

»Aber du bist auch mit Taschendieben zusammen und stiehlst mit ihnen.«

»Nie.«

»Kennst du Absalam und Sebtaoui nicht?«

»Ich sehe sie ab und zu im Café Trankat. Aber ich bin nicht mit ihnen zusammen.«

»Weißt du, wo sie jetzt sein könnten?«

»Ich weiß es nicht.«

»Seit wann hast du die beiden nicht gesehen?«

»Seit mehr als einer Woche.«

»So so!«

Einen Augenblick später sagte er: »In Ordnung. Du kannst gehen, aber paß auf, daß sie dich nicht eines Tages mit den Dieben schnappen!«

Ich dankte ihm und ging hinaus. Als ich mich von der Wache entfernte, spuckte ich von Zeit zu Zeit das Blut aus, das ich vorher hinuntergeschluckt hatte, während ich dem Kommissar Alva Auskunft gab.

Am Abend fand mich mein Freund Taferseti im Café Trankat, Kif rauchend, in Sorgen versunken. Er roch nach Betrunkenheit und drängte mich, ihn zu einem Gelage zu begleiten, das sein älterer Bruder in einem der Gärten im Kitane veranstaltete. Taferseti kaufte zwei Flaschen süßen Malaga. Er erzählte mir, er sei schon bei mehreren solchen Festen gewesen. Jeden Samstag würden sie in diesem Garten eines veranstalten.

»Wenn sie besoffen sind, bringen sie eines der Mädchen dazu, nackt vor ihnen zu tanzen.«

Ich war verwundert.

»Tanzt sie vollständig nackt?«

»Mehr als das.«

»Was meinst du mit mehr?«

»Warte, bis du es selbst siehst.«

Wir nahmen ein Taxi. Taferseti hatte etwas Kapital zusammengebracht. Er kaufte Obst und Gemüse auf eigene Rechnung. Stolz erzählte er mir, er lebe nun unabhängig von seinen Eltern und habe eine schöne Geliebte, deren Gatte sich nach drei Monaten von ihr getrennt hatte. Wir stiegen aus. Ich fragte ihn, wo der Garten sei.

Er sagte: »In ein paar Minuten sind wir da.«

Die Nacht war mondhell, die Luft warm.

»Sie liebt mich. Sie wäre imstande, sich umzubringen, wenn ich es von ihr verlangte. Manchmal schlage ich sie, bis sie blutet. Sie geht wütend davon, und ich sage mir, das ist das letzte Mal gewesen. Sie kommt nicht wieder, doch nach einem oder zwei Tagen kommt sie zurück.«

»Und du liebst sie?«

»Mmm, ich weiß nicht. Ich habe mich jedenfalls an sie gewöhnt. Wenn Vertrautheit Liebe ist, liebe ich sie wirklich.«

»Warum schlägst du sie dann?«

Wir blieben stehen. Er öffnete seine Flasche, und wir tranken abwechselnd einige Schlucke.

»Ich glaube, es bereitet ihr Lust, wenn ich sie schlage. Sie bestreitet das. Sie tut auch Dinge, die ich ihr verboten habe.«

Ich dachte, Taferseti verhält sich zu den Frauen schon wie ein Mann. Ich sagte zu ihm: »Du hast Glück.«

»Warum?«

»Du hast eine Frau, die zu dir kommt, wann du willst, und die du schlägst, wann du willst.«

Er lächelte und sagte stolz: »Auch du wirst eine Frau haben.«

»Vielleicht.«

»Ich besorge dir eine, ganz bestimmt.«

Ich dachte, Taferseti kann sich selbst und anderen eine besorgen. »Mit Geld kann der Mensch die Welt heiraten.« Das sagte einer der Kifer im Café Trankat.

Wir näherten uns dem Ort. Wir hörten Gesang und Mandolinenrhythmen. Er sagte: »Sie haben schon angefangen.«

Vor einem hölzernen Tor blieben wir stehen. Wir stießen es auf, Ölfunzeln kamen in Sicht. Wir hörten eine Stimme: »Wer ist dort?«

Taferseti gab zurück: »Dein Bruder, Taferseti.«

Die schöne Stimme eines Burschen sang:

Ja laila tull aw la tatull
La budda li an ascharak
Law bata andi qamari
Ma bitu ar'a qamarak

O Nacht, leuchte oder bleibe dunkel
Ich kann nicht anders, muß dich feiern
Wäre mein Mond an meiner Seite
Kümmerte ich mich nicht um den Deinen

Männer und Frauen, alle sitzen sie unter einem Baum. Der Garten atmet die Düfte seiner Blüten. Die Moschusdüfte sind mächtig. Ich sprach zu mir, dies ist das Paradies. Die Erde war mit Teppichen und Kissen belegt. Der Bruder von Taferseti hieß mich willkommen. Wir gaben ihm die beiden Flaschen.

Er sagte: »Muskateller, großartig!«

Wir setzten uns. Wir beide waren die Jüngsten. Sie hatten schon getrunken. Ein Bursche flüsterte einem Mädchen etwas ins Ohr. Sie stand auf und verschwand aus seiner Nähe. Eine Frau, um die Dreißig, schenkte den Wein aus. Der Musikant mit der Mandoline spielte nun zum Tanz auf, begleitet von einem Burschen mit einer Darabukka und einem Mädchen mit einem Tambourin. Der Bursche, der jenem Mädchen etwas ins Ohr geflüstert hatte, schrie: »Anissa! Anissa! Anissa!«

Auch andere Stimmen riefen ihren Namen. Anissa kam im Tanzschritt. Sie tanzte und teilte uns ihr Lächeln aus. Sie hatte nichts an, außer einem durchsichtigen, langen Kleid, keinen Büstenhalter darunter. Der Teufel tanzte in ihrem Körper. Ein besoffener Teufel.

Taferseti an meinem Ohr: »Hast du schon jemals einen solchen Anblick genossen?«

»Nie. Nicht einmal im Kino habe ich eine mit entblößten Brüsten tanzen sehen wie sie.«

»Siehst du! Ich hoffe, sie tun mit ihr dasselbe, was sie mit ihr bei einem dieser Feste getan haben. Sie haben sie in ein großes Becken gesetzt, viel spanischen Wein über sie gegossen und dann ihre Gläser aus dem Becken gefüllt und daraus getrunken.«

Die Worte eines andalusischen Liedes lauten:

Ja laila hazti al-dschamal
Was-sa 'du aqbal
Laki 'l-mufachiru wal-kamal
Wal-izzu adschmal
Balaghtu qasdi wal-amal
Fil-badri 'l-akmal
Dschada binschirahi waqtuna
Wal-bu' du mannu'
Al-farah aqbalu wal-hana
Wasch-schamlu madschmu'

O Nacht, du hast die Schönheit gezeichnet
Während das Glück ganz nah ist
Dein ist der Stolz und die Vollkommenheit
Und der schönste Ruhm
Meine Bestimmung und Hoffnung hat sich erfüllt
Im fabelhaften Vollmond
Unsere Zeit schenkt uns Frohsinn im Überfluß
Und Abstand ist uns verboten
Ganz nahe sind Freude und Heil
Wo die Gesellschaft vereint ist

SIEBEN

Ich dachte, wenn ich irgend jemanden den Tod vor seiner Zeit wünsche, dann meinem Vater. Ich hasse auch die Leute, die meinem Vater ähnlich sind. Ich erinnere mich nicht, wie oft ich ihn in meiner Phantasie getötet habe. Ich bräuchte ihn nur noch wirklich zu töten.

Selbst wenn ich Heißhunger habe, weise ich das Essen zurück. Das Kino ruft. Dort vergesse ich meine Sorgen. Ich werde in meiner Phantasie Huhn mit Erbsen essen. Meine Hand zittert, wenn ich in seiner Gegenwart das Fleisch in Stücke zerteile. Warum starrt er mich so übelgelaunt an? Er ißt mit dem Mißtrauen einer Katze. Sein Ego bleibt auch in seiner Abwesenheit anwesend. Sein Wille läßt uns keine Wahl. Deswegen ziehe ich es vor, meine Portion alleine zu essen.

»Es gehört sich nicht, daß du deine Mahlzeit alleine einnimmst. Das ist eine schlechte Gewohnheit.« — Nicht schlechter als die Gegenwart meines Vaters, hätte ich meiner Mutter gerne entgegnet.

Mein Vater war uns näher als Gott, näher als die Propheten und alle Heiligen. Oft wünschte ich mir, einmal eine Mahlzeit zu erleben, die ich zu Ende essen konnte. Doch er ließ mich an allem zweifeln, was auf den Tisch kam, und auch an allen anderen Dingen.

»Dein Vater ißt heute nicht mit uns. Setz dich also an den Tisch und iß!«

»Ich mag nicht.«

»Setz dich und iß, sage ich dir.«

Ich schreie: »Nein! Verstehst du nicht?!«

»Was ist los?«

»Ich habe schon gegessen, Huhn mit Zwiebeln, Rosinen und Mandeln.«

»Wo?«

»Hier.«

»Du bist verrückt. Paß auf, er kommt und sieht dich alleine essen.«

Meine Liebe zu ihr mischte sich mit dem Haß gegen meinen Vater.

Er kam herein. Da war er mit einer Portion Innereien, die mich anekelten, seit ich nach dem Begräbnis meines Onkels zugeschaut hatte, wie die Leute davon aßen.

»Warum ißt du nicht?«

»Ich bin satt.«

»Du lügst. Du bist nicht satt. Es paßt mir gar nicht, daß du satt bist, wann es dir paßt.«

»Ich schwöre, ich bin satt.«

»Ich kenne dich gut, du Sohn dieser Hure da.«

»Die Leute würden mich kennen, wenn ich eine Hure wäre.«

Er ohrfeigte sie. Er schrie meiner Mutter und meiner Schwester ins Gesicht.

»Ihr beide hört auf zu essen, oder ich lasse euch eure Lumpen essen.«

Zu mir sagte er: »Du allein wirst das alles essen. Du allein. Alles wirst du essen. Er allein, er allein, er allein . . .«

Damit er mich nicht zu schlagen anfing, sagte ich: »Ja, ja.«

»So fang an!«

Meine Mutter protestierte.

»Du bist verrückt. Du wirst ihn umbringen.«

»Soll er verrecken und du nach ihm!«

Sie kniete vor ihm, er stand da, und wir beide saßen. Er kam mir vor wie ein Riese, der über Zwerge herrscht. Wir waren seine Schafherde. Er konnte mit dem Schlachten beginnen, wann er wollte. Meine Schwester Rhimou nahm sich zusammen, während meine Mutter weinte.

»Von heute an weist du nichts mehr zurück, was auf den Tisch kommt!«

Er schlug mich. Ich wandte mich ab und fuhr mit der Zunge über meine Unterlippe. Sie war aufgerissen.

»Und wenn es Aas ist, weist du von heute an nichts mehr zurück!«

Mein Mund füllte sich mit warmem Blut, salzig und süß. Ich spürte, wie sich mein Magen blähte. Ich fing an zu essen. Wäre ich stärker als er, würde er Disteln fressen.

Im städtischen Krankenhaus kam ich wieder zu Bewußtsein. Ich atmete mit Mühe. Sie hatten mir den Magen ausgepumpt, als ich in Ohnmacht lag. Die Krämpfe zerrissen mir noch jetzt den Magen. Seine Stimme abends zu Hause.

»Wo ist er?«

»Er schläft.«

»Er wird mit uns essen.«

»Er ist erschöpft. Er hat hart gearbeitet bei mir im Stand.«

Sie schwindelte ihm etwas vor. Das war es, weshalb ich sie nicht haßte wie ihn, ihr nicht den Tod wünschte wie ihm.

Ich hörte ihn mit sich selbst sprechen. Ich konnte nicht umkehren. Er hatte mich schon bemerkt. Er saß alleine da. Sein Ausdruck ließ Schlimmes erwarten. Seine Augenbrauen zogen sich zusammen, als er mich sah. In seiner Gegenwart sind auch die Abwesenden anwesend. Er verflucht uns, ob wir anwesend oder abwesend sind. Er versammelt uns um sich, wann immer er will. Wirklich, er ist wie Gott. Wer hat ihm diese Macht gegeben?

»Wo ist deine Mutter?«

»Sie ist zum Magazin einkaufen gegangen.«

»Wer ist beim Stand geblieben?«

»Rhimou.«

»Und du?«

»Mutter wollte nicht, daß ich sie begleite.«

»Und jetzt kommst du nach Hause, um zu essen?«

»Niemals.«

»Wozu denn? Ich kenne dich. Du hast dir ausgerechnet, ich sei zum Feddane gegangen. Du bist wirklich ein Hurensohn. Oder habe ich etwa nicht recht? Schau mich gut an!«

Ich hielt den Kopf gesenkt.

»Ich habe dich nicht gezeugt. Vielleicht hat ein anderer Mann mit deiner Mutter geschlafen. Die Leute vertrauen dem Teufel, den Frauen vertrauen sie nicht. Du bist mir in gar nichts ähnlich. Vielleicht bist du ihr ähnlich. Die Hurensöhne gleichen ihren Müttern. Sie verhätschelt dich. Ihr habt euch gegen mich verschworen. Versucht ihr euch nicht immer gegenseitig zu verteidigen? Ihr achtet nie auf das, was ich sage. Ist es nicht so, wie ich sage? Rede, du verdammter Kerl! Ich weiß, daß du mich haßt. Du wünschst, daß ich sterben würde.«

Ich dachte, du beginnst allmählich einleuchtende Dinge zu sagen.

»Sie liebst du. Du liebst nur sie.«

Ich dachte, sie hasse ich nicht. Was dich betrifft, wer auf der Welt liebt dich?

»Ich sehe diese Liebe in euren Augen, wenn ihr beieinander seid. Sie verhätschelt dich, als wärst du noch ein Säugling. Ihre Milch ist noch in deinen Backenzähnen. Sie ist deine Mutter, doch ich bin dein Vater. Wenn es hier einen gibt, dem du zu gehorchen hast, dann mir. Niemandem außer mir. Mir allein, solange ich lebe. Hörst du mir zu?!«

Ich höre dich, oh Kalif Gottes auf der Erde, über welche die Väter wie du bestimmen.

»Doch mit dir zu reden hat keinen Sinn. Du tust, als wäre ich nicht hier, sogar wenn ich hier bin. Hörst du mir zu, du Abschaum?!«

Ich höre dich, oh Bevollmächtigter Gottes.

»Du kannst nichts, außer an der Brust deiner Mutter herumbeißen.«

Ich blieb so vor ihm stehen, wie er es haben wollte.

»Wozu bist du also hierhergekommen?«

»Mutter hat mich geschickt.«

»Wozu?«

»Ich soll das Zimmer kehren.«

»Du kommst mir vor, als hätten sich alle Lügner in dir zusammengetan. Sie hat dich nicht im Stand gelassen, weil du sie bestiehlst und ihr Ärger machst. Sie hat dich nicht zum Magazin mitgenommen, weil du dort die Waren fremder Leute ißt. Die Händler und die Träger haben mir alles erzählt. Du füllst dir die Taschen mit Früchten. Ich denke ständig darüber nach, was ich tun muß, dich loszuwerden.«

Ich auch, du Schwachkopf.

»Ich hasse dich.«

Ich dich auch, du Verbrecher.

»Geh jetzt zum Stand. Achte mit Rhimou darauf, daß die Kinder nicht stehlen!«

Ich ging zitternd die Treppe hinunter. Heute

abend würde mich nichts vom Gang ins Kino zurückhalten können. »Er ist müde. Er hat hart mit mir gearbeitet im Stand.« Sie schützte mich. Darum haßte ich sie nicht.

Ich stieg leise aufs Dach. Im Augenblick schweigt er. Vielleicht hat er gerade einen großen Bissen im Mund. Er ißt wirklich wie ein Vieh. Ich sah mich um und machte das Seil fest. Sein Geist fuhr aus dem Boden.

»Wohin willst du, du Bastard? Komm her! Wohin willst du?«

Ohne Zögern sprang ich und bekam die dicken elektrischen Drähte über der Straße zu fassen. Ich hörte ihn fluchen und drohen, seine Hände nach meinem Hals ausgestreckt, während ich im Leeren baumelte.

»Das habe ich mir gedacht!«

Mein Blick fiel hinab ins Dunkel. Mich schwindelte. Er wird aus dem Haus rennen und mich abfangen. Er wird mich weichklopfen. Er ist krank im Kopf. Ich atmete tief. Mit geschlossenen Augen ließ ich mich fallen. Ich kollerte über Steine und Müll. Mein Fuß stieß gegen etwas Lebendiges. »Mein Kopf! Wer bist du? Ein Dieb! Faßt ihn! Bleib stehen!« Unter meinen nackten Füßen kam alles ins Rutschen. Ich konnte nicht zwischen roten und gelben Melonen und Köpfen unterscheiden, außer wenn ich Schreie unter meinen Füßen hörte. Ein spanischer Nachtwächter, der herbeigelaufen kam, schrie: »He du! Bleib stehen! Komm her!« Ich hörte den Lärm einer Alarmsirene. Eines der Gespenster rannte verzweifelt hinter mir her, um mich zu packen. Ihm folgten fünf oder sechs andere, mit den Armen fuchtelnd und Ratschläge durcheinanderrufend. Ihr Geheul verlor sich in der Stille. Ich rannte nicht mehr. Doch ich fürchtete, daß einer von ihnen aus einer anderen Richtung auftauchen und mir den Weg abschneiden könnte. Vielleicht wäre es mein Vater, der dreimal verdammte. Von neuem begann ich zu rennen, so schnell ich konnte. Ich dachte, jetzt laufe ich, bis ich zusammenbreche. Bis die Luft aus mir herausfährt, wie aus einem Plastikball, in den ein Kind eine Nadel sticht.

Im Kino steckte ich eine Zigarette an. Mit den Händen rieb ich meine blutenden Zehen. Ich stellte mir meinen Vater vor, wie er die Hände nach mir ausstreckte. In meiner Phantasie führte er jetzt das Leben des Feindes im Film. Ich war der andere. Ich leerte das ganze Magazin auf ihn, ratatata ... ratatata. Mein Vater ist tot. Die Kugeln kühlen in seinem Herzen und in seinem Hirn ab. Sein Blut fließt jetzt wie das Blut des Feindes im Film. Seine Arme und Beine zucken zum letztenmal. Mein Vater ist in meiner Phantasie gestorben wie im Film der Feind. So habe ich mir immer gewünscht, ihn zu töten.

Nachdem ich das Kino verlassen hatte, lenkte ich meine Schritte zum Platz Feddane. Ich setzte mich auf eine der Granitbänke und ließ den Film noch einmal in meinem Kopf abspielen. Mein Vater wälzt sich in seinem Blut, und ich schaue triumphierend auf ihn herab. Kinder, Burschen und Alte schliefen auf den Bänken und auf der Erde wie tote Fische auf dem Strand. Wenn jemand neu dazukam, suchte er einen Platz aus, legte sich hin und schlief. Ich hatte 75 Peseten. Ich packte sie gut ein und vergrub sie in der Erde, neben einem Rosenbusch hinter der Bank, auf der ich es mir bequem gemacht hatte. Ich schlief.

Ich träumte, mein Vater würde mich jagen. Ich spürte, wie eine Hand meine Taschen durchsuchte. Ich bewegte mich nicht. Ich hob meine Augenlider ein wenig. Die Gestalt war größer als ich. Deshalb hoffte ich, daß die Durchsuchung das Einzige war, was er mit mir vorhatte. Ich drehte mich langsam auf den Rücken, um ihm bei der Untersuchung aller Taschen zu helfen. Er wandte sich ab. Ich sah ihn unter den anderen Schlafenden die Runde machen.

Ein Traum endet in Tetuan, und ein anderer beginnt in Tanger. Ich war immer noch in Tetuan, während ich schon in den Straßen von Tanger verschwinde.

ACHT

Ich wachte voller Angst auf. Der Bursche schüttelte mich an den Schultern und sagte: »Steh auf! Die Polizei! Die Polizei!«

Ich vermißte die restlichen 60 Peseten in meiner Tasche, und man hatte mir die Schuhe weggenommen, ohne daß ich es bemerkte. Ich sagte dem Burschen, während wir zusammen davonrannten: »Man hat mich bestohlen.«

»Wieviel?«

»Sechzig Peseten.«

»Daß Gott sie ersetze!«

Wir verminderten das Tempo.

Er fügte hinzu: »Du hast Glück gehabt.«

Wir keuchten.

»Was meinst du damit?«

»Sie vergewaltigen dich, wenn sie nichts zu stehlen finden.«

Wir gingen in Richtung des Friedhofs Bouarrakia. Ich fragte ihn: »Wohin gehen wir nun?«

»Folge mir und sei still! Du brauchst dich nicht zu fürchten.«

Wir betraten die Welt der ewigen Stille. Ich dachte, hier liegt mein Bruder Abdelkader begraben. Wenn mein Vater tot ist, werde ich sein Grab besuchen, um darauf zu pinkeln. Sein Grab ist zu nichts gut, es taugt nur als Abort.

Wir schritten über die Gräber. Vor dem eingezäunten Familienfriedhof blieben wir stehen. Mein Kumpan sprang über den Zaun.

Er sagte: »Spring! Worauf wartest du?«

Ich sprang. Er fing an, den Boden mit großen Kartonstücken zu bedecken, die in einer Ecke aufgeschichtet lagen.

Er sagte: »Das ist dein Platz.«

Dann machte er sich daran, seinen Schlafplatz herzurichten. Ich kauerte mich hin, die Arme um meine Knie geschlungen. Er setzte sich und fragte mich: »Woher bist du?«

»Vom Rif.«

»Und deine Familie?«

»In Tetuan.«

»Wohnt ihr dort?«

»Wir haben hier in Tanger gewohnt, dann sind wir nach Tetuan ausgewandert.«

»Bist du ausgerissen?»«

»Ja.«

»Auch ich bin ausgerissen.«

»Von wo bist du?«

»Vom Jebel Habibi.«

Ich dachte, er ist also ein Jebli.

»Warum bist du ausgerissen?«

Er suchte etwas in seinen Taschen.

»Die Frau meines Vaters hat mich hinausgeworfen.«

»Und deine Mutter?«

»Sie ist tot.«

Er zog zwei Stummel heraus. Er fragte mich, ob ich rauche. Ich bekam einen der Stummel. Ich schnupperte daran. Dem Geruch nach war es blonder Tabak. Er gab mir Feuer. Ich tat einen tiefen Zug. Ich hustete, doch dann durchfluteten mich sogleich Entspannung und Genuß. Meine Kehle war ausgetrocknet.

Ich fragte ihn: »Kennst du Tetuan?«

»Nicht gut. Ich bin nach Tanger geflohen, nachdem wir etwa zwei Monate in Tetuan gewohnt haben.«

»Was arbeitet dein Vater?«

»Träger. Und dein Vater?«

»Nichts. Er war Soldat in der spanischen Armee und lief davon. Sie faßten ihn und verurteilten ihn zu zwei Jahren. Seit dem Tag seiner Freilassung jagt er auf dem Platz Feddane Fliegen.«

»Und wer unterhält deine Familie?«

»Meine Mutter verkauft Gemüse und Obst im Trankat.«

»Und warum bist du ausgerissen?«

»Mein Vater hat mich viel geschlagen. Manchmal hängte er mich mit den Füßen an den Ast eines Baumes und schlug mich mit seinem Uniformgürtel. Damals wohnten wir noch im Ain Khabbaz.«

»Mich schlug mein Vater auch, wenn sich seine Frau über mich beklagte.«

»Und was arbeitest du hier?«

»Träger. Manchmal stehle ich.«

Einen Augenblick später sagte er: »Ich bin müde, ich will schlafen.«

Es war ungefähr ein Uhr nachmittags, als ich zum Hafen hinunterging. Ich war barfuß. Sehr müde. Ich trank einen Becher Wasser in einem der Hafencafés. Ich sah dort einen Stand, wo Baissar verkauft wurde. Eine einzige Peseta, und ich könnte eine Tasse davon trinken. Ich spüre einen grimmigen Schmerz im Magen. Der Taumel des Hungers und die glühende Sonne machen, daß mir die Dinge vor den Augen verschwimmen. Ich nehme einen kleinen zertretenen Fisch auf. Ich schnuppere daran. Sein Geruch ist zum Erbrechen. Ich ziehe ihm die Haut ab. Ich kaue ihn voller Abscheu. Sein Geschmack ist der Geschmack von Verwesung. Ich kaue ihn und bringe es doch nicht fertig, ihn zu schlucken. Die spitzen Steine schmerzen mich in den Fußsohlen. Ich kaue den Fisch wie einen Kaugummi. Ich spucke ihn aus. Sein Geschmack bleibt mir im Mund. Ich kaue den Hohlraum in meinem Mund. Ich kaue und kaue. Meine Därme gurgeln, gurgeln und gurgeln. Es ist mir übel, übel, und gelbes Wasser läuft mir aus dem Mund und aus der Nase. Ich atme tief ein. Mein Herz schlägt heftig. Eine einzige Zwiebel, und dieses Karussell käme zum Stillstand. Der Schweiß rinnt mir übers Gesicht, rinnt und rinnt. Ich denke an den Kumpan, der mich letzte Nacht davor gerettet hat, von der Wachpatrouille als Landstreicher aufgegriffen zu werden. Warum hat er mich heute morgen nicht aufgeweckt? Vielleicht hat er es versucht, aber ich bin nicht aufgewacht. Keiner von uns weiß den Namen des anderen.

Ein Fischer aß belegte Brote. In meiner Phantasie aß ich mit ihm. Er lehnte sich aus seinem Fischerboot, während ich erschöpft zu ihm hinüberschaute, schaute und schaute. Vielleicht würde er mir etwas zum Essen herüberwerfen. Der Affe, der an den Bootsmast gebunden war, hielt etwas zwischen seinen Händen, das er nervös mit den Zähnen zu zerknacken versuchte. Ich wünschte, daß dieser Fischer mit ebenso wenig Genuß kaute, wie ich den verwesenden Fisch kaute. Er schaute geistesabwesend herüber auf die Altstadt von Tanger. Lautlos forderte ich ihn auf: Wirf dein Brot weg, wie ich den Fisch weggeworfen habe. Ein Kollege im Boot rief ihm irgend etwas zu. Er warf sein Brot ins Wasser und ging zu ihm. Mein Mund ging über von dem köstlichen

Salzgeschmack. Ich spürte das Verlangen wachsen in meinem kraftlosen Körper. Meine Erschöpfung ließ nach. Ich zog Hemd und Hose aus und sprang ins Wasser. Ich tauchte neben dem Brot auf. Der Fischer lachte. Ich blickte zu ihm hinauf. Ich packte das Stück und preßte das Wasser heraus. Rings um mich schwammen Kotstücke. Das Brot war von Motoröl verdreckt. Ich schwamm zu den Steinstufen zurück. Andere Kotstücke und Brotstücke trieben vor mir. In meinem Kopf mischten sich Brot und Kot. Ich bekam ein paar Schlucke von dem Dreckwasser in den Magen. Mein Atem würgte mich. Ich stieg zwei Stufen hinauf. Ich glitt aus und fiel ins Wasser. Ich schluckte noch mehr. Ich krallte mich mit den Fingernägeln an die Steine, bis ich blutete. Als ich die letzte Stufe erreichte, malte ich mir aus, wie ich ein zweites Mal stürzte. Mein ganzer Körper war mit Motoröl beschmiert. Meine Ohren waren taub. Ich nahm mein Hemd und meine Hose auf und ging weiter. Der Fischer rief mir nach. Ich wandte mich nicht nach ihm um. Sein Gewieher wurde leiser und leiser.

Er rief: »He du, Junge, komm her! Es war nur Spaß. Komm! Da ist noch ein Brot.«

Ein anderer Fischer im Boot sagte: »Armer Junge! Der Arme!«

Ich machte nicht kehrt. Mein Sturz ins Wasser hatte mich belehrt. Auf der Straße sah ich noch einige kleine zertretene Fische. Meine Fingernägel bluteten. Ich hob mein Gesicht zum Himmel. Da ist mehr freier Raum als auf der Erde. Mehr freier Raum.

Die heiße Sonne schlug mich. Ich schlotterte am ganzen Körper. Eine Katze räkelte sich im Frieden einer schattigen Ecke. Schläfrig sah sie mich an, gleichgültig. Ihr schwarzweiß gefleckter Bauch hob und senkte sich gemächlich. Ich hob noch einen kleinen verdorbenen Fisch auf, der noch mehr nach Verwesung stank als der erste. Ich erbrach das Meerwasser. Ich erbrach und erbrach, bis nichts mehr zu erbrechen blieb außer dem Geräusch des Erbrechens. Ich ging weiter zum Strand. Ich fühlte mich leer, schlaff. Ich stellte mir vor, wie ich hinfallen würde und nicht mehr aufstehen könnte. Um auf andere Gedanken zu kommen, begann ich die Fußstapfen im Sand zu betrachten, in denen die Wellen leckten. Ich warf mein Hemd und meine Hose in den Sand. Ich begann meinen Körper zu schrubben, mit Sand und Moos aus dem Meer. Ich schrubbte und schrubbte. Mein Kopf war zäher verklebt als mein Körper. Ich rieb meinen Körper im Wasser, bis meine Haut gerötet war. Er war immer noch schmierig, doch weniger verdreckt.

Nachdem ich mich lange herumgetrieben hatte, legte ich mich am Abend in der Nähe des Bahnhofs hin. Ich hatte keinen Erfolg gehabt bei dem Versuch, Reisenden die Koffer zu tragen. Beinahe wäre ich in die Nähe eines Reisenden gelangt, als einer der Träger mir ins Gesicht schrie: »Verschwinde! Mach daß du wegkommst von hier! Geh und verfluche die Fotze, die dich gekackt hat. Ihr habt diese glückliche Stadt überflutet wie die Ratten.«

Sie verfluchten mich, spuckten mich an und trieben mich weg. Ein Bursche, stärker als ich, trat mich und schlug mich von hinten, doch ich blieb hartnäkkig auf meinem Posten. Nur ein einziges Mal konnte ich einen Ausländer dazu bewegen, mich seinen schweren Koffer tragen zu lassen. Während ich ihn zu tragen versuchte, fuhr mich ein kräftiger Träger an und stieß mich fluchend weg. Er trug den Koffer, und ich blieb stehen. Fluch auf das Brot! Die Katze, die ich vor einem Fischlager im Hafen gesehen habe, ist vielleicht besser dran als ich. Sie ist imstande, die Fische vom Abfall zu essen, ohne sich zu erbrechen. Ich werde stehlen und betteln, doch ich bin schon fast sechzehn. Sebtaoui hat recht gehabt, Betteln ist das Geschäft der Kinder und der gebrechlichen Alten. Für einen jungen Burschen, der fähig ist zu stehlen, wenn er keine Arbeit findet, ist es schmachvoll zu betteln. Das sagte er mir.

Ein Bursche setzte sich in meine Nähe. Er nahm den Stummel einer Zigarette, einer dunklen, aus der Tasche und fragte mich: »Rauchst du?«

Ich nickte ihm zu und sagte mit schwacher Stimme: »Ja.«

Unweigerlich war meine Sehnsucht gewachsen, diesen vertrockneten Leib zu betäuben, womit auch immer. Mein Magen war ausgedörrt, und mein Herz schlug unregelmäßig.

»Was hast du? Bist du krank?«

»Nein.«

Er rückte näher, und ich nahm die Zigarette. Er wollte mir Feuer geben. Ich sagte zu ihm: »Danke, nicht jetzt.«

Er stand auf und sagte: »Warte, bis ich zurückkomme!«

Ich schnupperte an der Zigarette. Wenn ich sie rauchte, würde ich von neuem erbrechen, ohne daß irgend etwas aus mir herauskäme. Ich hörte den Lärm eines Flugzeugs. Meine Augen suchten den Himmel ab, doch der Lärm verlor sich in der Ferne, ehe ich das Flugzeug sehen konnte. Ich hörte seine Stimme.

»Da. Es scheint, du bist hungrig.«

Die Zigarette war mir schon aus der Hand gefallen. Ich mußte eingenickt sein. Er streckte mir ein halbes Brot hin, belegt mit Büchsensardinen. Ich sah eine Flasche Wein in seiner Hand. Er zog ein kleines Glas aus der Tasche und füllte es. Er trank es leer und füllte es zum zweitenmal. Er fragte mich, während er das Glas zum Mund führte: »Woher bist du?«

»Vom Rif.«

Er trank das Glas leer. Er leckte sich genüßlich die Lippen.

»Wann bist du nach Tanger gekommen?«

»Gestern.«

»Und wo schläfst du?«

»Auf der Straße. Irgendwo, wo ich schlafen kann.«

Ich aß mit Genuß. Manche Bissen schluckte ich, ohne zu kauen. Er füllte das Glas und reichte es mir. Ich trank es auf einen Zug. Die Dinge erlangten wieder Klarheit in meinem Kopf. Ich rauchte und trank das zweite Glas. Als ich das dritte Glas getrunken hatte, sagte er zu mir: »Willst du in meinem Haus schlafen?«

Ich sah zu ihm auf. Seine Augen waren nicht unschuldig. Fluch über diese Art von Mildtätigkeit.

»Gott segne dich! Ich habe einen Onkel, der im Ain Ktiouet wohnt. Ich werde sein Haus suchen und bei ihm schlafen.«

»Wie du willst.«

Er schüttelte die letzten Tropfen aus dem Glas, packte es in seine Tasche, erhob sich und sagte: »Bis zum nächsten Mal. Paß auf dich auf!«

Ich nahm es ihm nicht übel. Immerhin hatte er die Vögel in meinem Bauch zum Schweigen gebracht. Ich stand auf und ging durch die Allee der

Calle España. Die Restaurants waren überfüllt. Die Luft war voll vom Geruch der Bratspieße. Der Abendwind erfrischte mich. Die Dinge klärten sich mehr und mehr in meinem Kopf. Die Männer pfiffen den Hintern der schönen Frauen nach. Ein Wagen hielt auf dem Gehsteig gegenüber. Ein Alter winkte mich zu sich herüber. Ich ging auf den Wagen zu. Er öffnete die Beifahrertür und sagte auf spanisch: »Steig ein!«

Ich stieg ein. Was will er von mir? Das war das erste Mal, daß ich in einen so prächtigen Wagen stieg. Er fuhr langsam. Ich sagte auf spanisch zu ihm: »Wohin fahren wir nun?«

Er beschrieb mit der Hand einen Kreis und sagte: »Eine Spazierfahrt, eine kleine Spazierfahrt.«

Auch er will irgend etwas Ungewöhnliches von mir, aber ich habe keine Angst vor ihm. Ich wäre in der Lage, mich zu verteidigen, wenn er mir nicht sagen würde, was er von mir wollte.

Er fragte mich: »Von Tanger?«

»Ich bin aus Tetuan.«

Er schlug den Weg in eines der Außenquartiere der Stadt ein. Das war ein Schwuler, kein Zweifel. Er hielt an einem düsteren Ort an, in einem von Bäumen gesäumten Sträßchen. Die flimmernde Stadt lag hinter uns. Er machte die Scheinwerfer aus. Das also ist die Spazierfahrt, hierher führt sie uns. Mit sanften Bewegungen fühlte er meinen Hosenschlitz. Die wirkliche Spazierfahrt begann. Er knöpfte gemächlich Knopf um Knopf auf. Er machte die Innenlampe an und beugte sich über ihn. Sein Atem war warm. Er leckte ihn, dann nahm er ihn in den Mund. Rein, raus, rein, und mein Ding richtete sich zusehends auf. Ich wagte nicht nach seinem

Gesicht zu schauen. »Bravo!« seufzte er, »bravo macho!« Er leckte und saugte, er streichelte meinen Hodensack mit den Fingern. Ich spürte seine Zähne. Und wenn er ihn beißt in seiner wachsenden Lust?! Um schneller zu spritzen, malte ich mir aus, ich würde Assia in Tetuan vergewaltigen. Ich spritzte in seinen Mund. Er brummte vor Lust wie ein Tier. Er zog sein Taschentuch heraus und wischte sich den Mund, aus dem meine Milch triefte. Sein Gesicht war gerötet. Seine Augen quollen hervor. Sein Mund stand halb offen, die Lippen schlaff.

Ich knöpfte meinen Hosenschlitz zu. Ich verschränkte die Arme, als wäre nichts geschehen. Frauen gibt es wirklich viele. Warum ist dieser Mensch schwul? Das fragte ich mich. Er nahm eine Schachtel Zigaretten hervor und reichte mir eine. Er gab zuerst mir Feuer, dann zündete er seine eigene an. Er schaltete das Radio ein. Friedliche, schöne Musik erklang. Er lehnte sich auf dem Sitz zurück und schaute noch eine Weile verträumt durch die Frontscheibe. Das Musikstück gefiel mir. Auch ich entspannte mich und dachte an Oran und an meine Arbeit bei der schönen Monika. Heute war sie nur noch ein blasser Name. Manchmal hatte ich ihn noch im Gedächtnis, manchmal nicht mehr. In mir kämpften Fröhlichkeit und Trauer. Ein Verlangen zu weinen überkam mich. Was tue ich mit diesem Alten, der ihn mir gelutscht hat? Ich würde mich selbst und die Menschen hassen, wenn es so weiterginge.

Auf unserer Fahrt zurück in die Stadt sprachen wir nichts. Er gab mir 50 Peseten und setzte mich in der Nähe der Stelle ab, wo ich eingestiegen war. Er gab mir die Hand.

»Auf Wiedersehen.«

Seine Hand war weich. Schlaff. Ich winkte ihm zu.

»Auf Wiedersehen.«

Ich atmete tief ein, die Luft war vom Verkehr verpestet. Ungefähr fünf Minuten dauert es, und während dieser fünf Minuten saugen sie einzig und allein an dem Ding. Dafür geben sie einem 50 Peseten. Saugen sie alle wie dieser Alte? Ein neuer Beruf kam zu den anderen beiden hinzu, zum Betteln und zum Stehlen. Ich nahm den Geldschein heraus und prüfte ihn. Ich steckte ihn wieder in die Tasche. Mein Ding kann mir also auch das materielle Überleben gewährleisten. Es kann auch Genuß verschaffen. Findet dieser Alte, wenn er an meinem Schwanz saugt, den gleichen Genuß wie ich, wenn ich an der Brust einer Frau sauge? Warm und schmierig tröpfelte er mir immer noch an den Schenkel. Das also ist sich prostituieren.

Im Souk El Barrani ging ich in ein kleines, schmutziges Restaurant. Ich bestellte einen Teller gebratenen Fisch und einen halben Laib Weißbrot. Gegenüber zwei Männer. Es schien, daß die beiden bei einer Baufirma arbeiteten. Auf dem glänzenden Metalltisch, an dem wir saßen, stand ein Ölkanister. Abwechselnd tranken wir drei das lauwarme Wasser daraus. Aus dem Inneren des Kanisters stieg ein widerlicher Geruch herauf. Um die anderen Tische saßen andere elende Gestalten. Wir aßen alle stumm. Nur das Scheppern der Löffel und Näpfe war zu hören, der Lärm aus der Küche und die Stimme des Patrons, der den Kellnern zurief, was sie zu tun oder zu lassen hatten. Von Zeit zu Zeit hörte man das Rülpsen derer, die zu Ende gegessen hatten, gefolgt von einem lauten *»Al-Hamdulliah!«*

Ich bezahlte dem Patron vier Peseten und ging hinaus. Meine Müdigkeit war verflogen. Eine schöne Frau ging vorbei, und er richtete sich auf. Aus den Cafés und Restaurants waren marokkanische Lieder zu hören. Vor einem Café stand ein Bursche mit nacktem Oberkörper. Er verfluchte Gott mit gellender Stimme und zum Himmel erhobenem Blick. Zwei Burschen traten aus dem Café, drückten ihm den Kopf nach unten, und einer der beiden schüttete ihm einen Topf Wasser über den Kopf. Dann zerrten sie ihn wieder hinein ins Café. Auch die beiden Burschen taumelten.

Wo mag der Junge jetzt sein, der mich gestern auf dem Friedhof in Sicherheit gebracht hat? Wenn ich ihn nicht finde, werde ich es fertigbringen, alleine dort zu schlafen? Ich kaufte im Laden fünf Zigaretten, Philip Morris. Als ich mich dem Eingang des Friedhofs näherte, dachte ich, dies ist der einzige Ort, wo ich alleine durchs Tor hineingehen kann, wann immer ich will, bei Tag und bei Nacht, ohne irgendwen um die Erlaubnis bitten zu müssen. Sie haben recht, wozu auch eine Wache? Da gibt es gar nichts von Wert. *Al-mauta la jutadschiruna, la jachafuna, la juhazzinuna wala jatachasamuna.* Die Toten treiben keinen Handel, fürchten sich nicht, bereiten niemandem Sorgen und streiten sich nicht. Wenn die Welt alt ist, dann ist die ganze Erde ein Grab.

Die Kartons lagen wie gestern aufeinandergestapelt in der Ecke. Und er? Haben sie ihn geschnappt? Ich machte mir meinen Platz zurecht. Ich steckte mir eine Zigarette an. Ich zündete drei Streichhölzer zusammen an und hielt sie vor den Marmorgrabstein. Aus den Ziffern ersah ich, daß der Tote — ob Mann oder Frau wußte ich nicht —

51 Jahre gelebt hatte. Da war auch ein sechszackiger Stern. Ein jüdischer Stern auf einem islamischen Friedhof, sonderbar!

Was ist der Sinn, daß ein Mensch lebt, wenn er danach stirbt? Es werden Gräber gepflegt, und ich schlafe darauf. Liegt darin der Sinn? Mein Sexualorgan verkauft sich für 50 Peseten. Was bedeutet das? Da sind viele Fragen. Doch ich begreife ihre Bedeutung nicht mit Klarheit. Ich weiß nur eines — daß das Leben es liebt, Leben zu zeugen. Ich rauchte den Stummel genüßlich zu Ende. Dann drückte ich ihn aus und schlief.

Ich wachte früh auf. Ein neuer Junge schlief an der Stelle des anderen, der mich vor der Razzia auf die Landstreicher gerettet hatte. Ich tastete in meiner Tasche nach dem, was mir von den 50 Peseten geblieben war. Es war noch alles an seinem Ort. Der erste Junge hat recht gehabt, in der Stadt ist kein Ort sicherer als der Friedhof. Ich glaube, die Leute achten die toten Seelen höher als die lebendigen.

Am Bab El Fahs kaufte ich mir Gummisandalen für 15 Peseten. Meine Füße waren verdreckt und müde. Ich frühstückte in einem Café, in den Wohlgerüchen des Kifs und der frischen Frühstückskost. Mit Hochgenuß rauchte ich die erste Zigarette. Meistens erinnert mich die Morgenzigarette an jene allererste, die ich im Leben geraucht habe. Ein neuer Tag mit einem bißchen Verzweiflung und mit vielen Träumen. Ich würde zum Souk gehen und stehlen, wie ich es mit Sebtaoui und Absalam getan hatte. Ich würde es versuchen, ehe das Kleingeld aufgebraucht war, das mir noch blieb.

Ich ging zum Souk. Eine europäische Frau bezahlte ihre Einkäufe und steckte darauf ihren Geldbeutel, prall von Scheinen, zurück in ihre Handtasche. Sie merkte, wie ich auf ihre Handtasche starrte. Sie faßte sie fester. Ihr liebenswürdiger Blick sagte mir: Schämst du dich nicht? Ich schämte mich und ging aus dem Souk hinaus. Wie elend sie ist, die Welt, du Dame der Welt! Die, welche reich sind, schämen sich auch nicht. Sie kaufen uns zu den niedrigsten Preisen. Vielleicht hast du es nicht nötig, mir deine Seele zu verkaufen.

Den ganzen Tag brachte ich im Schatten der engen Gassen zu. Die Frauenkörper, die ich sah, hielten mich in einem verrückten Aufruhr. Ich ging in eine öffentliche Toilette und masturbierte zu einem der Hintern, dessen schöne Umrisse sich mir tiefer eingeprägt hatten als andere. Am Abend fand ich heraus, daß ich im Fendouk Chajra schlafen konnte. Man bezahlte am Eingang eine Peseta und konnte schlafen, wo man wollte. Der große Stall war von einem Betondach überdeckt, auf dem die Leute schliefen, während unten die Tiere versorgt wurden. Ein Café, ein Restaurant, ein Laden, kleine Mietshäuser, Huren, Gemüse- und Früchtestände. Die Herberge glich einer kleinen Stadt. Auf der Treppe zur Dachterrasse stieß ich mit einem Besoffenen zusammen. Er streckte seine Hand nach meinem Gesicht aus und wollte mich streicheln.

»Oh, Liebster! Und wo rennt er hin, mein Liebster?«

Ich stieß seine Hand weg und sprang erschreckt zwei Stufen höher. Er brach in Gewieher aus.

»Du bist aber scheu, mein Junge!«

Er hatte eine leere Weinflasche in der Hand.

»Warte auf mich! Ich gehe schnellstens diese Flasche füllen und bin gleich zurück. Lauf nicht weg!«

Wiehernd stieg er die Treppe hinunter, während ich ängstlich hinaufstieg. Ich hörte ihn sagen: »Gott hat dich für mich entdeckt, heute nacht. Du Feiner! Ich bin sofort zurück. Daß du mir bei Gott nicht aus den Händen entwischst!« Dutzende saßen und lagen ausgestreckt auf dem Boden der Dachterrasse. Die meisten schliefen. Man trank, rauchte Kif, plauderte und sang. Ein Besoffener umarmte einen betrunkenen Jungen und küßte ihn auf die Wange.

Einer sagte zu ihm: »Nicht jetzt! Laß den Jungen in Ruhe! Nachher! Nachher tu mit ihm, was du willst. Das sind mir Dummheiten! Man möchte meinen, in deinem Alter hättest du noch nie einen Jungen gesehen.«

Hier werde ich nicht schlafen. Ich schlafe lieber im Friedhof als in diesem Bordell. Als ich mich umwandte, um wieder hinabzusteigen, hörte ich eine der Gestalten mich rufen.

»Schau an! Liebster! Komm bring uns Glück! Trink ein Glas mit uns, Bruder! Was hast du? Wir fressen dich nicht.«

Mein Herz schlug heftig. Ich mußte unbedingt ein Messer oder ein paar Rasierklingen kaufen. In Eile stieg ich die düstere Treppe hinab. Vor der Stallung blieb ich stehen. Ich kauerte mich in eine Ecke, die Hände auf die Knie gestützt. Ich rauchte eine Zigarette und träumte ein wenig vor mich hin. Ist es Gottes Absicht gewesen, diese Welt in solcher Vielfalt und Unordnung zu schöpfen? Der Geruch der Tiere ist ekelhaft. Einige Schritte entfernt, stand eine Stute. Ich verschränkte die Arme über den Knien und döste ein. In meiner Angst, daß sie mich vergewaltigen würden, schlief ich hockend. Ich spürte ein warmes Rieseln und einen abscheulichen Geruch.

Ich erbebte vor Schrecken. Ich schimpfte auf die Welt. Die Stute schloß und öffnete ihre Scheide, bewegte sie vor und zurück. Ich sprang auf und suchte das Weite.

Am Tor fragte mich der Pförtner: »Kommst du wieder?«

Ich sagte mit zorniger Stimme: »Bestimmt nicht. An diesen dreckigen Ort komme ich nicht zurück.«

»Was hast du? Haben sie dir etwas getan?«

»Eine Stute hat über mich gepißt.«

»Wieso schläfst du zwischen ihren Hachsen? Warum schläfst du nicht auf der Dachterrasse? Geh ins Bad! Schlaf nicht, bevor du dich gewaschen hast, sonst wirst du krank.«

Ich sagte zu ihm: »Behalte deine Ratschläge für dich!«

Krachend fiel das Tor hinter mir zu. Die Luft war mild. Soll ich ins Bad gehen, wie er mir gesagt hat? Und meine Kleider? Die Pisse der Mähre war mir über den ganzen Körper geronnen. Ich fing an, mich überall zu kratzen. In der Nähe des jüdischen Friedhofs sah ich drei besoffene Landstreicher, trinkend und singend.

Einer von ihnen rief mir zu: »Bruder! Wohin willst du?«

Er setzte sich in Bewegung.

»Kommst du nicht her, Liebster? Komm setz dich zu uns! Hab keine Angst!«

Er torkelte hinter mir her. Einer seiner Freunde rief ihm nach: »Laß ihn! Wir brauchen jetzt keine Jungen.«

Ich rannte in Richtung des Souk El Barrani. Ich warf einen Blick zurück und sah den Besoffenen zu seinen Freunden zurückgehen.

Ich kaufte im Zocco Chico Seife. Er war übervölkert von Säufern, Nutten, Schwulen und Bettlern. In der Calle de la Marina, in der Nähe der großen Moschee, hielten mich zwei uniformierte Polizisten auf.

»Deine Papiere!«

»Ich habe keine Papiere.«

»Von wo bist du?«

»Von Tetuan.«

Der zweite fragte mich: »Wo wohnst du in Tetuan?«

»Im Trankat.«

»Im Trankat?«

»Ja, hinter dem jüdischen Bad.«

»Kennst du Moulay Ali?«

»Ja, das ist unser Nachbar. Er verkauft Gemüse neben unserem Stand.«

»Und was tust du hier?«

»Nichts. Ich bin hergekommen, um Arbeit zu suchen.«

»Und wohin willst du jetzt?«

»Ich schlief im Fendouk Chajra, und eine Stute hat mich angepinkelt.«

Sie wechselten einen Blick, und der andere sagte: »Kennst du das Dar Debagh?«

»Kenne ich nicht.«

»Komm mit uns!«

In einem Sträßchen zeigte er mir das Dar Debagh.

»Geh dort hinein! Da findest du einen Brunnen mit warmem Wasser. Wasch dich gut und am Morgen wasch deine Kleider!«

Nachdem ich mich gewaschen hatte, seifte ich meine Hose und mein Hemd ein und schrubbte sie mit Händen und Füßen. Aus einem Café hörte ich

Stimmen, sie stritten über eine Mogelei beim Kartenspiel. Ein Mann kam schwankend heraus.

Er sagte zu mir: »Was tust du? Bist du blöd? Es ist nicht gut, nachts die Kleider zu waschen. Das ist ein schlechtes Omen.«

Er hatte eine starke Weinfahne. Ich hielt inne und sagte zu ihm: »Im Fendouk Chajra hat mich eine Stute angepißt.«

»Eine Stute?«

»Ja.«

»Hm, hmmm ... Dann wäschst du dich und deine Kleider also, um nicht krank zu werden. Möge das Wasser den Aussatz vertreiben!«

Als ich fertig war, wußte ich nicht, wie ich das Hemd und die Hose trocknen sollte. Ich wrang sie aus, zog sie an und ging hinaus.

In der Nähe des Bahnhofs begann ich hin und her zu rennen, damit meine Kleider ein wenig trockener würden. Schlafe ich in einem der alten, aus dem Verkehr gezogenen Eisenbahnwagen, oder gehe ich hinaus zum Strand? Im Sand würde mich keiner ausfragen. Im Bahnwagen konnte mich die Nachtwache zu fassen kriegen. Ich dachte an das, was jener Junge zu mir gesagt hatte. Sie vergewaltigen einen, wenn sie nichts zu stehlen finden. In meiner Tasche waren mehr als 20 Peseten. Doch vielleicht stehlen und vergewaltigen sie im Eisenbahnwagen ebenso wie im Sand. Sie können auch so weit gehen, ihr Opfer zu schlachten. Vielleicht ist der Bahnwagen sicherer. Ich sprang über die Umzäunung. Die spitzen Steine schnitten mir in die Fußsohlen. Ich fürchtete, die Sohlen meiner Wegwerfsandalen zu zerfetzen. Ich ging vorsichtig und langsam weiter. Ich sprang auf einen Güterwagen. Ich zündete ein

Streichholz an. Und wenn mich einer angreift? Ich stieg nochmals hinunter und suchte mir zwei scharfe Steine aus. Als ich wieder hinaufkletterte, hörte ich meine Hose reißen. Ich spuckte und schimpfte auf die Welt. Ich legte mich hin. Einen der Steine hielt ich in festem Griff, den anderen legte ich neben meinen Kopf. Unbedingt muß ich ein Messer kaufen. Ein Messer oder Rasierklingen. Ich muß mich in dieser wirren Stadt mit anderen zusammentun, die gestrandet sind wie ich. Was mag dem Jungen zugestoßen sein, der mich während der Razzia auf die Landstreicher vor der Patrouille gerettet hat?

NEUN

Wir waren im Café Chato. Ich hatte den letzten Fils beim Aïta verspielt. Kaum hatten wir zu spielen begonnen, gewann schon mein Freund Kebdani, während ich verlor. Er gewann weiter, ich verlor. Ich hatte noch 25 Peseten übrig, als er zu mir sagte: »Du hast kein Glück heute. Hör auf zu spielen!«

Ich sagte kurzangebunden: »Behalte deine Ratschläge für dich. Ich weiß, was ich mit mir und meinem Geld zu tun habe.«

Es war halb drei am Nachmittag, als ich von Kebdani fünf Peseten borgte. Ich kaufte Kif für drei Peseten und bestellte grünen Tee für eine Peseta.

Durch das Fenster der Veranda schaute ich hinunter auf den großen Souk. Es war Sonntag. Der Platz war belebt von Marktbesuchern, Landstreichern und Spaziergängern, die nicht zum Einkaufen unterwegs waren. Wind kam auf, und der Himmel war wolkenbedeckt. Die marokkanischen Restaurants, Cafés und Läden waren geschlossen. Über manchen Türen hingen marokkanische und daneben schwarze Flaggen. Die Besitzer einiger billiger Cafés nutzten die Gelegenheit zum Spielen. Als ich am Morgen Chato nach dem patriotischen Anlaß gefragt hatte, da hatte er in seiner näselnden Stimme zu mir gesagt: »Das ist der Tag des Unheils.«

»Und was ist damit gemeint?«

»Du kennst seine Bedeutung nicht?«

»Nein.«

»Der 30. März 1912 war der Tag, an dem das französische Protektorat über Marokko in Kraft trat, unter Moulay Abdelhafid. Heute, am 30. März 1952, haben wir 40 Jahre französisches Protektorat. Darum wird der 30. März als Tag des Unheils betrachtet.«

»Und was wollen wir Marokkaner heute von den Franzosen?«

»Wir wollen, daß sie abziehen. Heute läuft der Protektoratsvertrag aus.«

»Verlangen wir auch, daß die Spanier abziehen?«

Er sah mich an, seine Geduld für das Gespräch war erschöpft.

»Hör zu, ich habe nicht die Zeit, lange über diese Angelegenheiten zu reden. Geh hinauf in die Veranda und laß dir diese Dinge von einem deiner Freunde erklären.«

Kebdani hatte schon ungefähr 300 Peseten gewonnen, als er seinen Ausstieg aus dem Spiel ankündigte. Einer der Spieler wurde wütend.

»Spiel das Spiel mit uns zu Ende!«

»Und wenn ich nicht weiterspielen will? Spiele ich unter Zwang mit euch weiter?«

»Ja, spiel zu Ende!«

»Ich bin hungrig. Ich gehe zum Mittagessen.«

Drei weitere protestierten.

»Wir sind alle hungrig. Spiel mit uns!«

»Und wenn du nicht zu Ende spielen willst, so teile mit uns, was du gewonnen hast!«

»Ja, überleg es dir gut! Das ist die beste Lösung, wenn du nicht weiterspielen willst.«

Kebdani lachte herablassend. Er nahm die Pfeife, die ich ihm gestopft hatte. Der dritte sagte: »Das nimmt kein gutes Ende, wenn du nicht mit uns zu Ende spielst. Darum kommst du nicht herum.«

Chato schrie von unten zu uns herauf: »Ich mag

keinen Ärger in meinem Café. Geht hinaus auf die Straße, wenn ihr euch schlagen wollt.«

Seit sich die meisten Spieler aus seinem Café zurückgezogen hatten, verzichtete Chato darauf, bei jedem Spiel einen Gewinnanteil einzuziehen. Wie üblich, ließ er sie spielen, bis kurz bevor er sein Café schloß.

Draußen war eine gellende Stimme zu hören: »Hört, ihr Leute! Hört, ihr patriotischen Marokkaner! Ihr alle wißt, daß heute der Tag des Unheils ist. An demselben Tag, vor 40 Jahren, im Jahr 1912, trat das französische Protektorat über Marokko in Kraft, und noch immer sind wir nicht frei.« Wir drängten uns um das Verandafenster.

Kebdani sagte: »Seht! Das ist Marouani, der Spinner, der das geröstete pakistanische Brot verkauft.«

»Was erzählt er den Leuten?«

»Was wird er schon erzählen?! Ein Spinner bringt die Leute in Aufregung.«

»Der Spinner bist du. Er weiß, was er sagt.«

»Man sagt, er sei ein Spitzel, der für den spanischen Geheimdienst arbeitet.«

»Das ist nicht verwunderlich, aber im Augenblick verteidigt er die Marokkaner.«

»Ich kann euch versichern, daß er für eine geheime spanische Organisation arbeitet, von der die Spanier bezahlt werden, welche die internationale Verwaltung abschaffen wollen, um alleine zu herrschen.«

Chato schrie: »Hört auf mit diesen müßigen Diskussionen! Ich mag keine politischen Diskussionen in meinem Café. Geht hinaus in den Souk, wenn ihr euch schlagen und anschreien wollt!«

Marouani schrie mit seiner gellenden Stimme, die Hände beschwörend zum Himmel gestreckt: »Raus mit dem Imperialismus!«

Die Menge: »Raus! Raus!«

Marouani: »Hoch lebe Marokko, frei und unabhängig!«

Die Menge: »Hoch! Hoch!«

Marouani: »Nieder mit den Ungläubigen!«

Die Menge: »Nieder! Nieder mit ihnen!«

Marouani: »Dschihad! Dschihad im Namen Gottes!«

Die Menge: »Dschihad! Dschihad ihr Gottesknechte!«

Eine Bäuerin stieg auf eine Kiste und hob zu einem schrillen Freudengesang an. Andere Frauen schrien mit ihr. Wir stiegen von der Veranda hinab und schauten über die Barrikade der aufgestapelten Bänke und Tische hinaus auf die Menge. Chato sagte mit seiner näselnden Stimme: »Geht wieder hinauf in die Veranda oder geht hinaus!«

Ich sprang über die Tische und rief Kebdani zu: »Kommst du mit oder nicht?«

Er zögerte, dann sprang auch er. Einer der Spieler, die verloren hatten, rief ihm nach: »Komm an deinen Platz zurück! Hör nicht auf das, was dir dieses Fickgesicht sagt!«

Ich fluchte: »Das Fickgesicht ist deine Mutter!«

Er spuckte in meine Richtung. Ich spuckte in seine. Er warf mit einem Stuhl nach mir. Ich wich aus und schrie: »Spuck auf die Fotze deiner Mutter!«

Er wollte über die Tische springen. Ich hob den Stuhl auf und warf ihn nach ihm zurück. Er wich aus. Die anderen hielten ihn zurück.

Er rief: »Warte nur! Ich werde dir zeigen, wer ich

bin. Ich spucke dir in dein Arschloch, wenn ich dich zu packen kriege.«

Ich rief, indem ich mir zwischen die Beine griff: »Komm, hol dir diesen!«

Chato schrie: »Haut ab, schlagt euch draußen! Los, geht den beiden nach!«

Kebdani und ich, wir verzogen uns. Ich hatte ein Rasiermesser und zwei Klingen in der Tasche. Ich fieberte ihrem Einsatz entgegen. Ob ich verlieren oder siegen würde. Das konnte an meinem Leben in dieser kaputten Stadt nichts ändern.

»Sie wollen nur, daß du dort mit ihnen weiterspielst, bis sie zurückhaben, was du gewonnen hast.«

»Ich bin kein kleiner Junge. Diese Hurensöhne kenne ich gut.«

»Sie versuchen dich übers Ohr zu hauen. Hast du es bemerkt?«

»Ich habe es bemerkt, aber ich habe sie bescheißen lassen, solange ich gewann.«

Die Menge nahm zu. Wir sahen, wie Marouani die Richtung wies, in der die Leute voranstürmen sollten. Als wir nahe genug waren, sagte Kebdani zu mir: »Die meisten, die du hier siehst, sind nicht von Tanger.«

»Woher sind sie denn gekommen?«

»Sieh dir ihre Gesichtszüge an! Sie sind vom Rif.«

»Dann stecken also die Spanier dahinter?«

»Das habe ich schon im Café gesagt.«

Die Menge schob sich jetzt auf die große Busstation zu. Dort lagen Haufen von Steinen. Wegen der laufenden Straßenarbeiten war das Pflaster aufgerissen. Sie begannen ihre Taschen und die Kapuzen ihrer Jellabas zu füllen. Sie zerstreuten sich in die vier Hauptrichtungen, hinauf in den Tarik El Nidam, hinunter zur Strandpromenade, durch den Tarik Bab Fahs in die Stadt und hinüber in den Tarik Smarine. Eine Gruppe griff mit Steinen das Kriminalkommissariat an. Überall ging die Zerstörung los, durch den ganzen Souk. Kebdani und ich waren in der Gruppe, die den Tarik Smarine entlangstürmte. Ein Stein traf einen Polizisten. Sein weißer Helm fiel zu Boden. Das Blut rann ihm über das Gesicht. Er hielt sich eine Hand vors Gesicht und griff mit der anderen nach dem Pistolenhalfter. Er floh auf den Posten zu. Sie jagten ihn mit Steinen. Ein Stein zertrümmerte eine große Uhr über dem Ladeneingang eines Inders. Die Uhr stand auf viertel nach eins. Das Schaufenster des Ladens gegenüber ging in Brüche.

Ich sagte zu Kebdani: »Komm, wir holen uns ein paar von den Uhren und Fotoapparaten!«

»Aber nein!«

»Wieso nicht?«

»Wir wissen noch nicht, was geschehen wird. Wahrscheinlich greifen uns Polizisten auf und durchsuchen uns.«

»Schau, wie die anderen sich bedienen!«

»Sollen sie tun, was sie wollen! Wenn sie sich in einen Brunnen stürzen würden, müßten wir uns ihnen dann anschließen?« Weitere Schaufenster gingen zu Bruch.

»Dieser Vergleich ist Unsinn. Das ist nur Feigheit.«

»Stiehl allein, wenn du willst, ich verziehe mich.«

Um das Kriminalkommissariat fielen Schüsse.

Kebdani sagte: »Die Polizisten haben schon begonnen auf die Leute zu schießen.«

Schreie. Panik. Im Schuhladen Rex gingen die Scheiben zu Bruch. Eine große Menge von Rebellen floh mit Steinen in den Händen auf uns zu. Schreie von Frauen und Kindern. Die Händler verließen ihre Stände. Kebdani packte mich am Arm.

»Komm! Los schnell, bevor wir hier draufgehen!«

Wir versteckten uns hinter dem Kassenschrank eines jüdischen Wechslers in der Nähe des Eingangs zum Souk. Immer noch klirrten die Ladenfenster in der Straße zur Plazuela Perez Galdos. Das Gewehrfeuer näherte sich. Geschrei und rennende Leute. Ich hörte Schüsse ganz in der Nähe. Ich hob meinen Kopf. Ein Mann rollte blutüberströmt über das Pflaster. Dann folgte ein marokkanischer Polizist, aufgeregt und ratlos mit seiner Pistole fuchtelnd.

Kebdani sagte: »Zieh deinen Kopf ein! Du verrätst uns.«

»Schau durch diesen Spalt! Kannst du gut sehen?«

»Ich sehe, schweig!«

Die Menge stürmte schreiend vorüber. Schnellfeuer. Ein einheimischer Bursche wollte sich bei uns verstecken. Wir stießen ihn weg und sagte ihm, er solle anderswo hingehen. »Hau ab, schnell! Hier ist es zu eng.«

Vor uns drei Burschen. Zwei halfen dem Kleinsten auf das Dach eines Ladens zu klettern. Von oben schrie er ihnen zu, sie sollten schnellstens verschwinden. Das automatische Feuer kam näher. Ein Schrei, und man hörte einen Körper auf das Pflaster fallen.

Kebdani sagte: »Sie haben noch einen getötet.«

»Ich höre und sehe.«

Ein Polizist mit einer Maschinenpistole erschien. Der kleine Bursche stürzte sich von oben schreiend auf ihn. Gleichzeitig hoben wir die Köpfe. Der Polizist lag mit dem Gesicht nach unten. Der Bursche schlug ihn mit der geballten Faust auf den Kopf, als wollte er einen Nagel einschlagen. Kebdani sagte: »Kennst du diesen Polizisten?«

»Wer ist es?«

»Das ist der Inspektor Barcia. Sein Vater ist Marokkaner und seine Mutter Spanierin.«

Der Bursche stand auf und packte die Maschinenpistole, die ein paar Schritte entfernt lag. Mit nervösen Bewegungen versuchte er sie in Gang zu bringen. Er konnte sie nicht bedienen. Der Inspektor Barcia war immer noch bewußtlos. Der Bursche hob die Maschinenpistole fluchend hoch und schleuderte sie mit aller Kraft auf den Boden.

»Jal' an dinak!«

Noch ein Polizist erschien. Er feuerte pausenlos aus seiner Pistole. Der Bursche drehte sich schreiend um. Der Polizist traf ihn nochmals, in den Bauch. Er stürzte zusammengekrümmt zu Boden. Ich sagte: »Die Kugeln haben ihm den Rücken und den Bauch durchlöchert.«

»Ich habe alles gesehen.«

»Auf diese Weise habe ich noch nie Leute sterben sehen, außer im Kino.«

»Dann hast du es jetzt gesehen.«

»Zweifellos töten sie die Leute so auch an anderen Orten in der Stadt.«

»Was hast denn du gedacht? Daß sie ihnen Süßigkeiten verteilen?« Kebdanis Schläfen waren schweißnaß.

Ich sagte zu ihm: »Reiß dich ein bißchen zusammen!«

»Was sagst du? Halt dein Maul!«

»Aber du zitterst.«

Er sagte wütend: »Ich zittere? Hältst du wohl das

Maul! Willst du, daß sie uns die Därme herausholen, wie dem Burschen da?«

»Du bist ein Angsthase.«

»Meinetwegen. Halt jetzt dein Maul!«

Ein dritter Polizist erschien. Ein Schuß in die Luft. Er half seinem Kollegen, den Inspektor aufzurichten. Er nahm die Maschinenpistole und den Helm, setzte ihn dem Inspektor auf den Kopf und fragte ihn: »Bist du in Ordnung?«

Der Inspektor sagte schwach: »Es geht, es geht.«

Sein Kollege sagte zu ihm: »Ich habe ihn schon erschossen, den Hund dort.«

Sie gingen zu dem Burschen. Einer von ihnen stieß ihn mit dem Fuß, dann entfernten sie sich rasch in Richtung des Zocco Chico.

Kebdani sagte: »Laß uns von hier verschwinden, ehe sie uns entdecken!«

»Wohin?«

»Irgendwohin.«

Wieder Schüsse in unserer Nähe.

Er sagte: »Da sind sie! Los!«

Ich ging voran.

»Schau, sein Körper bewegt sich!«

Er zerrte mich am Arm fort und schrie: »Los! Willst du, daß sie uns das Hirn rausblasen?«

Wir sahen die drei Polizisten in den Zocco Chico rennen, der menschenleer schien. Wir rannten in den Tarik Mansour. Bei der Passage Française blieb Kebdani stehen, um zu pinkeln. Auch ich hatte Druck. Die Fliehenden rannten an uns vorbei, während wir gegen eine Ladentür pinkelten. Auf dem Platz Sakaya sahen wir einen Burschen mit einem großen Korb in der rechten Hand, dessen Gewicht ihm die rechte Schulter nach unten zog.

Kebdani sagte: »Wir haben wirklich Glück.«

»Wieso?«

»Das ist Kabil. Wir werden ihn zu seiner Hütte in Sidi Bouknadel begleiten.«

Er hatte mir schon von ihm erzählt. Kebdani hatte früher einmal für ihn gearbeitet, als Träger von Schmuggelware.

»Ist das der, von dem du mir erzählt hast, der nach Lust und Laune mit seinem großen Reichtum spielt?«

»Ja, der. Er hat ein Vermögen versteckt, mit dem er uns beide von Kopf bis Fuß zudecken könnte.«

Ich dachte, er sieht aus, als hätte er keine 100 Peseten Kapital. Der Platz war leer. Vereinzelte Gestalten huschten hierhin und dorthin.

Kebdani schrie: »Kabil!«

Kabil blieb stehen. Er stellte den Korb auf den Boden. Kebdani fragte ihn: »Wohin des Wegs?«

»Zur Hütte. Kommt mit mir! Dort ist Sallafa mit Bouchra. Ich habe dieser dreckigen Hure schon den Kopf und die Brauen rasiert.«

Kebdani und ich nahmen den Korb zwischen uns, und wir machten uns auf in Richtung Tarik Amrah.

Kebdani fragte ihn: »Weißt du nicht, was in der Stadt los ist!«

»Nichts Genaues. Was ist denn los? Als ich aus der spanischen Weinschenke trat, sah ich die Leute rennen. Das ist alles, was ich gesehen habe.«

»Hast du keine Schüsse gehört?«

»Ich hörte ein paar in der Ferne, doch ich wußte nicht, was vorging. Was ist geschehen?«

»Die Polizei schießt auf die Marokkaner.«

»Warum?«

»Wegen des Gedenktages zum 30. März.«

»Und womit wehren sich die Marokkaner?«

»Mit Steinen. Womit sollen sie sich schon wehren?«

»Hat es viele Tote gegeben?«

»Sie schießen auf jeden, der sich vor ihnen bewegt, wenn es ein Marokkaner ist.«

Hinter uns schrie eine Stimme: »Gebt uns den Weg frei! Gebt den Weg frei!«

Ein Mann trug einen Verwundeten auf dem Rükken, und hinter ihm ging ein zweiter. Kabil fragte Kebdani nach mir.

»Und der Bruder, der mit dir ist? Was tut er?«

»Er verkaufte auf der Straße Harira und gebratenen Fisch. Er hat seine Arbeit aufgegeben, denn der Patron des Restaurants gab ihm nicht mehr als fünf Peseten am Tag. Er arbeitete für ihn vom Morgengrauen bis um Mitternacht.«

Die Hütte stand hoch über dem Steilabfall zum Strand von Sidi Bouknadel. Eine Tür ging auf den Platz Amrah, die andere auf die Küste hinaus. Ich dachte, das ist wahrhaftig eine Schmugglerhütte.

Sallafa sang mit klagender Stimme ein Lied von Farid El Attrach: »Der dich vergißt, vergiß ihn, und seine Grausamkeit hat dir nichts an.« Ihr Kopf und ihre Brauen waren sauber rasiert, und ihr Gesicht glich dem Gesicht eines bartlosen jungen Burschen. Sie trug einen feinen Rock, schwarz, weiß und golden gestreift. Bouchra lag auf der Matratze, in einem roten, goldbestickten Kaftan, einen durchsichtigen Dfin darüber, in der Hand eine Kifpfeife. Der Anblick der beiden erinnerte mich an die drei Tage, die ich im Haus der Sayida Aziza in Tetuan zugebracht hatte. Ich dachte, in jenen Tagen besaß ich tausend Peseten. Heute habe ich die Taschen voller Löcher und keine feste Arbeit.

Ein Tajine mit Fisch, Kartoffeln und Tomaten stand in einer Wolke von Thymian auf dem Tisch bereit. Sallafa brachte uns eine Schüssel, eine Kanne und Seife, unsere Hände zu waschen. Während sie Kebdani Wasser über die Hände goß, versuchte sie sich das Lachen zu verkneifen. Als die Reihe an mich kam, sah sie mich lächelnd an und brach dann in ein fröhliches Gelächter aus. Ihre Hand hielt inne, sie lächelte, dann goß sie weiter, während die Kanne in ihrer Hand schlingerte. Sie war wirklich betrunken. Als Kabil an der Reihe war, begann sie wieder zu lachen, doch er blickte finster drein. Er wurde wütend. Er riß ihr die Kanne aus der Hand und schrie: »Laß los, du dreckige Hure! Machst du dich über uns lustig?!«

»Die Dreckige ist deine Mutter! Verstehst du?«

Er tat, als wolle er sie schlagen. Kebdani mischte sich ein. Er nahm die Kanne und goß Kabil Wasser auf die Hände. Der sagte zu ihr: »Das nächste Mal rasiere ich dir nicht nur den Kopf und die Brauen, ich werfe dich über die Klippe hinunter!«

»Versuch es, wenn dich deine Mutter als Mann zur Welt gebracht hat! Versuch es, und du wirst sehen, wer zuletzt über die Klippe geht, du oder ich!«

Bouchra sagte: »Ihr raubt mir den letzten Nerv! Wenn ihr nicht aufhört, verschwinde ich.«

Der Tajine war köstlich, scharf gewürzt. Als wir zu Ende gegessen hatten, diskutierten wir weiter über die unglückseligen Vorfälle, tranken Wein, rauchten Kif und hörten alte Schallplatten von Umm Kulthum, bis fünf Uhr abends. Ich war schon auf der Matratze eingeschlummert, als Kebdani zu mir sagte: »Mohamed, wir gehen aus. Bleib du hier mit ihr. Schlaf weiter, wenn du willst.«

»Ja, ich werde ein wenig schlafen.«

Ich hörte, wie sich der Schlüssel drehte. Ich hatte von einer langen Reihe nackter Männer auf einem großen Platz geträumt. Einer nach dem anderen zogen sie an drei oder vier Gestalten, nackt wie sie, vorüber, die an einem Tisch voller chirurgischer Geräte standen, jedem von ihnen das Geschlechtsteil abschnitten und es in einen Kübel warfen. Und rings um den Platz, der von Barrikaden umzäunt war, standen Frauen in Mengen, nackt, um ihre Männer weinend.

Sallafa und Bouchra schliefen, Bouchra auf die rechte Seite gedreht, das Gesicht der Wand zugekehrt, Sallafa auf dem Bauch, auch sie mit dem Gesicht zur Wand. Sie lag so schlaff da, als habe man sie soeben aus dem Wasser gezogen. Ihr runder, hochragender Hintern erregte mich. Bevor mich der Schlummer wieder überkam, hörte ich, wie sie sich bewegte und sagte: »Er ist gegangen, dieser Hund von einem Zuhälter.«

Ich öffnete langsam die Augen. Sie richtete sich auf und machte das Licht an. Sie war also wach gewesen. Sie streckte sich, daß ihre Brüste und ihr Hintern hervortraten. Sie reckte sich wie mein Ding und schaute mich herausfordernd an. Ihre Augen waren dösig.

»Schläfst du auch?«

Ich setzte mich auf und sagte zu ihr: »Ich ruhe mich ein wenig aus.«

Sie nahm die halbvolle Weinflasche und zwei Gläser.

»Komm ins andere Zimmer, damit Bouchra nicht aufwacht!«

Folge ich ihr oder nicht? Sie muß Bescheid wissen

hier. Sie ist die Herrin über alles hier. Als ich mich erhob, spürte ich, wie mir ein Schwindel durch den Kopf fuhr und mein Herz pochte. Ich hatte leichte Schmerzen in der rechten Hälfte meines Kopfes. Ich schaute zu Bouchra. Ist sie auch wach? Ihre Reglosigkeit kann trügen. Die Frauen verständigen sich in solchen Fällen. Ich trat in das andere Zimmer. Das Schlafzimmer war vollgestopft mit prächtigen Sachen. Noch nie zuvor hatte ich in einer Hütte ein Zimmer von solcher Pracht gesehen. In der Ecke waren Kartonschachteln gestapelt. Vielleicht enthielten sie Handelswaren. Sie setzte sich aufs Bett, ich mich auf die Matratze daneben.

»Komm und setz dich zu mir!«

Ich zögerte.

Sie fügte hinzu: »Hast du Angst vor Kabil?«

»Wir kannten uns nicht. Ich habe ihn durch Kebdani kennengelernt, als wir aus dem Tumult flohen.«

»Er kann dir nichts tun, sogar wenn er dich ertappt, wie du mit mir schläfst. Ich kenne ihn. Er ist wie ein Hund, der bellt, aber nicht beißt.«

Ich dachte, das kann schon sein, aber er wird mich hier hinauswerfen, und ihr zwei werdet zusammenbleiben. Zweifellos liebt er dich. Ich habe genug gesehen und gehört, was mir beweist, daß du hier das Sagen hast.

Ich stand auf und setzte mich neben sie aufs Bett. Sie füllte die beiden Gläser. Sie griff nach der Zigarettenschachtel auf dem kleinen Tisch neben dem Bett, blonder Tabak. Sie steckte sich eine an. Ihre Augenlider waren geschwärzt. Ihre großen, zwinkernden Augen waren gerötet. Sie steckte mir die Zigarette in den Mund und zündete sich selbst eine an. Mir fiel ein, wie mir Lalla Harouda in Tetuan ihre Zigarette in den Mund gesteckt hatte.

»Und wenn Bouchra aufwacht?«

»Sie ist meine Schwester.«

»Deine Schwester?«

»Wie meine Schwester.«

»Ich verstehe.«

Sie schaute mich lächelnd an. Ihre Lippen waren so fein wie ein Fingerring, von der Farbe der Erdbeeren. Frauen mit kleinem Mund haben eine enge Scheide. Das hatte ich sagen hören. Ich lächelte sie an. Sie trank ihr Glas leer. Sie legte sich auf den Rücken. Sie rauchte, den Blick zur Decke. Sie drückte meine Hand fest, ließ sie los, nahm sie wieder und ließ sie wieder los. Es machte ihr Spaß. Irgend etwas schreckte sie auf. Sie ging unruhig umher, setzte sich wieder und legte sich hin. Ihre Hand war warm, und ihre langen Fingerbeeren verlockten mich, daran zu saugen. Das Verlangen nach der Wärme des Fleisches schüttelte mich. Ich streckte mich neben ihr aus. Ich rauchte und betrachtete eine kleine Figur, die an der Wand hing. Wie sie vorhin meine, so drückte ich jetzt ihre entspannte Hand, sie glühte. Ich dachte an den Burschen, den wir nicht zu uns in das Versteck hinter dem Kassenschrank gelassen hatten. Das tat mir leid. Ich stellte mir vor, daß sie ihn auf den Kopf schlugen, wie man einen Pfahl in den Boden treibt. Ich sah, wie er sich im Staub wälzte, blutüberströmt. Wir lagen stumm da. Vergnügt sich Kabil so mit ihr?

Wir gerieten gleichzeitig in Bewegung. Wir lächelten. Unsere Augen tanzten.

»Warte! Ich ziehe meine Kleider aus.«

Sie drückte ihre Zigarette im Aschenbecher aus.

In meinem Kopf ging es drunter und drüber, während ihr Kleid über ihren Kopf und ihre gekreuzten Arme glitt. Ihre Unterhose war rosa, Büstenhalter trug sie nicht. Ihre Brüste waren klein wie zwei halbe Zitronen. Ich erinnerte mich, wie ich an den Orangen der Baumfrau gesaugt hatte. Jene Frau war aus Holz. Die Menschen begehren das Fleisch.

»Zieh deine Kleider aus!«

»Es ist besser, wenn ich angezogen bleibe. Ich habe nicht die Zeit mich anzuziehen, falls Kabil und Kebdani kommen.«

»Sie kommen frühestens in drei, vier Stunden zurück. Ich kenne die beiden gut.«

»Wo denkst du, daß die beiden im Augenblick sind?«

»Ich weiß es nicht. Er sagt mir nie, wohin er geht. Aber ich weiß, daß er immer lange wegbleibt, wenn er mit einem Freund ausgeht. Seine Dummheit wächst, wenn er in Begleitung ist. Vielleicht sind sie zusammen ins Bordell gegangen.«

»Aber heute ist nichts in der Stadt wie sonst.«

»Dort gibt es außer den Bordellen noch viele Lasterhöllen.«

Ihr weißes, rosa geflecktes Knabengesicht hatte die Form eines Herzens. Ich schloß meine Augen und ließ meinen Kopf an ihre nackte, warme Brust fallen. Ein Kissen aus Fleisch, dachte ich, das heftig pocht. Dieses Kissen wird mir meine Kopfschmerzen lindern. Ihre Finger gruben sich zärtlich in mein buschiges Haar. Meine Hand tastete blind nach ihrem Kopf. Ich hatte vergessen, daß er rasiert war. Ihre Stoppeln kitzelten mich in der Handfläche. Wenn ich ihr von der Stirn nach dem Hinterkopf strich, standen die Stoppeln auf. Er muß wirklich eifersüchtig sein, wenn er ihr Kopf und Brauen rasiert. Ich liebkoste ihre Brust, die feste Mitte im Weichen. Es kitzelte sie mehr, wenn ich an der linken Brust saugte. Sie hielt lachend ihre Hand davor. Sie will mir die rechte geben, ich will die linke haben. Und in dem Spiel zwischen der rechten und der linken, beginnen sie alle beide zu kitzeln. Wir spielen ein wenig. Und unterdessen sind wir zwei Kinder geworden.

Ihre Hand machte sich an den Knöpfen meines Hosenschlitzes zu schaffen. Aufgerichtet erschien er in ihrer Hand. Ihre Hand wanderte von der Eichel bis zur Wurzel. Sie rieb ihn an ihrer Schamlippe. Ihre Scham war schwarz, von einem rauhen Flaum bedeckt, von Stoppeln wie die auf ihrem Kopf. Ich drängte, wollte eindringen, doch sie wollte reiben. Sie drückte ihn, würgte ihn, nahm mit der Hand seine Maße, während er abnahm und zunahm. Ich zählte die Wirbel ihrer Wirbelsäule. Ich zog ihn aus ihrer Hand. Wir vereinigen uns. Wir trennen uns. Sie umfängt mich mit Beinen und Armen. Ich sage lautlos zu ihm: Zeig deine Stärke bei ihr! Sei ihrem Ding ein Freund, mein Blinder!

Bouchras Stimme weckte uns auf.

»Sallafa, steh auf! Schläfst du?«

Ich setzte mich eilig auf den Rand des Bettes und fragte Bouchra: »Ist Kebdani noch nicht zurück?«

Sie sagte, nach einer Pause: »Noch nicht.«

Ich ging ins Wohnzimmer. Ich hörte Sallafa zu Bouchra sagen: »Ist dieser Zuhälter noch nicht zurück?«

Bouchra saß da und rauchte eine Zigarette.

Sie sagte zu Sallafa: »Ich habe Angst, daß man sie festgenommen hat, nach dem, was in der Stadt geschehen ist.«

»Soll er in der Hölle brennen!«

Ich ging in die Toilette und wusch mich. Als ich die Tür öffnete, stand Sallafa vor mir, reizend, fröhlich. Ihr Blick lächelte mich an. In ihrem Gesicht leuchtete der Triumph. Ich setzte mich auf die Matratze. Sie beugte sich über mich und nahm mein Gesicht zärtlich zwischen ihre Hände, während mein Herz heftig schlug. Sie küßte mich laut auf den Mund, als küßte sie ein Kind. Ich lächelte ihr nach, während ich sie in der Toilette verschwinden sah. Ich dachte an das Mädchen im Ain Ktiouet. Wo mag sie jetzt wohl sein? Die Zeiten haben sich geändert seit damals. Bouchra saß sorgenvoll da, die Ellbogen auf die Knie gestützt, das Gesicht in den Händen. Nach einem Weilchen stand sie auf und legte die Platte von Umm Kulthum auf, *Ukaddibu nafsi.* Ich dachte an Tetuan, an das Viertel Ain Khabbaz, an die Kifer und Säufer im Café, wo ich gearbeitet hatte. Ich kämpfte mit den Tränen. Meine Kindheit, dort in jenem Viertel, schien mir jetzt schön.

Der Schlüssel drehte sich im Schloß. Kebdani trat ein, hinter ihm Kabil. Sie sahen müde aus und bekümmert. Ich fragte Kebdani: »Was gibt es Neues dort unten?«

Er drehte das Grammophon leiser, aus dem Umm Kulthums Stimme sang.

Ukaddibu nafsi anka fi kulli ma ara
Ich belüge mich selbst, in allem, was ich von dir sehe.

»Es ist alles vorüber jetzt. Sie haben viele Marokkaner verwundet und getötet.«

Kabil ging ins Schlafzimmer, während Kebdani sich neben mich setzte. Sallafa kam aus der Toilette.

»Wo seid ihr gewesen?«

»Wir hatten etwas zu erledigen.«

Sie lachte auf.

»Sag mir geradeheraus, daß ihr ins Bordell gegangen seid, daß ihr im Haus der Soudia Kahla oder im Haus von Zohra der Dummen gewesen seid oder bei Bourghouta.«

Ehe Kebdani antworten konnte, sagte Kabil: »Wirst du dein dreckiges Maul halten?!«

Sie schrie: »Das dreckige Maul ist deines.«

Dann ging sie ins Schlafzimmer. Kebdani stand auf und sagte zu mir: »Gehen wir einen Augenblick hinaus. Dann kommen wir wieder.«

Wir gingen durch die Tür, die auf Sidi Bouknadel hinausging. Ein kalter Wind schlug mir entgegen. Wir zündeten zwei Zigaretten an. Die Lichter der Dampfer im Hafen funkelten.

»Ich habe eine Neuigkeit, die du erfahren mußt.«

»Und die wäre?«

»Kabil ist einverstanden, daß du morgen mit uns arbeitest.«

»Sehr interessant!«

»Doch unter einer Bedingung.«

»Welcher?«

»Daß du diese Nacht hierbleibst und morgen den ganzen Tag, bis wir uns am Abend bei der Arbeit treffen.«

Ich sagte zu mir, das ist es, was ich wollte.

»Und warum diese Bedingung?«

»Ich erkläre es dir. Kabil kennt dich noch nicht gut, und er fürchtet, daß du jemandem das Geheimnis unserer Arbeit ausplauderst.«

»Klar, ich verstehe.«

»Ich kenne dich, ich habe ihm von dir erzählt und ihn überzeugt, daß du zuverlässig und mutig bist.«

»Danke.«

»Es ist schon oft vorgekommen, daß er von einem seiner Träger verraten wurde. Er ist überzeugt, daß er den Gendarmen und der Geheimpolizei nur in die Falle gegangen ist, weil Verräter unter den neuen Trägern waren. Er hat manchmal erzählt, daß die Gendarmen und Geheimpolizisten selbst verräterische Träger zu den Schmugglern schicken. Auf diese Weise finden sie Ort und Zeit heraus und manchmal auch die Art der Schmuggelware. Denn die Träger erhalten von den Gendarmen oder von der Geheimpolizei dreimal oder viermal so viel Lohn, wie sie von den Schmugglern bekommen.«

»Eigenartig.«

»Außerdem fühlen sie sich beschützt.«

Er schwieg, dann fuhr er fort.

»Kabil ist ein guter Kerl. Sein Fehler ist der Geiz. Meistens bezahlt er den, der mit ihm arbeitet, so schlecht, daß der ihn bestiehlt, um den Lohn zu bekommen, der ihm zusteht. Großzügigkeit kennt er nur bei den Frauen. Bei den Frauen von Sallafas Sorte.«

Ich fragte ihn: »Ist er eifersüchtig wegen Sallafa?«

»Er weiß, daß sie imstande ist, ihre Schenkel selbst einem Affen zu öffnen.«

»Und?«

»Trotzdem liebt er sie.«

»Und warum rasiert er ihr dann den Kopf und die Brauen?«

»Damit sie nicht wegläuft. Manchmal bleibt sie eine Woche weg oder mehr.«

»Dann ist das also seine Art, sie zu lieben.«

»Bis zum Wahnsinn.«

»Und wo hält sie sich auf, wenn sie ihm davonläuft?«

»Sie säuft und hurt auf den Hausfesten von Freunden und anderen Leuten herum.«

»Und sie? Liebt sie ihn?«

»Kann eine wie sie lieben? Sie liebt sein Geld. Sie sagt es ihm offen. Einmal habe ich gehört, wie sie zu ihm sagte: ›Du vergeudest deine Tage mit mir. Suche eine andere, um sie zu lieben. Du mußt begreifen, daß ich dich nicht liebe.‹«

»Und was antwortet er ihr?«

»Er glaubt ihr nicht. Er glaubt, sie liebe ihn auch, auf ihre Weise. Ich habe nie gesehen, daß er sie geschlagen hätte.«

»Er ist ein merkwürdiger Kerl.«

»Er glaubt, sie wolle ihn reizen.«

»Und er glaubt, das sei gut so?«

»Aber nein, das ist ein Märchen. Er liebt sie, das ist alles.«

»Aber wie bringt er es fertig, sie zu rasieren?«

»Er füllt sie ab und mischt ihr Haschisch in den Tee. Wenn sie schläft, rasiert er sie.«

»Und was hat sie mit ihm getan, als sie aufgewacht ist?«

»Sie hat ein paar Gegenstände des Haushalts zerschlagen, ihn verflucht und geschworen, daß sie sich eines Tages rächen werde.«

»Und Bouchra?«

»Sie ist ihre Freundin. Sallafa schnappt über, wenn Bouchra sich von ihr trennt.«

»Hat Bouchra keinen Liebhaber?«

»Ich weiß nicht. Ich glaube, sie liebt niemanden außer sich selbst. Mit ihren Launen ist es schwierig, aber sie ist in Ordnung. Sie hat gegen niemanden etwas. Sie redet nur, wenn es nötig ist. Sie hat immer recht, wenn sie etwas sagt.«

»Das habe ich bemerkt.«

Wir zündeten noch zwei Zigaretten an. Eigentlich hatte ich erzählen wollen, was ich mit Sallafa getan hatte, doch jetzt fürchtete ich, er könnte eifersüchtig und neidisch werden. Vielleicht würde er Kabil davon berichten, um ihm seine unbedingte Zuverlässigkeit zu beweisen. Als wir wieder in die Hütte traten, sang Umm Kulthum immer noch mit ihrer kraftvollen Stimme:

Inni agharu min al-ku'us fadschannibi
ka's al-mudamat an juqabbila faki
Ich bin eifersüchtig auf die Gläser, so verwehre dem Weinglas, deinen Mund zu küssen.

ZEHN

Am Morgen blieben Sallafa und ich in der Hütte. Kabil und Kebdani verließen uns, ohne mir zu sagen, was sie vorhatten. Bouchra ging ihre Mutter besuchen. Sie hatte sie einige Tage nicht gesehen. Ich nahm an, Kabil und Kebdani seien losgegangen, um für unsere Schmuggelarbeiten alles vorzubereiten. Sallafa reinigte das Schlafzimmer, und ich lag da, blonde Zigaretten rauchend, in unruhige Grübeleien über meine neue Lage versunken.

»Sallafa, ist ein Glas Wein da?«

Sie blickte lächelnd auf mich herunter.

»Warte ein wenig! Wir werden eine Flasche öffnen und sie zusammen trinken.«

Sie lächelte nochmals und verschwand. Ich dachte, schon hat uns das Spiel der Leidenschaft gepackt. Die Unruhe in mir wuchs. Ihre Verführungen begannen mich zu bedrücken. Meine Lage in der Hütte erinnerte mich an jenen Morgen im Ain Ktiouet, als mich der Herr des Gartens, in dem ich Birnen gegessen hatte, einsperrte. Doch meine Lage war nicht dieselbe. Ich konnte bleiben oder nicht bleiben. Ich erhob mich. Ich stand auf dem Diwan und blickte durch das offene kleine Fenster aufs Meer hinab. Der Himmel ist bewölkt, das Meer unruhig. Ein paar Schiffe, große und kleine, ziehen ihres Wegs. Sie steht hinter mir. Sie legt mir die Hand auf die Schulter. Ihr warmer Atem in meinem rechten Ohr. Ein Schauer läuft mir durch den ganzen Körper. Sie flüstert: »Was schaust du?«

Ihr Atem und der Druck ihrer Hand erregen mich. Bin ich ihr Liebhaber geworden? Elend und Liebe zugleich. Ist das nicht wundervoll?

»Ich schaue aufs Meer. Ich bin noch nie auf dem Meer gereist. Es lockt mich, auf ihm an den fernsten Ort der Welt zu reisen. Bist du schon auf dem Meer gereist?«

»Ich?« Sie lacht. »Frag mich nur, ob ich je aus Tanger hinausgekommen bin! Ich bin nie gereist, weder auf dem Meer noch auf dem Land.«

Ich stelle sie mir vor, wie sie auf mich zukommt, durch den leeren Raum schreitend, dann schwimmend, dann fliegend, in einem weißen Kleid.

»Du bist noch nie aus Tanger hinausgekommen?«

»Nie. Wo sollte ich hingegangen sein? Mit wem?« Sie fügte hinzu: »Ich habe das Gefühl, wenn ich diese Stadt verließe, käme ich nie wieder zurück. Nie wieder.«

»Ich habe dasselbe Gefühl. Warum wohl?«

»Ich weiß nicht.«

Ich wende mich zu ihr um. Sie öffnet ihre Augen weit, und ihr Blick trifft meine Augen, als wollte er sagen: Ist meine Erwiderung keine Antwort auf deine Frage? Ich kann ihrem Blick nicht standhalten. Ich senke die Augen. Es ist mir wirklich unwohl geworden mit ihr. Ich blicke zur Tür.

»Wohin schaust du?«

»Zur Tür.«

»Was ist mit ihr?«

»Nichts.«

»Woran denkst du? Du grübelst an irgend etwas herum.«

»Ich denke an die Tür.«

»Warum?«

»Ich mag es nicht, wenn ich irgendwo eingeschlossen bin.«

Wir setzten uns. Ich dachte an den Tod. Die Liebe läßt mich immer an den Tod denken. Ich fühlte mich, als würde ich stehlen und bestohlen zugleich. Eine Flasche Wein und zwei Becher standen auf dem Tisch.

»Auch mich stört es, wenn ich irgendwo eingeschlossen bin, doch ich habe mich daran gewöhnt.«

»Ich kann mich nicht daran gewöhnen und will mich nicht daran gewöhnen. Ich komme mir vor wie im Gefängnis.«

»Du hast recht.«

Da waren wir nun in der gleichen Lage, sie und ich, hinter dieser verschlossenen Tür; sie die Geliebte von Kabil und ich sein Träger, dem er nicht vertraute. Ich dachte daran, aufzustehen und die Tür aufzubrechen, doch ich würde alles zerstören, die Freundschaft mit Kebdani, mein Verhältnis mit Sallafa und die Möglichkeit, Kabils Träger zu werden, wie Kebdani, dem er vertraute.

»Woran denkst du? Hör auf zu denken! Mach die Flasche auf!« Ich nahm den Korkenzieher vom Tisch. Einen Augenblick später sagte sie: »Ich muß dir etwas sagen.«

Ich schaute sie an: »Das wäre?«

»Laß uns von Tanger weggehen! Wenn du willst.«

Ich sah sie aufmerksam an: »Wohin?«

»Irgendwohin. Nach Casablanca zum Beispiel.«

Ich war drauf und dran zu sagen: Und dein Kopf und deine Brauen? Ich wollte sie nicht traurig machen. Vielleicht hatte sie es vergessen.

»Und was tun wir dort?«

»Irgend etwas.«

Ich öffnete die Flasche und füllte die Becher.

»Aber ich habe keinen Beruf gelernt. Und du, was wirst du tun?«

»Ich würde jede Art von Arbeit annehmen. Ich könnte als Dienstmädchen bei einer französischen Familie arbeiten. Meine Freundin Fadila hat dort gleich bei ihrer Ankunft Arbeit gefunden, als sie mit einer französischen Familie Kontakt aufnahm.«

Ich dachte daran, wie Kebdani mir gesagt hatte, daß Sallafa überschnappen würde, wenn Bouchra sich von ihr trennte.

»Und Bouchra?«

»Sie wird mit uns kommen.«

Ich dachte bei mir: Ist sie nicht blöd, diese Frau? Ich sagte böse: »Ich habe genau verstanden, was du da sagst.«

»Sie ist in Ordnung. Was hast du gegen sie? Hast du sie dir nicht richtig angesehen?«

»Ich habe nichts Schlechtes über sie gesagt. Ich habe dir nur eine Frage gestellt.«

Sie sagte aufgeregt: »Aber sie ist meine Schwester. Du kennst sie bloß nicht. Wenn du sie kennst, wirst du sie wie deine Schwester annehmen.«

Ich dachte, aha, Sallafa, jetzt verstehe ich dich richtig: Wir werden ihre Geschwister, und sie wird unsere Schwester sein, die uns versöhnt, wenn wir streiten. Sie ist die Beherrschte, und wir sind die Flatterhaften. Ich hielt Sallafa ihr Glas hin. Sie nahm es, reichte es dann mir, damit ich daraus trank, und bedeutete mir zugleich, ihr meines zu reichen. Wir verschränken unsere Arme und trinken langsam. Wir lächeln wie zwei Kinder. Ein wunderbares Vergnügen, das ich nicht kenne. Ich schaue zur Tür. Ihr Blick folgt meinem. Dann verlangt sie mit ihren verschlafenen Augen nach meinem Mund. Sie beugt sich über mich. Nach und nach läßt sie den Wein, der noch in ihrem Mund ist, in meinen träufeln. Ich werde mit großen Genüssen überschwemmt bei dieser Frau. Wir ziehen uns ins Schlafzimmer zurück. Zuerst machen wir zusammen Liebe, und danach kommen mir beinahe die Tränen. Ich weiß nicht, warum!

Wir saßen wieder im Salon, als sich der Schlüssel in der Tür drehte. Farid El Attrach sang: »*Amta ta'ud ja habibi ar-ruh?* — Wann kommst du wieder, du Geliebter meines Herzens?« Sallafa hatte in Gedanken versunken dagesessen. Sie schien weder traurig noch fröhlich. Ich konnte ihr nichts anmerken, außer wenn sie lächelte oder schrie. Wer weiß, worüber sie nachdenkt? Vielleicht ist sie unruhig, weil ich ihr auf den Vorschlag, nach Casablanca zu ziehen, keine klare Antwort gegeben habe? Ich ließ sie mit sich alleine. Kebdani kam herein, erschöpft, mit einem großen Korb voller Einkäufe vom Souk.

Ich sagte zu ihm: »Ah, Kabil, du bist zurück.«

Er sah mich verdutzt an, ich entschuldigte mich für die Verwirrung.

»Ich war in Gedanken. Was gibt es Neues?«

»Puh! Desaster!«

Er stellte den Korb vor Sallafa hin und sagte zu ihr: »Brate alle diese Fische. Das hat Kabil gesagt.«

Sie sagte scharf: »Um diese Zeit bringt ihr mir Arbeit?!«

»Wir hatten Wichtiges zu erledigen.«

»Was geht das mich an? Ihr hättet mir die Arbeit nicht jetzt erst zu bringen brauchen.«

Was für eine Lügnerin, dachte ich.

Ich fragte ihn: »Ist noch etwas Neues passiert?«

»Inzwischen ist alles klar. Die Spanier haben das ganze ausgeheckt.«

»Dann stimmt es also, was man im Café Chato von Marouani gesagt hat?«

»Vielleicht. Wer weiß! Bis jetzt wissen die meisten Leute nur, daß die Spanier das Unglück heraufbeschworen haben.«

»Die Spanier haben die Gedenkfeiern zum 30. März zum Anlaß genommen und die Marokkaner für diese Aktion als Kanonenfutter angeheuert?«

»So sieht es aus.«

»Das ist ein Desaster!«

»Dutzende von Marokkanern sind tot, doch man sah nur sechs oder sieben Trauerzüge, seit in der großen Moschee für die Opfer gebetet wurde.«

»Und die übrigen Toten?«

»Sie müssen sie verstecken, um die Wut der marokkanischen Nationalisten nicht zu reizen. Die meisten Toten sind nicht von Tanger. So ist es leicht, sie unbemerkt zu begraben.«

Nach einer Weile fragte ich ihn: »Können sich die Leute wieder auf der Straße sehen lassen?«

»Ja, aber die Kontrollen sind in den meisten Straßen noch sehr scharf. Verdächtige werden festgenommen. Die Soldaten arbeiten mit den Polizisten zusammen.«

»Und Kabil?«

»Er ist zum Haus seiner Eltern gegangen.« Er fügte hinzu: »Und Bouchra, ist sie noch nicht zurückgekommen?«

Sallafa sagte: »Noch nicht. Warum gehst du nicht und begleitest sie hierher? Vielleicht hat sie Angst vor den Kontrollen.«

In freundschaftlichem, hoffnungsvollem Ton fügte sie hinzu: »Geh und bring sie her.«

»Ich weiß nicht, wo sie wohnt.«

»Sie wohnt im Dar Barouda, vor dem Café El Makina. Frag irgendwen, den du dort findest. Man wird dir ihre Wohnung zeigen. Du findest bestimmt ein paar Kinder, die draußen spielen. Sie ist gut bekannt in ihrem Viertel.«

»Sie wird alleine zurückkommen.« Er fügte hinzu: »Die Leute gehen nicht aus, wenn es nicht sein muß, und dann bleiben sie in der Nähe ihrer Häuser. Kinder hab ich keine gesehen, und wenn, dann am Morgen.«

Sie sagte schrill: »Es reicht! Der Weltuntergang! Du willst bloß nicht gehen, das ist es.«

»Nein, aber . . .«

Ungehalten unterbrach sie ihn: »Hör auf! Ich bitte dich, hör auf zu schwatzen!«

Einen Augenblick später sagte sie, als spräche sie mit sich selbst: »Ich weiß, was ich zu tun habe. Ich schwöre euch, wenn ich hier bei euch bleibe, dann spuckt auf mich und pißt auf mich.«

Kebdani sagte zu mir: »Wir haben schon alles vorbereitet. Mach dich fertig für die Arbeit in der Nacht. Es werden noch drei Träger mit uns zusammenarbeiten. Wir können zwei Autos benutzen. Das eine für die Ware, das andere für die Träger. Ich bin beauftragt, die Ware mit dem Boot vom Schiff zum Strand zu bringen. Du wirst bei den drei Trägern sein, die die Kisten vom Strand zum Wagen bringen. Du brauchst Mut und Kraft, und du mußt deine Ladung schnell fortschaffen. Es kann passieren, daß uns die Gendarmen am Strand oder bei der Rückkehr in die Stadt überraschen. In diesem Fall folgst du den Anweisungen Kabils oder seines Partners, den du während der Arbeit kennenlernst. Vielleicht geschieht dasselbe mit der Sicherheitspolizei, während wir die Ware in die Stadt bringen. Ich will dir nicht verhehlen, daß die Arbeit mit Gefahren und Risiken verbunden ist. Vielleicht eröffnen sie das Feuer auf uns, falls es zur Flucht kommt. Hast du begriffen?«

»Ja.«

»Manchmal schmiert der Besitzer der Ware die Gendarmen oder die Geheimpolizei. Meistens werden sie sich über den Betrag nicht einig. Dann gibt es eine Verfolgung, und es kommt zur Anwendung von Gewalt.«

»Was verstehst du unter Gewaltanwendung?«

»Manchmal entscheiden sie den Streit mit der Waffe.«

Ich dachte, Kabil besitzt also Waffen. Da muß ich vorsichtig sein in meinem Verhältnis zu Sallafa. Was hindert ihn, auf uns zu schießen, wenn er uns im Bett erwischt?

»Und ist Kabil bewaffnet?«

»Oh! Da mischst du dich in etwas ein, das dich nichts angeht. Ich sage dir nur, was passieren kann. Es interessiert dich und mich nicht, ob Kabil und sein Partner Waffen besitzen oder nicht. Verstehst du?«

»Ja. Ich habe ja nur gefragt.«

Ich dachte, vielleicht gerate ich da in des Teufels Küche. Vielleicht weiß er inzwischen, daß ich ein Verhältnis mit Sallafa habe.

»Ich sage dir Dinge, die ich keinem anderen Träger sagen kann.«

»Ich weiß.«

Er fragte sie: »Sallafa, wo ist die Kifpfeife?«

Sie rief aus der Küche: »Ich weiß es nicht. Such sie!«

Ich dachte, sie rächt sich an ihm. Ich erinnerte mich, wie wir, sie und ich, im Schlafzimmer ein wenig Kif geraucht hatten. Ich tat, als würde ich mit ihm im Wohnzimmer die Pfeife suchen. Er ging ins Schlafzimmer.

»Ich habe sie schon gefunden.«

Ich stand auf und legte die Platte von Abdelwahab auf: »Wenn der Abend kommt.«

Ich stieg mit den drei jungen Trägern in den Wagen, den ein alter Mann lenkte. Ich war der Jüngste. Der Fahrer hatte eine Weinfahne. Er fuhr gut. Die Nadel stieg nie über siebzig Kilometer. Wo es steil bergab ging, und in den Kurven sank sie auf vierzig oder dreißig. Wir erreichten das Kap Spartel um zwei Uhr früh. Unser Wagen hielt hinter einem schwarzen Lastwagen. Die Tür des anderen Wagens öffnete sich. Ein hochgewachsener, kräftiger Mann stieg aus. Ich schätzte ihn auf ungefähr fünfundvierzig. Er kam ruhig auf uns zu und fragte den Fahrer: »Wie sieht es aus unterwegs?«

»Gut. Nichts Verdächtiges.«

Wir drei stiegen aus, der Fahrer blieb im Wagen. Ich verstand, was der Alte berichtete. Wir seien keiner Grenzpatrouille begegnet. Es war mir klar, daß dieser kräftige Mann der Partner von Kabil war. Er sagte zu uns: »Seid Männer!«

Dann legte er mir seine Hand fest auf die Schulter und schaute mich an: »Aus welcher Gegend des Rifs kommst du?«

»Von Beni Chiker.«

»Ich kenne die Chikri. Die Rifi sind mutig.«

Er zog seine Hand zurück und fügte hinzu: »Ich kenne die Rifi gut. Die waren mit mir im Spanischen Bürgerkrieg. Sei ein Mann wie die Männer deiner Heimat!«

Meine Gesichtszüge entspannten sich. Er nahm eine Schachtel Zigaretten aus der Tasche und streckte sie uns der Reihe nach hin. Ich dachte, das sind gute Vorzeichen. Ein Dreckskerl, wer diesen Mann betrügt. Er ist von guter und gewinnender Art. Kabil erschien mir wie ein Kind neben diesem Mann. Vielleicht ist Kabil auch in Ordnung, doch sein Charakter ist schwach. Bei diesem Mann hier muß ich aufrichtig sein.

Er sagte zu uns: »Seid ihr bereit?«

Einer nach dem anderen sagten wir: »Ja.«

Wir machten uns auf einen beschwerlichen Weg, hinab zwischen Bäumen, durch Gebüsch, über Steine. Ich dachte: Werden wir hier, mit den Waren beladen, wieder hinaufsteigen? Kabils Partner sagte zu mir: »Ruf mich Kandoussi, wenn du mich rufen willst.«

Ich wußte, daß dieser Name ein Deckname in dem verbotenen Geschäft war. Das Gelände war wirklich unwegsam. Ich strauchelte mehrmals in Löchern und über spitze Steine.

Er sagte zu mir: »Du mußt sehr vorsichtig sein, daß du auf dem Rückweg mit deiner Last nicht hinfällst. Der Inhalt der Kisten ist zerbrechlich.«

Ich dachte, was wird wohl in den Kisten sein? Etwas Zerbrechliches. Was mag es sein? Als wir am Strand anlangten, zog er eine Taschenlampe hervor und begann zum Wasser hin Signale zu senden. Die gleichen Lichtzeichen antworteten ihm. Wir fanden Kabil, alleine im Sand sitzend, neben sich einen Haufen Säcke und ein Seilbündel.

»Ah, da seid ihr. Ist alles in Ordnung?«

»Alles bestens bis jetzt.«

Geräusche eines schaukelnden Kahns waren zu hören, und vom Meer blinkte ein Licht Signale herüber. Kandoussi antwortete. Die See war leicht aufgerauht. Die Geräusche näherten sich.

Kandoussi sagte zu uns: »Macht euch bereit!«

Von den Geräuschen war nichts mehr zu hören. Nach ungefähr einer Viertelstunde Stille kamen erneut Signale vom Boot. Kandoussi antwortete wieder. Zu uns sagte er: »Der Kahn ist da. Es geht los!«

Am Wasser zogen sich zwei Träger ihre Sandalen und ihre Hose aus. Der Kahn kam in Sicht, er hob und senkte sich mit den Wellen. Die zwei Träger stiegen ins Wasser. Sie nahmen den Kahn zwischen sich. Auch Kebdani stieg ins Wasser, und dann schoben alle den Kahn ans Ufer. Gemeinsam trugen wir die Kisten an Land und stellten sie nicht weit vom Ufer in den Sand. Die Kisten waren nicht groß und nicht so schwer, wie ich mir vorgestellt hatte. Ich dachte, was da drin ist, muß sehr kostbar sein. Vielleicht Uhren.

Wir hatten die neun Kisten rasch ausgeladen. Kandoussi fragte Kebdani: »Ist es gefährlich für dich, zum Frachter zurückzukehren?«

»Ich denke nicht.«

»Wenn du glaubst, es sei riskant, zum Schiff zurückzukehren, können wir den Kahn auf den Strand ziehen und morgen sehen, was wir damit machen.«

»Ich denke nicht, daß es irgendwelche Gefahren gibt.«

»Paß auf die Felsen auf!«

»Ich kenne die Gegend hier gut.«

Ich sagte zu Kebdani: »Bis nachher.«

»Bis nachher. In ungefähr einer Stunde treffe ich dich in der Hütte.«

Der Frachter würde den Kahn in den Hafen von Tanger schleppen. Die beiden halbnackten Träger stießen ihn ins Wasser zurück, und Kebdani legte sich in die Riemen. Er verschwand im Nebel der Nacht und im Rauschen der Wellen.

Eilig packten wir in jeden Sack zwei Kisten. Kandoussi sagte zu mir, nachdem wir die Säcke zugeschnürt hatten: »Wenn du nicht die Kraft hast, zwei Kisten zu tragen, dann trag eine!«

»Ich kann drei tragen, wenn du willst.«

Ich wollte meine Stärke und mein Alter herausfordern. Wahrscheinlich weckte meine ausgemergelte Gestalt Zweifel bei ihm. Ich dachte, eine Arbeit wie diese ziehe ich dem Betteln und Stehlen wirklich vor. Sie ist auch besser, als einen Alten an meinem Glied saugen zu lassen oder im Souk El Barrani und im Fendouk El Chajra den Bauern und Arbeitern Harira und gebratenen Fisch zu verkaufen. Diese Arbeit ziehe ich allen bisherigen vor. In diesem Abenteuer kann ich meine Männlichkeit erproben, schon im Alter von 17 Jahren. Ein neuer Abschnitt meines Lebens beginnt mit diesem frühen Morgen.

Wir trugen die Kisten auf demselben Weg hinauf, den wir auch heruntergestiegen waren. Kandoussi ging voran, während Kabil uns folgte, ohne etwas zu tragen. Er schien betrunken zu sein. Ich glaube, er vermochte sich dem Abenteuer nur zu stellen, wenn er betrunken war. Jeder von uns Trägern schleppte einen Sack, der zwei Kisten enthielt. Die neunte Kiste hatte Kandoussi in seinem Sack. Nach einigen Minuten wurde mir meine Last schwerer und schwerer. Die Knochen in meinen Schultern und mein Rücken schmerzten. Trug ich den Sack nicht in der richtigen Haltung? Den Sack auf die andere Schulter zu wechseln wagte ich nicht, damit Kandoussi nicht glaubte, ich sei müde und wir müßten auf halbem Weg innehalten. Vielleicht würde er mich kein zweites Mal einsetzen, wenn ich schon bei diesem ersten Mal Schwächen zeigte. Kabil schien mir schließlich eine überflüssige Person zu sein. Sollte ich seine Anweisungen befolgen oder nicht? Doch warum diese feindseligen Gefühle gegen ihn? Er ist bis jetzt gut zu mir. Ich muß mich von diesen übelwollenden Gefühlen befreien, obwohl sie meine Schmerzen lindern. Ich werde durchhalten. Es geht nicht anders. Ich werde durchhalten, auch wenn ich ein Sausen in meiner Schulter spüre und die Knochen in meinem Rücken knacken. Ich keuchte ein wenig, und meine Kehle trocknete aus. Meine Atembeschwerden kamen vielleicht von den vielen blonden Zigaretten und vom Kif. Sallafa muß die Ursache dieser Erschöpfung sein. Viermal habe ich gestern mit ihr Liebe gemacht. Da bin ich nun und sehne mich schon wieder nach ihr. Ich werde mit ihr Liebe machen, wenn dieses Abenteuer vorbei ist und ich vor Kabil und Kebdani in der Hütte bin. Doch der Schlüssel? Der Lohn, den ich für meine Arbeit erhalten würde, schien mir bedeutungslos, solange ich alles, was ich brauchte, in der Hütte fand. Der Wert des Geldes zählt nur draußen. Ich wünschte, Sallafa wäre jetzt bei uns. Daß sie vor uns herginge, ohne etwas zu tragen. Habe ich mich in sie verliebt? Plötzlich ergreifen mich wieder Gefühle der Abneigung gegen sie. In meiner Vorstellung beschimpfe und schlage ich sie, damit sie wütend wird. Wütend liebe ich sie mehr, als wenn sie friedfertig ist. Traurig liebe ich sie mehr, als wenn sie fröhlich ist. Ich liebe sie, wenn sie albern ist. Ich liebe sie so, wie sie zu Kabil ist, so, wie ich sie mit ihm streiten sah.

Als wir die Straße erreichten, stießen wir auf die beiden Fahrer, die vor den Wagen auf uns warteten. Hastig verstauten wir die Ware. Kandoussi kletterte als einziger in den Lastwagen, während Kabil mit uns Trägern in das andere Auto stieg. Unser Wagen fuhr zuerst los. Ein Abstand von etwa 100 Metern trennte die beiden Wagen. Die Geschwindigkeit war mäßig. Ich dachte, zweifellos ist das Absicht, und auch der Abstand hat seinen Sinn. Auf dem ganzen Weg wechselten wir kein Wort. Der Träger zu meiner Rechten hustete von Zeit zu Zeit, atmete schwer und zuckte nervös. Wir nahmen die Straße, die am Hundefriedhof vorbeiführt. An der Kreuzung Boubana hielten die beiden Wagen. Kabil stieg aus, dann sah ich den Fahrer des anderen Lastwagens aussteigen und auf uns zukommen. Kabil sagte zum Fahrer unseres Wagens: »Bring sie hin, wo sie hinwollen!«

Er reichte mir den Schlüssel.

»Geh zur Hütte. Öffne keinem außer Kebdani, wenn er kommt.«

Der Fahrer des Lastwagens übernahm den Platz von Kabil und sagte, wir sollten nach Dradeb fahren. Wir entfernten uns von dem Lastwagen, der stehenblieb. Mir ist nun klar, daß Kandoussi und Kabil keinem trauen. Nachdem unser Auto verschwunden ist, werden sie an einen unbekannten Ort fahren, um ihre Ware auszuladen. Er hat nichts davon gesagt, daß ich ihm öffnen soll, wenn er kommt. Bestimmt besitzt er noch einen anderen Schlüssel. Ich war zuversichtlich, daß ihn seine Geschäfte bis morgen in Atem halten würden.

Als wir den Hügel von Dradeb erreichten, sagte der Fahrer, der jetzt noch stärker als vorher nach Wein roch: »Wohin soll ich euch bringen, Brüder?«

Zwei sagten: »Setz uns im großen Souk ab!«

Ich sagte zu ihm: »Setz mich bei der Kasbah ab!«

»Ich weiß schon.«

Der Träger, der hustete, sagte: »Setz auch mich bei der Kasbah ab!«

Ich sah ihn an. Er mich auch, doch wir sagten beide nichts. Im großen Souk stiegen die beiden aus. Wir sahen zwei Polizisten auf Patrouille. Der Wagen fuhr hinein durch das Bab Fahs. Die Straßen waren verlassen. Zwei weitere Polizisten standen unter dem Balkon eines Wohnhauses. Ich fürchtete, die beiden würden unseren Wagen aufhalten und unsere Papiere sehen wollen.

Auf dem Platz vor der Kasbah stiegen der letzte Träger und ich aus, und nur die beiden Fahrer blieben noch im Wagen.

»Ich gehe in Richtung Amrah.«

Er hustete und sagte: »Das ist auch mein Weg.«

Ich traute mich nicht, ihn über den Arbeitsausflug, von dem wir zurück waren, auszufragen. Nach einer Weile fragte er mich: »Kebdani, ist er dein Freund?«

»Ja.«

»Ein guter Bursche!« Er fügte hinzu: »Ist es das erste Mal, daß du als Träger bei einer Arbeit wie dieser dabeigewesen bist?«

»Ja, das erste Mal.«

»Und ist Kabil auch dein Freund?«

»Kebdani hat mich mit ihm bekannt gemacht. Und du, kennst du Kabil gut?«

»Aber nein. Ich kenne Kandoussi. Das ist ein mutiger Mann. Zuverlässig. Er hält, was er verspricht. Alle Schmuggelträger arbeiten gerne mit ihm.«

»Ich gehe in diese Richtung.«

»Dann wohnst du also bei Kabil?«

»Aber nein. Ich bin nur Gast dort. Ich habe keinen festen Platz zum Schlafen.«

Wir verabschiedeten uns, und ich tauchte in die Dunkelheit der Gasse. Ich hörte nur meine Schritte. Ich hörte zwei Katzen miauen, dann Gefauche. Eine rannte vorüber, von der anderen verfolgt. Sicher Männchen und Weibchen. Das Weibchen auf der Flucht, wie üblich. Wenn nur Sallafa jetzt nicht wie diese Katze ist! Liebemachen im Morgengrauen, das wird eine neue Erfahrung für mich werden.

Ich legte mein Ohr an die Tür der Hütte. Ich hörte nur die Katzen miauen, weit weg jetzt. Ich steckte den Schlüssel ins Loch und schloß auf. Im Schlafzimmer war Licht. War sie noch wach? Ich schloß die Tür ab und ließ den Schlüssel im Schloß stecken. Ich trat ins Schlafzimmer. Auf dem Nachttisch stand eine Flasche Wein, daneben eine Pfeife und ein Päckchen Kif. Sie schlief, in sich zusammengekuschelt, auf die rechte Seite gedreht. Ich machte das Licht im Wohnzimmer an. Zwei Decken und zwei Kissen lagen auf der Matratze. Ein Kissen und eine Decke für mich, dasselbe für Kebdani. Ich zog mich aus. Ich hörte, wie sie sich im Bett bewegte. Als ich wieder bei ihr eintrat, fand ich sie in veränderter Lage, das Gesicht zur Wand gekehrt, immer noch die Knie hochgezogen. Ich setzte mich auf den Rand des Betts und legte ihr die Hand auf die Schulter, unschlüssig, ob ich sie wecken sollte. Leise kroch ich zu ihr ins Bett.

Sie sagte mürrisch: »Deine Füße sind eiskalt.«

Meine rechte Hand ging im Garten ihres Körpers spazieren, ihre Brüste sind Orangen und Äpfel, ihre

Hinterbacken Birnen und Pfirsiche, zwischen ihren Schenkeln sind Pflaumen und ... Jäh stieß sie meine Hand weg, als ich den Pflaumenbaum erreichte.

Sie sagte: »Berühr mich nicht dort! Ich blute. Schlaf, wenn du schlafen magst.«

»Du blutest?«

»Ja, ich blute. Kennst du das nicht bei den Frauen?«

Ich erinnerte mich, wie Monika im Bad ihr blutverschmiertes Ding wusch. Es war also jetzt dasselbe wie bei Monika.

»Jetzt verstehe ich. Und wie lange wird das dauern?«

»Ach! Mindestens drei Tage.«

Ich dachte, das ist sie also gewesen, die Gelegenheit, in der Morgendämmerung Liebe zu machen. Mein Ding lag steif in der Gegend der Pfirsiche. Als ich es spazierenführen wollte, schreckte sie hoch und drehte sich auf den Rücken.

»Hast du gar keine Scham? Das werde ich nicht tun mit dir!«

»Nur ein kurzer Spaziergang, und die Angelegenheit ist erledigt.«

»Was redest du! Bist du blöd oder was?!«

»Und wieso nicht?«

»Das tut man nicht mit den Frauen. Das ist schändlich, ein Frevel. Begreifst du nicht?«

»Ein Frevel?«

»Ja, ein Frevel.«

Ich legte mich auf den Rücken wie sie. Ich betrachtete die Erhebung der Decke über meinem aufgerichteten Ding. Wie soll ich ihn einschläfern? Wie starrköpfig er ist! Nicht zum erstenmal sehe ich ihn so starrköpfig. Ich drückte ihre Hand in meiner, eine Weile, dann legte ich sie an ihn. Ich wartete darauf, daß sie mit ihm spielen würde, wie sie es am ersten Tag getan hatte, doch ihre Hand hielt ihn in festem Griff, ohne sich zu regen. Als ich meine Hand auf ihre legte und sie dazu bringen wollte, ihn zu liebkosen, zog sie sie zurück und sagte mürrisch: »Laß mich! Kannst du nicht schlafen, ohne dieses Spiel zu treiben?«

Inzwischen hatte ich ihre hartherzige Hand durch meine eigene ersetzt. Ich fing an, ihn sanft zu reiben und anzufeuern.

Sie sagte: »Was tust du?!«

»Kümmer dich nicht um mich!« Und dann: »Es geht nicht anders, sonst schläft er nie. Du tätest an meiner Stelle dasselbe.«

»Du wirst mich bekleckern. Geh ins andere Zimmer und mach dort mit ihm, was du willst. Die Gier der Männer, o weh!«

Ich stieg aus dem Bett und stellte mir vor, ich würde vor dem Bewässerungsbecken die nackte Assia an mich ziehen. Ich ging in das andere Zimmer und behielt ihn liebevoll in der Hand, damit er nicht abkühlte. Ich zog die beiden Decken über mich und brachte ihn in die Wärme meiner Hand zurück, ehe er weich wurde.

Am Morgen, ungefähr um neun, frühstücken wir schweigend im Wohnzimmer. Sie ist bleich, traurig, sie träumt. Auch ich spüre die Erschöpfung, und ich fühle Reue über die Gewalttätigkeit meiner Phantasie. Ist es nicht verrückt, daß ich mir den Körper von Assia vorstelle, sie vergewaltige und nicht einmal weiß, ob sie noch am Leben ist oder tot? Ich hätte besser daran getan, in der Wärme des Körpers von

Sallafa zu schlafen. An ihrer Seite hätte ich ihren Herzschlag und ihre Bewegungen gespürt, hätte sie berühren und riechen können. Assia ist ein Nichts in meiner Phantasie. Ich habe über einem Nichts masturbiert.

Niemand kam. Ist es ihr Blutverlust, der Sallafa so traurig macht? Frauen werden manchmal vergewaltigt, sie gebären, und einige Tage jeden Monat verlieren sie Blut. Ich fürchtete, Kebdani könnte den Gendarmen in die Falle gelaufen sein. Bis jetzt war er mein bester Freund in dieser Stadt. Vielleicht ist Sallafa bekümmert, weil Bouchra nicht zurückkommt! Es stimmt, was mir Kebdani über Sallafa und Bouchra erzählt hat. Diese Verrücktheit der traurigen Sallafa hat bereits eingesetzt. Was wird geschehen, wenn Bouchra noch lange wegbleibt? Ich glaube nicht, daß Kabils Abwesenheit sie bekümmert. Ich weiß es nicht. Die Sache ist undurchsichtig. Ich sehe sie an. Sie ist in einer vollständigen Zerstreutheit versunken. Ihr Kummer erstaunt mich trotz allem. Vielleicht war da einmal etwas in ihr, an dessen Verlust sie sich erinnert? Vielleicht denkt sie an etwas, das sie für immer verloren hat und nie wiedererlangen wird. Vielleicht ist es das beste, ich gehe hinaus und lasse sie mit sich allein, damit ich ihr nicht lästig werde. Die Welt ist traurig und verkommen. Ich stand auf.

»Ich werde ausgehen, um zu sehen, wie es heute in der Stadt zugeht, nach dem Unglück.«

Einen Augenblick lang sah sie zerstreut zu mir auf. Sie senkte den Kopf, als sei sie unfähig, aus ihrer Versunkenheit aufzutauchen. Sie schaute weiter ins Leere, während ich vor ihr stand. Nach einer Weile hob sie den Kopf.

»Hat dir Kabil den Lohn für deine Arbeit mit ihm bezahlt?«

»Noch nicht.«

»Warte einen Augenblick!«

Sie stand auf und ging ins Schlafzimmer. So traurig hatte ich sie noch nie gesehen. Heute glich sie Bouchra. Ich wunderte mich, daß sie von Kabil sprach, ohne ihn zu beschimpfen. Vielleicht grollte sie ihm heute nicht. Womit würde sie mich überraschen? Meine Unrast wuchs. Sie erschien, in der einen Hand drei Uhren, in der anderen zwei Scheine zu 100 Peseten. Ich schaute auf das schöne Kopftuch, das sie sich um den Kopf geschlungen hatte. So glich sie den Pharaoninnen, von denen ich Bilder aus Illustrierten gesehen hatte. Verblüfft und verlegen schaute ich sie an.

»Da nimm diese Dinge! Verkauf die Uhren und behalte das Geld für dich! Sag keinem etwas davon! Sieh zu, daß du sie vorsichtig verkaufst und daß Kabil nichts erfährt. Mit den Schmugglern arbeitet man nie lange zusammen. Such dir eine andere Arbeit!«

Die Worte, die ich ihr sagen wollte, waren mir entfallen, ehe ich sie aussprechen konnte. Ich verteilte die Uhren und Geldscheine auf die Taschen meiner Hose und meines Mantels. Ich wies mit dem Blick zum Schlüssel im Schloß.

»Schließt du die Tür von innen ab?«

»Ja.«

Ich schloß die Tür auf und ging hinaus. Als ich mich umwandte, sah ich sie auf der Türschwelle stehen, sich die Augen wischend. Ich blieb stehen. Ich spürte, daß wir zum letztenmal voneinander Abschied nahmen. Ich würde sie nie wiedersehen.

Das Mädchen im Ain Ktiouet, Assia, Fatima, keine von ihnen habe ich wiedergesehen. Ich ging weiter. Ich war unfähig, mich nochmals umzudrehen. Meine Augen waren feucht. Ich spürte deutlich, daß sie immer noch auf der Türschwelle stand und mir zum letztenmal nachblickte. Eine innere Macht hielt mich davon ab, mich nochmals nach ihr umzudrehen. Ich dachte, diese Macht, die mich davon abhält, mich umzudrehen und zur Hütte zurückzukehren, ist vielleicht die gleiche Macht, die auch sie auf der Schwelle festhält. Unfähig mir nachzueilen, um mit mir zusammen in die Hütte zurückzukehren oder loszuziehen ins Unbekannte, sieht sie zu, wie ich verschwinde. Zum letzten Mal nehme ich Abschied von der Hütte. Vielleicht werde ich keinen der Freunde aus der Hütte je wiedersehen.

Ich schreibe diese Erinnerungen 1972 nieder. Bis heute habe ich Sallafa und ihre Freundin Bouchra nicht wiedergesehen. Zwanzig Jahre sind vergangen. 1963 berichtete mir eine Frau, Sallafa und Bouchra seien in Casablanca, im Bordell Bousbir, in die professionelle Prostitution eingestiegen. Einige Monate später heiratete Bouchra den Kellner eines Cafés der Neustadt. Nach der Scheidung dieser Ehe kehrte sie in dasselbe Bordell zu Sallafa zurück. Wo die beiden heute sind, weiß ich nicht.

ELF

Ich saß mit Laila der Bettnässerin in ihrem Zimmer. Lalla Zohra, die Herrin des Hauses, bediente uns manchmal selbst. Seit ich aus der Hütte ausgezogen war, trank ich. Die Mädchen im unteren Geschoß schnatterten in einem fort. Die beiden Nächte hindurch hatte ich mit drei von ihnen Liebe gemacht. Rachida ist die beste von ihnen. Sie windet sich im Bett wie eine Schlange. Hamid Zailachi hatte mir gesagt, daß Laila »die Bettnässerin« genannt werde, weil sie im Schlaf ins Bett pinkelte. Er habe das einmal erlebt bei ihr. In dieser Nacht würde ich bei ihr schlafen, um herauszufinden, ob es stimmt, daß sie ins Bett pinkelt. Sie goß den Rest der Weinflasche in die beiden Gläser und sagte: »Wir bestellen noch eine Flasche, nicht wahr?«

Ich sagte, abwesend: »Wir werden noch eine bestellen, noch eine und noch eine, bis wir betrunken sind.«

Sie stand auf. An der Schwelle blieb sie stehen, hob den Vorhang und rief: »Lalla Zohra, kommen sie zu uns!«

Sie ließ den Vorhang fallen und wandte sich wieder mir zu.

»Was hast du? Du hast Sorgen. Ist dir etwas zugestoßen? Gefällt es dir nicht mit mir?«

Lautlos sagte ich zu mir selbst: Auf dieser Etappe zählt nichts außer dir und dem Wein. Außer dir oder einer wie dir. Ich sah sie lächelnd an.

»Ich denke nach.«

»Worüber?«

Sie setzte sich und lächelte mich an. Ich hasse es zu reden, wenn ich nicht mag. Sie zündete eine Zigarette an, steckte sie mir in den Mund und zündete sich dann selbst eine an. Ich dachte, das ist besser als über nichts zu reden. Ich dachte an Sallafa. Ich betrachtete ihren Körper. Ihr Körper war voller als der von Sallafa und schöner. Ihr Haar war lang, schwarz und gewellt. In dieses Haar würde ich eintauchen. Mein Blick wanderte über ihren ganzen Körper.

Sie sagte: »Was musterst du mich so? Gefalle ich dir nicht?«

Ich hasse es, wenn eine Frau von sich wie von einer Ware spricht.

»Ich habe dir gesagt, ich denke über etwas nach.«

»Denk nicht zuviel darüber nach! Du scheinst traurig. Ist es eine Frau, die du liebst?«

»Ich weiß noch nicht, was Liebe ist.«

Lalla Zohra sagte, bevor sie eintrat: »Hier bin ich. Zu euerm Besten, inschallah!«

Laila hieß sie eintreten. Sie verströmte den Duft eines starken arabischen Parfüms.

»Da bin ich. Guten Abend!«

Laila sagte: »Bring uns noch eine Flasche!«

Ich sagte zu ihr: »Ich bleibe die Nacht bei Laila. Wieviel?«

»Nur sechzig Peseten. Für einen anderen nicht unter hundert.«

Ich bezahlte ihr die 60 Peseten und 25 für die neue Flasche. Eine Stimme rief von unten nach Lalla Zohra.

»Ich komme schon! Oh je, dieses Geschrei von Rachida!« Und während sie sich zum Gehen wandte, sagte sie noch: »Ich lasse euch die Flaschen bringen, von Rachida oder von Alioua Laroussia.«

Schritte, dann klopfte es zweimal gegen den Türpfosten. Lalla Zohra sagte: »Wer ist da?«

Eine Stimme, die ich gut kannte: »Ich. Kann ich eintreten?«

Lalla Zohra zog den Vorhang zur Seite, und Kandoussi erschien.

Lalla Zohra sagte: »Ein guter Geist! Du bist das! Glücklich ist, wer dich sieht! Wo warst du so lange? Du hast uns gefehlt.«

Er sagte zu mir: »Hier also hältst du dich versteckt, während ich dich wie ein Trottel überall suche. Los, komm hoch!«

Liebenswürdig wie immer sagte Lalla Zohra: »Oh, Si Kandoussi! Setz dich ein bißchen zu uns! Trink etwas Gutes!«

Er entschuldigte sich und versprach ihr, daß wir morgen oder übermorgen wiederkämen. Als ich aufgestanden war, fragte mich Lalla Zohra: »Und du, kommst du heute nacht wieder?«

Unwillkürlich sagte ich: »Klar komme ich zurück. Habe ich nicht die Nacht mit Laila bezahlt?«

Sie sagte: »Klopf an die Tür, wenn du sie geschlossen findest.«

Laila fragte mich: »Wann kommst du?«

Ich sah Kandoussi an, und er sagte freundlich zu ihr: »Er kommt, wann er will. Wenn es spät wird, schlafe! Aber alleine, nicht mit einem anderen Kunden!«

Laila lächelte, und Lalla Zorah sagte: »Beunruhige deinen Freund nicht! Wir haben nicht sieben Gesichter. Unser Gesicht ist eines und dasselbe für alle.«

Wir gingen hinunter und ließen Lalla Zohra mit Laila alleine. Ich fragte Kandoussi auf der Treppe: »Wo ist Kebdani?«

»Das ist nicht der Ort zum Reden. Wenn wir draußen sind, erfährst du alles, was geschehen ist.«

In den Gassen des Viertels Ben Charki begegneten wir vielen Säufern. Von Zeit zu Zeit blieb er stehen, um einen von ihnen zu begrüßen. Es fiel mir auf, daß er viele Leute kannte. Alle grüßten ihn mit Respekt und Zuneigung. Wir gingen, ohne zu sprechen.

Als wir auf dem Platz des Zocco Chico ankamen, fragte er mich: »In welches Café möchtest du dich setzen? Ins Fuentes? Ins Central oder ins Española?«

Ich überließ die Wahl ihm. Wir gingen ins Central. Bevor wir uns setzten, bestellte ich ein Glas Cognac und er ein Glas Gin. Wir setzten uns in eine freie Ecke.

Er fragte mich: »Aber wo bist du nur gewesen? Ich habe dich überall gesucht?«

»Hier in Tanger. Wo soll ich schon gewesen sein?«

»Und wo schläfst du?«

»Ich habe ein Zimmer gefunden, bei der Kasbah, im Tarik Ben Abbou.«

»Ist das nicht in dem Haus neben der Schule?«

»Genau.«

»Du wohnst in einem Nest von Dieben, Spielern und Huren.«

»In den anderen Herbergen verlangen sie Ausweispapiere. Ich besitze nichts dergleichen.«

Der Kellner füllte unsere kleinen Gläser. Als er wieder weg war, sagte Kandoussi zu mir: »Kebdani ist tot.«

Ich sagte mit schwacher Stimme, die Augen weit offen, ohne den Mund wieder zu schließen: »Tot?«

»Ja, tot. *Rahmatullah alaihi.*«

Ich trank mein Glas in einem Zug, dann rief ich den Kellner. Ich zündete eine Zigarette an. Kandoussi trank sein Glas leer. Ich sagte zum Kellner: »Eine ganze Flasche Cognac!«

Kandoussi war damit einverstanden, daß wir das gleiche Getränk tranken.

»Wie ist er umgekommen?«

»Als er zurückruderte, war der Frachter vor einem Boot der Grenzkontrolle geflohen. Kebdani mußte zum Strand zurückkehren. Sein Boot hat wohl einen der Felsen gerammt. Man hat seine Leiche gefunden. Sein Boot ist zerschlagen an den Strand getrieben worden.«

Der Kellner brachte die Flasche. Er schenkte uns ein und ging wieder. Ich fragte ihn nach Kabil.

»Verhaftet.«

»Weshalb?«

»Sie wollen ihn mit dem Tod von Kebdani in Zusammenhang bringen. Sie wissen ja, daß er mit ihm zusammengearbeitet hat.«

»Und der Frachter?«

»Die Gendarmen haben ihn angehalten und durchsucht, dann aber ziehen lassen.«

»Und hat Kabil irgend etwas gestanden?«

»Bis jetzt nicht.«

Ich leerte mein Glas und schenkte mir wieder ein.

»Du besäufst dich, wenn du so rasch nachgießt.« Und er fügte hinzu: »Sag mir, warum hast du Sallafa den Schlüssel gelassen?«

»Sie hat ihn von mir verlangt. Ich habe ihn ihr nicht verweigern können. Sie ist sowieso diejenige, die in der Hütte das Sagen hat.«

»Ich weiß. Sie ist geflohen. Sie hat alles zusammengerafft, was sie tragen konnte, und ist ausgerissen.«

»Wohin?«

»Ich weiß nicht. Sicher ist, daß sie Tanger verlassen hat. So endet ein Verhältnis mit einer Hure immer.«

»Und Bouchra?«

»Bestimmt ist sie mit ihr zusammen geflohen. Sie haben sich nie getrennt, seit sie Kinder waren.«

Ich dachte, bestimmt sind die beiden zusammen nach Casablanca gegangen. Ich warf einen Blick auf den Platz des Zocco Chico und die von Nachtvögeln und Säufern überfüllten Cafés.

Ich sagte zu ihm: »Die Lage hat sich wieder beruhigt nach den unglückseligen Ereignissen.«

»Aber die politische Lage ist übel, in ganz Marokko. Es kommt bestimmt zu weiteren Vorfällen und zu größerer Gewalttätigkeit als am 30. März. Die Zeit ist reif, daß die Marokkaner die Unabhängigkeit fordern.«

»Kebdani hat mir schon erzählt, daß in der Stadt nicht mehr als sechs oder sieben Begräbniszüge zu sehen waren; dabei wissen die Leute, daß Dutzende getötet worden sind.«

»Das ist wahr. Es tauchen bereits Leichen auf, die das Meer an den Strand schwemmt.«

»Sie werfen die Leichen ins Meer?«

»Die meisten Leute glauben, daß sie auch Lebende und Verwundete ins Meer geworfen haben, in Säcken. Bei einigen der Leichen haben sich keinerlei Spuren von Kugeln finden lassen. Am Strand von Larache haben die Leute die Leiche eines Burschen gefunden, ohne Verletzungen, an einem Handgelenk hatte er noch Handschellen.«

»Merkwürdig.«

»Wahrscheinlich tauchen weitere auf.«

Er trank sein Glas und sagte: »Die Geschichte dieser Angelegenheiten ist lang. Ich habe fünfhundert Peseten für dich dabei, den Lohn für deine Arbeit in jener Nacht. Ich wollte sie dir geben, heute nacht, aber ich glaube, ich gebe sie dir besser morgen.«

»Wie du willst.«

»Ich lasse sie bei Sidi Mustafa, beim Patron des Café Rakassa. Er ist ein guter Mann und vertrauenswürdig. Kennst du ihn?«

»Ja, ich habe öfters sein Café besucht.«

Ich dachte, er fürchtet für mich, daß ich in dieser Nacht alles durchbringe.

»Etwas anderes habe ich dir noch zu sagen.«

»Das wäre?«

»Es ist nötig, daß du das Geheimnis unserer Arbeit wahrst. Die drei Träger, die mit uns arbeiten, sind mutige Männer. Von ihnen befürchte nichts, doch wir wissen noch nicht, was geschieht. Wenn sie dich festnehmen und verhören, dann bestreite unbedingt, daß du mit uns arbeitest. Vielleicht schlagen sie dich, aber du mußt durchhalten.«

Ich sagte selbstbewußt: »Da kannst du beruhigt sein.«

»Glücklicherweise bist du unter den Trägern, die im Schmuggel arbeiten, nicht bekannt.«

»Glaubst du nicht, daß Kabil gesteht, wenn sie ihn schwer foltern?«

»Gewiß werden sie ihn schlagen. Aber ich nehme nicht an, daß er gesteht.«

»Und die Ware?«

»Wir haben sie am selben Morgen ihrem Besitzer Nahdaoui übergeben.«

Nach einer Weile sagte er: »Es ist besser, wenn du jetzt gehst und in deiner Herberge schläfst, aber sieh zu, daß du eine andere Unterkunft findest. Ich will mich bemühen, dir eine Wohnung zu besorgen, die nicht über fünfzig Peseten im Monat kostet.«

»Und die Hütte, wer schläft jetzt dort?«

»Niemand. Sallafa hat den Schlüssel beim Gemüsehändler des Viertels hinterlegt, mit dem Kabil zusammenarbeitet. Mit der Hütte ist es nichts mehr, nachdem sie ihn festgenommen haben.«

»Vermutest du, daß der Ort von der Polizei überwacht wird?«

»Wer weiß? Wahrscheinlich.«

Wir erhoben uns. Die Flasche war noch halb voll. Ich sagte zu ihm: »Erlaubst du, daß ich sie mitnehme?«

»Nimm sie, doch hüte dich, heute nacht zu Laila der Bettnässerin zurückzukehren!«

»Ich denke nicht daran. Ich gehe schlafen.«

»Du bist noch jung, und Gottes Tage sind lang.«

Er bezahlte dem Kellner die Rechnung, während ich draußen vor dem Café auf ihn wartete. Er schüttelte mir die Hand.

»Ich nehme an, du kannst alleine zu deiner Herberge gehen.«

»Ich bin kein Kind mehr.«

Er lächelte und ging. Ich bog in den Tarik El Tijara ein. Unterwegs begegnete ich einigen Säufern, Huren und Schwulen. Es war ungefähr Mitternacht. Ich schwankte ein wenig.

Auf den Stufen des Jenan Kabtan versperrte mir ein betrunkener Bursche den Weg. Die Straße war verlassen. Er wandte sich mir zu und sagte: »Oh! Liebster! Wohin des Wegs?«

»Ist das deine Sache?«

Seine Hand nach meiner Flasche ausstreckend, sagte er kichernd: »Und diese Flasche in deiner Hand? Trinken wir sie nicht zusammen?«

Ich sagte scharf: »Nimm deine Hand weg und zieh deiner Wege!«

Ich wich ihm aus, um weiterzugehen. Unverschämt trat er mir abermals in den Weg.

»Ich wohne hier in der Nähe. Dort im Darb Zainana. Komm mit mir! Wir verbringen die Nacht zusammen.«

Wütend sagte ich: »Was willst du eigentlich von mir?«

»Daß wir die Nacht zusammen verbringen.«

Ich faßte die Flasche um den Hals und sagte: »Warum schläfst du nicht mit deiner Mutter oder mit deiner Schwester?«

Er schrie wie eine Furie: »Du verhöhnst die, die mich zur Welt gebracht hat! Dafür bekommst du die Rechnung!«

Ich wich etwas zurück, doch schon fuhr er auf mich los. Er verpaßte mir einen Fußtritt in den Unterleib. Ich krümmte mich zusammen, wehrte mit der freien Hand den nächsten Tritt ab, während mir vor Schmerz die Sterne vor den Augen tanzten. Noch ein Fußtritt traf mich an der gleichen Stelle. Ich fiel zusammengekrümmt auf die Stufen. Die Flasche zerbrach. Ihr Hals blieb in meiner Hand. Ich wehrte einen Tritt nach meinem Gesicht ab. Er traf die Hand, mit der ich mein Gesicht schützte. Weitere Tritte. Ich schützte nur noch mein Gesicht. Aus einem Fenster schrie die Stimme eines Mädchens: »Hör auf! Schlag ihn nicht so! Er ist kleiner als du.«

Ich wehrte noch einen Tritt ab. Er verlor das

Gleichgewicht und fiel auf den Rücken. Ich sammelte alle meine Kräfte, stand blitzschnell auf und trat ihn ins Gesicht. Das Mädchen rief: »Hört auf! Ihr bringt euch noch um!«

Er verdeckte sein Gesicht, während ich nach ihm trat. Als ich mit dem Flaschenhals nach der Hand schlug, mit der er sein Gesicht schützte, schrie er wie ein Tier.

»Mutter! Mein Gesicht! Mutter! Mein Gesicht! *Jal'an dinak!*«

Ich floh und ließ ihn schreien und auf mich fluchen. Das Mädchen rief: »Ihr habt es so gewollt! Da habt ihr es!«

Ich stürzte mehrmals über die Stufen. Blut lief mir über das Gesicht, über die Knie und die Hand, in der die Flasche zerbrochen war. Ich hörte seine Schreie immer noch, als ich das Bab El Assa erreichte. Ich zog mein Taschentuch heraus und preßte es mir vor das Gesicht. Das Blut rann mir aus Nase und Mund. Im Eingang zum Darb Ben Abbou strauchelte ich über die Stiegen. Ich ließ das Taschentuch und den Flaschenhals dort liegen. Mit letzter Kraft erreichte ich das Tor zur Herberge. Das Fenster stand offen, und im Zimmer war Licht. Ich rief mit unterdrückter Stimme: »Zailachi! Komm herunter, rasch!«

Sie schauten herunter, er, Naima und Faouzia. Er sagte: »Mohamed! Was hast du?«

»Komm herunter, rasch!«

Einen Augenblick später öffnete er die Tür, und ich hatte ihn vor mir, barfuß, ein Messer in der Hand.

»Was hast du?«

Ich sagte, während ich mir mit dem Ärmel das Blut aus dem Gesicht wischte: »Ich habe mich mit einem Besoffenen geschlagen. Ich glaube, er folgt mir.«

Bouchta schaute aus dem Fenster.

»Ich komme schon.«

Hamid Zailachi fragte mich: »Ist er alleine?«

»Ja.« Ich spuckte Blut.

»Hoffentlich folgt er dir!«

Torkelnd hastete ich ihm hinterher. Bei der Abbiegung verlangsamte er seine Schritte. Er blieb stehen und blickte angespannt die Gasse hinunter. Dann rannte er weiter und blieb wieder stehen an der Abzweigung, die zum Platz der Kasbah führt.

Er fragte: »Wo war es genau, als du ihn verlassen hast?«

»Auf den Stufen des Jenan Kabtan.«

Bouchta holte uns ein. Auch er barfuß, in der Hand einen Knüppel. Wir fanden ihn nicht. Das Mädchen im Fenster sagte: »Er ist weggegangen. Seid vernünftig. Ihr weckt das ganze Viertel.«

Frauen und Männer schauten aus den Fenstern und von den Balkonen auf uns herab. Eine Blutlache war an der Stelle, wo ich ihn gelassen hatte. Wir folgten den Blutspuren einige Meter weit, dann, bei den letzten Kleckern, blieben wir stehen.

Hamid sagte: »Wenn wir nur wüßten, in welche Richtung er gegangen ist!«

Ich sagte: »Mir reicht es. Gehen wir zurück!«

»Er ist uns entwischt, der Hurensohn.«

Auf dem Rückweg zur Herberge erzählte ich den beiden den Zwischenfall von Anfang an, wie er mir den Weg versperrte und wie ich ihn dann mit dem Flaschenhals schlug und floh. Bouchta ging schweigend neben uns her. Ich wußte, er ist unfähig, sich auch nur einer Henne zu nähern, die auf ihrem Ei sitzt. Dennoch stärkte seine Anwesenheit unseren Mut für den Fall einer Überraschung.

Hamid fragte mich: »Kennst du dieses Mädchen, das aus dem Fenster zu uns sprach?«

»Nein, wer ist sie?«

»Sie heißt Fatiha Charifa. Ihr Mann war ein schwindsüchtiger Polizist, der zur Pflege zu Hause blieb. Einer seiner Freunde von der Polizei besuchte ihn häufig. Sie pflegte mit dem Freund ihres Mannes zu rauchen und zu trinken, ohne Maß. Manchmal rauchte und trank auch er mit den beiden, bis er Blut hustete. Ich nehme an, er wußte, daß sie ihn mit seinem Freund betrog. Der begann eines Nachts, ihr vor seinen Augen den Hof zu machen. Er wollte mit dem Messer auf ihn losgehen, doch sein Freund zog einen Revolver aus der Tasche und schoß auf ihn.«

»Und hat er ihn getötet?«

»Er ist im Krankenhaus gestorben.«

»Und sie? Was haben sie mit ihr gemacht?«

»Sie haben sie zum Verhör mitgenommen und danach laufen lassen.«

Bouchta sagte: »In der Liebe haben die Frauen immer eine schmutzige Geschichte.«

Hamid sagte: »Sie hat zwei kleine Mädchen. Sie selbst wurde von den Christen aufgezogen und im Krankenhaus der Mission zur Pflegerin ausgebildet. Sie beherrscht drei Fremdsprachen, aber sie hat ihren Verstand in der Scheide, wie die meisten Frauen.«

Wir sahen Naima die Fröhliche und Faouzia die Leidenschaftliche im Fenster nach uns Ausschau halten.

Hamid sagte: »Naima, mach die Tür auf!«

»Die Tür ist nicht verschlossen. Du brauchst nur zu stoßen.«

Als wir eintraten hörte ich Gelächter und obszöne Flüche. Im unteren und im oberen Geschoß waren immer noch Leute auf. Der Nachtportier kam aus seinem Zimmer, eine Zigarette im Mund. Er sah so aus, als hätte er mit der schlaflosen Gesellschaft in seinem Zimmer viel getrunken.

Er fragte uns: »Ist alles in Ordnung?«

Hamid sagte: »Fluch über das Leben und den, der es liebt!«

Wir stiegen die Treppe hinauf und ließen ihn stehen. Er gaffte uns nach. Wir traten in unser großes Zimmer, das der Patron mit hölzernen Trennwänden in drei kleine Zimmer aufgeteilt hatte. Wir pflegten in meinem Zimmer zusammenzusitzen. Hamid und Bouchta saßen auch in meiner Abwesenheit dort. Es war das einzige Zimmer in der Herberge, dessen Fenster auf den Darb Abbou hinausging.

Bouchta sagte zu seiner Freundin: »Faouzia, geh hinunter in die Küche und mach im Kochtopf etwas Wasser heiß!«

Hamid bemerkte den Riß in meiner Hose, am Knie.

»Komm mit mir in das andere Zimmer!«

Wir gingen in sein Zimmer, und er öffnete seinen Koffer. Er nahm eine wollene Hose heraus, hielt sie mir hin und sagte: »Warte bis Faouzia mit dem heißen Wasser kommt, um dir die Wunden zu reinigen.«

Ich bat um ein Glas Cognac. Faouzia kam mit dem Topf. Naima sagte: »Da ist der Cognac.«

Faouzia sagte, ich solle meine Kleider ausziehen. Ich zögerte.

»Hast du Hemmungen?«

Ich zog meinen Mantel und meine Hose aus und stand in Hemd und Unterhose vor ihr. Mein linker

Ellbogen war aufgeschlagen und blutverklebt. Ich überließ mich den beiden, und zusammen reinigten sie meine Wunden mit dem heißen Wasser und dem Cognac.

Hamid hatte gerade eine zweite Flasche Cognac geöffnet, als jemand heftig gegen die Tür polterte. Ich wollte aufstehen, um die Tür zu öffnen, doch Hamid hielt mich fest und sagte: »Bleib wo du bist! Das ist bestimmt ein Zuhälter, der so klopft.«

Er stellte die Flasche hin und stand auf. Wieder heftige Schläge gegen die Tür.

Hamid rief: »Wer klopft?«

Eine Stimme rief unwirsch: »Mach die Tür auf!«

Naima und Faouzia wurden bleich. Naima sagte: »Die Polizei! Niemand außer der Polizei klopft so.«

Bouchta sagte zu mir: »Versteck die Flasche irgendwo!«

Ich saß auf einem Kissen. Bouchta, Naima und Faouzia saßen auf dem Bett. Ich behielt die Flasche in der Hand. Voller Unruhe stand ich auf und schaute zum Fenster hinaus. Ich sah zwei uniformierte Polizisten unten vor dem Tor stehen. Hamid machte die Tür auf, und zwei Geheimpolizisten traten ein.

Der erste sagte: »Warum öffnest du nicht sofort? Rede!«

Er verlangte die Flasche von mir, und ich gab sie ihm. Er musterte sie und sagte: »Cognac Terry trinkt ihr also. Deine Papiere!«

»Ich habe keine Papiere.«

Er wandte sich zu Bouchta.

»Und du?«

Er zog seinen Personalausweis aus der Tasche. Der Polizist warf einen kurzen Blick in den Ausweis und ließ ihn in seiner Tasche verschwinden. Er wandte sich zu den beiden Mädchen.

»Ihr hurt schon in diesem Alter herum?! Los, zieht eure Jellaba an!«

Der zweite Polizist kettete uns, Hamid und mich, mit einem Paar Handschellen aneinander. Im unteren Geschoß trafen wir auf drei junge Männer und zwei Mädchen, die von einem weiteren Geheimpolizisten bewacht wurden. Zwei waren zusammengekettet. Der Polizist griff nach Bouchtas Arm und kettete ihn mit dem Burschen zusammen, der noch auf seinen Handschellenpartner wartete. Wir sechs gingen voraus, die Mädchen ungefesselt hinter uns her. Wir bogen in die Gasse ein, die zur Kasbah führt. Einer der Polizisten schrie die zwei Burschen an, die hinter uns tuschelten: »Hört auf zu reden!«

Auf dem Platz der Kasbah standen zwei Jeeps. Wir stiegen in den einen, die Frauen in den anderen. Drei der Polizisten stiegen mit uns ein, die anderen beiden in den zweiten Wagen. Ich dachte, das muß aber wirklich ein wertvoller Fang für sie sein, heute nacht. Beim Getreidemarkt nahm unser Wagen den Weg zur Kriminalpolizei, der andere den Weg zum Souk El Barrani. Zweifellos fuhren sie mit ihnen zur Wache des Zocco Chico.

Sie führten uns in ein Büro und durchsuchten uns, einen nach dem anderen. Sie nahmen uns den Gürtel, die Schnürsenkel und das Geld ab, die Zigaretten ließen sie uns. Bei einem der drei Burschen, die sie mit uns gefaßt hatten, fanden sie ein kleines Rasiermesser. Der Polizist, der ihn durchsuchte, sagte: »Und das da? Was machst du damit? Sprich! Wir werden ja sehen.«

Nachdem sie unsere Namen registriert hatten,

führte uns, Hamid und mich, ein Polizist mit Schlüsseln in der Hand durch einen engen Korridor. Vor einer Tür blieben wir stehen. Ehe er aufschloß, holte uns einer der Polizisten ein, die mit uns im Wagen gefahren waren. Der erste öffnete, der zweite stieß uns ins Innere der Zelle. Eine Glühbirne brannte. Drei weitere Häftlinge waren da. Zwei waren aufgewacht, der dritte schlief weiter. Der Polizist, der uns hineingestoßen hatte, nahm uns die Handschellen ab, dann ging er hinaus und schlug heftig die Tür hinter uns zu. Ich dachte, hier ist jede Bewegung wie eine Strafe. Ich rieb meinen linken Ellbogen, der mir ein wenig wehtat. Ich betrachtete die eisengepanzerte Tür und dachte, diese Tür ist solider als die beiden, die bisher hinter mir ins Schloß gefallen sind. Die Türen werden solider. Nun bin ich tatsächlich im Gefängnis. Hamid, der auf dem Boden saß, die Arme um die Knie geschlungen, sagte zu mir: »Setz dich!« Dann fügte er hinzu: »Alles das geschieht wegen des Weins und der Frauen, in einem islamischen Land, das von den Christen regiert wird. Wir sind weder Muslime, noch sind wir Christen.«

Ich setzte mich neben ihn, den zwei Burschen, die aufgewacht waren, gegenüber. Der Boden war eiskalt. An den Wänden und an der Decke Flecken von Feuchtigkeit. In einer Ecke ein Stehklo und über dem Loch ein Wasserhahn. Ich dachte, alles, was jeder braucht, wird hier zum Mittel roher Bestrafung. Der ekelhafte Geruch hatte mich schon ganz eingehüllt, und nun sah ich noch öfter zum Klo hin. Hamid gab mir eine blonde Zigarette, danach auch den Burschen zwei. Der dritte schlief immer noch zusammengekauert. Hamid fragte einen der beiden nach dem Schlafenden.

»Was ist mit ihm?«

»Betrunken.«

»Das ist das Beste bei dieser Kälte.«

Die beiden zitterten vor Kälte.

Hamid fragte: »Seit wann seid ihr hier?«

Der gleiche Bursche sagte: »Sie haben uns heute abend gefaßt. Wir haben Karten gespielt im Café Debou.«

Der andere rauchte schweigend, den Kopf gesenkt. Er hob seinen Kopf nur, um tief zu ziehen, dann ließ er ihn wieder bis auf den Boden sinken. Der Rauch trat ihm aus Nase und Mund, wie der Atemhauch an einem kalten Morgen.

In der Frühe zitterten wir alle vor Kälte. Wir verbargen jedesmal das Gesicht zwischen den Knien, wenn einer von uns sich entleerte oder pinkelte. Der Geruch um das Klo erregte Brechreiz. Hamid, ich und der dritte Bursche, der in der Nacht geschlafen hatte, tranken viel Wasser. Immer befällt mich am Morgen ein solcher Durst, wenn ich mich betrunken habe. Hamid blieb stehen und begann Turnübungen zu machen. Er war gut gelaunt. Er sagte zu mir: »Steh auf und tu das Gleiche wie ich, wenn du dich wärmen willst.«

Ich sagte erschöpft: »Nicht jetzt.«

Die anderen starrten ihn an. Ich schaute ihm zu, wie er kräftig weitermachte.

Er sagte: »Komm schon hoch! Du bist träge. Es gibt nichts Besseres gegen die Kälte und die Erschöpfung.«

»Die Wunden an den Knien und am Ellbogen tun mir weh. Sie würden wieder zu bluten anfangen, wenn ich solche Bewegungen machte.«

Er begann zu keuchen, und seine Bewegungen

wurden langsamer, schwerfälliger. Er ging zum Klo und spuckte ins Loch. Er öffnete den Hahn, wusch sich Gesicht und Hände und massierte sich den Haarschopf mit etwas Wasser. Er kauerte sich hin und pinkelte, wusch sein Glied und dann die Hand, mit der er es gewaschen hatte. Er trank ein wenig Wasser, dann kehrte er an seinen Platz zurück, setzte sich und schlang wieder seine Arme um die Knie. Wasserperlen tropften von seinen Fingerspitzen und von seinem Kinn. Er senkte den Kopf. Schmunzelnd sahen wir uns an. Dann brach er in lautes Lachen aus. Ich konnte mein Lachen auch nicht mehr unterdrücken.

Er sagte: »Die Hurensöhne! Sie haben uns geschnappt wie die Katzen die Mäuse.«

»Wo, denkst du, haben sie die Mädchen hingebracht?«

»Ins Kommissariat des Zocco Chico.«

»Glaubst du, sie werden uns wegen Verstoß gegen die guten Sitten vor Gericht bringen?«

»Ich glaube nicht. Wir haben die Ordnung überhaupt nicht gestört. Sie haben uns nur beim Trinken erwischt, mit zwei Huren.«

»Was meinst du, wieviel Tage werden wir hier sein?«

»Bis Montag oder Dienstag höchstens. Heute ist Samstag.«

Nach einer Weile sagte er: »Du hast Glück. Und Bouchta ebenfalls. Er ist ein einfacher Schneider.«

Erstaunt sagte ich: »Glück soll ich haben?«

»Ja, du hast keine Vorstrafen und warst noch nie im Gefängnis. Was mich betrifft, ich bin vorbestraft, und sie werden mir neue Diebstähle zur Last legen, die ich nicht begangen habe.«

»Warum haben sie Bouchta nicht mit uns zusammen eingesperrt?«

»Das ist nur ein Zufall. Ich nehme nicht an, daß sie ihn mit einer besonderen Absicht in eine andere Zelle gebracht haben. Sie werden auch ihn am Montag oder am Dienstag freilassen.«

»So einfach?«

»Du wirst sehen. Ich weiß genau, wie sie das handhaben.«

Nach einer Weile fragte ich ihn: »Und Naima und Faouzia?«

»Die beiden werden auch wieder draußen sein. Im schlimmsten Fall zwingt man sie, sich im Bordell den wöchentlichen Kontrollen durch den Arzt zu unterziehen. Ich glaube, Bouchta wird Faouzia heiraten.«

»Liebt er sie?«

»Ich weiß nicht, aber er hat gesagt, er will mit ihr zusammenleben.«

»Und du?«

»Was meinst du damit?«

»Deine Beziehung zu Naima.«

Er tippte mit dem Finger gegen seine Schläfe.

»Bist du blöd? Sie ist genau wie all die anderen Huren, die ich kenne. Ich bin nicht einer, der eine Hure heiratet.«

Ich hörte Schritte vor der Tür. Alle wandten wir uns zur Tür. Das kleine Fenster öffnete sich. Jäh und mit großem Lärm wurde die Tür aufgestoßen. Ich dachte, sie machen absichtlich solchen Lärm, um uns einzuschüchtern. Auch das gehört zur Strafe. Zwei alte Männer traten ein, einer mit einer großen Kanne und einem Korb voller Blechtassen, der andere mit einem Jutesack voller Brot. Die beiden Männer grüßten uns. Hinter ihnen stand ein Polizist. Jeder von uns bekam ein Stück Brot und eine Tasse grünen Tee. Der Polizist sagte zu uns: »Ihr habt eine Viertelstunde, um die Tassen zu leeren.«

Die Männer gingen hinaus, und der Polizist schloß die Tür. Die Luke blieb offen. Der Tee und das Schwarzbrot waren gewärmt. Wir aßen schweigend. Hamid sagte zu mir: »Behalte die Hälfte des Brotes für den Abend. Sie bringen uns nichts mehr bis morgen um dieselbe Zeit.«

Ich nickte. Als wir mit dem Essen fertig waren, gab Hamid den anderen eine Zigarette. Sie rauchten sie gemeinsam, während Hamid und ich abwechselnd eine zweite rauchten. Die beiden Burschen, die sie im Café Debou festgenommen hatten, ließen von ihrem Brot nichts übrig. Der dritte steckte mehr als die Hälfte davon in die Tasche, ebenso ich und Hamid. Ich ging zum Hahn und trank viel. Am Morgen verdrängt der Durst immer den Appetit. Wir rauchten schweigend. Die Wärme breitete sich in meinem Körper aus. Wir rauchten und schlürften den Rest des Tees, Schluck für Schluck. Vielleicht war es das offene kleine Fenster, das uns zum Schweigen brachte. Ich dachte, was würde aus unserem künftigen Leben, wenn man uns verurteilen würde, unser ganzes Leben in dieser Lage und in dieser Zelle zuzubringen? Gewiß würden wir die Geschichte unseres Lebens weiterspinnen, bis wir unserer Vergangenheit und unserer Gegenwart überdrüssig wären. Wir würden in ewigem Schweigen enden. Einer nach dem anderen würde verschwinden. Am schlimmsten wäre von uns der dran, der als letzter verschwände.

Die Tür ging auf, und der Mann, der den Tee gebracht hatte, trat ein. Der Polizist stand hinter ihm. Eilig leerten wir die Tassen und legten sie in seinen Korb zurück. Es lagen schon viele andere Tassen darin. Im Gehen sagte er noch: »Gott vergebe euch wie uns!«

Einer von uns sagte: »Amen!«

Unter großem Getöse schloß der Polizist die Tür und die Luke. Ich dachte, dieses gewalttätige Gebaren erschreckt mich nicht mehr. Auf die Dauer achte ich gar nicht mehr darauf, und so ist es auch mit unserer Lage. Hamid zog einen kurzen Bleistift aus der Tasche und begann auf die Wand zu schreiben. Ich fragte ihn: »Was schreibst du?«

»Ich schreibe zwei Verse eines tunesischen Dichters, Abulkasim El Schabi.«

»Was sagt dieser Dichter?«

»Hier steht, was er sagt:

Ida 'sch-scha'b jauman arada 'l-haja
Fa la budda an jastadschiba 'l-qadar
Wa la budda lilaili an jandschalija
Wa la budda liqaidi an jankasir

Will das Volk eines Tages das Leben
Dann muß auch das Schicksal es hören
Die Nacht muß sich erhellen
Und die Ketten müssen zerspringen.«

Ich sagte begeistert: »Wundervoll!«

»Verstehst du, was er sagt?«

»Aber nein! Doch es ist wundervoll. Ich spüre, daß es wundervoll ist.« Ich fügte hinzu: »Was ist denn die Bedeutung von dem, was er sagt?«

»Der Wille zum Leben, das ist die Bedeutung.«

»Und was bedeutet ›Der Wille zum Leben‹?«

»Es bedeutet, wenn ein Volk oder wenn Menschen versklavt sind und Freiheit wollen, dann wird Gott ihnen antworten, wie die Dämmerung auf die Nacht antwortet, und die Ketten werden zerreißen, durch die Kraft des menschlichen Willens.«

»Ja, jetzt verstehe ich es.«

Ich bemerkte, daß die anderen Burschen dem, was Hamid sagte, aufmerksam folgten.

Ich sagte zu ihm: »Du hast Glück.«

Er entgegnete erstaunt: »Ich habe Glück?«

»Ja, du hast Glück!«

»Wieso?«

»Du kannst lesen und schreiben.«

»Auch du kannst das lernen, wenn du willst.«

Er schrieb etwas anderes an die Wand und fragte mich, indem er mit der Spitze des Bleistiftstummels auf den ersten Buchstaben zeigte: »Was ist das hier?«

»Ich weiß es nicht.«

»Das ist *alif*.«

Dann zeigte er auf den zweiten Buchstaben.

»Und das da?«

»Ich weiß es nicht.«

»Das ist der Buchstaben *ba*. Und das da?«

»*Ta*.«

Er fragte erstaunt: »Woher weißt du das?«

»Ich habe die Leute immer sagen hören: ›*alif ba ta*‹.«

»Du hast recht.«

Er sagte: »Mit diesen drei Buchstaben können wir ein paar Wörter bilden, zum Beispiel: *ab*, Vater, *bab*, Tür, *bata*, übernachten.«

Er setzte sich und sagte: »Eines Tages werde ich dir das Lesen und das Schreiben beibringen. Du hast die Begabung es zu lernen.«

Ich bat ihn, die Verse des tunesischen Dichters so lange zu wiederholen, bis ich sie auswendig konnte.

Am Abend begann der dritte Bursche nervös im Raum auf- und abzugehen. Wir saßen ruhig da. Er nahm das Stück Brot, das er sich vom Morgen aufgehoben hatte, zerbrach es in kleine Stücke und warf es ins Klo. Ich blickte zu Hamid. Der sagte flüsternd: »Das ist nicht unsere Sache. Soll er tun, was er will, mit seinem Brot und mit sich selber.«

Die beiden anderen musterten den aufgeregten Burschen unwillig. Ich dachte, es gibt eine Auseinandersetzung, sobald dieser Bursche mit der nächsten Albernheit kommt. Einer der beiden sagte zu ihm: »Warum hast du das Brot ins Klo geworfen?«

Er antwortete scharf: »Ich bin frei, mit meinem Brot zu tun, was ich will.«

»Aber du hast eine Gottesgabe weggeworfen.«

»Ich bin frei vor mir und vor Gott.«

»Du bist Scheiße!«

»Die Scheiße bist du!«

Er nahm Anlauf und schlug seine Fäuste und seinen Kopf gegen die Wand, bis er ohnmächtig zu Boden stürzte und ihm das Blut über die Stirne und die Hände rann. Hamid stand auf und klopfte heftig gegen die Tür. Die Luke öffnete sich, und der Polizist fragte: »Was ist los?«

»Da schlägt sich einer den Kopf gegen die Wand. Er blutet.«

Hamid setzte sich wieder und sagte: »Das ist alles, was wir zu tun haben.«

Der Bursche, der ihm wegen des Brotes Vorwürfe gemacht hatte, sagte: »Das ist die Strafe Gottes zur rechten Zeit.«

Die Tür ging auf, zwei Polizisten in Zivil und ein uniformierter traten ein. Der eine in Zivil fragte: »Was ist vorgefallen?«

Hamid sagte zu ihm: »Erst hat er sein Brot in kleine Stücke zerbrochen und ins Klo geworfen, dann hat er plötzlich angefangen, Kopf und Fäuste gegen die Wand zu schlagen.«

Der andere in Zivil fragte: »Und was geschah vorher?«

»Nichts.«

»Ihr habt euch nicht gestritten?«

Hamid sah uns an, dann wandte er sich wieder ihnen zu: »Nie. Fragt ihn, wenn er zu sich kommt!«

Der eine ging zur Wand und musterte die Blutspuren. Der andere sagte: »Wir sehen später, ob sich keiner mit ihm gestritten hat, ehe er angefangen hat, sich selber zu schlagen.«

Er lag reglos da, und das Blut rann aus seinen Wunden. Sie gingen hinaus und schlossen die Tür. Die Luke blieb offen. Ungefähr eine Viertelstunde später kam der uniformierte Polizist mit zwei Männern der Ambulanz, die ihn auf eine Bahre legten. Er war immer noch bewußtlos. Eine Blutlache blieb zurück, wo er gelegen hatte. Sie schlossen die Tür und ließen die Luke offen.

Ich sagte: »Sicher ist er krank.«

Hamid sagte: »Soll er mit sich tun, was er will.« Er fügte hinzu: »Er scheint dem Wein verfallen zu sein oder dem Kif.«

Der eine Bursche sagte: »Das ist das Mißfallen Gottes oder seiner Eltern.«

Der andere sagte: »Gott straft jeden für seine Missetaten.«

Wir hatten alle Zigaretten geraucht. Die Stummel,

die wir weggeworfen hatten, waren sehr kurz. Ich nahm einen auf und rauchte ihn.

Am dritten Morgen wachten wir erschöpft auf. Die beiden Burschen kauerten da. Auch Hamid blieb sitzen, ohne zu turnen. Er war bleich, doch weniger müde als wir. Vielleicht hatte er sich an die Haft gewöhnt. Ich hatte das Gefühl, ich müßte mich übergeben. Wenn einer der Burschen aufs Klo ging, würde ich mich übergeben. Mein Befinden erinnerte mich an jenen Nachmittag im Hafen, zwischen den Fischerbooten.

Die Tür ging auf, und der wachhabende Polizist rief meinen Namen. Als ich aufstand, fühlte ich mich schwindlig und schwach in den Knien. Ich verabschiedete mich, doch ohne die Hoffnung, freigelassen zu werden. Schlurfend folgte ich dem Polizisten die Treppe hinauf ins Obergeschoss, ohne Schnürsenkel. Diese Zelle zu verlassen bedeutete für mich schon die halbe Freiheit. Der Polizist führte mich in einen Raum, in dessen Mitte ein großer Fotoapparat stand. Während sich der Polizist zurückzog, ließ mich der Fotograf auf dem Stuhl vor dem Apparat Platz nehmen. Es war warm hier. Die Zelle, die ich verlassen hatte, glich einem Eisschrank. Der Fotograf trat an mich heran und rückte mich in die richtige Position. Er stellte sich hinter den Apparat und sagte, ich solle ins Objektiv schauen und mich nicht bewegen. Dann machte er noch zwei Aufnahmen von der Seite. Kein Zweifel, sie nahmen mich in ihre Kartei auf. Er fragte nach meinem Namen. Dann zeigte er mir, wie ich meine Finger, einen nach dem anderen, auf das Tintenkissen und anschließend auf ein festes, weißes Papier zu drücken hatte. Ein Polizist in Zivil trat ein. Er und der marokkanische Fotograf unterhielten sich, teils französisch und teils spanisch. Als er fertig war, deutete der Fotograf mit dem Blick auf ein beschriebenes Papier und fragte mich, ob ich es mit meinem Namen unterschreiben könne. Ich verneinte. Der Polizist sagte auf spanisch zu ihm: »Wie kannst du das von ihm erwarten! Er ist wie die meisten der Marokkaner.«

Der Fotograf sagte ebenfalls auf spanisch: »Ach ja, natürlich.«

Ich mußte meinen Daumen auf das Tintenkissen drücken und mit ihm das Papier unterzeichnen. Ich getraute mich nicht, zu fragen, was darauf geschrieben stand, aber ich sagte ihm, daß ich nichts Schlimmes getan hatte.

»Das ist nicht meine Sache. Geh jetzt hinunter zu dem Polizisten, der dich hierhergeführt hat!«

Der Polizist in Zivil fragte mich auf spanisch, was für eine Arbeit ich hätte. Ich sagte: »Nada.«

»Und wovon lebst du, wenn du keine Arbeit hast?«

»Einfach so.« Ich fügte hinzu: »Ich mache jede Arbeit, die ich finde.«

»Geh jetzt!«

Ich ging mit meinen offenen Schuhen hinaus. Ich fand den Polizisten im unteren Geschoß nicht. Ich blieb im Korridor stehen, wo die Tür zur Straße offenstand. Ich sah draußen die Leute vorbeigehen. Zwei Männer in Zivil kamen herein und gingen an mir vorbei, zweifellos Geheimpolizisten. Der wachhabende Polizist kam aus dem Büro und fragte mich: »Ist der Fotograf fertig mit dir?«

»Ja.«

Er führte mich in das Büro, aus dem er gekommen war. Zwei Polizisten saßen drinnen. Sie ließen mich ein zweites beschriebenes Papier mit meinem Daumen unterzeichnen. Ich mußte einem von ihnen meinen Namen nennen, dann gab er mir mein Kleingeld, meinen Gürtel und die Schnürsenkel zurück. Ich dachte, was haben sie wohl auf dieses Papier wieder geschrieben? Sie können darauf schreiben, was sie wollen, solange ich nicht lesen kann, was sie schreiben. Ich wagte nicht zu verlangen, daß sie es mir vorlasen, bevor ich unterzeichnete. Vielleicht schicken sie mich ins Gefängnis zurück, wenn ich das verlange. Der wachhabende Polizist sagte: »Verschwinde jetzt!«

Ich verließ das Büro. Meine Erschöpfung und meine Übelkeit vergaß ich. Vor der Tür prallte ich mit einem Mann zusammen. Ich entschuldigte mich. Er stieß mich so heftig beiseite, daß ich gegen die Wand prallte.

»Schau, wo du hintrittst, du Esel!«

Er ging vorbei, während ich mich nach dem Schnürsenkel bückte, der mir aus der Hand gefallen war. Ein Polizist, dachte ich, denn unmöglich kann sich hier sonst jemand so benehmen.

Im Freien zog ich den Gürtel an und fädelte die Schnürsenkel ein. Es war ein kalter, sonniger Tag. Ich atmete tief ein und machte mich auf den Weg. Im großen Souk ging ich in ein Restaurant, das Baissar verkaufte. In meinen Gedanken war ich bei dem Geld, das Kandoussi beim Patron des Café Rakassa für mich hinterlegt hatte.

ZWÖLF

Der Wecker klingelte. Ich streckte die Hand ins Dunkel hinaus und stellte ihn ab. Ich stand auf und machte Licht. Es war fünf Uhr früh. Der Schlaf saß mir noch in den Augen. In einer Stunde würde das Schiff einlaufen. Ich blickte auf Naima, die sorglos schlief. Ich hasse das Leben mit einer Frau, die selbst nichts arbeitet. Sie hat nichts zu tun, außer für mich oder einen anderen die Beine zu spreizen. Bouchta hat Faouzia geheiratet. Vielleicht denkt Naima, ich würde sie ebenfalls heiraten. Alle sind sie so, und sie wissen, daß sie nur schwer einen Mann für ein gemeinsames Leben gewinnen können, wenn sie ihn nicht zuvor in die Falle ihres geschwollenen Bauchs tappen lassen. Sie ergreifen keinerlei Vorsichtsmaßnahmen. Ich würde mich auf diese Weise jedoch nicht fangen lassen. Wenn ich einer in die Falle ginge, würde ich in eine andere Stadt ziehen und sie in ihrer eigenen Falle sitzen lassen. Ich zog mich an, nahm den Korb und machte das Licht aus. Leise ging ich hinaus.

Im unteren Stock wusch ich mir das Gesicht mit eiskaltem Wasser. Behutsam weckte ich den Nachtwächter. Er schlug im Schlaf mit den Fäusten Löcher in die Luft, so oft ihn irgendwer weckte, denn er glaubte immer, er werde angegriffen. Er sah mich an, seine Augen reibend, ohne etwas zu sagen.

»Absalam, ich bin es, Choukri. Ich will hinaus. Steh auf und schließ mir auf.«

Er stieß einen Seufzer aus, dann stieg er gähnend von seinem Lager. Er ging vor mir her und schloß die Tür auf. Er hatte eine Weinfahne. Er sagte, als ich hinausging: »Behüte dich Gott!«

Ich grüßte ihn und trat auf die verlassene Gasse. Ein violetter Morgen. Die Nacht verschluckt das Elend. Und die Glücklichen stehen nicht zu dieser Zeit auf, um zu arbeiten. Sie liegen jetzt im Bett, wie der Kot in den Eingeweiden. Im Bab El Assa blieb ich stehen und ließ den Blick übers Meer schweifen. Die See war etwas rauh.

Am Hafeneingang sah ich Boussouf vor einer Bude stehen und eine Schüssel heißen Baissar in Empfang nehmen. Weitere Träger hatten sich zum Frühstück eingefunden, andere rauchten Kif oder Zigaretten. Ich grüßte ihn und bestellte mir auch eine Schüssel Baissar. Wir waren übereingekommen, daß er mit mir zusammen ein Geschäft von 3000 Francs abwickelte.

Er sagte: »Ich habe gestern gehört, daß das Schiff überfüllt ist mit Juden, die nach Palästina auswandern.«

»Die französischen und senegalesischen Soldaten auf dem Weg nach Algerien interessieren mich mehr. Sie feilschen nicht lange um den Preis. Die meisten Juden sind selbst Händler. Auch die, welche keine Händler sind, verstehen sich auf den Handel.«

»Aber sie gehen für immer aus Marokko fort, und gewiß kaufen einige von ihnen Souvenirs aus der letzten marokkanischen Stadt, die sie verlassen.«

»Wir werden ja sehen.«

Wir gingen in den Hafen und stiegen ins Boot. Boussouf begann langsam zu rudern. Ich dachte an Oran und an jenen Alten, der mir fluchend nachrief: »He! Paß auf! Nach links, du nichtsnutziger Rifi! Du hast noch den Schlaf in den Augen. Ich sage Monsieur Segondi, er soll dich zu seiner Frau schicken, ihr die Kartoffeln zu schälen. Schlag die Maultiere tüchtig! Du taugst zu nichts außer zum Kartoffelnschälen und Geschirrwaschen ...« Genauso früh wie heute gingen wir auch damals zur Arbeit draußen im Feld. Der Alte war ein Schwätzer. Wenn er nicht über mich fluchte, fluchte er über die Pflugfurche oder über die Deichsel, die sich zuweilen, wenn sie auf eine Wurzel traf, seinem Griff entwand, während ich die beiden Zügel hielt, an denen die Maultiere so heftig zerrten, daß ich das Gefühl hatte, mir würden die Handballen entzweigerissen. Hätte ich mich nicht mit dem schönen Jungen im Feld abgegeben, wäre ich jetzt noch in Oran. In meiner Erinnerung sehe ich das Gesicht meiner Tante. Heute begreife ich gut, warum sie mich so liebevoll behandelte. Sie hatte keine eigenen Kinder.

Boussouf sagte: »Schau, das Schiff läuft ein.«

Er hörte auf zu rudern. Er legte die Riemen in die andere Halterung, und stehend begannen wir gemeinsam zu rudern.

Er sagte: »Das Schiff ist voller Soldaten.«

Als wir näherkamen, rief ein Soldat auf französisch: »He ihr! Was habt ihr zu verkaufen?«

Durch Zeichen gab ich ihm zu verstehen, er solle warten. Boussouf nahm ein Seil und schwang es in der Hand, um es zu werfen. Ich schrie ihnen zu: »Packt das Seil!«

Mehrere von ihnen streckten die Hände aus, um das Ende des Seils zu erwischen. Einige Knoten beschwerten das Ende. Boussouf warf kraftvoll. Ein schwarzer Soldat erwischte das Ende. Ich rief dem Senegalesen auf französisch zu: »Mach es gut fest!«

Einige Soldaten schrien: »Los, kommt herauf!«

Behende kletterte ich an dem Seil hoch. Stimmen riefen mir zu: *»Allez! Courage! Bravo! Très bien!«*

Ein Senegalese half mir über die Reling auf das Schiffsdeck. Boussouf hatte den Korb am anderen Ende des Seils bereits angeknotet, während ich noch hochkletterte. Ich zog ihn hinauf. Der Senegalese fragte mich: »Freund, was hast du zu verkaufen?«

Ich sagte, ohne mich ihm zuzuwenden: »Schweizer Uhren, Schals, japanische Taschentücher und Feuerzeuge.«

»Los, zeig her, was du hast!«

Ich nahm die Schachtel mit den Uhren heraus und ließ die übrigen Dinge im Korb.

»Hier sind die Uhren.«

»Wieviel kostet diese?«

»Fünftausend Francs.«

»Sind sie echt?«

»Ich verkaufe keine unechten.«

»Dreitausend.«

»Viertausend.«

»Nein, dreitausend gebe ich dir.«

»Nimm sie, da hast du sie.«

Ich dachte, es reicht, daß einer kauft, damit der Kaufrausch auf die anderen übergreift. Die Uhren wanderten mir aus der Hand, eine nach der anderen, und meine Taschen begannen sich mit Geldscheinen zu füllen. Ein blonder Franzose, der seinen Kauf bereute, kam zu mir zurück und sagte: »Gib mir mein Geld zurück, und da ist deine Uhr!«

Ich dachte, wenn der mich unterkriegt und ich ihm sein Geld zurückgebe, greift die Reue auf alle über, die gekauft haben.

Ich sagte zu ihm: »Warum?«

»Man sagt mir, die Uhren seien nicht echt.«

»Hör zu! Sie sagen das nur, weil sie selbst nicht das Geld haben, eine so schöne Uhr wie die deine zu kaufen.«

»Du gibst mir also mein Geld nicht zurück?«

»Sei ein Mann! Du hast sie aus freien Stücken gekauft.«

Dutzende von Augenpaaren richteten sich mißtrauisch auf mich. Geräusper. Der Blonde sagte: »Meinetwegen. Ich behalte sie.«

Ich ging hinunter ins Zwischendeck der Juden. Es roch nach Feuchtigkeit und Erbrochenem. Eine jüdische Frau sagte mit erschöpfter Stimme: »Was verkaufst du, mein Sohn?«

»Schals und japanische Taschentücher.«

Weitere scharten sich um mich. Ein Mädchen sagte: »Laß uns sehen, was du in deinem Korb hast!«

Ein zweites Mädchen sagte freudig zu seiner Mutter: »Mama! Schau wie schön, die Farbe dieses Schals!«

Die Mutter fragte mich nach dem Preis.

»Tausend Francs.«

»Siebenhundert.«

Ich dachte, wenn ich mich jetzt mit dem Verkauf nicht beeile, verliere ich alles. Ein Alter mit aschgrauem Spitzbart und hervortretendem Bauch sagte: »Diese Schals sind von billigster Qualität. Man braucht sie nur ein einziges Mal zu waschen, und von der Farbe ist nichts übrig.«

Seine Frau wandte sich nach ihm um:« Sei still! Das sind Frauendinge!«

Der Alte fügte hinzu: »Ich kenne diese Waren gut. Die Inder verkaufen sie überall in Tanger.«

Ich dachte, Kauf und Verkauf ist bei den Alten

immer schwierig. In ihrer Eitelkeit tun sie so, als wüßten sie alles. Die jüdischen Frauen um mich begannen zu kaufen, ohne darauf zu achten, was der Alte sagte. Ich hörte ihn sagen: »Wie dumm ihr seid, ihr kauft die mieseste Ware, die ich je gesehen habe . . .« Die Farben wanderten mir durch die Hände, während die säuerliche Luft immer noch meine Nase füllte. Ich spürte ein heftiges Beben. Das Schiff legte an. Ich nahm das Geld für den letzten Schal und verschwand unter dem Geschrei der Frauen: »Komm zurück mit vielen Waren!«

Als ich das Deck betrat, schrie hinter mir ein Senegalese von weitem: »He du, bleib stehen!«

Offenbar wollte er mir die Uhr zurückgeben, die er mir abgekauft hatte. Ich sah einen Kreis von Soldaten um Rami. Der verfluchte Kerl, der kaum je aus seiner Besoffenheit auftauchte, verkaufte ihnen die Uhren für die Hälfte des Preises, den ich verlangt hatte. Das tat er immer.

Ich rief ihm zu: »Du bist immer der gleiche Zuhälter!«

Er sagte: »Mit wem sprichst du?«

»Mit deinem Arsch!«

»Wenn wir uns in der Stadt begegnen, zeige ich dir, wer ich bin!«

»Ich spucke dir ins Arschloch!«

Boussouf ruderte eilig heran. Ich warf den Korb ins Boot hinunter. Ich kletterte am Seil hinab. Meine Handballen waren aufgescheuert. Oben wurde das Seil durchgeschnitten, und ich fiel ins Boot.

Boussouf schrie: »Scheiße, dieser Handel! Schon ist mein Boot kaputt.«

»Es war der Senegalese, dieser Hurensohn, der das Seil durchgeschnitten hat.«

»Was für ein Scheißgeschäft, pfui Teufel!«

»Rudere schnell. Sie werfen gleich mit allem Möglichen nach uns. Es ist nicht das erste Mal. Ich kenne diese Soldaten, die Bastarde!«

Boussouf schrie: »Paß auf!«

Eine leere Bierflasche kam geflogen.

Boussouf schrie: »Nimm eine Planke als Deckung!«

Ein Schwarzer fluchte mit lauter Stimme hinter uns her, während er zwischen seinen Händen jemanden würgte, zweifellos mich. Zwei Flaschen kamen gleichzeitig geflogen. Ich schrie:

»Aiii! Meine Hand! *Jal'an dinhum!*«

Ich schleuderte die Planke von mir. Sie trieb in den Wellen davon. Ich leckte meine Wunde. Seit langem hatte ich mein Blut nicht mehr mit so süßem Schmerz fließen sehen. Salz und Zucker mischten sich in meinem Mund. Ich fühlte einen stechenden Schmerz in meinem Hintern, auf dem ich im Boot gelandet war. Boussouf hörte auf, zu rudern, griff sich zwischen die Beine und begann zu schreien.

»Kommt her! Reißt mich an dem hier!«

»Hör auf! Was hast du davon? Wir haben die Strömung gegen uns.«

Wir ruderten zusammen. Nach einer Weile sagte er: »Was hast du bloß mit ihnen angestellt?«

»Nichts. Rami ist schuld an allem, was geschehen ist.«

»Was hat er getan?«

»Er bricht immer den Preis der Uhren. Ich pisse ihm in den Asch, wenn ich ihn das nächste Mal in der Stadt treffe.«

»Und du hast nicht mit ihnen über Algerien gesprochen?«

»Kein Wort. Ich sage dir, nur Rami ist schuld.«

»Und mit den Juden?«

»Ich sage dir, ich spreche nie über Politik, weder mit den Christen noch mit den Juden. Willst du, daß ich den Franzosen und den Senegalesen sage, sie sollen nicht nach Algerien gehen, und den Juden, sie sollen nicht nach Palästina auswandern?«

Die Strömung trieb uns ab, und der Wind wurde stärker. Eines von Boussoufs Rudern brach. Er hatte nur noch die obere Hälfte in der Hand. Er sagte: »Pu! Und das alles für deine dreitausend Francs!«

»Es ist nicht meine Schuld.«

Im Boot begann das Wasser mit jeder stärkeren Welle zu steigen.

Ich sagte: »Hör zu, kümmere du dich um das Wasser! Ich versuche im Heck mit dem Ruder das Boot auf Kurs zu halten.«

»Die Strömung treibt uns gegen die Klippen des Leuchtturms, wenn wir nichts dagegen tun.«

»Dieses Problem lösen wir, wenn wir in der Nähe des Ufers sind.«

»Mein ganzes Leben hängt an diesem Boot, und dabei gehört es nicht einmal mir.«

»Die Strömung treibt uns nicht weiter als Villa Hariz.«

»Willst du mir vielleicht etwas über die Strömungen hier beibringen?! Davon verstehst du gar nichts.« Er fügte hinzu: »Aber sag, was zahlst du mir als Entschädigung, wenn das Boot hin ist oder verloren geht?«

»Wir versuchen, heil anzukommen.«

»Ich will vorher wissen, wieviel ich bekomme.«

»Ich gebe dir das Doppelte von dem, was wir ausgemacht haben, wenn das Boot einen schweren Schaden nimmt.«

»Sechstausend?«

»Ja.«

»Für sechstausend . . .«

Das Boot schlingerte heftig. Er fiel auf den Rücken. Ich hielt das Ruder fest und fiel auf ihn.

Er schrie: »Du Feigling! *Jal'an dinak!*«

»Schweig oder ich werfe dich ins Wasser!«

»*Jal'an dinak!* Ich zeig's dir, wenn wir an Land sind.«

»Leck mich am Arsch!«

Reglos saß er auf der Bank im Bug. Ich zog meinen Gürtel aus der Hose, um das Ruder am Heck festzumachen. Er ergiff die Gelegenheit und schlug mich mit dem Ruderstumpf, der vorne im Boot lag. Beim ersten Schlag fiel ihm der Prügel aus der Hand. Wir rangen miteinander. Ich landete mein Knie zwischen seinen Beinen und stieß ihn nach hinten. Ich packte den Prügel und schwang ihn über ihm. Er schrie entsetzt: »Nein! Ich flehe dich an . . .«

Alle Farbe wich aus seinem Gesicht, und seine Augen verdrehten sich vor Schreck. Ich sagte zu ihm: »Wenn du nicht aufhörst, werfe ich dich ins Wasser.«

Der andere Riemen trieb schon fern von uns dahin. Den Prügel in der rechten Hand, in der anderen eine Blechkanne, begann ich das Wasser hinauszuschöpfen. Zeitweilig drehte sich das Boot auf der Stelle. Nach einer Weile warf ich ihm die Kanne hin und befahl ihm: »Jetzt bist du dran!«

Er nahm die Kanne und begann wortlos zu schöpfen. Ich dachte an Naima. Vielleicht schläft sie immer noch. Sie liegt jetzt im Bett und träumt, falls sie noch nicht aufgewacht ist. Das zwischen uns ist keine Liebe. So viel ist sicher. Es ist die Gewohnheit, die uns verbindet. Ich frage mich, ob ich nicht ihre

Gleichgültigkeit liebe. Wenn sie aufwacht, nimmt sie ein Bad und steigt danach im Schlafrock hinunter ins Parterre, um mit dem Pförtner zu schwatzen oder mit dem gelähmten Hausherrn. Ich glaube, wenn einer der Mieter in der Herberge darauf drängt, mit ihr zu schlafen, dann lehnt sie nicht ab. Einmal sagte sie zu mir: »Ich erkenne keine Liebe an, außer in der Ehe.« Ich sagte zu ihr: »Und ich fürchte, daß meine Liebe in der Ehe stirbt.« Uns hält wohl zusammen, daß keiner den anderen ganz besitzt. Das ist es, was unser Begehren auf den anderen nährt.

Wir näherten uns dem Strand von Villa Hariz. Die Wellen stiegen hoch und brachen sich. Das Wasser war schlammig. Ich hatte von den Fischern gehört, daß die Haie sich nie in schlammiges Wasser begeben. Wir waren bereit zu springen. Ich sprang zuerst. Ich schwamm unter Wasser, bis mir die Luft ausging. Ich streckte den Kopf aus dem Wasser und wandte mich um. Boussouf folgte dicht hinter mir. Eine Welle hob mich hoch, dann fuhr ich mit ihr hinab, wie wenn ich in einen Abgrund stürzte. Ich dachte, jetzt sitzt mir der Tod im Nacken. Als ich meinen Freund Manolo im Spanischen Krankenhaus besuchte, hörte ich ihn in seinen Schmerzen sagen: »Erlöse mich aus diesen Qualen, oh Herr . . .« Er litt an einer mörderischen Lungenkrankheit und wollte sich umbringen, doch er war nicht dazu in der Lage, weil sein langsamer Tod von den Nonnen überwacht wurde. Ich schluckte etwas Wasser. Ich durfte an nichts mehr denken, wenn ich nicht untergehen wollte. Einen Augenblick strampelte ich wie in einem Brunnenschacht. Dann bekam ich wieder Luft. Ich tastete nach dem Grund. Meine Füße berührten den Sand. Ich stand. Eine starke Welle packte mich. Ich schluckte Wasser. Ich rannte hinaus auf den Strand. Ich rief Boussouf zu: »Stell dich auf die Beine! Dort bist du auf Grund.«

Ich legte mich in den Sand, bis sich mein Keuchen legte. Ich wußte nicht, ob er mich gehört hatte oder nicht. Er schwamm weiter bis ans Ufer. Das Boot wurde, ein Stück von uns entfernt, in den Wellen hin- und hergeworfen.

Als er aus dem Wasser stieg, warf er zunächst einen Blick zum Boot, dann schaute er mich wütend an. Er war nicht so erschöpft wie ich. Ich erhob mich und dachte, jetzt schaut er mich an, als wäre ich sein Schaf, das er auf den Rost bringen will. Furz auf solche Scheiße! Wenn ich Angst vor ihm habe, ziehe ich bestimmt den kürzeren. Er wird mir alles abnehmen und auf meinem Rücken reiten, wenn er mich unterkriegt. Er läßt mich hier nackt liegen und geht davon. Er kam auf mich zu. Ich wich etwas zurück. Er sagte: »Los, sehen wir, wie es um das Boot steht!«

Er marschierte los, und ich folgte einige Schritte hinter ihm. Das Boot saß schon auf Grund. Wir zogen es mit Mühe auf den Strand. Ich ließ ihn nicht aus den Augen. Er war stärker als ich. Er konnte mich plötzlich überrumpeln und mich unter seine Füße werfen. Als er das Boot sicher an Land hatte, sagte er: »Zweifellos ist es leck geworden.«

»Wo denn? Ich sehe kein Leck.«

Er schrie wütend: »Ich kenne mein Boot!«

»Und ich bin nicht blind. Hör mal, kannst du mir sagen, was du jetzt schon wieder willst?«

»Das macht zehntausend Francs.«

»Zehntausend wofür?«

»Gibst du sie mir oder nicht?«

»Ich gebe dir sechstausend.«

»Dann nimm!«

Seine Faust landete in meiner linken Gesichtshälfte. Die Sterne tanzen mir vor den Augen. Ich wich ein paar Schritte zurück, um das Gleichgewicht wiederzufinden. Er fuhr auf mich los wie ein Stier. Wenn ich mich packen lasse, zermalmt er mir die Knochen. Hätte ich nur ein Rasiermesser dabei. Ich täte mit Boussouf, was ich mit Comero getan habe. Ich übertölpelte ihn. Er schlug ins Leere. Es begann in Strömen zu regnen.

Er sagte: »Du Hurensohn! Jetzt sieh zu, ob du mit mir noch einmal so umspringen kannst, wie du es draußen im Boot getan hast. Hier wirst du alles auskotzen, was du je gefressen hast.«

Ich übertölpelte ihn wieder und wieder, ohne ein Wort zu sagen. Fuchtelnd und schreiend forderte er mich auf, näherzukommen, wenn ich Mut hätte. Ich werde nicht meine Kräfte vergeuden. Ich lasse ihn angreifen. Er fing an zu lachen, während er herausfordernd die Arme zum Kampf ausstreckte. Er sagte: »Du bist ein Feigling. Wer rettet dich jetzt vor mir?«

Ich schwieg weiter, immer auf der Hut, daß er mich nicht mit einem Angriff überraschte und zu packen bekam. Plötzlich warf er sich mir zwischen die Beine. Ich bekam ihn mit beiden Händen im Genick zu fassen. Ich schlug ihm das Knie ins Gesicht. Er hob den Kopf. Ich hatte getroffen. Er entwand sich meinem Griff. Ich verpaßte ihm zwei Schläge auf die Nase und einen auf sein linkes Auge. Das Blut schoß ihm aus der Nase, und es spritzte aus seinem rechten Fuß. Er krümmte sich schreiend zusammen, dann stürzte er hin und griff nach seinem

Fuß. Ich sah die Scherben einer Flasche, in den Sand gepflanzt wie eine Artischocke. Seine Wunde ging tief, bis auf die Knochen. Das triefende Fleisch trat hervor, ein Schauer fuhr mir durch den Leib. Dann — ich weiß nicht, woher dieser Wechsel in meiner Wahrnehmung kam — war mir der Anblick des Blutes eine Wonne. Das Blut, das vom strömenden Regen in den Sand gewaschen wird. Auch der Regen erschien mir wie strömendes Blut. Es erinnerte mich an den Anblick des Widders im Rif, dem sie die Kehle durchschnitten, und daran, wie sie ein Becken darunterhielten, bis es voll war, und es dann meiner Mutter zu trinken gaben.

Ich zählte 6000 Francs heraus, schüttelte die tropfenden Scheine und warf sie ihm vor die Füße. Ich drehte mich um und ging. Ich hörte ihn rufen: »Komm zurück, du Hurensohn! Ich spucke dir ins Arschloch, wenn du zurückkommst.«

Ich dachte daran, zurückzugehen und ihm den Hals zuzudrücken. Aber der strömende Regen beruhigte meine Nerven. Ich ging davon, und er fluchte weiter. Als ich auf der Straße angelangt war, sah ich den Bus von El Menar kommen. Ich hob die Hand. Er hielt an. Ich stieg ein und bezahlte mit einem nassen Tausender. Der Schaffner sagte: »Was hast du? Ist dir etwas zugestoßen!?«

»Nichts Schlimmes.«

Die Bauern im Bus drehten sich alle nach mir um. Es waren sieben oder acht. Ich schaute durchs Fenster auf den Strand hinunter. Ich sah ihn hinkend auf das Boot zugehen.

Im großen Souk stieg ich aus. Triefend naß, wie ich war, erregte mein Anblick die Aufmerksamkeit vieler Passanten. Hinter mir sagte eine Frau unter einem kleinen verzierten Regenschirm zu ihrer Begleiterin: »Der arme Bursche!« Ihre Freundin sagte: »Sicherlich ist ihm ein Unglück zugestoßen.«

Im Eingang der Herberge traf ich den Pförtner, der mit der Putzfrau Witze austauschte. Sie hatte soeben den Fußboden gefegt. Sie hielt im Auftrocknen inne, und die beiden fragten mich gleichzeitig, was mir zugestoßen sei. Ich sagte ihnen, ich sei im Regen naß geworden, und stieg in mein Zimmer hinauf. Ich fand die Tür offen. Die Dinge sind nicht an ihrem Ort. Die Hure, diese Hurentochter, hat ihr Spiel mit mir gespielt. Sie hat alles mitgenommen, was irgendwie von Wert ist, das Transistorradio, den Wecker, fünf Armbanduhren und ein Dutzend Feuerzeuge. Ich ging in die Eingangshalle hinunter und fragte den Pförtner: »Hast du Naima nicht gesehen, als sie hinausging?«

»Nein. Ist etwas geschehen?«

»Nichts. Ich glaube, sie ist endgültig gegangen, ohne auf mich zu warten und sich zu verabschieden.«

»Und es ist nichts geschehen?«

Ich verneinte kopfschüttelnd. Dann ging ich in mein Zimmer zurück, um die Kleider zu wechseln und die Scheine zu trocknen. Immerhin hat sie mir die Kleider gelassen. Vielleicht beginnt sie irgendwo ein neues Leben mit einem anderen Liebhaber, wie mit Hamid Zailachi und früher, ehe sie mit ihm zusammen war. Eine schmuddelige Sache, aber mit ihresgleichen ist es immer so.

DREIZEHN

An jenem Abend ging ich ins Café Si Mouh. Ich hatte eine ägyptische Illustrierte mit Berichten und Bildern von arabischen Showstars bei mir. Ich kaufte mir solche Zeitschriften, um die orientalischen Tänzerinnen in ihren Kostümen zu betrachten. Manchmal masturbierte ich über den Bildern der sexuell aufreizenden Tänzerinnen. Abdelmalik, der Bruder von Hamid, las mir aus den Zeitschriften vor, wenn er guter Laune war. Manchmal bezahlte ich ihm das Getränk oder das Essen. Er hatte sein Studium in Tetuan aufgegeben und war nach Tanger gekommen, um fern von seiner Familie sein Lotterleben zu genießen. Außer ihm konnte der Gescheiteste unter den Kunden des Cafés gerade noch mit Mühe seinen Namen schreiben. Abdelmalik betrachteten wir als die bedeutendste Person, die regelmäßig das Café besuchte. Er las die Zeitungen und Zeitschriften aus dem arabischen Osten mit kräftiger und klarer Stimme. Wenn er einen wichtigen politischen Artikel über eines der arabischen Länder vorlas, drehte der Patron das Radio aus, und alle im Café folgten mit großem Interesse dem, was er vorlas, und den Erläuterungen, die er hinzufügte. Manchmal stand er auf, legte die Zeitung oder die Zeitschrift beiseite und weitete seine Erläuterungen zu einer politischen Rede aus, breitete darin seine Bildung aus und seinen Scharfsinn in der Analyse der Ereignisse und rezitierte zahlreiche Verse aus dem Koran, Aussprüche des Hadith und Kommentare der Gefährten des Propheten. Er hatte den Koran in seiner Kindheit auswendig gelernt. Wenn ihn einer bat, einen Begriff genauer zu erklären, nahm er das zum Anlaß, sich mit immer dunkleren Erklärungen über uns, die Analphabeten, die Unwissenden, zu erheben. Uns kam es so vor, als habe er immer recht. Keiner im Café konnte seine Worte stets von den Worten Gottes unterscheiden. Oft sagte einer von ihnen: »So sprach Gott der Erhabene«, doch Abdelmalik berichtigte: »Bitte Gott den Erhabenen um Verzeihung! Das ist nicht Gottes Wort gewesen, das habe ich gesagt . . .« Während seiner meisterlichen Ausführungen unterbrach man ihn nur, um ihm die Kifpfeife zu reichen. Er hielt einen Augenblick inne, um stehend zu rauchen und ein oder zweimal an seinem Teeglas zu nippen, dann setzte er seine prophetische Rede fort. Wenn er geendet hatte, empfing er die Glückwünsche aller, und der Patron bot ihm noch ein Glas grünen Tee und ein belegtes Brot an. Nachts lud ich ihn manchmal zum Essen in eines der Restaurants des Zocco Chico ein. Danach gingen wir in eine Bar, um zu trinken, oder wir gingen gleich ins Bordell, um mit zwei Prostituierten zu schlafen. Er hatte auch homosexuelle Neigungen, denn er erzählte mir oft, daß die männliche Schönheit der weiblichen überlegen sei. Ich war stolz, mich in Begleitung einer so gebildeten Person zu zeigen. Er beantwortete alle meine Fragen. Ich weiß nicht, ob richtig oder falsch. Ich erinnere mich nur daran, daß ich wenig davon verstand.

An jenem Abend saß er mit Grida, Messari und dem alten Afiouna zusammen, der im Café Kif und Majoun verkaufte. Ich bestellte bei Si Mouh ein Glas starken schwarzen Kaffee und kaufte für fünf Peseten Kif. Ich war in Gedanken versunken, während sie über König Farouk und Mohamed Nagib diskutierten, über die Politik Gamal Abdel Nassers und über die Revolution vom 23. Juli. Ich bekam Lust, an der Diskussion teilzunehmen. Ich rauchte die erste Pfeife. Ich stopfte die zweite und hielt sie Grida hin. Er lehnte ab. Abdelmalik sagte, als ich sie ihm hinstreckte: »Behalte deinen Kif! Wir haben selbst genug Kif.«

Ich dachte bei mir, an wen wendest du dich in der Pleite, wenn du nicht genug Kif hast? Bittest du nicht mich, dir eine Packung zu kaufen? Messari sagte zu mir: »Laß uns ungestört diskutieren!«

Die Hurensöhne! Alle sind gegen mich heute. Wie sie sich aufblasen! Ich bin also nicht auf ihrem Niveau heute. Sogar Abdelmalik beachtet mich nicht. Ich rauchte eine Pfeife nach der anderen, ganz in meine Rachepläne vertieft. Si Mouh stellte mir meinen Kaffee auf den Tisch. Ich kaufte bei Afiouna zwei Stücke Majoun, aß sie und trank dann einige Schlucke heißen Kaffee, bis ich die gewünschte Wirkung spürte. Kamal der Türke trat ein, besoffen. Ich rief ihm zu, er solle sich neben mich setzten, doch er lehnte ab. Er beugte sich zu mir herunter und flüsterte auf französisch: »Ich habe eine halbe Flasche Whisky. Ich steige hinauf aufs Dach. Komm mit, wenn du Lust hast, mit mir zu trinken.«

Mit einem Kopfnicken nahm ich an. Ich nippte noch einige Male an meinem Glas. Dann folgte ich ihm mit der Pfeife und dem Kif. Ich fand ihn, aus der Flasche trinkend, den Blick auf das Meer gerichtet, auf dem er vor Monaten mit einem türkischen Schiff gekommen war. Er war von Bord gegangen und hatte sich geweigert, wieder auf das Schiff zu gehen. Ich reichte ihm die Packung Kif und die Pfeife, damit er sie sich selber stopfte. Er gab mir die Flasche. Ich trank zwei Schlucke.

»Wie stehen deine Angelegenheiten?«

»Ich warte immer noch, daß mir meine Familie das Geld für die Rückkehr nach Istanbul schickt.«

»Und das Schiff, das du verlassen hast? Wirst du wieder darauf arbeiten?«

»Das Schiff ist zu groß, ich werde mir ein anderes suchen.«

Wir tranken, rauchten und redeten weiter über unsere Sorgen, bis die Flasche leer war.

Ich fragte ihn: »Was machst du heute nacht?«

»Ich weiß nicht.«

Er versteckte die leere Flasche unter seiner Jacke, und wir stiegen hinunter. Wir sahen, daß Abdelmalik, wie immer stehend, die Nachrichten erläuterte, die der Londoner Rundfunk abends in Arabisch ausstrahlte. Mein Kaffee und die ägyptische Illustrierte waren immer noch auf dem Tisch. Ich setzte mich und schlug Kamal vor, mit mir Tee zu trinken. Er entschuldigte sich.

»Nein, ich habe eine Verabredung mit Mahmoud dem Ägypter im Café Debagh. Er wird mir etwas Geld vorstrecken.«

Si Mouh sagte zu ihm: »Ich will keine Besoffenen in meinem Café.«

Kamal sagte auf Arabisch zu ihm: *»Salam, salam, Si Mouh!«*

Ich lachte. Er verabschiedete sich mit einem Händedruck und ging hinaus. Abdelmalik sah mich wütend an und setzte sich. Afiouna sagte zu ihm: »Sprich weiter, Si Abdelmalik!«

»Wie soll ich fortfahren, wenn die Knaben lachen?«

Ich sagte zu ihm: »Ich bin kein Knabe. Du redest

über Mohamed Nagib und über Gamal Abdel Nasser, als würdest du die beiden jeden Tag treffen und mit ihnen über ihre politischen Geheimnisse diskutieren. Woher hast du all diese Informationen über die beiden?«

Er verlor die Nerven und sagte: »Schweig, du Analphabet! Du kannst nicht einmal deinen Namen schreiben und willst dich in diese Dinge einmischen.«

Messari sagte zu ihm: »Beachte ihn nicht! Er ist besoffen.«

Das war die Gelegenheit für mich, Abdelmalik und seine Anhänger genauso zu demütigen, wie sie mich schlechtgemacht hatten. Ich suche nach Worten, um ihn zu beleidigen. Ich weiß nicht, was ich zu ihm sagen soll. Mein Kopf ist schwer vom Kif, vom Majoun und vom Whisky. Ich werde ihn auffordern, hinauszukommen und sich mit mir zu schlagen. Das wäre der einfachste Weg, der keine Anstrengung der Gedanken erfordert.

Ich sagte zu ihm: »Ich bin ein Analphabet, ein Unwissender, doch du bist ein Lügner. Ich bin lieber ein Analphabet und ein Unwissender als ein Lügner wie du.«

Ich spürte, daß ich ihm eins ausgewischt hatte. Er sagte: »Geh zu deinen Zuhältern ins Bordell!«

Ich sagte zu ihm: »Wenn du eine schöne Schwester hast, sag ihr, sie soll zu mir kommen, damit ich sie hinbringe.«

Si Mouh sagte wütend zu mir: »Ich will keinen Ärger in meinem Café! Geht hinaus, wenn ihr euch schlagen wollt!«

Ich sagte zu ihm: »Warum wendest du dich nur an mich? Ist es nicht so, daß er zu reden versteht und ich nicht?«

Grida sagte zu mir: »Verfluche den Teufel!«

Ich sagte zu ihm: »Der Teufel ist der Mensch.« Und dann zu Abdelmalik: »Komm, gehen wir hinaus auf die Straße, dann zeige ich dir, wer der Analphabet und der Zuhälter ist!«

Er sprang auf und fuhr auf mich zu. Grida, Messari und Afiouna hielten ihn zurück. Er stieß sie von sich. Ich stand auf, griff nach meinem Glas und schleuderte ihm den Inhalt ins Gesicht. Er hielt sich die Hand vor das Gesicht, während mich jemand von hinten am Arm packte.

Ich schrie ihn an: »Los, gehen wir hinaus, wenn du ein Mann bist!«

Der, welcher mich am Arm hielt, ließ los, während Grida zu mir sagte: »Sei vernünftig!«

»Für wen hält er sich denn? Er ist doch nur ein Student, der aus seinem Studium davongelaufen und nach Tanger gekommen ist, um hier herumzulungern.«

Ich ging an meinen Platz zurück, und Afiouna setzte sich zu mir. Er stopfte die Pfeife, zündete sie mir an und redete auf mich ein.

Grida und Messari stiegen mit Abdelmalik aufs Dach. Ich rauchte und hustete. Aus den Bemerkungen, die ich ringsum hörte, konnte ich schließen, daß mehrere das Recht auf meiner Seite sahen. Kein Zweifel also, sie hegen die gleichen feindseligen Gefühle gegen Abdelmalik wie ich. Sie kamen vom Dach herunter. Abdelmaliks Gesicht sah frisch gewaschen aus. Grida kam auf mich zu und sagte: »Ich bitte dich, versöhne dich mit ihm!«

Afiouna sagte: »Ja, geh und versöhne dich mit ihm, unsertwegen.«

Ich erhob mich. Sie drängten uns, einander zu umarmen. Danach wollte ich an meinen Platz zurückkehren. Doch sie bestanden darauf, daß ich mich zu ihnen setzte. Kamal der Türke trat ein. Sein linkes Auge war violett. Er sagte zu mir: »Es waren zwei. Sie haben mich angegriffen, im Bordell Ben Charki.«

»Und warum?«

»Sie hielten mich für einen Christen. Sie haben mir nicht geglaubt, daß ich Muslim bin. Sie sagten zu mir: Wie kannst du ein Muslim sein, wenn du nicht arabisch sprichst?«

»Wie ist es denn dazu gekommen?«

»Ich wollte mit einem marokkanischen Mädchen hineingehen, um mit ihr zu schlafen.«

»Setz dich zu uns!«

»Ich möchte lieber, daß du mit mir kommst. Wir gehen in den Zocco Chico und trinken ein wenig Wein. Mahmoud der Ägypter hat mir etwas Geld vorgestreckt.«

Ich entschuldigte mich bei der Gruppe um Abdelmalik und ging mit Kamal hinaus. Wir gingen ins Haus der Soudia Kahla. Ich sagte zu ihm: »Ich kenne die Herrin des Hauses und die Mädchen gut. Hier brauchst du nichts zu fürchten.«

Khadija empfing uns. Sie führte uns in ein marokkanisch möbliertes Zimmer und fragte mich nach unseren Wünschen. Die Herrin des Hauses kam, und ich stellte ihr Kamal vor. Er sagte zu ihr: »Salam Madame.«

Sie fragte mich: »Ist dein Begleiter Muslim?«

»Selbstverständlich ist er Muslim.«

»Spricht er arabisch?«

»Aber nein, nur ein paar Worte. Er ist Türke.«

Sie fragte: »Wie kann er ein Muslim sein, wenn er nicht arabisch spricht?«

Ich erklärte ihr, daß es Völker gebe, die nicht arabisch sprächen, aber islamisch seien wie wir. Kamal sagte zu ihr auf arabisch: »Ich bin Muslim. Allah ist groß, und Mohamed ist sein Gesandter.«

Soudia lächelte.

»Setzt euch! Möchtet ihr, daß Khadija bei euch bleibt?«

Ich gab die Frage an Kamal weiter.

»Natürlich soll sie bleiben. Sag ihr, sie soll ein zweites Mädchen bringen, so schön wie sie.«

Wir bestellten eine Flasche Cognac und eine Flasche Soda. Ich bat Khadija uns ein zweites Mädchen auszusuchen. Sie ging hinaus, und ich fragte Kamal: »Gefällt sie dir wirklich, oder wollen wir eine andere aussuchen? Hier gibt es viele, die schöner sind als sie, wenn du willst.«

»Sie ist bezaubernd. Die marokkanischen Mädchen gleichen den türkischen sehr.«

Khadija kam mit den Getränken, begleitet von Safia Kasria. Ich kannte sie. Sie sagte zu mir: »Hallo, Liebster!«

Ich stellte ihr Kamal vor, und sie setzte sich neben ihn. Khadija sagte zu mir: »Die Getränke kosten hundertfünfundzwanzig Peseten.«

»Und wenn ich den Preis von dir und Safia dazuzähle?«

Sie sagte lächelnd, den Blick auf Safia gerichtet: »Dreihundert Peseten.«

Kamal zog zwei Hunderterscheine aus der Tasche. Ich bat Khadija, Lalla Soudia zu rufen.

»Wegen des Geldes? Vertraust du mir nicht?«

»Darum geht es nicht. Ich möchte mich nur mit Lalla Soudia verständigen.«

Sie sagte lachend: »Verstanden. Du weißt, wie man mit ihr Geschäfte macht.«

Ich hieß sie sich setzen und ging hinaus. Lalla Soudia saß in der entferntesten Ecke des Hauses. Ich bezahlte ihr 250 Peseten. Ich ließ sie wissen, daß wir alle vier in dem einen Zimmer schlafen würden.

Kamal küßte Safia, ihr Gesicht hielt er zwischen seinen Händen, als hätte er Angst, sie könnte ihm davonlaufen. Vielleicht würde ich eines Tages mit einem türkischen Mädchen schlafen. Ich faltete einen Fünfzigerschein und drückte ihn Khadija in die Hand.

»Ich habe mich mit der Herrin abgesprochen.«

Sie ließ ihn im Ausschnitt verschwinden und küßte mich auf die Wange.

Ich war schon eingenickt, als Khadija mich schüttelte.

»Hörst du? Safia sagt, daß dein türkischer Begleiter ihr das Ding leckt.«

»Er soll mit ihr tun, was er will.«

»Hast du nicht gesagt, er sei Muslim?«

»Und was ist dabei?«

Da sagte Safia: »Mit der Zunge lecken ist besser!«

Eigentlich müßte ich um sechs in der Frühe aufstehen und zum Hafen gehen. Aber ich bat Khadija, mich schlafen zu lassen. Sie versprach, mich zu wecken, wann immer ich wollte. Sie zog mich an sich, streckte ihren linken Schenkel zwischen meine Beine und begann, ihre Möse an meinem rechten Knie zu reiben. Sie stellt sich vor, mein Knie sei das Ding eines Nilpferdes. Safia seufzte und Khadija rieb sich an meinem Knie. Plötzlich riß sie mich heftig an den Haaren. Sie stieß ihre Möse ein paarmal gegen mein Knie, dann entspannte sie sich. Kamal und Safia lachten. Khadija drehte sich auf den Bauch.

Ich streckte die Hand aus und ließ sie auf ihr spazierengehen. Ihr Bauch bewegte sich immer noch langsam auf der Matratze. Ich stieg auf ihren Rücken, um zu reiten. Sie versuchte mich von ihren Hügeln abzuwerfen. Ich hielt mich an ihren Haaren fest, um nicht ins Leere zu stürzen. Sie ist eine Stute, die über die Wüste fliegt. Ein Sturz von ihrem Rükken wäre mein Untergang in einer unbekannten Wüste.

VIERZEHN

Am Morgen, nachdem ich vom Hafen zurückgekehrt war, ging ich in einen Buchladen im Oued Ahardan und kaufte ein Lehrbuch der arabischen Sprache für Anfänger. Ich fand Abdelmalik im Café. Er stellte mich seinem Bruder Hassan vor, der von Larache zu Besuch gekommen war. Ich entschuldigte mich bei ihm für das, was gestern zwischen uns vorgefallen war. Er sagte: »Vergiß, was geschehen ist! Auch ich war nervös.«

Ich setzte mich zu den beiden. Ich zeigte Abdelmalik das Buch, das ich gekauft hatte, und sagte zu ihm: »Ich muß unbedingt Lesen und Schreiben lernen. Dein Bruder Hamid hat mir, als wir auf dem Kommissariat der Kriminalpolizei waren, ein paar Buchstaben beigebracht, und er hat mir gesagt, daß ich die Fähigkeit habe zu lernen.«

»Warum auch nicht?«

Sein Bruder Hassan sagte zu mir: »Willst du nach Larache gehen, um es dort in der Schule zu lernen?«

Erstaunt sagte ich: »Ich? Wie sollte das möglich sein? Ich bin zwanzig Jahre alt und kann nicht einmal mit meinem Namen unterschreiben.«

»Das spielt keine Rolle. Ich kenne dort den Direktor einer Schule. Ich schreibe dir einen Empfehlungsbrief, mit dem du zu ihm gehst. Ich bin sicher, daß er dich aufnimmt. Er hat eine Vorliebe für Sonderlinge, die ernsthaft lernen wollen.« Er fügte hinzu: »Wenn ich nicht unterwegs nach Tetuan wäre, um dort mein Problem mit dem Regionalabgeordneten zu regeln, würde ich mit dir kommen und dich selbst dem Direktor jener Schule vorstellen. Er ist mein Freund.«

Einen Augenblick später sagte er zu mir: »Geh, kauf Papier und einen Umschlag, damit ich dir den Brief schreibe.«

Ich ging hinaus, ohne zu glauben, was er mir gesagt hatte. Ich kaufte, was er verlangt hatte, und kehrte eilig zurück. Er nahm das Blatt, legte es auf eine arabische Zeitung und begann in schöner Schrift zu schreiben. Er schrieb und hielt von Zeit zu Zeit inne, um mit uns Kif zu rauchen. Als er fertig war, schob er den Brief in den Umschlag und verschloß ihn. Er gab ihn mir, und ich steckte ihn in die Manteltasche.

Ich fragte ihn: »Wann kann ich nach Larache reisen?«

»Wann du willst, doch sieh zu, daß du in den nächsten Tagen hingehst!«

Es war ungefähr zwölf Uhr mittags, als sich Hassan verabschiedete, um nach Tetuan zu reisen. Er versicherte mir, während er mir die Hand reichte: »Wir treffen uns dort unten in drei oder vier Tagen. Geh unbedingt hin!«

Er ging hinaus, und Abdelmalik sagte zu mir: »Ich gehe zum Friedhof Bouarrakia.«

»Wozu das?«

»Im Café haben mich einige unserer Brüder beauftragt, über den Gräbern ihrer Familien einige Suren aus dem Koran zu lesen.«

»Ich begleite dich.« Ich fügte hinzu: »Ich habe einen Bruder, der dort begraben ist. Liest du eine Sura für seine Seele?«

»Ein Bruder von dir?«

»Ja, ich habe einen Bruder dort.«

Unterwegs fragte ich ihn: »Was ist deinem Bruder Hassan zugestoßen?«

»Er hat eine Dummheit begangen. Sie haben ihn aus dem Institut in Larache hinausgeworfen, weil sie ihn dabei erwischt haben, wie er in einem Zimmer innerhalb einer Moschee, das sie großzügig verwaisten Studenten als Unterkunft anbieten, Wein getrunken und Kif geraucht hat.« Er fügte hinzu: »Er macht dauernd solche Dummheiten.«

Im großen Souk kaufte ich einen Strauß Blumen und am Tor des Friedhofs ein Bund Basilikum. Wir sahen einige Koranschüler, die über den Gräbern Suren aus dem Koran lasen, und einige Besucher, die für die Toten beteten. Während wir an den Gräbern entlang gingen, fragte ich: »Weißt du genau, wo all die Gräber liegen, über denen du lesen sollst?«

»Aber nein. Was zählt, ist der gute Wille. Es ist unwichtig, ob ich vor einem bestimmten Grab stehe, wenn ich lese, obschon ich einige darunter kenne. Und du? Wo ist das Grab deines Bruders?«

Ich schaute zu der Mauer, in deren Nähe mein Bruder begraben ist, und sagte: »Dort. Genau läßt es sich nicht finden. Wir haben ihm kein Grabmal errichtet, ehe wir nach Tetuan zogen. Wir waren arm.«

»Ich werde für ihn die Sura Ja-Sin lesen.«

Auf einem Hügel blieb er stehen und begann für die Familien der Freunde zu lesen, die ihn beauftragt hatten. Als er geendet hatte, gingen wir zu der Stelle, wo mein Bruder begraben ist. Ich sagte zu ihm: »Hier. Hier in der Nähe.«

Er begann zu lesen. Während er las, streute ich die Blumen und das Basilikum über einige Gräber und drumherum auf die Erde. Da liegt er begraben, vielleicht unter meinen Füßen oder unter den Füßen von Abdelmalik oder irgendwo in der Nähe. Plötzlich dachte ich: Aber warum diese Lesung über dem Grab meines unwissenden Bruders? Er hatte nicht gesündigt. Er hatte nichts erlebt außer seiner Krankheit, dann brachte ihn mein Vater um. Ich erinnerte mich, wie der Alte, der ihn begrub, sagte: »Dein Bruder ist jetzt bei den Engeln.«

Mein Bruder ist ein Engel geworden. Und ich? Ich werde ein Teufel sein, daran ist kein Zweifel. Die Kleinen, wenn sie sterben, werden Engel, die Erwachsenen Teufel. Es ist zu spät, daß ich ein Engel werde.

Nihaja

Ende

1935–1956

ZWISCHENWORT
von Georg Brunold

War er ein Schriftsteller? Er zögerte, als Jean Genet, den er im Zocco Chico angesprochen hatte, zurückfragte: »Und wer sind Sie?« Damals war erst eine einzige Kurzgeschichte von ihm publiziert. Er sei Mohamed Choukri, sagte er, ein marokkanischer Schriftsteller.

Seit Abdelmaliks Lesung auf dem Friedhof waren zwölf Jahre vergangen. Choukri stand jetzt vormittags vor fünfzig Schülern, nachmittags vor fünfzig Schülern, und abends korrigierte er hundert Hefte. Er hatte inzwischen Lesen und Lehren gelernt — und Schreiben. »Bachir lebendig und tot« und »Das Unmögliche« lagen mit anderen Geschichten schon fertig in der Schublade. Doch er bildete sich darauf nichts ein. Zwei oder drei Jahre zuvor hatte er sein erstes Romanmanuskript zu einem Preisausschreiben nach Tunis geschickt. Als es ohne Auszeichnung zurückkam, warf er es vor der Post in den nächsten Mülleimer. »Wenn es nicht gut ist, braucht man es nicht aufzubewahren.«

Eine feste Adresse hatte er nicht. Er schlief in den kleinen Pensionen der Altstadt von Tanger. Sein Zuhause waren die Bars und Straßencafés, wo er seit kurzem — »als da noch nicht überall ständig ein Fernseher lärmte« — Bücher aus allen Kontinenten verschlang. Lesen sei eine Tätigkeit, die dem Schreiben den Vortritt lasse, dieses Wort von Borges trifft auf Choukris Werdegang wortwörtlich zu: Literatur las er erst, seit er schrieb. Auch zum Schreiben setzte er sich in die Bars und Straßencafés, die oft Schauplatz seiner Geschichten sind. Dort trifft man ihn, lesend oder schreibend, inmitten seiner Protagonisten, die zugleich sein erstes Publikum waren: »Seht ihr ihn, den Spinner?«

Er kannte die Einsamkeit. Und ohne Zähigkeit ging es schon früher nicht. Neben der ersten Kurzgeschichte hatte er gerade eine zweite und einige Artikel in literarischen Zeitschriften veröffentlicht, als schon Stoff für ein halbes Dutzend Bücher auf den Druck wartete: außer den zahlreichen Geschichten zwei Romane, mehrere Theaterstücke, Tagebücher über Begegnungen mit anderen Schriftstellern. Zwischen Schreiben und Veröffentlichen gab es für Choukri keinen berechenbaren Zusammenhang: hier regierte der nackte Zufall.

Manchem Amerikaner, den die Reize von Tanger lockten, hatte Choukri früher die Schuhe geputzt und die Koffer getragen. Jetzt trug einer von ihnen »Die Sandalen des Propheten« zu *Harper's*. Die Geschichte wurde gekauft und gedruckt. Man fragte nach ihrem Verfasser. Doch die ersten Bücher unter seinem Namen, die nun bald erschienen, konnte Choukri nicht lesen. Es waren englische Übertragungen von Paul Bowles, der seinerseits die Originale nicht lesen konnte und statt dessen übersetzte, was ihm Choukri in spanischer Sprache diktierte. Aber auch als sein autobiographischer Roman zum erstenmal in einer Übersetzung aus dem arabischen Original erschien, erkannte sich Choukri über weite Strecken kaum wieder. Und doch diente diese französische Fassung als Vorlage für Übersetzungen in sechs weitere Sprachen.

Nach seiner zaghaften Auskunft gegenüber Genet, er sei ein marokkanischer Schriftsteller, vergingen vierzehn Jahre, ehe sein erstes Buch in Marokko gedruckt wurde. Mittlerweile sind es vier, zwei davon schon wieder verboten, darunter auch das letzte, das mit seinen ältesten Geschichten. Es erschien 1985 in Casablanca, wie die anderen drei im Eigenverlag, finanziert mit Einkünften aus den Übersetzungen von »Das nackte Brot«.

Diese chaotischen Produktionsbedingungen haben in Choukris Texten keine sichtbaren Spuren hinterlassen. Je vielfältiger die Tabus, die in seiner Umgebung gelten, und je geringer die Aussicht auf Veröffentlichung, um so rücksichtsloser geht dieser Autor vor. Das gilt auch für seine literarische Form. Ob es nicht naheliege, der Tradition der Novelle folgend, eine Geschichte wie die der Aicha von der Schlußszene her zu erzählen, also dort zu beginnen, wo der Erzähler nach Jahren bei einem Barbier zufällig auf Aichas Foto stößt? Nein, entgegnet er bestimmt, dafür sei er nicht zu haben. Es gefalle ihm, bisweilen mit dem längst Zurückliegenden im Präsens zu beginnen. Das Frühere sei oft tatsächlich näher als das Spätere. Eine Geschichte, auch eine ganz kleine, liege oft Jahre hindurch im tiefsten Schlaf, bis sie vor ihrem Ende zufällig nochmals erwacht und in die Erinnerung aufsteigt. Aber Geschichten von ihrem Schluß nach vorne zu erzählen, das sei ihm zu billig. »Außerdem fangen die Dinge nicht von hinten an.«

Das gilt auch für die Geschichte vom nackten Brot. Ihr Ende ist nicht abzusehen. Aber Choukri wird sie nicht fallenlassen. Er hat versprochen, sie fortzuschreiben, und auf sein Wort ist Verlaß. Die folgenden Geschichten sind vielleicht nur Vorgriffe auf ein Buch, das lange schläft.

BACHIR LEBENDIG UND TOT

Er nahm eine Handvoll Tabak und begann, ihn in einem Lottozettel zu einer Zigarette zu drehen. Badri fragte: »Warum ausgerechnet in einem Lottozettel?«

Baba Jilali sagte: »Er hat es sich angewöhnt, seit er sein Vermögen verloren hat. Er bildet sich ein, ein weggeworfener Lottozettel sei ein englisches Pfund, ein Dollar, hundert Peseten oder tausend Francs. Als er jung war, verkaufte er aus seinem Erbe ein Stück Land an das britische Konsulat. Ein Teil des Landes, das er verkaufte, gehörte damals zum Friedhof. Die Leute warfen ihm Gottlosigkeit vor: ›Du hast den Staub deiner Ahnen verkauft, Bachir!‹ Das begann ihm Sorgen zu machen. ›Ich habe ihnen die Toten verkauft, doch ihr werdet ihnen Lebende verkaufen.‹ So antwortete er ihnen. Er versicherte sich des Schutzes der Briten. Er zog sich in ein Zimmer im Hotel Cécil zurück, bis er die Bekanntschaft von durchreisenden Fremden machte. Er kaufte ein Reitpferd und einen Revolver. Er bekam den Waffenschein, den sie nur den ansässigen Ausländern geben. Die, welche er nicht mochte, bedrohte er nun mit dem Revolver, doch wer sich gut mit ihm stellte, bekam etwas von seinem Reichtum ab. Man begann seine neuen Allüren zu fürchten. Man schluckte seine Beleidigungen, nahm sein überspanntes Gebaren ohne Widerstand hin. Nachts ging er ins Cabaret Impérial, aus dem inzwischen ein Kleiderladen geworden ist. Die Señora Rosita empfing ihn mit

Furcht und Respekt. Sie sagte höflich: ›Señor Bachir! Versuchen Sie lieb zu ihr zu sein, diese Nacht. Sie ist ein liebenswürdiges Mädchen und ganz allein hier in der Gegend. Das wunderbarste Mädchen habe ich, wenn Sie es nur wahrhaben wollten! Es sind die Umstände, die sie gezwungen haben, ihren Unterhalt in diesem schrecklichen Leben zu suchen.‹ Bachir brüllte einen Augenblick vor Lachen, dann herrschte er sie an: ›Wo ist sie? Wo ist dein Mädchen, deine kleine Sevillana?‹ Susanna kam, angewidert, beschämt und verängstigt. Er zog sie an sich. Wie ein Tier machte er sich über sie her. Keiner der Gäste war in der Lage, etwas gegen ihn zu unternehmen. Sie sagten über ihn: ›Er ist wirklich verrückt. Verrückt und viehisch!‹ Er nahm sie mit hinauf in das Liebesgemach. Er bestellte vom teuersten Wein.

›Gibt es hier nichts Teureres als das, Señora Rosita?‹ — ›Nein, Señor Bachir, das ist das teuerste Getränk bei uns.‹ Wenn er von Susanna abließ, dann blieb sie fast immer schluchzend zurück. Sie war sein viehisches Gebaren und seine sexuellen Abartigkeiten so gewohnt, daß sie sich bei der Herrin der Bar nicht mehr beklagte. Sogar die Kinder des Zocco Chico wußten, wer Bachir war. Er vertraute sein Pferd einem der vielen an, die mit guten Diensten um seine Gunst wetteiferten. Er ging ins Café Rakassa, um die Freunde seines Vaters und die Alten seiner ehrwürdigen Familie von Tanger zu begrüßen. ›Hat einer von euch irgendwelche Sorgen?‹ Einer von ihnen kam ihm gerne mit der Antwort entgegen: ›Nein. Gottseidank geht es uns gut. Möge Gott seine Gunst uns und dir bewahren!‹ Er rauchte mit ihnen ein wenig Kif. Er war stolz darauf, daß seine

Ahnen in Tanger begraben waren. Er erging sich mit den Alten in Schmähreden über die Neuankömmlinge in der Stadt, dann trat er wieder hinaus in den Zocco Chico. Mit großem Genuß stellte er sich in der Mitte des Platzes ein Weilchen zur Schau. Er ging ins Café Central. Lauthals verkündete er: ›Diese Stadt hat keine Wachen mehr an den Toren. Sie ist eine Herberge für Esel. Jeden Tag sind es mehr Fratzen, die unsere Stadt entstellen, und wir wissen nicht, woher sie kommen.‹ Er musterte einen Augenblick die neuen Gesichter. Er setzte sich alleine hin und duldete es nicht, daß sich irgendwer neben ihn setzte. Er zog ein Pfund aus der Tasche oder einen Dollar oder hundert Peseten oder tausend Francs. Er legte den Geldschein auf den Tisch. Er ließ sich so lange Zeit, bis die neuen Gesichter darauf aufmerksam wurden. Dann zog er seinen Tabakbeutel hervor. Langsam und geziert drehte er seine Zigarette mit dem Geldschein. Die Blicke aller hafteten auf ihm, die der alten und der neuen Gäste. Manchmal trat einer vor ihn hin und sagte: ›Es lebe Bachir!‹ Bachir lachte wie ein römischer Kaiser, der sich gut unterhält. Ab und zu sagte er in herrischem Ton zum Kellner: ›Gib ihm etwas zu trinken!‹ Er rauchte seine dicke, scheußlich qualmende Zigarette. Wenn sich ein Bettler ihm nahte, klaubte er unter den großen eine kleine Münze hervor, musterte sie, schnippte sie in die Luft und fing sie selbst wieder auf, bevor er sie dem Bettler gab. Nachmittags ritt er zu Pferd am Strand spazieren, entlang der Mole. Er übte die verrücktesten Reiterkunststückchen. Einmal, als er viel getrunken hatte, stürzte er vom Pferd. Keiner wagte es sich ihm zu nähern. Gepeinigt von seinen Quetschungen blieb er die ganze Nacht liegen, und das Pferd strich wiehernd um ihn herum. Abends, jeweils kurz vor Sonnenuntergang, zog er seine Kleider aus und schwamm hinaus, weit weg von seinem Pferd, das am Strand wartete. Die, welche ein Auge auf dem Meer hatten und ein Ohr in den Gerüchteküchen, sagten: ›Auch Mohamed hat ihn schon gesehen — und Mohamed ist ein frommer Mann, wie alle wissen — auch Mohamed hat ihn schon gesehen, wie er seine Geliebte, die Meerbraut, geküßt hat, die jeden Abend aus den Tiefen des Meeres zu ihm kommt. Auch sein Vater — Gott sei ihm gnädig! — heiratete schon eine Dämonin des Meeres.‹ Das ist es, was die über ihn wissen, welche die ruhmreichen Zeiten dieser Stadt gekannt haben. Sein aufwendiges Leben dauerte bis zum Spanischen Bürgerkrieg. Eines Nachts sah man ihn auf der Treppe des Ladens Gran Paris schlafen. Da war plötzlich klar, daß Bachir bankrott war.«

Es gab einen kleinen Aufruhr um Bachir. Baba Jilali hielt in seiner Erzählung inne. Ein Bursche stand mutwillig und frech vor Bachir in der Sonne. Bachir knurrte und fuchtelte mit den Händen, doch der Bursche verharrte.

Er lachte und legte mit lauter Stimme los: »Schau einer an! Du Leichenhändler! Du, der du das Kraut von den Gräbern frißt! Du, der du gierig bist auf große und kleine Knaben! Du Katzenvater, der die Menschen verabscheut! Du frißt tote Hühner!«

Badri sprang auf, doch Baba Jilali hielt ihn fest.

»Bleib wo du bist! Misch dich nicht ein, wo es dich nichts angeht!«

»Aber das sind Gemeinheiten!«

Jäh warf sich Bachir dem Burschen zwischen die Beine, wie ein Verrückter. Der Junge schrie auf und stürzte. Bachir, rasend, biß ihn in die haarige Wade. Die Passanten bildeten einen Kreis um die beiden. Mit Gewalt befreiten sie den Burschen aus Bachirs Griffen.

»Hat er dich verletzt?«

Der Bursche antwortete nicht. Er schämte sich.

»Er hat dich erschreckt, nicht wahr?«

Bachir lachte hysterisch. Sein Mund in dem verrunzelten Gesicht stand offen wie eine greise Scham. Die Aufregung um Bachir legte sich. Tränen des Triumphs lösten sich aus seinen runden Käuzchenaugen. Er wand sich vor Lachen wie ein Fisch auf dem Trockenen. Badri sagte: »Und dann, Baba Jilali?«

»Er pflegte täglich zum Friedhof zu gehen. Er sammelte allerhand Kraut und kochte es nachts mit anderem zusammen unten im Sand des Strands, wo er in den Erinnerungen an die Tage seines Reichtums schwelgte. Er fing an zu glauben, daß er an den Lebenden und an den Toten Rache nähme, wenn er ihr Kraut esse. Er sagte zu jemandem, auf den er wütend war: ›Auf dich werde ich dort im Friedhof warten. Ich werde dein Kraut essen, roh.‹«

Baba Jilali schwieg einen Augenblick, dann fügte er noch hinzu: »Das ist er, Bachir. Er hat den Sinn für Zeit und Ort verloren. Vom Friedhof zum Strand und vom Strand zum Zocco Chico.«

Badri rannte mit den ersten in Richtung Friedhof. Einer von ihnen wiederholte immer wieder: »Holt die Polizei! Laßt ihn nicht gehen! Er wird zurückkommen und weitergraben.«

Badri fragte den Burschen am Tor: »Was geht hier vor?«

»Ein Alter, er heißt Bachir, will aus dem Friedhof einen Schindanger für tote Tiere machen.«

Jemand fragte den Burschen, der eifrig über alles Auskunft gab, was er von Bachir wisse.

»Ist es das erste Mal, daß er eine seiner Katzen begraben will?«

»Wer weiß? Vielleicht hat er bis heute schon andere Tiere begraben, heute jedenfalls wollte er eine verweste Katze begraben.«

Badri sah Bachir auf einem Grabmal sitzen, die Katze neben seinen Füßen, die Grube noch nicht ganz ausgehoben, daneben ein Stück Holz, das ihm als Schaufel diente. Bachir gab keinen Laut von sich. Abwechselnd warf er der Menge herausfordernde Blicke zu und betrachtete dann wieder liebevoll den kleinen gefleckten Kadaver. Nach einer Weile stand er auf und kehrte ihnen den Rücken zu. Er packte sein Glied aus und begann auf eines der Gräber zu pinkeln.

»He! Was tust du, Bachir?!«

Die Leute murrten, dann wurde es wieder still.

»Wollen wir ihn nicht zurückhalten?«

»Nein. Laßt ihn jetzt tun, was er will. Es reicht, wenn wir Zeugen dessen sind, was er tut.«

»Aber er ist doch verrückt. Den Verrückten dürfen wir keine Schuld geben.«

»Gott schütze uns vor diesem Bachir!«

»Gott schafft, was immer er will.«

»Wenn er uns nur ein gutes Ende gewährt!«

»Ja, lasse Gott unser Letztes besser als unser Erstes sein!«

»Schütze uns Gott vor dem Bösen, das er schafft!«

»Und der Wächter? Wo ist er?«

»In diesem Friedhof gibt es keinen Wächter.«

»Kein Zweifel, er hat hier schon mehrere seiner Katzen begraben.«

»Vielleicht. Ich habe alles Mögliche über ihn gehört. Ich konnte es nicht glauben, bis ich jetzt zufällig selber sehe, was ich sehe.«

»Die Leute aus seiner Generation sagen, er habe von seinen Vätern Land in diesem Friedhof geerbt und es verkauft.«

Bachir schüttelte sein Glied. Er setzte sich auf den Rand des gemauerten Grabmals und knöpfte sich den Hosenschlitz zu.

»Ich wundere mich über die Ruhe in seinem Trübsinn. Er bewegt sich so unbefangen, als hätte er gar nichts getan, wofür man sich schämen muß.«

»Aber siehst du nicht, daß er verrückt ist? Wer ist freier als ein Verrückter, wenn ihm die Möglichkeit bleibt, sich aufzuführen, wie immer er will?«

»Aber diese Ruhe ist das Erstaunliche bei den Verrückten.«

Bachir zog einen zerknüllten Lottozettel aus der Tasche. Er fing an, eine seiner dicken Zigaretten zu drehen.

»Er wird sich verpflichtet fühlen, vor unseren Augen zu scheißen, wenn wir weiter so um ihn herumstehen.«

Er zündete seine Zigarette an.

»Als ob er uns nicht sähe. Schau! Er raucht.«

»Es gibt keinen Unterschied, ob Menschen sterben oder Tiere. Das ist es, was er uns zu verstehen geben will.«

»Er hat recht. Was schadet es, wenn er eine Katze neben den Menschen begräbt?«

»Nichts. Aber die Leute sind solche Bräuche nicht gewohnt.«

»Bachir wird uns daran gewöhnen.«

»Gott schafft, was immer er will.«

»Gott schütze uns vor dem Bösen, das er schafft!«

Erste Regentropfen begannen zu fallen. Einige zogen ab. Jemand sagte: »Gehen wir! Es liegt nicht an uns und an den Leuten, wenn er eine Katze neben den Menschen begraben will. Jedem sein eigenes Schicksal!«

»Du hast recht. Jeder begräbt seine Mutter genau so, wie er will.«

»*Man qata'a ghusnan faljadschurruhu.* Wer einen Ast ansägt, sägt ihn durch.«

Die Leute flohen. Es regnete jetzt in Strömen. Bachir blieb wie eine Statue auf dem Grabmal. Badri stellte sich unter eine Weide, um zu beobachten, wie Bachir die Katze begrub. Der Friedhof hatte sich geleert. Ein kleiner Hügel erhob sich an der Stelle, wo das Tier begraben lag. Bachir machte sich daran, die Erde mit den Händen glattzustreichen. Es goß wie aus Kübeln, doch Bachir hatte sich durchgesetzt.

Ein sonniger Tag. In den Straßen erwachen die Leute, als ob sie den ganzen Winter geschlafen hätten. Die Schwärme der Schwalben am Himmel huldigen der Göttlichkeit dieses Tages. Die Leute schütteln sich den Staub von den Gliedern wie Fledermäuse, die ihre Höhlen verlassen. Sie plaudern fröhlich. Sie zeigen mit dem Finger zur Sonne. Der Mythos, der Gedächtnis heißt, gähnt in ihren Köpfen. Sie preisen diesen Tag, als hätten sie nie einen gleichen erlebt. Sie schauen den Frauen ins Gesicht, mustern die Brüste, die Hintern, vor allem die prallen, dann bleibt ihr Blick auf den Rundungen ihrer Unterhosen und

Korsetts unter den durchsichtigen Röcken hängen. Die Frauen blicken nur flüchtig über die Schultern, voller Scham, doch merkwürdigerweise halten sie selber in ihrem Klatsch alles bereit, bis hin zu dem fehlenden Knopf und dem weißen Zwirnfaden am schwarzen Anzug. Eine von ihnen sagte mir einmal: »Ihr Männer könnt unmöglich hinaus auf die Straße, ohne daß uns irgendwas an euch ins Auge springt.«

Eilige Schritte. Plötzlich halten sie inne. Dann setzen sie ihren Marsch fort, als ob sie etwas vergessen hätten, das demnächst in die Luft geht oder gestohlen wird. Als hätte sie der Durchfall erwischt. Sie ärgern sich rasch über ein Gesicht, das ihnen diesen makellosen Tag verdirbt.

Badri schlenderte ziellos durch den Souk El Barrani. Keine Frau, keine Kinder, obwohl er gerne eine rechtschaffene Frau und ein paar gut erzogene Kinder gehabt hätte. Vor ihm ging eine stattliche, anziehende junge Frau. Doch ein Fell hatte sie wie eine Ziege. Er hatte gehört, daß die behaarten Frauen die sinnlichen seien, aber er mochte keine Frau, die Beine wie eine Ziege hatte. Seine eigenen Haare genügten ihm. Und genügen sie nicht, jene versteckten Haare, jenes Savannengestrüpp? Glatt wie eine Viper oder ein Fisch, so wollte er sie. Jemand rannte von hinten in ihn hinein. »Entschuldigung, ich ...« Badri nickte nur. Manche stießen zusammen. Er sah wie alle ihre Schritte in die Straße zur Herberge El Chajra lenkten. Einer schwangeren Spanierin rutschte der Griff ihres Korbes aus der Hand. Er mochte die Schwangeren. Sie flößten ihm Respekt ein. Die Hälfte des Korbinhalts kollerte über die Erde. Tomaten, Kartoffeln, Eier, Spargel, Rüben, Muscheln, Äpfel. Die Frau schrie einem vorbeieilenden Burschen nach: »He du! Bist du blind?! Wie dumm sie sind! Wenn einer von ihnen spinnt, steckt er alle an.« Der Bursche wandte sich nicht nach ihr um. Badri sah, wie sie sich mühsam bückte, um die Tomaten einzusammeln, die von den Fugen des Pflasters am Weiterrollen gehindert wurden. Er dachte bei sich, schmunzelnd: Die Kartoffeln sind den Tomaten voraus, weil sie unverwüstlicher sind.

Er eilte mit den anderen weiter. Kein Zweifel, etwas Wichtiges mußte vorgefallen sein. Er hatte vor sich eine undurchdringliche Menschenmenge, Stimmengwirr, aufgeregte Fragen, ein Hin und Her, Gelegenheit für die Burschen, sich eng an die Mädchen zu drängen. Badri sah einen Körper, halb zugedeckt mit einem Jutefetzen, und daneben ein totes Huhn ohne Blutspuren um den Hals.

Er fragte: »Wer ist gestorben?«

»Ein Alter namens Bachir. Man sah ihn taumeln und stürzen.«

Badri dachte, endlich hat er seinen Tod gefunden. Und niemandem zuliebe. Vielleicht werden sie ihm das nachtragen. Leid tut ihnen nur der, der ihnen zuliebe stirbt. Es empört mich, daß die Leute jeden und jede zwingen, mit ihnen zu sein.

»Der Glückliche! Er ist gestorben, ohne gelitten zu haben.«

»Er lebte allein. Zweifellos hat er viel gelitten.«

»Und dieses tote Huhn?«

»Er muß es mitgeschleppt haben, um es zu essen. Man sagt, er habe tote Tiere gekocht, mit dem Kraut von Gräbern.«

»Der Arme!«

»Er begrub, was man nicht essen kann, und alles was man essen kann, aß er, lebendig oder tot.«

»Hat er noch Angehörige?«

»Wahrscheinlich schon, aber was zählt jetzt die Familie? Jetzt ist alles zu Ende. Seit seinem Absturz kümmerte sich niemand um ihn.«

»Er muß an einem Herzschlag gestorben sein.«

»Die Leichenschau wird darüber Aufschluß geben.«

»Vielleicht war es die verdorbene Nahrung, mit der er sich vergiftet hat.«

»Auch das zählt jetzt nicht mehr. Er ist tot. ›*Ida dscha'a adschaluhum la jasta'chiruna sa'atan wala jastaqdimuna.* Wenn ihre Frist kommt, bleiben sie nicht eine Stunde hinter ihr zurück, noch gehen sie ihr voraus.‹«

»Ja. ›*Ainama kuntum judrikukumu 'l-maut.* Wo ihr auch seid, wird der Tod euch erreichen.‹«

»Ist er wirklich tot?«

»Ja, er ist tot.«

»Aber woran ist er gestorben?«

»Niemand weiß es. Er ist gestorben, das ist alles.«

»Er ist gestorben wie eines der Tiere, die er im Friedhof begrub. Wie dieses Huhn, das er noch nicht gegessen hat.«

»Aber warum sprechen wir so über ihn?«

»Richtig, auch wir sterben alle. Achtet die Toten!«

Zwei Polizisten erschienen. Ein Weg öffnete sich vor den beiden wie von selbst. Der eine drängte die Menge zurück. Der andere wandte sich der Leiche zu, bückte sich und hob die Decke vom Kopf. Er musterte den Leib einen Augenblick. Er zog die Decke ganz weg. Er griff nach Bachirs Handgelenk.

Er rief: »Er lebt! Er ist nicht tot.«

»Er ist nicht tot!«

Der Körper bewegte sich.

»Er ist noch nicht gestorben!«

»Er lebt!«

»Er lebt? Er lebt?«

»Ja, er lebt tatsächlich. Er ist nicht tot. Man glaubte nur, er sei tot.«

»Merkwürdig!«

»Ja, sein Leben ist nicht zu Ende. Er wird von neuem leben, nachdem er gestorben ist.«

»Welches Glück er hat!«

»Geht weiter! Der Mann ist nicht tot. Hört ihr nicht? Er lebt, und er stirbt nicht.«

»Merkwürdig! Er lebt.«

Der Polizist warf das Jutestück zur Seite. Der andere Polizist trat zu seinem Kollegen. Der Kreis der Leute wurde enger, als die beiden miteinander sprachen.

»Kein Zweifel, er war nur ohnmächtig.«

»Sie glaubten, er sei tot, doch er lebte.«

»Zurück, Leute! Der Mann lebt, und er stirbt nicht. Hört ihr?«

»Schau, sie glauben es nicht.«

»Zurück! Geht auseinander!«

»Keiner ist auf den Gedanken gekommen, ihm den Puls zu fühlen.«

Verblüffung und Lärm. Die Leute warteten darauf, daß der Tote sich erhob. Doch bei manchem wuchs schon der Drang abzuhauen. Der Schrecken verdrängte die Überraschung aus ihren Gesichtern.

»Bringt Wasser! Worauf wartet ihr?«

Eine Alte schrie: »Der Schlüssel! Der Schlüssel! Drückt ihm einen Schlüssel in die Hand!«

»Ja, bringt einen Schlüssel und Wasser!«

»Aber nein, er ist nicht in einem epileptischen Anfall gestürzt.«

»Aber ein Schlüssel in der Hand wird ihm nicht schaden. Ein Schlüssel, nichts weiter! Drückt ihm einen Schlüssel in die Hand! Ein Schlüssel in der Hand schadet nie.«

Die beiden Polizisten nahmen Bachir bei den Schultern und Beinen und setzten ihn nieder, mit dem Rücken gegen eine Mauer. Die Leute starrten ihn an, mit weit aufgerissenen, erschrockenen Augen. Stimmengewirr, Fragen, Drängen nach vorn und nach hinten. Seine Lider blieben geschlossen, seine Lippen aufeinandergepreßt. Seine Arme hingen schlaff herab.

»Da ist das Wasser.«

Der Polizist drückte ihm den Becher gegen den geschlossenen Mund. Bachir wehrte sich erst ein wenig, dann trank er. Seine Augen öffneten sich. Er bewegte die Arme.

»Wenn sie nur ein Stück Glas vor seinen Mund und seine Nase gehalten hätten, wäre ihnen der Irrtum nicht unterlaufen.«

»Jetzt werden die Leute in Schrecken sein, solange er lebt.«

»Und wenn er stirbt, werden die Propheten vor ihm gestorben sein.«

»Die Leute werden ein Gespenst in ihm sehen, das unter ihnen weilt.«

»Aber er hat schon vorher gelebt wie ein Gespenst unter Menschen.«

Badri dachte, jede seiner Bewegungen wird sie denken lassen, der Tod wandle in einem lebendigen Körper umher. Kannst du dir vorstellen, wie ein Mensch leben kann, wenn er in der Einbildung der Leute gestorben ist? Legenden, welche die Wirklichkeit außer Kraft setzen! Was ist die Wirklichkeit? Ist es die Wirklichkeit, daß ein Mensch sterben kann, auch wenn er noch nicht tot ist?

Ein Krankenwagen fuhr vor. Zwei Männer stiegen aus. Einer der Polizisten wandte sich zu Bachir.

»Sie werden dich mitnehmen und pflegen.«

Bachirs Blick wanderte von einem zum andern. Er hatte sich ergeben und erlaubte den beiden Pflegern, ihn aufzuheben. Das Gemurmel in der Menge schwoll wieder an.

»Ein Toter steht auf. Das ist merkwürdig.«

»Die Leute sind dumm. Er ist nur in Ohnmacht gefallen, aber trotzdem halten sie daran fest, daß der Tod ihn geholt hat.«

»Schaut! Sein Huhn ist immer noch da.«

»Wenn auch das Huhn auferstünde? Wer weiß, was hier noch geschehen kann?!«

»Die Leute würden in Ohnmacht fallen. Oder auseinanderstieben wie die Mäuse. Sie würden überschnappen.«

Der eine Polizist stieß mit dem Fuß den Kadaver des Huhns vom Gehsteig. Der andere stieg mit Bachir in den Krankenwagen. Der, welcher dablieb, rief: »Und jetzt? Wartet ihr, bis der nächste in Ohnmacht fällt?«

Die Leute schauten einander lachend an. Stimmengewirr, ein Hin und Her. Der Krankenwagen fuhr los. Allmählich kam Bewegung in die Menge. Viele machten den Eindruck, als trauten sie ihren Sinnen nicht.

Überfluß an Vergnügungen und an Träumereien, Überfluß an Reichtümern und an Gelegenheiten. Ich bin müde, müde, doch unbefriedigt. Fatin kommt auf mich zu, weiß wie Schnee im blutroten Licht. Sie nimmt eines meiner Notizhefte, schaut kichernd hinein. Sie schreit: »Hier bin ich! Du mein Ein und Alles!«

Sie verschwindet zwischen denen, die herumstehen und die Zeit totschlagen. Drei Uhr früh. Die Langeweile spannt meine Nerven. Umm Kulthumm singt:

Der Schlaf verlängert nicht das Leben
Und auch die längste wache Nacht verkürzt es nicht.

Ein Gast, ein Schwarzer, kommt zu mir, weißes Tuch auf schwarzem Fleisch. Er nimmt eines meiner Bücher und liest laut: »Diese grenzenlose Freiheit hat ihre tragische, aussichtslose Seite . . .«

Er legt das Buch hin und fragt mich: »Wovon handelt dieses Buch?«

»Von einem schmutzigen Kerl, der diese Welt nicht versteht. Er quält sich und alle seine Freunde.«

Er schüttelt den Kopf und führt sein Glas zum Mund.

»Du bist verrückt.«

Ich sehe Fatin etwas auf ein Stück Papier aus meinem Heft schreiben. Ich trinke, rauche und denke an das Geschäft mit den Sandalen. Der elektrische

Strom fällt aus. Die Frauen schreien. Das rote Licht flammt wieder auf, und jetzt schreien die Frauen und die Männer. Ich gebe Rhimou noch einen aus, froh, daß das Licht wieder brennt. Sie gibt mir ihren Mund. Süßigkeiten schmelzen in meinem Mund. Sie hat Schokolade geschleckt, streckt ihre braune Zunge heraus und lächelt ihr rotes Lächeln. Fatin gibt mir den blauen Zettel. Ich lese: »Rachid, kennst du die Liebe? Du sprichst mehr über die Liebe, als daß du liebst. Wer nichts weiß von der Liebe, findet mehr Glück in ihr, als wer die Wahrheit über sie kennt. Die Liebe ist nicht im Kopf, sie ist Spüren, Spüren . . .«

Miriam Makeba, mit ihrer hellen Stimme, singt »Malaysia«. Ich schreibe unten auf den blauen Zettel: »Fatin, du bist mein rotes Bett, und ich bin deine schwarze Decke. So verstehe ich seit heute die Liebe.«

Ich schaue mich nach ihr um: Ein fremder Seemann saugt an der Wunde in ihrem Gesicht. Sie hängt mit einem Arm an ihm und schüttet mit der anderen Hand hinter ihrem Rücken das Glas auf den Boden. Rhimou gibt mir wieder ihren Maulbeermund Ich gebe ihr noch einen aus. Überfluß an Lust, Überfluß an Gelegenheiten und Träumen. Lied um Lied, die Stimmen vermehren sich, doch ich denke an das Geschäft mit den Sandalen. Ist das Dummheit oder Vertrauen? Schwierig für mich, manchmal, Dummheit und Vertrauen auseinanderzuhalten. Er ist es, er ist derjenige, der diese schwarze Legende erfunden hat. Er möchte . . .

Fatin kommt, schwarz, weiß, gelb. Ich gebe ihr den blauen Zettel. Sie schaut mich an, lächelt, schreit wieder: »Hier bin ich! Du mein Leben!«

Sie nimmt den Zettel. Sie sucht immer Ärger, denke ich bei mir. Ihr feiner Mund sieht jetzt aus wie eine Narbe. Er erinnert mich an die Worte des indischen Dichters Mirza Asadullah Ghaleb:

»Ich bin die trockene Lippe derer, die sterben vor Durst.«

Die Lust, die sie sucht, ist von einer tiefen Traurigkeit. Was mich überrascht an ihr: daß sie nicht aufhört zu glauben, die Welt brächte die Dinge schon noch in Ordnung.

Rhimou und Latifa gehen aufeinander los. Sie fauchen wie zwei Katzen. Miriam Makeba singt mit ihrer weißen Stimme, und Rhimou hängt in den schwarzen Haaren Latifas. Sie reißt sie zu Boden. Sie schlägt sie ins Gesicht. Latifa schreit. Das Blut rinnt. Die Farben mischen sich in meinem Kopf. Fatin legt den blauen Zettel vor mich hin und geht, um die beiden zu trennen. Ich lese auf dem blauen Papier: »Es stimmt. Ich breite ihnen mein Fleisch aus, aber ich spüre nichts von der Vergewaltigung. Ich will sagen, ich bin ihr Leichentuch in einem Grab, aus dem es keine Auferstehung gibt.«

Vigon singt mit seiner klaren Stimme »Outside the window«. Ich sehe im Geist die Mandelbäume blühen, während die Zeit des Schnees noch nicht vorüber ist. Dann starre ich gebannt durchs Fenster ins Leere hinaus, wo sich gar nichts bemerkbar macht.

Rhimou und Latifa kommen aus der Toilette. Sie haben sich versöhnt wie zwei Kinder. Sie umarmen sich lachend. Sie tanzen fröhlich. Ich rauche und male mir aus, wie ich ringsum in jedes Gesicht schlage, das mir nicht gefällt. Einen Tritt in dieses, einen Stüber in jenes, eine Faust in das dort drüben.

Der Triumph in meiner Phantasie beruhigt meine Nerven. Morgen werde ich die Sandalen des Propheten verkaufen.

Ich frage Fatin: »Warum haben sich Latifa und Rhimou gestritten?«

»Rhimou hat dem Kunden, der mit Latifa trank, erzählt, daß sie Tuberkulose hat.«

»Und hat sie Tuberkulose?«

»Ja, aber sie sagt, sie sei geheilt.«

Der alte Engländer sagte: »Das ist der köstlichste Couscous, den ich je gegessen habe.«

Ich warf einen Blick zu meiner Großmutter hinüber, sie hatte das Kinn auf der Brust. Ich sagte zu ihm: »Ja, es ist Couscous aus Mekka. Ihre Schwester schickt meiner Großmutter jeden Monat eine Menge davon.«

Er schaute mich entzückt an: *»Fantastic . . .!«*

Um die Heiligkeit, die meine Großmutter umgab, zu unterstreichen, fügte ich hinzu: »Alles hier in unserer Wohnung ist in Mekka besorgt worden. Sogar dieser Weihrauch hier kommt jeden Monat mit dem Couscous aus Mekka.«

Das Fleisch nach dem Couscous, sagte ich ihm, sei mit Rosinen, Gewürzen und Koriander aus Mekka gekocht.

»Wir nennen das Gericht Mrouzia.«

Er murmelte: *»Ah, very good!«*

Meine Großmutter hielt immer noch in Demut ihr Haupt gesenkt. Der Engländer verschlang mit einem Auge das Mrouzia, und mit dem anderen Auge verschlang er das Gesicht meiner Großmutter. Weißes Kleid, Weihrauch um sie aufsteigend, süße arabische Parfüme, gewichtige Stille. Auf Anhieb meistert sie die Rolle, die ich ihr beigebracht habe.

Unser kleines Dienstmädchen brachte uns Tee in einer silbernen Kanne, auch sie: weißes Kleid, scheu den Kopf gesenkt, blitzsauber, ihre Hände mit Henna gefärbt, ihr schwarzes Haar fein gekämmt und glänzend, große Ohrringe, in all ihren Bewegungen vollkommen. Sie grüßte den alten Engländer mit einem Nicken, ohne Lächeln, wie ich es ihr eingeschärft hatte. Der Ernst in ihrem Gesicht machte sie hübscher, als ich sie je zuvor gesehen hatte. Als er den Tee kostete entfuhr ihm ein entzücktes, begeistertes Seufzen.

Ich sagte zu ihm: *»Is it good, the mint-tea?«*

»O, very good!«

Der Tee war mit Ambra parfümiert. Eine Weile herrschte Schweigen. Ich dachte, jetzt ist der ersehnte Augenblick da, an Aladins Wunderlampe zu reiben. Ich erhob mich. Ich flüsterte meiner Großmutter etwas ins Ohr. Bloße Laute, die nichts bedeuteten. Sie nickte mit dem Kopf, ohne ihn zu heben. Ich brachte das weiße Kissen herbei und entfernte das goldbestickte, grüne Seidentuch darüber. Der Alte starrte auf die verblichenen Sandalen. Seine Hand zuckte ein klein wenig in Richtung des Kissens. Er sah mich an, doch mein Blick gab ihm zu verstehen, daß er die heiligen Sandalen nicht berühren durfte.

»My God! Marvelous!«

Ich deckte die Sandalen wieder zu, ehe ich mich abwandte, um ihm Gelegenheit zu geben, sie durch das schöne durchsichtige Tuch weiter anzustarren. Ich bewegte mich behutsam und langsam, legte das Kissen wieder an seinem Ort nieder, wie ich einen

Verband auf eine Wunde legen würde. Ein flüchtiger Blick von ihm zu mir und ein langer Blick in die Ecke der Sandalen.

Im Café Central wiederholte er zum dritten Mal sein dringendes Ansuchen.

»Dann ist es also nicht möglich?«

»Die Angelegenheit ist sehr heikel. Es war schon sehr schwierig, meine Großmutter zu bewegen, Ihnen einen Blick auf die Sandalen zu erlauben. Sie können mir glauben, Sie sind der erste Fremde, der sie gesehen hat, und keiner außer Ihnen wird sie sehen.«

»Ich verstehe, aber vielleicht können wir doch zu einer Übereinkunft gelangen.«

»Ich verstehe auch, aber was soll ich tun? Die Sandalen sind die Seele meiner Großmutter. Wenn die Sandalen verschwinden, verliert sie den Verstand oder sie bekommt einen Herzanfall. Sehen Sie, ich liebe sie sehr, und ich achte ihre Verehrung für diese heiligsten Sandalen.«

»Ich gebe Ihnen Zeit zu überlegen. Versuchen Sie, sie zu überzeugen.«

»Sie dazu bringen, die Sandalen zu verkaufen, ist nicht dasselbe, wie sie dazu bringen, sie zu zeigen.«

»Lassen Sie sich etwas einfallen!«

»Ich will es versuchen, aber ich bin überzeugt, es ist aussichtslos.«

Nach einer Weile sagte ich zu ihm: »Hören Sie, ich habe eine Idee. Aber unter einer Voraussetzung ...«

»Die wäre?« Er fragte nochmals und fügte hinzu: »Sprechen Sie, vielleicht finden wir einen Weg!«

»Wenn Sie Tanger auf der Stelle verlassen, sobald ich Ihnen die Sandalen aushändige!«

»Wenn es nur das ist! Wunderbare Bedingung!«

»Auch ich muß Tanger verlassen, und ich werde nicht zurückkehren können, bevor meine Großmutter stirbt «

»In Ordnung. Einverstanden mit der Bedingung.«

»Ich habe keine Chance, wenn ich hierbleibe, nachdem die Sandalen verschwunden sind.«

»Ich verstehe. Ich verstehe Ihre Sorgen bestens.«

»Sie findet ihren einzigen Halt an diesen Sandalen.«

»Ich verstehe. Wieviel verlangen Sie?«

»Eine Million Francs.«

»Auuuh! Nein! Das ist ein großer Betrag.«

»Aber Sie kaufen die schönste Rarität der Geschichte, und ich werde es ein Leben lang bereuen.«

»Gewiß, kein Zweifel, aber das ist viel Geld. Ich gebe Ihnen eine halbe Million. Ich bin nicht in der Lage, mehr zu bezahlen.«

»Sie müssen mir mehr bezahlen!«

»Ich kann nicht! Ich habe nicht mehr dabei.«

»Gut. Sie werden mir Ihre Adresse dalassen. Ich werde Ihnen schreiben, wohin Sie mir den Rest schicken können.«

Wir blickten einander gespannt an. Zu mir sprach ich lautlos: Los! Sag's! Sag's rasch, oh Mister Stewart!

»Okay. It's a good idea.«

»Ah, wunderbar! Wunderbar Mister Stewart!

»Wo treffen wir uns morgen?«

»Ich warte auf Sie in der Halle des Hotel Minzah.«

»Aber nein, vor dem Hotel. Sie müssen Ihr Ticket dabei haben, wenn ich Ihnen die Sandalen überlasse.«

»Gut, einverstanden.«

»Um welche Zeit?«

Er überlegte einen Augenblick. Ich sagte für mich: Los! Entscheid dich! Rasch!

»Um drei nachmittags.«

Ich stand auf und gab ihm die Hand.

»Wehe Ihnen, wenn sie irgendwem etwas davon verraten!«

»Aber nein, ich weiß doch . . . !«

»Die Sandalen liegen wirklich nicht nur meiner Großmutter am Herzen, sondern jedem hier, der die heiligsten Dinge achtet.«

»Gewiß, ich verstehe.«

Ich ging. Von weitem sah ich ihn aufstehen und weggehen.

Er wartete vor dem Hoteleingang. Ich täuschte Nervosität vor, als ich mich ihm näherte. Verzückt blickte er auf meine Tasche. In seiner Hand war ein Päckchen. Ich dachte: eine halbe Million. Überfluß an Vergnügungen, Überfluß an Kniffen, an Einfällen, an Farben.

Ich gab ihm einen Wink, mir zu folgen. Ein paar Schritte vom Hotel entfernt blieb ich stehen. Wir schüttelten uns die Hand. Sein Blick lag auf meiner Tasche, mein Blick auf seinem Päckchen. Ich öffnete die Tasche. Einen Augenblick ließ ich ihn die Sandalen befühlen. Er nahm sie aus der Tasche, und ich nahm das Päckchen aus seiner andern Hand. Ich riß das Papier des Päckchens auf. Ich vergewisserte mich: »Eine halbe Million?«

Er sagte mit schriller Stimme: »Ja, eine halbe Million.«

»Und die Adresse?«

»Ach ja, ich hab's vergessen, entschuldigen Sie!«

Ich nahm meinen Stift aus der Tasche und gab ihn ihm mit dem Päckchen, damit er seine Adresse darauf schreibe. Ich wollte sichergehen.

»Und Sie verlassen jetzt Tanger?«

Er zeigte auf den Wagen, der auf dem Gehsteig vor dem Hotel geparkt war.

»Der Wagen dort wartet, um mich zum Flughafen zu bringen.«

Ich dachte: Und ich bin heute abend in der Messalina-Bar.

Ich habe mich in meine gewohnte Ecke gesetzt. Ich rauche, trinke und kaufe mir Aufmerksamkeit, ohne zu feilschen. Ich lausche dem Lied »Honey Honey«. Ich bin der Genüsse überdrüssig, müde, aber ich bin unbefriedigt. Die Wünsche meiner Lust gehen nicht bei einer einzigen Frau in Erfüllung.

Fatin sagt: »Rhimou ist im Krankenhaus und Latifa auf dem Kommissariat. Sie war besoffen und schlug Rhimou eine Bierflasche über den Kopf.«

Ich frage sie nach den beiden Mädchen, die gegenüber in der Ecke sitzen.

»Sie sind aus Casablanca.«

Sie nimmt eines meiner Hefte und entfernt sich. Ich winke der kleineren der beiden mit der Hand. Sie wechselt ein paar Worte mit ihrer Freundin. Ich trinke, rauche und warte auf den ersten Kuß eines Mädchens, das ich noch nie berührt habe.

Ihr kleines Gesicht entspannt sich. Ihr Mund ist wie eine Erdbeere. Ich gebe ihr einen aus. Sie beginnt an ihrem Glas zu nippen. Ihre Lippen glitzern. Ihr Mund öffnet sich in meinem Mund. Ich denke: eine Erdbeere, in Gin und Zitronentonic getunkt. Eva aß die Beeren der Erde, und Adam suchte sie verzweifelt. Er näherte sich ihr endlich, doch sie versuchte die letzte Beere zu essen, bevor er sie umarmte. Adam aß die Beere aus ihrem Mund. Die

Beere wies ihm den Weg zum Küssen. Adam wußte die Namen aller Dinge, doch es war Eva, die ihn die Bedeutung des Kusses lehrte.

Zwei schlagen sich um ein Mädchen. Der kleinere stürzt. Der Lange schlägt Löcher in die Luft. Von hinten packt ihn einer am Arm. Fatin legt einen blauen Zettel vor mich hin. Ich trinke, rauche und sauge an den fleischlichen Beeren in dem neuen, kleinen Mund. Ich lese auf dem blauen Zettel: »Ich bin nicht die, welche ich gestern war. Ich weiß es, aber ich kann es nicht ausdrücken. Du mußt mich verstehen.« Das neue, kleine Gesicht weist nach dem leeren Glas. Ich schaue auf ihren Mund, die Erdbeere. Der Barmann amüsiert sich damit, Vierecke auf ein kleines weißes Papier zu zeichnen. Ich sage zu ihm: »Gib ihr noch ein Glas!«

Ihre Freundin kommt herüber.

»Gib auch ihrer Freundin ein Glas!«

Überfluß an Beeren und an Menschenfleisch, Überfluß an Träumereien und an Gelegenheiten. Ich schreibe auf Fatins blauen Zettel: »Ich darf dich nicht verstehen.«

DER KAUGUMMI UND DER SOMMER

Die Hitze ist groß. Die Leute, erschöpft vom Bummeln und vom Kauen, atmen mit Mühe. Sie gähnen vor Langeweile. Auch ich bin müde. Träg und lustlos kaue ich meinen Kaugummi, schon eine halbe Stunde. Sein Geschmack ruft bei mir Brechreiz hervor. Seit wenigen Augenblicken sind all die vielen Lichter an und breiten sich wie hängende Gärten über die Stadt. Die Hauptstraße ist eine Ausstellung von allem Schönsten und Häßlichsten, was diese Stadt ihren Bewohnern und Besuchern zu bieten hat. Der Brunnen auf dem Platz pißt rhythmisch: niedrig, mittel, hoch, die Farben steigen und fallen mit. Die Leute drumherum machen Fotos voneinander, berauscht von den Freuden der Stadt. Einige von ihnen gehen gemäß den Weisungen in Pose. Ich habe noch sechs Stück Kaugummi. Damit kann ich noch drei Stunden durch die Straßen der Stadt streifen.

Eine Alte hält mich an, eine Marokkanerin, in einer Jellaba, elend, erschöpft und krank. Sie sagt mit schwacher Stimme: »Gib mir einen Kaugummi, mein Sohn.«

In den überfüllten Geschäften reißen sie sich um den Kaugummi. Einige leere Läden haben ausverkauft. Ein paar arme Burschen verkaufen den Kaugummi auf dem Schwarzmarkt. Ich gebe der Alten 20 Francs und sage zu ihr: »Kauf dir selber zwei Stück!«

Sie schaut auf das Geldstück in ihrer Hand, dankt mir und sagt, schon etwas ermutigt: »Hör, mein

Sohn, wenn du Kaugummi hast, ist es einfacher für mich. Ich bin müde und krank. Meine Kehle ist ausgetrocknet, und in den Geschäften ist das Gedränge so groß wie noch nie.«

Ohne es zu merken, kaue ich lustlos weiter, und der Blick der Alten wandert flehend zwischen meinem kauenden Mund und meinen schläfrigen Augen auf und ab. Sie fügt hinzu: »Du kannst dich durch die Menge drängen, ich kann es nicht. Ich bin krank mein Sohn.«

Ihre Stimme ist voll von banger Hoffnung. Was sie sagt, ist vernünftig. Ich gebe ihr ein Stück. Sie nimmt es mit zitternder Hand und dankt mir. Ich gebe ihr noch ein zweites Stück. Sie dankt mir nochmals und nochmals, bis ich mich schäme. Ich denke, wenn ich ihr noch ein Stück gebe, dankt sie mir wieder. Wenn ich fortfahre, ihr ein Stück nach dem andern in die Hand zu drücken, hört sie nicht auf, mir für jeden Kaugummi zu danken, bis sie ohnmächtig wird oder verrückt oder tot umfällt. Ich wünschte, ich hätte ihr beide Stücke auf einmal gegeben. Die verzehrende qualvolle Anstrengung der elenden alten Leute unter solchen Umständen entsetzt mich, ekelt mich. Ich lasse sie, beschäftigt mit den beiden Kaugummi, stehen und schlendere langsam weiter, komme nur mühsam voran, wie die meisten Spaziergänger in den Straßen.

Ich nehme einen neuen Kaugummi aus der Tasche und spucke den parfümierten Lehm in meinem Mund aus ein herumstrolchender Junge klaubt meinen Teigklumpen auf bläst reinigt und reibt ihn in der Hand mustert ihn schnippt ihn in den Mund als hätte er Angst daß ihm ein anderer Elender ihn wegschnappt ich sage zu ihm spuck ihn aus will dir einen neuen geben seine Augen leuchten vor Angst und Freude kommt ein Junge wie er dazu jammert und schaut mich an und beide schauen mich an und einander und mich und wieder einander dann wieder zu mir und meine Augen lächeln ihnen zu sagt der zweite Junge zum ersten ah du hast einen gefunden gib mir die Hälfte davon nimmt der Junge den Lehm aus dem Mund wirft ihn weg schaut ihm nach und die beiden lächeln und wieder zu mir dachte ich es bleibt mir nichts übrig als weiter Kaugummi um Kaugummi zu kaufen bis der Kaugummi weg ist aus meiner Tasche weg aus den Läden weg vom Souk oder bis meine Erschöpfung mich in den Straßen zusammenbrechen läßt ein Mädchen legt den nackten Arm um den eisernen Pfosten einer elektrischen Straßenlaterne umschlingt ihn mit dem Bein und mit beiden Armen dreht sich jetzt im Kreis um ihn einem Burschen zuhörend den Blick auf ihm dann auf sich selber dann auf allen übrigen Dingen eine Frau auf einer öffentlichen Bank sitzend mit Sicht aufs Meer ihr Blick im Treiben versunken neben ihr ein Kind lutscht seinen Daumen müde Atem schöpfende Frauen drei Halbwüchsige stehen da Gestalten wie nicht recht gefüllte Würste essen eine rote Melone die roten Schnitze beidseits lieblich tröpfelnd läßt einer seine Lippen darüber gleiten und die Zunge und nochmals die Lippen beißt hinein wie sie küßend ein Bursche streckt seiner Freundin lächelnd eine große steil aufgerichtete Banane hin sagt hier sagt sie lachend laß mich nicht jetzt quietschen die Bremsen und Räder stiebend vor einem Kind das über die Straße rennt ich sage dir hier nimm habe dir gesagt nicht jetzt nachher nicht jetzt nicht jetzt wie du willst schält er den zarten Stab behutsam führt ihn zum Mund formt kunstvoll mit den Zähnen eine Eichel entfernen sich die beiden lachend die schnaufende strömende Menge stockt Autos knallen zusammen vervielfachen sich die Schreie der Frauen ein laut kreischender Mann nackt rennt außer sich um Hilfe schreiend verfolgt ihn ein anderer noch toller ein blinkendes großes Messer in der Hand auf einem Balkon taucht eine nackte Frau auf schreit verzweifelt Souilim komm zurück Souilim komm zurück laß ihn komm zurück und laß ihn die meisten die dem mit dem Messer und dem Fliehenden nachrennen Burschen und kleine Jungen dem Haus gegenüber drängen sich mehr und mehr von den Kauenden kauen jetzt schneller nervös nur zwei Stück Kaugummi habe ich übrig kein Gedränge mehr im Laden vor mir Kaugummi Kaugummi Kaugummi Kaugummi bevor die Menge sich wieder darauf und auf alles andere stürzt.

Die Kinder lärmten draußen auf der Straße.

Sie erwachte und setzte sich auf. Sie ließ ihre Beine über den Bettrand baumeln und neigte den Kopf nach vorn. Die zwei aßen in Öl getunktes Brot und tranken kaltgewordenen grünen Tee, den ihnen die Mutter im Krug hingestellt hatte. Sie schauten kauend zu ihr herüber. Sie fühlte sich hilflos, ihr war übel. Sie preßte die Hände gegen die Schläfen. Dann stand sie mit unsicheren Bewegungen auf. Sie hielt sich die Hand auf den Mund. Sie ging zur Toilette. Der üble Geruch förderte ein kräftiges Erbrechen. Der größere Bruder reichte ihr einen Plastikeimer mit Wasser. Sie sank wieder auf das Bett und stöhnte. Der kleine Bruder ging auf die Straße hinaus. Der andere saß ihr schweigend gegenüber. Sie setzten sich wieder auf. Traurig sahen sie einander an. Ihre Augen blickten trüb, voller Tränen. Sie lächelte. Beide lächelten. Sie nickte ihm zu und gab ihm einen Wink, sich neben sie zu setzen. Sie zog ihn lächelnd an sich, nahm sein kleines Gesicht in ihre Hände und trocknete seine Tränen.

Auf der Straße machten die Kinder beim Ballspielen ein großes Geschrei. Sie gab ihm ein Geldstück. Er lachte, küßte sie auf die Wange und ging hinaus. In diesem Viertel wurde das Elend immer mehr zum Freund der Erwachsenen und der Kinder. Hier schaute die Schönheit neugierig aus den kleinen düsteren Türöffnungen — dieselbe Schönheit, die in den Straßen der Neustadt verkauft wurde.

Der lahme Dichter des Viertels hatte alles miterlebt, seitdem die Leute in Hütten wohnten.

Er kannte die Kleinen und die Großen,
für einen Lohn oder ein Dankeschön
las er und schrieb Briefe für die Liebenden,
bot er Verletzten Zuspruch mit dem Koran,
und Liebenden mit Gedichten,
er spielte mit den Kindern,
er versammelte die Alten am Abend um sich.

Ein kleines Mädchen aß ein Stück Brot mit Schokolade. Sie saß auf der Schwelle ihres Hauses und betrachtete das Geschehen in der Straße. Sie aß mit Genuß. Vor ihr kauerte ein Bürschchen mit einer roten Rose, deren Stiel zwischen seinen dünnen, schmutzigen Fingern tanzte. Der Hunger in seinen Augen umwarb ihr Stück Brot. Sie hörte auf zu essen, einen Brocken nahe am Mund. Er blickte mit geblähten Nasenflügeln darauf, und lächelte sie bittend an. Ihre träumerischen Augen verlangten nach der tanzenden Rose. — Seine Hand fuhr zum Mund, und die ihre zur Nase.

Sie stand auf, goß noch einige Tropfen aus dem Krug in eine der ölverschmierten Tassen und trank die trübe Flüssigkeit. Dann rieb sie sich die Augen. Sie holte ein Päckchen milde Zigaretten aus ihrer Handtasche. Sie setzte sich auf das Bett und steckte sich eine an. Rauchend schaute sie auf das Bild ihres Vaters, in einem kleinen Rahmen an der feuchten Wand. Sie mußte heftig husten. Das erinnerte sie an das Husten des Vaters und die Fäden von Blut, die er gespuckt hatte. Es wurde ihr wieder schlecht. Sie warf die Zigarette weg und ging hustend zur Toilette, wo sie unter großer Anstrengung etwas Speichel erbrach. Es erinnerte sie an den Speichel der Betrunkenen, an ihr Lallen und ihre Brutalität inmitten von Stimmengewirr, Gesang und Rauchschwaden. Sie stellte sich vor den Spiegel nahe beim Bett. Da war ihr schmieriges Nachtgesicht, rot mit triefenden Augen. Sie legte die Hände vor dem Leib zusammen und preßte sie mehrmals gegen die Rippen, so daß ihre Brust hervorsprang. Sie untersuchte die Brüste. Sie waren fest. Seufzend setzte sie sich aufs Bett. Sie entblößte die Beine und strich über die borstigen Haare, die sie schon länger nicht mehr rasiert hatte. Sie zog sich gerne für sich selber aus, lieber als für die Männer. Man sagte, die untere Hälfte ihres Körpers sei verführerischer als die obere.

Rosennarr, so nannten ihn die Leute der Nachbarschaft. Der lahme Dichter wird dies bezeugen. Der Rosennarr lebte mit seiner Mutter in einer Hütte. Jeden Morgen gingen sie zusammen zum Souk und kamen erst am Abend wieder zurück. Sie bettelte, und er verteilte seine Rosen an Frauen und schöne Mädchen. Er verlangte nichts von ihnen. Die Rosen kaufte er vom Geld seiner Mutter oder er stahl sie. Mehrmals wurde er verhaftet und verurteilt, aber aus Mitleid mit seinem Rosenfimmel begnadigte man ihn. Seine letzte Rose warf er immer der Bewohnerin des Erdgeschosses hin. Eines Tages warf sie ihm aus Rührung über seinen Fimmel ein Tuch zu. In jener Nacht träumte er von Rosenbeeten, in denen er Blüten schnitt, während aus dem Fenster der Frau lauter Tücher geflogen kamen. Der Tag des Tuches war besser als tausend Tage. Diese Frau bedeutet mein Heil seit jenem Tag, so sagte er zu allen, die er kannte. Sogar seine Lebensgeschichte teilte er danach ein: Dies war vor dem Tag des Tuches und das nachher. Auch die Frau selber war nachher nicht mehr dieselbe wie vorher. Er gab seine Rosen nicht mehr allen Frauen. Der Strauß, gekauft oder gestohlen, war nun einzig für die Frau mit dem Tuch bestimmt. Daß sie am Fenster war, wenn er mit den Rosen kam, war eine Art Abmachung zwischen ihnen, ein Rendezvous. Als aber ihr Mann von seiner Erkältung genas, nahm er den Geruch des Rosennarren auf dem Körper seiner Frau wahr. Und als er seine Augenkrankheit überwunden hatte, sah er den Narren, der aus dem Fenster sprang, dann seine Frau, die flugs durch die Tür schlüpfte und dem Rosennarren nachrannte. Er selber war zu dick, um die beiden zu verfolgen.

Sie machte ihr Nachtgesicht mit Puder zurecht und träufelte sich eine blaue Flüssigkeit mit einem teuren Duft in die Augen. Aus ihrem kleinen Kleiderschrank holte sie das durchsichtigste, weichste und engste Kleid heraus, dazu schöne silberne Schuhe mit hohen Absätzen. Diese wickelte sie in die Seite eines ausländischen Magazins, das sie eigens dafür gekauft hatte. Sie zog die alten Schuhe an und klemmte die neuen unter den Arm. Bevor sie hinausging, warf sie noch einen Blick auf ihr großes Portrait, das sie in ihren schönsten Kleidern zeigte. Sie hatte es anfertigen lassen, als sie groß geworden war und selber Geld verdiente. Ihr kleiner Bruder saß vor der Tür und spielte mit einem Kätzchen, indem er eine Papierkugel an einem Faden zog. Davor lag ein magerer Hund im Schatten. Schläfrigkeit und Müdigkeit überwältigten den Knaben. Er ließ von dem Tier ab und kam herbei, um sie zu verabschieden. Sie gab ihm ein Geldstück und küßte ihn. Er bat sie, am Abend früh zurückzukommen, bevor er zu Bett gehen mußte. Der andere Bruder spielte weiter weg Fußball, mit einer Mannschaft von Jungen der Nachbarschaft. Frauen und Kinder drängten sich mit Geschrei und Schimpfworten um den öffentlichen Wasserhahn in der Straße. Ein kleines Mädchen verrichtete sein Geschäft neben dem Zaun. Mit einem Holzstück stocherte es in seinem Kot und roch dann daran. Ein abgemagerter Hund schlich um es herum, er machte große Augen und wedelte mit dem Schwanz. Zwei junge Frauen beschimpften einander wegen der Reihenfolge ihrer Wassereimer. Die eine hob ihren Rock, entblößte ihr Hinterteil und sagte zu ihrer Widersacherin: »Du bist mir nicht so viel wert wie das!«

Die andere hielt ihr den gereckten Mittelfinger vors Gesicht, dann gingen sie mit Tritten, Knüffen und Flüchen aufeinander los. Einige Jungen, die an eine Wand gelehnt auf der Erde saßen und gelangweilt rauchten, schauten belustigt zu. Einer der Burschen pfiff ihr auf dem Weg in die Stadt anzüglich nach und lachte, während zwei kleine Kinder sie bedrängten. Sie gab beiden ein Geldstück und ging weiter durch den Schmutz, erniedrigt und verwirrt. Manche schauten sie voller Bewunderung an, andere mißbilligend und neidisch.

Am Ende der dreckigen Gasse wechselte sie die Schuhe und versteckte die alten. Dann ging sie auf der geteerten Straße in Richtung der Neustadt.

Der lahme Dichter des Viertels berichtete über diese Art von Vorfällen dort, auch über Dinge in der Stadt, die er nicht selber miterlebt und gesehen, sondern nur von Zeugen gehört hatte. In seinen Aufzeichnungen heißt es:

»Gestern habe ich wieder in Funktion von Nullen über mein Dasein nachgedacht. Von der Rechten bis hin zur Linken mußt' über Nullenwerte ich nachdenken. Ich überlegte mir alles, in Funktion von gar nichts. ›Man frage ihn nicht nach seinen Taten, während doch sie befragt werden‹, heißt es im Koran. Was dich von rechts ereilt, ist von Gott, und was von links kommt, von dir selber. Gott teilt, und ihr bringt zusammen. Ihr seid in keiner Sache ausgewogen, Gott aber ist der Gerechteste in seinen Rechnungen. Alle Götzenbilder zerschlagen, das ist alles, was ihr könnt. Aber Gott braucht keine List gegen euch, wenn ihr alles zerstört, was ihr für euch gebaut habt. Sex! Sex! Sex! Das ist euer Elend. So sucht euer Glück im Versprechen, falls ihr geduldig und gläubig seid! Ich meinerseits bin aufgebracht über diesen Hunger, der bis zum Tod nie aufhört. Ich erinnere mich nicht mehr an meine Überheblichkeit, die mich am Lieben hinderte. Die süße Ferne war mein einziger Trost. Immer wieder überwältigte mich die Fleischeslust, die viel stärker als meine Zurückhaltung war. Die, die ich gerade begehrte, kam nie zu mir, die, deren Weggehen man bereut, und deren Bleiben einen langweilt. Die Schönheit, ach! Was ist die Schönheit, die mich hinreißt, sie zu besitzen, und sich zugleich über mich lustig macht? Nie habe ich eine einzelne Frau verstanden, außer in einer Aufwallung meiner Einbildungskraft: in einer ganzen Reihe von Schlucken, nicht in einem. Vielleicht habe ich an alle gedacht. Meine Wünsche waren auf sie alle verteilt. Das Leben, das ich mir vorstellte, habe ich nicht gelebt. Ein Vergessen dessen, der es gelebt hat und nicht daran dachte. Das ist das Bekenntnis des letzten Glases, während der letzte Freund mich verläßt. Das Vergessen dessen, was in seinem Fernsein liegt. Ich habe einen Freund, der die Schönheit überwindet wie ich, der mich vor seiner Gattin verabscheut und vor den Augen der in meinem Leben an mir vorübergehenden Frauen liebt. Das Vergessen dessen, der des vertrauten Gesichtes überdrüssig ist. Ich trieb mich drei Tage lang im verbotenen Haus einer Frau herum, um sie zu erobern, und dann blieb ich nicht länger als einen Tag in dessen Sonnen- oder Mondenschein. Der Vollzug des Aktes ist die ganze Ehre jenes Freundes, und dies ist mir zum Wort der letzten Nachtstunde, des letzten Glases und der vollendeten Pleite geworden. Hätte ich mich immer der Pflicht widersetzt, wer würde mich nach der Lehre beschuldigen oder richten? Wir sind Brüder in der freien Wahl, und Feinde unter Zwang.

Die Unverheirateten dieser Stadt widmen sich der Nacht und dem Glas wie ich, oder dann einem gerechten Lohn und dem Auswandern, bevor sie dreißig sind, einer Flucht vor dem Wahnsinn, oder Unwissenheit und Tod. Ich bin heute allein mit meinem Glas, wie die, die in Weinstuben und Bordelle flüchten — vielleicht holen sie etwas heraus aus ihrem Alleinsein. Sie schwören auf den Wein am Abend und verfluchen ihn am Morgen. Jede Seele hat ihre eigene Einsamkeit, ihre eigene Erhabenheit und ihren Fluch gekostet. Ich habe jedoch in jedem Bordell Schwestern und Schwestern meiner Freunde gefunden. Ich habe gesehen, wie der Taumel der Nacht ihre Schminke auflöst, ihre Überzeugungen zermalmt, und ihre Zähne waren schon in der Blüte ihrer Jugend angefressen. Ich habe gehört, wie sie die Tugend ihrer Kindheit wieder herbeisehnen, in den Liedern, die ihnen im Gedächtnis geblieben sind, in den traurigen Erzählungen und den verfilmten Liebesgeschichten, in ihren frischen und ihren verblassenden Erinnerungen.

Dies ist das Bekenntnis des letzten Glases, des letzten Rappens und des letzten Freundes, der in eine Welt verreist, deren Erkundung mir in Zeiten ohne Pass und Geld versagt blieb.«

Als sie auf der Hauptstraße angekommen war, betrat sie eine Bank. Sie zog einen Scheck aus ihrer hübschen, teuren Ledertasche. Mit Mühe, mit zitternden Händen unterschrieb sie. Der Kassierer schaute neugierig auf den Scheck und musterte sie. Sie hob 200 Dirham ab und ging verstört hinaus. In einem Kiosk kaufte sie eine Frauenzeitschrift mit Bildern und eine goldene Schachtel Zigaretten. Im Teehaus der Madame Porat kam die hübsche Kellnerin herbei und stellte sich artig neben sie. Sie wußte, daß sie Großzügigkeit erwarten konnte. Die nächtliche Anstregnung zeigte sich in der Heiserkeit ihre Stimme, als sie bestellte.

»Bring mir einen Orangensaft, eine kalte Milch, und Toast mit Butter und Konfitüre.«

Auf dem großen Souk rief ihre Mutter, mit einem Auge stets bei dem Wächter, der drüben Händler wie sie vertrieb: »Zwiebeln! Rettich! Limonen!«

Auf der Straße in ihrem Viertel schrie ihr Bruder im Spiel: »Tor!«

Der jüngere Bruder spielte neben dem lahmen Dichter mit dem Kätzchen, daneben döste der magere Hund. Ein Kind, das einen sterbenden, zahmen Vogel in der Hand trug, pinkelte genüßlich auf ihre Schuhe, die sie in einer Hecke versteckt hatte.

DER SARG

Er setzte sich am Abend immer in sein Stammcafé, legte seine schwarze Zigarettenschachtel vor sich auf den Tisch und bestellte — meistens — Milchkaffee. Bevor er sie anzündete, drehte er die Zigaretten immer erst zwischen den Fingern, um den Tabakstaub herauszuklopfen. In dieser Stadt hatte er keine Freunde. Seine wenigen Kameraden kamen aus seinem Heimatort, oder er traf sie an einem Wochenende in seiner Stadt.

Wenn normales Wetter herrschte, setzte er sich auf die Terrasse des Cafés, um die Passanten oder auch sich selber zu betrachten. Sein Schlafzimmer war dunkelbraun gestrichen und hatte schwere, schwarze Vorhänge. Es war Tag und Nacht düster. Das andere Zimmer war dunkelrosa mit durchscheinenden Vorhängen von fahlem Himmelblau. Wenn er abends heimkam, nahm er ein Glas warme Milch oder eine Suppe zu sich, die er mit einer Prise Knoblauchpulver würzte. Die meisten Küchengeräte waren aus Ton oder Holz. Die Möbel im Schlafzimmer waren einfach und alt. Er hatte sie auf dem Flohmarkt gekauft. Der Teppich war aus Wolle. Er zog die Schuhe aus und setzte sich im Dunkel auf das niedrige Bett. Er rauchte und hörte sich eine Musikkassette an, orientalische Volksmusik oder europäische Klassik. Um Mitternacht suchte er seelische Ruhe. Er zog dann ein Hemd und eine Pluderhose an und stieg barfuß in den Sarg. Er schloß den Deckel über sich. Der Sarg hatte oben und an den Seiten Luftlöcher. Ein lebendiger Leichnam bin ich, und doch kein toter Lebender, sagte er. Wenn er sich aus seinem Ort der Ruhe erhob, ging er in sein Atelier, um zu arbeiten.

Da blieb einer vor ihm stehen, eine vernachlässigte Erscheinung, gehetzt, mager und mit strengen Zügen. Sein Blick war starr auf ihn gerichtet, dann beugte er sich nieder, umschlang ihn mit den Armen und küßte ihn auf den Mund. Als er sich wieder aufrichtete, sagte er: »Wie lange habe ich nun schon in meinen Träumen nach dir gesucht und dich nie gefunden!«

Mit einem langen Blick verabschiedete er sich, dann verschwand er wieder unter den Passanten. Der so Bestürmte blieb einen Augenblick lang verblüfft sitzen. Einige Leute auf der Terrasse des Cafés lachten. Andere blieben lächelnd stehen und scharten sich um ihn.

Der Kellner fragte: »Herr Nadil, was hat er Ihnen getan?«

»Ich weiß nicht.«

»Kennt er Sie?«

»Ich weiß es nicht.«

»Seltsam. Eine wahre Katastrophe. Er muß verrückt sein. Die Stadt ist allmählich voller Verrückter.«

Die Gäste flüsterten miteinander und schauten auf Nadil. Der Kellner stand immer noch da. Ein Schwindel ergriff ihn, und die Dinge verschwammen vor seinen Augen. Er verließ das Café. Im langsamen Dahinschreiten verlor sich seine Blindheit.

Da kam der auf mich zu und sagte: »Kommst du mit mir?«

»Was sagen Sie?«

»Kommen Sie doch mit mir, wenn Sie wollen!«

Schlank war er, hatte strenge Züge, eine saubere Erscheinung, und er schaute mir scharf in die Augen.

»Seit langer Zeit suche ich schon nach einer Frau, wie Sie es sind. Ich würde mich freuen, wenn Sie mir Gesellschaft leisten. Vielleicht treffen wir uns nie wieder. Kommen Sie mit mir, ich sehne mich nach Ihnen. Ich will Ihnen ein Geheimnis verraten, das Sie unbedingt wissen müssen.«

»Sind Sie verrückt oder was?«

»Ich weiß ein großes Geheimnis für Sie.«

»Suchen Sie sich eine, die so verrückt ist wie Sie selber, der Sie Ihr Geheimnis verraten können!«

Ich lachte ihn aus und ließ ihn stehen. Dabei achtete ich darauf, daß er mir nicht folgte.

Ich sprach andere Frauen an. Sie lachten mich aus und verfluchten mich. Bei der Spanisch-Maghrebinischen Bank sah ich sie, wie sie neben dem Eingang stand, blond, traurig, bleich und fleischlos. Diese Haltung gefällt mir. Die Kleider kleben ihr nicht am Körper — ich hasse Frauen in Hosen. Ich näherte mich ihr. Dabei dachte ich, ich könnte sie so kräftig an den Armen packen, wie jener eigenartige Mann vorhin, und sie küssen. Aber vielleicht käme sie dann nicht mit. So begnügte ich mich mit dem, was ich den anderen schon gesagt hatte.

»Kommst du mit mir?«

»Wohin?«

»In meine Wohnung.«

Sie ließ mich ihren schönen Korb tragen, der mit Kleidern vollgestopft war, und ging neben mir her.

Vor der Türe blickte sie an den sechs Stockwerken

hinauf, bevor sie eintrat. Ich öffnete ihr die Tür des Liftes und gab ihr den Korb.

»Drück auf Nummer drei. Ich bin es gewohnt, die Treppe hinaufzusteigen.«

Ich ging voran und schaltete die Gangbeleuchtung ein. Dann bedeutete ich ihr, sie möge in das düstere Schlafzimmer gehen. Ein Lichtschimmer fiel aus dem Korridor in das Zimmer. Sie ließ sich auf dem Bett nieder. Ich zündete die blaue Nachttischlampe an.

»Ich habe Bier, Whisky und Gin.«

»Wein, falls du welchen hast.«

»Ich gehe in den Laden an der Ecke und kaufe eine Flasche.«

Als er hinausgegangen war, zog ein länglicher Gegenstand meine Aufmerksamkeit auf sich. Nachdem ich ihn eine Weile betrachtet hatte, übermannte mich die Neugier. Ich stand auf, ging vorsichtig darauf zu und sah ihn nochmals genau an, bevor ich ihn berührte. Ich zog die weiße Decke, die darüber lag, mit zitternder Hand weg. Mir standen die Haare zu Berge, und es packte mich am ganzen Körper. Keuchend stürzte ich zur Tür und öffnete sie. Da spürte ich, wie eine phantastische Kraft mich zurückhielt, wie ich ganz aus der Fassung geriet. Doch ich überwand mich und rannte die Stufen hinunter. Als das Licht im Treppenhaus erlosch, prallte ich mehrmals an die Wand und mußte mich am Geländer festhalten. Dann ging plötzlich eine Tür auf, und ich blieb wie angewurzelt stehen. Ein Mädchen erschien in der erleuchteten Türöffnung. Ich grüßte sie, sie schüttelte den Kopf und schaltete die Beleuchtung wieder an. Da legte sich meine Aufregung, und ich stieg langsam abwärts, sie hinter mir.

Bei der Eingangstür begegneten wir einander.

»Was ist los, bleibst du nicht?«

Ich stotterte halb erstickt.

»Nein ... danke ... ich will gehen.«

Er zog eine Fünfzigdirhamnote aus der Tasche und schob sie mir in die Hand. Ich sah sie an und versuchte, meine Ruhe wiederzufinden. Fast wäre ich geblieben, aber der Schreck saß mir noch tief in den Knochen. Ich bedankte mich und ging fort.

Er löschte die Nachttischlampe und ließ nur die Beleuchtung im Gang brennen. Er setzte sich, um zu rauchen und aus der Weinflasche zu trinken, die er für die Frau gekauft hatte. Von ferne ertönte der Ruf zum Nachtgebet. Er hatte den Morgenruf lieber; er vertiefte seine Einsamkeit, wie er sagte. Er warf einen Blick auf ihren Korb und auf den Sarg, dessen Überwurf abgerutscht war. Eine Lebendige hätte ich lieber tot, und bei einer Gestorbenen möchte ich, daß sie noch am Leben wäre. Ich liebe träumerische Frauen, um ihren Traum zu vergewaltigen. Die Frau ist nichts als ein vergewaltigter Traum. Das ist besser. Meine Argumentation füllt meine Worte gar nicht aus. Du fürchtest dich vor dem Leichnam, und dabei hast du ihn vielleicht selber getötet. Du gehst nun durch die Straßen der Stadt, welche die tollwütigen Hunde lecken, während ich mein Leben in einer Toilette wieder zurückzugewinnen suche.

Gegen Mittag kehrte er in seine Wohnung zurück, um zu ruhen. An diesem Abend brauchte er nicht zu arbeiten. Bei der Tür fand er das Kopftuch seiner Schwester. Sie kam einmal oder zweimal im Monat, um seine Wohnung zu putzen und die Ordnung in den verstreuten Einrichtungsstücken wiederherzustellen. Sein Bruder und seine Schwester waren da. Und es brannte ein Feuer im Kamin, neben dem Brennholz aufgeschichtet war, das von dem Sarg stammte. Sein Bruder machte mit dem Hammer Scheite daraus. Erstaunt sahen die beiden ihn an und beobachteten, wie ihm die züngelnden Flammen und das Geräusch der Schläge, die die Sargbretter trafen, zusetzten. Die Vorhänge waren nicht zugezogen, und die Frühlingssonne schien hell in eine Ecke des Zimmers. Er wollte sich setzen, aber da kam ihm das Gemälde des Sarges in den Sinn. Wütend ging er in das Atelier. Das Bild war an seinem Platz. Er kehrte zurück, setzte sich und zündete sich eine Zigarette an. Zerstreut schaute er, was schon verbrannt war und was nicht. Seine Schwester fragte ihn: »Was ist los mit dir?«

Er zeigte auf die Stücke des zerschlagenen Sargs.

»Ihr seht es ja: das.«

»Was soll dieser Sarg hier?«

»Ein Liebhaber von Särgen kaufte ihn mir. Ich sollte ihm ein Bild davon malen.«

»Brauchst du unbedingt einen Sarg vor dir, um einen zu malen?«

»Es sollte ein realistisches Bild sein.«

»Aber du sagst doch immer, die Abstraktion enthalte mehr Wahrheit als der reale Gegenstand.«

»Ja.«

»Also?«

»Dies ist eine Auftragsarbeit, und ich muß mich an die Wünsche des Kunden halten.«

»Aber du hast doch überhaupt noch nie realistisch gemalt.«

»Das stimmt.«

»Also?«

»Nun ja.«

»Warum hast du es gemalt?«

»Wegen der fünftausend Dirham.«

»Das wußte ich nicht.«

»Du hättest den Sarg nicht einfach zerschlagen dürfen.«

»Stimmt.«

Die Schwester sagte: »Ein Sarg im Zimmer ist kein gutes Omen.«

»Warum?«

»Er bringt Unglück.«

»Wer sagt das?«

Sie schaute ihn an und wußte nicht weiter.

Nach einem Moment des Schweigens verlangte er den Wohnungsschlüssel, den sie immer aufbewahrt hatte. Mit tränenden Augen rückte sie ihn heraus. Sie legte die Hand vor die Stirne, um die Augen zu verdecken, und begann leise zu schluchzen.

Ich sah sie dort stehen, am gleichen Ort. Wir lächelten einander zu.

»Warum kommst du nicht, um deinen Korb zu holen?«

»Entschuldige, was letztes Mal passiert ist. Ich bin nachher nach Tetuan gefahren.«

»Das ist nicht so wichtig. Ich weiß, was dich erschreckt hat.«

Als wir nebeneinander hergingen, drängte mich eine gewaltige Kraft, sein dunkles Geheimnis zu lüften. Zu Hause servierte er mir Wein. Dann zeigte er mir sein Atelier und die Bilder. Es waren lauter Darstellungen von Geistern und menschlichen Skeletten, ohne Fleisch und Blut. Aber sie marschierten und versammelten sich auf den Plätzen, sie schrien und protestierten. Da waren Fischerboote auf dem Strand, einige davon zerschlagen. Alles war in fahlem Gelblichgrau und in dunklem Karminrot gehalten, zerrissene Netze und ein aufgewühltes Meer. Ich fragte ihn nach der Bedeutung des Bildes eines Gekreuzigten, in dessen Stirn und Füße Nägel getrieben waren, und den eine Gruppe von Schemen betrachtete. Er sagte: »Die Leute sind am Morgen aufgewacht und haben einen Gekreuzigten gefunden.« Ich schaute wieder das Bild des Sarges an.

»Deswegen also hattest du den Sarg in deinem Zimmer!«

»Nachdem das Bild davon fertig war, habe ich herausgefunden, daß ich darin auch seelische Übungen machen konnte.«

»Seelische Übungen?«

Er pflegte eine Stunde darin zu schlafen, um die Müdigkeit loszuwerden und die Nerven auszuruhen. Er sammelte so seine Konzentrationskraft. Derselbe Schreiner wie beim letzten Mal machte ihm in seiner Wohnung einen neuen Sarg, versteckt vor der Neugier der Nachbarn. Er las im allgemeinen nicht viel, aber wenn er ein Buch angefangen hatte, hörte er bis zum Schluß nicht mehr auf. Wir sprachen auch nicht viel miteinander. Er kaufte mir arabische und französische Romane. Er behandelte mich mit vollendeter Freundlichkeit. Aus Gefälligkeit machte ich sogar bei seinen seelischen Übungen mit. Als ich mich zum erstenmal in dem Sarg ausstreckte, überfiel mich eisige Angst, aber dann wurde es wirklich zu einem seelischen Training.

Er ließ einen Brief und dreihundert Dirham auf dem Tisch für mich zurück:

Meine Liebe Naima, ich hoffe, Du denkst nichts Böses von mir. Ich werde weit wegfahren. Ich werde diese Stadt fliehen, wie jene, die einst gehofft hatten, in ihr zu sterben. Ihr Fluch lastet schwerer als derjenige dieser Leute. Wie habe ich ihre Vagabunden geliebt, die sich um jeden Neuankömmling versammelten! Sie waren verrückt nach seinen Neuigkeiten, sie verbündeten sich über seinen alten und jungen Untaten und über seinen üblen Abenteuern, und die Schlauen hielten zu den Dummköpfen in den Strassen.

Ich bin nicht gewohnt, mich von denen zu verabschieden, die mir lieb waren. Ich glaube nicht, daß wir uns einmal wiedersehen werden. Es ist wohl besser, du gehst zurück nach Nador. Vielleicht bekommst du Schwierigkeiten, weil du keine Papiere hast und keinen Beruf, den du ausüben könntest. Nimm von der Wohnungseinrichtung, was du willst und was du brauchen kannst. Und gib den Schlüssel der Concierge. Ich werde meinem Bruder schreiben, er soll ihn bei ihr abholen. Ich wünsche Dir, was Du Dir selber erhoffst. Meine Liebe bleibt Dir.

Kaum war ich mit dem Lesen fertig, da überfielen mich Angst und Einsamkeit. Das Zimmer erschien mir bedrohlich. Ich zündete das Licht an, auch im Korridor, dann begann ich meine Sachen in die Koffer zu packen. Ich zitterte am ganzen Körper. Mich beschlich das Gefühl, es könne jemand in dem Zimmer sein. Ich ging und öffnete die Tür, um nachzusehen. Dann kam ich schnell zurück, um mein Zeug zusammenzuraffen. Da hörte ich die Türe in den Angeln quietschen. Wieder erschrak ich und sah noch einmal nach. Ich mußte mich auf einen Stuhl stützen. Für einen Moment kam mir der Gedanke, Nadil sei verrückt gewesen. Aber nein, er ist zu klug für den Wahnsinn. Ich betrachtete den Sarg. Mein Herz klopfte heftig. Zu klug für den Wahnsinn. Ich irre mich. Schritte näherten sich der Türe. Wieder fuhr ich hoch und sah hinaus. Ein Nachbar ging an der Wohnungstür vorbei und die Treppe hinunter. Ich warf einen letzten Blick auf den Sarg und ging hinaus.

Erst vor der Tür der Concierge fiel mir ein, daß ich den Schlüssel irgendwo oben hatte liegenlassen.

ES IST VERBOTEN, VON DEN FLIEGEN ZU REDEN

An die Tage im Gefängnis, die ich nicht gezählt hatte, verschwendete ich keinen Gedanken. Mich beschäftigte vor allem die Folter — viel mehr als das Vergangene, obwohl diese Zeit sehr schwer gewesen war.

Zwei Stunden oder mehr vergingen. Nun war ich überzeugt, daß ich mein Zeitgefühl und die Beziehung zur Außenwelt viel schneller verlieren konnte, als ich geglaubt hatte. Manchmal dachte ich, was hindert sie denn daran, endlich mit der Folterung anzufangen?

Da spürte ich, wie der Wagen anhielt. Die Tür öffnete sich, und eine unsichtbare Person sagte: »Steig aus!«

Ich dachte, dies sei vielleicht eine List, um mit der Folter zu beginnen. Also zögerte ich. Die gleiche Stimme mahnte: »Steig aus, sage ich!«

Zitternd und mit eingezogenem Kopf kletterte ich hinaus. Schwindel überkam mich, und ich schwankte. Ich fühlte mich ganz schwer. Kalter Nachtwind schlug mir ins Gesicht. Man stieß mich vorwärts. Der Wagen fuhr ein Stück zurück. Fast wäre ich hingefallen. Ich hörte, wie die hintere Tür des Autos zuschlug. Ein großer Platz, ganz leer, auf dem sich Elend mit feuchtem Staub vermischte. Wo lag diese Stadt? Es mußte im Norden sein. Warum haben sie mich an einen anderen Ort gebracht? Wollen sie mir hier nur neue Schwierigkeiten machen? Von der

Dunkelheit in die Finsternis: im Dunkeln hatten sie mich verhaftet, und im Finstern haben sie mich freigelassen. Hinter mir ertönte die Stimme des Mannes, der zu seiner Begleiterin sagte: »Dies wird deine Nacht sein, du sollst wissen, wer ich bin!«

»Mach mit mir, was du willst. Aber du hast unrecht. Zwar haben wir miteinander getrunken, aber ich werde dir nie erlauben, mit mir zu schlafen.«

»So? Und das soll ich dir abnehmen?«

Sie ignorierten mich. Ihre Stimmen wurden langsam leiser, dann erregt. Sie blieben stehen, sahen einander an. Er zog sie an sich, preßte sie, versuchte sie niederzuwerfen. Sie schrie vor Schmerz. Sie flehte ihn an: »Bitte, nicht hier!«

»Du verdienst es, gerade hier. Sogar mehr als das verdienst du.«

»Die Leute sehen uns! Mach es nicht hier mit mir, bitte!«

»Die Leute sind mir egal, jetzt mache ich es mit dir.«

Er warf sie nieder und löste ihren Gürtel.

»Ich bitte dich, mach was du willst mit mir, aber nicht hier!«

Er richtete sich auf, zitternd vor Erregung, und ließ von ihr ab. Auch sie stand zitternd auf und folgte ihm. Nichts konnte ohne ihn geschehen. Vielleicht war das wahr — oder war es Unsinn?

Ich setzte mich langsam und vorsichtig in Bewegung. Da näherte sich mir jemand, blieb stehen, wandte sich dann in die gleiche Richtung wie ich. Er beugte sich über einen Kanister am Weg und sprach zu ihm: »Was hast du? Du bist nun leer? Nicht wahr? Wer hat dich durchlöchert? Wer hat dich geleert? Du willst mir nicht die Wahrheit sagen, aber die Leute wissen schon Bescheid. Sie haben dich kaputtgemacht und hier liegenlassen. Sag mir, mein bester, mein lieber Kanister, sie haben dich verjagt, nicht wahr?«

Er schaute mich mit durchbohrendem Blick an, schnürte mir geradezu die Luft ab, mir oder einem anderen. Ich sah, wie er sich in der Ferne nochmals nach mir umdrehte und dann verschwand.

Am Anfang einer großen Allee sah ich ein Plakat an der Wand. Das Portrait eines Künstlers, wie üblich, ein Schauspieler oder ein Sänger — aber nein, was war das? Ein Bild von mir? Warum? So groß? Es wurde immer deutlicher. Ich konnte mir nicht erklären, wie man ein derart gutes und genaues Bild von mir hatte machen können, ohne daß ich es gemerkt hatte. »Amarouche El Temsamani. Es ist verboten, mit dieser Person zusammenzuarbeiten, unter welchen Umständen auch immer. Wer diese Warnung mißachtet, wird nach dem Gesetz bestraft, das im Falle einer Kollaboration erlassen werden soll.«

War das nun die Folter, war es das, was sie sich ausgedacht hatten? Einige der anderen Plakate in der Straße waren am Rande eingerissen. Bei einem, das an einer Wand hing, waren die Augen weggekratzt. Ohne Zweifel hatte der, der das getan hatte, gewünscht, man solle mir die Augen auskratzen. Vielleicht hätten sie es auch getan, wenn sie gewollt hätten. Sie haben schon Schlimmeres getan. Wer hätte sie daran hindern können?

Mein Plakat war überall angeschlagen, in den Läden, den Cafés, den Restaurants, drinnen und draußen. Vielleicht fand sich die Bekanntmachung auch in anderen Städten.

Ich gelangte zu dem Platz mit den Cafés. Er fiel mehr auf als die anderen größeren Plätze. Mein Bild hing an den Fassaden und Wänden. Ich sah einige Leute, die mit ihren Blicken und ihren Fingern auf mich zeigten. Ich fühlte eine Leere in meinem ganzen Körper. Ich setzte mich auf einen der Stühle im Café Central. Der Kellner schlief. Ein anderer kam hinter dem Buffet hervor und weckte ihn. Noch aus dem Hintergrund sagte er zu mir, während er seine Augen rieb: »Bitte, stehen Sie wieder auf!«

Ich sah ihn nur an. Da fügte er hinzu: »Sie wissen genau, weshalb.«

Ich bedankte mich mit einem Nicken und ging. Die Leute hatten also nichts gegen mich, sie waren nur gezwungen, sich von mir fernzuhalten. Jeder Versuch, in einem anderen Café war lächerlich; die Reaktion würde die gleiche sein. Vielleicht würden sie mich sogar von oben herab behandeln, und ich konnte mich nicht verteidigen.

Am Anfang des Gäßchens, in das ich eingebogen war, lag ein kleines Restaurant. In der Auslage sah ich gebratenen Fisch, geröstetes Huhn, Stücke von rohem Fleisch, gekochte Eier und Gewürzkräuter. Ich blieb davor stehen. Männer und Frauen rauchten und tranken vor Tellern mit Speiseresten. Sie waren fröhlicher Stimmung und rissen Witze. Der dösende Kellner sprang plötzlich auf und kam langsam zur Tür. Er sagte kein Wort, sondern betrachtete mich von Kopf bis Fuß. Seine Augen schienen zu sagen: Los, geh weg von unserem Restaurant!

Ich ging weiter. Hinter mir waren lachende Stimmen. Ich konnte fünf oder sechs Köpfe sehen, die mir nachschauten, aber niemand überschritt die Schwelle. Sollte ich meinen Kopf gegen die Wand schlagen, bis ich umfiel? Das wäre wenigstens eine Folter gewesen, die ich für mich selber ausgesucht hatte — aber wie konnte ich sicher sein, daß dies die beste Lösung meiner Probleme war? Gab es keinen anderen Ausweg? Ich schlug eine andere Richtung ein. Müde stieg ich Stufen hinauf. Da war eine schöne Plattform, ein herrlicher Blick aufs Meer. Das Wasser leuchtete im Licht der Schiffsscheinwerfer wie eine Fata Morgana. Ich setzte mich auf die Bank aus Granit. Wie sollte ich mit meinem Schicksal fertig werden? War das nun die einzige Art von Folter? Wie lange sollte sie dauern? Ich legte mich nieder. Meine Müdigkeit ließ etwas nach. Vielleicht war dieses Urteil nur ein lächerliches Theater, dessen Held ich war und das die Bewohner dieser Stadt sprengen würden. Vielleicht bot mein Fall auch nur die Gelegenheit, ein neues Gesetz anzuwenden. Alles war möglich, solange es Leute gab, die sich auf Kosten anderer lustig machen wollten. Vielleicht verschmolzen in diesem Urteil auch Belustigung und Strafe miteinander. Jede Möglichkeit mußte ich in Betracht ziehen.

Ich nickte ein. Plötzlich fühlte ich eine Hand, die meine Brieftasche aus der Innentasche meiner Jacke herauszog. Ich schreckte aus meinem süßen Traum auf.

Der Mann sagte: »Rühr dich nicht. Wir tun dir nichts!«

Ein Zweiter fügte hinzu: »Du weißt ja genau, daß du das Geld nun nicht mehr brauchst. Sogar dich selber brauchst du nicht mehr.«

Ich sagte kein Wort.

Der erste meinte: »Du kannst ruhig weiterschlafen, ich glaube nicht, daß dir einer etwas antun will.«

Sie gingen wieder. Ein hübscher Anblick, wie sie lachend die Treppen hinunterstiegen. Sie verschwanden, als ob sie in einen Brunnen hinunterkletterten. Also wußten sie alles über mein Schicksal. Sogar mehr als ich über mich selber wußte. War das alles geschehen, weil ich einen Artikel über das Betteln geschrieben hatte? Meine Brieftasche hatte ich völlig vergessen. Seltsam. Warum hatten sie sie mir nicht weggenommen, als sie mich einsperrten oder als sie mich freiließen? Ich kam zu der Überzeugung, daß mein Fall komplizierter war, als ich gedacht hatte. Wieder näherten sich Stimmen, zwei, drei, fünf ...

Auf einmal gingen sie daran, mich auszuziehen. Einer von ihnen hustete mir ständig ins Gesicht. Ich hatte Angst. Erst als mich keiner mehr berührte, wurde ich ruhiger. Sogar diese Ausgestoßenen behandelten mich mit Rücksicht, manierlich und heiter.

Einer nach dem andern verzogen sie sich. Jeder prüfte, was er mir abgenommen hatte. Mich ließen sie völlig nackt zurück. Zweifellos wußten auch sie alles über mich, so daß ich nicht einmal mehr eine Bedeckung für meine Blöße brauchte. Ich konnte ihnen keinen Vorwurf machen, wenn ich tatsächlich nicht einmal mehr mich selber brauchte. Sie hatten schon recht, wenn sie doch dieser Dinge bedurften.

Ich begann wieder zu zittern. Meine Angelegenheit diente doch nicht zur Belustigung der Leute: Da kamen drei Männer. Der erste trug einen Eimer, der zweite ein Stück weißes Tuch und der dritte eine kleine rote Büchse. Sie setzten sich auf die andere Bank zur Linken. Zerstreut blickten sie ins Leere und rauchten. Als ich mich rührte, blickten sie zu mir herüber. Ihre Augen verrieten Besorgnis. Einer sagte: »Hör zu! Wenn du willst, können wir mit dir anfangen, bevor die Sonne aufgeht.«

Der zweite sagte: »Der Tag wird heiß werden wie die vorangegangenen. Und ich glaube, die nächsten werden noch heißer.«

Der dritte sagte: »Keiner kann einfach die Tür vor dir zuschlagen. Alle fühlen sich irgendwie mit dir verbunden. Aber in dieser Situation kann dir keiner helfen. Einen Tag, vielleicht zwei oder drei, dann fällst du um. Ich glaube nicht, daß du mehr ertragen könntest. Stell dir das Bild vor: du sitzt hier nackt oder treibst dich herum. Keiner wird dir einen Vorwurf machen, aber du wirst den Leuten vorkommen wie ein seltsames Tier in einem Käfig. Wäre es nicht besser, wir würden sofort mit dem Vollzug des Urteils beginnen? Wenn wir jetzt mit dir anfangen, erleichterst du dir deine Pein und ersparst uns diese langweilige Arbeit.«

Ich fragte den, der eben gesprochen hatte: »Ich verstehe immer noch nicht, warum eine solche Strafe über mich verhängt wurde.«

Er sagte: »Du hast dich zuviel über die Leute lustig gemacht.«

Voller Erstaunen sagte ich: »Ich glaube nicht, daß ich das getan habe, ich habe bloß über eine Erscheinung geschrieben, die ich belegen kann.«

»Das glaubst du, aber keiner hat die Leute je so an der Nase herumgeführt wie du.«

Die zwei anderen sagten: »Stimmt, du hast dich zuviel über die Leute lustig gemacht. Keiner darf das Gesetz mißachten, besonders die neue Bestimmung nicht.«

»Ja, und Unkenntnis des Gesetzes schützt nicht vor Strafe. Dieser Passus ist zwar alt, aber immer noch gültig.«

»Dabei hast du noch Glück gehabt. Es scheint, daß sie gnädig mit dir waren.«

Ich sagte: »Trotzdem verdiene ich keine solche Strafe.«

»Wie solltest du sie nicht verdienen, wo du doch weißt, daß die Fliegen seit etwa 25 Jahren ausgestorben sind!«

Voller Erstaunen sagte ich: »Die Fliegen?«

»Genau. Seit einem Vierteljahrhundert gibt es keine mehr, und du schreibst über ihre geschlechtliche Aktivität!«

Irritiert warf ich ein: »Aber nein, ich habe doch nicht über die Fortpflanzung der Fliegen geschrieben, sondern über das Betteln!«

»Hättest du das nur getan! Dann wärst du wohl nicht beschuldigt worden. Dann hättest du zumindest über ein existentes Phänomen geschrieben. Aber du hast dich über eine inexistente Sache verbreitet, und das ist ein großes Verbrechen.«

»Ich versichere euch, daß ich nie etwas über die Fliegen geschrieben habe.«

»Paß auf, versuch bloß keine krummen Touren mit uns. Es ist uns schließlich egal, ob du Studien über die Fliegen oder die Bettler oder die Frauen in den öffentlichen Toiletten verfaßt, wir versuchen bloß, dir dein gefährliches Problem zu erklären.«

Ich sagte: »Da muß ein Fehler in meiner Angelegenheit passiert sein!«

»Das ist dein Pech. Jedenfalls ist dein Urteil bereits gefällt.«

Ich schwieg eine Weile und sagte dann zu ihnen:

»Ihr seid also mit der Vollstreckung des Urteils beauftragt?«

»Aber nein, nicht wir! Wir sollen dich nur überwachen und dein Leiden etwas lindern. Dann übergeben wir dich denen, die die Strafe vollstrecken werden.«

»Wo?«

»Komm mit!«

Sie erhoben sich und nahmen ihre Sachen auf. Ich ging vor ihnen her. Einer sagte zum andern: »He, du hast ja die Seife vergessen.«

Mir wurde klar, daß Kampferseife gemeint war. Sie trugen die Ausrüstung für einen Todesfall mit sich. Merkwürdig, daß sie immer noch diese Begräbnistradition respektierten, auch gegenüber einer irgendwie schuldigen Leiche.

Wir überquerten wieder den kleinen Platz. Diesmal erschien er mir schmutzig und traurig. Leute folgten uns, die aus den Toröffnungen kamen wie Mäuse. Zwei Männer, die den Abwasserkanal reinigten, hielten in der Arbeit inne. Ein widerlicher Gestank stach mir in die Nase. Ich hielt nicht den Atem an wie sonst — was machte es jetzt schon aus, ob es ein angenehmer oder ein übler Geruch war?

Als wir auf den großen Platz traten, kam eine neue Reihe von Mäusen zum Vorschein. Sie schwatzten, schrien und lachten. Ich glitt auf einer Bananenschale aus und fiel hintenüber. Das Gelächter wurde lauter. Zwei meiner Begleiter halfen mir beim Aufstehen. Einer fragte: »Gehts?«

»Ja«, stammelte ich, »ich kann weitergehen.«

Affen! Sie essen immer noch Bananen wie die Affen, und sie verrichten ihr Geschäft in den Straßen wie die Hunde. Und dabei behaupten sie, die Fliegen seien ausgestorben!

Ich hinkte vor ihnen her. Mein linkes Bein schmerzte. Aber nun kam es nicht mehr drauf an. Einzelne Worte drangen an mein Ohr ... »begraben«, »Opfer«, »Strafe«, »neues Gesetz«.

Etwa eine halbe Stunde lang gingen wir so weiter in der Finsternis des Grüns. Der Zug hinter uns war auf vier oder fünf Personen zusammengeschrumpft, die allmählich zurückblieben.

Als wir uns dem weißen Feld näherten, waren sie verschwunden. Der mit dem Eimer sagte zu mir: »Da sind wir!«

Das Tor des ewigen Schweigens stand offen. Als ich eintrat, schlug mir ein anderer Nachtwind ins Gesicht, er war wohlriechend und kalt. Die Tür eines kleinen Hauses öffnete sich, und zwei kräftige Gestalten, zwei Riesen in dunklen Kleidern, traten heraus.

Im Viertel der Juweliere fragte sie mich: »Bist du sicher, daß sie es ernst meint?«

»Seit Jahren kenne ich sie ganz genau! Sie will sich für den Rest ihres Lebens, der Erziehung eines Kindes widmen. Ich habe ihr von dir erzählt, du kannst beruhigt sein.«

»Hast du ihr auch gesagt, daß ich in einem Nachtlokal arbeite?«

»Klar, sie hat das in ihrer Jugend ja selber gemacht.«

Unterdessen schlenderten wir auf den Zocco Chico zu. Ihre Züge hellten sich auf, und ein kleines Lachen huschte über ihr Gesicht.

»Was hast du, Anisa?«

»Ich lache nur so.«

»Das gibt es doch nicht. Irgend etwas bringt dich zum Lachen, was ist es?«

»Stimmt, da war etwas, aber ich habe es vergessen. Manchmal stelle ich mir ein Bild vor. Ich weiß nicht recht, wie ich es nennen soll. Oft platze ich auch erst mit etwas heraus, wenn ich wegen etwas anderem lachen muß.«

Hin und wieder schaute ich auf ihren aufgeblähten Bauch. Ihr kleines, bleiches Gesicht war hübsch und kindlich. Wir kamen auf dem Platz des Zocco Chico an. Einige Gäste in den Cafés schauten uns an. Mehrere von ihnen kannte ich. Die Rundung ihres Bauches war nicht sehr ausgeprägt, und doch sollte sie noch diese Woche niederkommen, wie sie sagte. Auf der Straße der Post sagte ich zu ihr: »Wir kommen gleich zu dem Restaurant.«

»Glaubst du, daß sie da sein wird?«

»Sie macht immer ein Nickerchen nach dem Mittagessen oder schwatzt mit dem Kellner.«

Das Restaurant war leer. Am Ende der Gaststube befand sich ein längliches Zimmer, das im marokkanischen Stil eingerichtet war. Dort schlief sie immer oder legte sich ein Weilchen hin, um sich in ihre Probleme zu vertiefen. Ich grüßte die Köchin. Sie wies mich mit einem Kopfnicken zu dem Zimmer. Ich ließ Anisa stehen und trat in den dämmrigen Raum. Die Señora kam mir vor wie ein toter Walfisch. Sie schrak auf.

»Wer ist da?«

»Señora Alicia, ich bin es, Boutami! Schlafen Sie?«

Sie setzte sich auf, räkelte sich und gähnte.

»Ich habe nicht geschlafen, nur ein wenig geruht.«

Sie beklagte sich immer über etwas. Auf diese Weise kam das Gefühl des Unerfülltseins bei ihr zum Ausdruck.

»Ich habe sie mitgebracht!«

»Wen?«

»Das schwangere Mädchen, von dem ich Ihnen erzählt habe.«

»Ah, wo ist sie? Laß sie hereinkommen!«

Ich zündete das Licht an und rief Anisa. Die Wand war mit einem großen Teppich geschmückt, auf dem ein Schloß und zwei arabische Reiter zu sehen waren. Hinter dem ersten saß ein Mädchen im Sattel, das ihn eng umschlungen hielt. Der Verfolger hinter ihm blickte zum Schloß, während sein Rennpferd eben über einen Bach setzte. Ich stellte ihr Anisa vor. Auf spanisch sagte ich zu Señora Alicia: »Das ist sie.«

Sie prüfte sie mit ihren Schlangenaugen.

»Sie ist hübsch.«

»Der Vater des Kindes ist noch hübscher als die Mutter.«

»Aber auch sie ist ganz hübsch.«

Anisa und ich setzten uns auf die Ruhekissen. Sie bot mir eine Virginia-Zigarette an. Ich gab uns beiden Feuer. Anisa lehnte ab, obwohl sie eine starke Raucherin war.

Ich sagte zur Señora: »Sie können auch den Vater sehen, wenn sie wollen.«

»Ich glaube dir schon.«

Zu Anisa, die kein Spanisch verstand, sagte ich: »Señora Alicia ist sehr von deiner Schönheit angetan.«

»Danke.«

»Ich glaube, der Handel kommt zustande.«

»Danke.«

Dann wandte ich mich an die Señora.

»Der Vater ist von dunklem Typus, und die Mutter wie Sie sehen, hell. Das Kind wird zweifellos eine herrliche Farbe haben.«

Sie nahm einen Zug von der Zigarette und fragte: »Wie alt ist sie?«

»Zwanzig.«

»Und der Vater?«

Ohne bei Anisa nachzufragen, antwortete ich: »Einundzwanzig. Ich kenne ihn gut. Er ist aufgeschlossen, der hübscheste Bursche, den ich bis jetzt in Tanger gesehen habe.«

»Wieviel verlangt sie?«

»Sie will, daß die Kosten für die Geburt in einem guten Spital gedeckt werden, und ein bißchen Geld, um in ihr Dorf Khnifra zurückzukehren.«

»Ist sie sicher, daß sie diese Woche noch niederkommt?«

»Ganz sicher. Sie lügt nicht. Sie hat mir alles erzählt, glauben Sie mir, Señora!«

»Sie scheint bei guter Gesundheit zu sein.«

»Ja, sie ist kräftig. Sie gibt acht beim Essen und schläft ausreichend — und der Vater genauso! Außerdem treibt er noch Sport. Sie können ihn sehen, wenn Sie wollen. Er sitzt im Café Antaeus.«

»Von dem habe ich noch nie etwas gehört.«

»Es liegt an der Hauptstraße, ein neues Etablissement, das vor allem junge Leute besuchen; ein richtig modernes Lokal!«

»Du weißt, daß ich einen Knaben will.«

»Ich bin überzeugt, daß sie einen Knaben gebären wird.«

»Woher weißt du das?«

»Ich weiß nicht, aber ich habe das Gefühl, daß sie einen bekommen wird. Auch sie selber wünscht sich einen Knaben, obwohl sie ihn nicht behalten will.«

Ich besuchte Anisa in der Wohnung ihrer Freundin Milouda. Sie lag auf einem Bett, neben ihr der Sohn. Ich warf einen Blick auf den schlafenden Säugling.

»Wozu hast du dich nun entschieden?«

»Lieber verkaufe ich mich selber, als daß ich ihn verkaufe!«

»Und was soll ich ihr sagen?«

»Denk dir irgend etwas aus!«

Señora Alicia gab sich wieder der Mittagsruhe hin, als ich kam. Ich setzte mich und sagte: »Sie hat einen Knaben geboren.«

Voller Freude sagte sie: »Wunderbar! Sie hat wirklich Glück. Ist sie schon aus dem Spital entlassen?«

»Ja, sie ist bei einer Freundin.«
»Und wie geht es ihr?«
»Bestens, als läge sie nicht im Kindbett.«
»Und dem Kind?«
»Auch gut. Aber es ist eine Enttäuschung.«
»Was ist los?«
»Es tut mir leid, aber es ist mißgebildet.«
Ihr Antlitz verdüsterte sich.
»Willst du mich verulken, oder was?«
»Glauben Sie mir, es ist mißgebildet. Sein Kopf ist zu groß und zu lang, die Augen sind klein wie bei einem toten Fisch, und das linke schielt. Die Arme sind viel zu kurz, an jeder Hand hat es sechs Finger, und seine Füße ...«
»Halt, ich bitte dich, hör auf«, unterbrach sie mich voller Abscheu.
»Entschuldigen Sie.«
Sie zündete sich eine Zigarette an und rauchte nervös. Anders als sonst bot sie mir keine an. So zog ich eine von meinem starken Kraut heraus und spielte den Traurigen.
Nach einer Weile Schweigen fragte sie: »Und mein Geld?«
»Es ist mir peinlich, Señora Alicia, wirklich peinlich. Aber es besteht eine gewisse Hoffnung.« Da sie nichts antwortete, fuhr ich fort: »Aber es sind da noch drei oder vier andere Mädchen, die gerne ihr Kind loswerden möchten. Ebenfalls hübsch und sehr aufgeschlossen. Sie sind alle jung und ansprechend.«
»Einen solchen Schwindler wie dich habe ich noch nie gesehen! Möchtest du, daß ich jetzt einer von diesen auch noch siebenhundert Dirham bezahle?«
Sie zog nervös an ihrer Zigarette, während ich sagte: »Nein, das nicht.«

»Sondern?«

»Sie sollen nichts bezahlen, bis Sie das Kind bekommen haben, das Ihnen gefällt. Ich kenne ein Mädchen, das nächstens niederkommen wird, sie ist noch schöner als die andere, glauben Sie mir. Glauben Sie mir nur noch einmal! Sie ist außerordentlich schön und sehr aufgeschlossen. Wir hoffen nur, daß sie einen Knaben gebären wird.«

»Noch nie habe ich ein solches Schlitzohr wie dich gesehen, ich schwöre es dir!«

»Glauben Sie mir doch, Ich verspreche Ihnen, daß Sie das schönste Kind bekommen sollen, das diese schwangeren Frauen tragen.«

Im Dasein gibt es einen gewaltigen Einlaß, durch den wir eindringen, bis wir zum Abgrund des völligen Nichtseins gelangen.

So sagte Ismail zu ihr. Señora Mary hatte Mitleid mit Ismail, wenn er traurig war; das hatte sie mit den meisten Freunden ihrer drei Söhne.

»Nimm es nicht schwer! Wenn sich deine finanzielle Lage verbessert, hört auch deine Niedergeschlagenheit auf.«

Ismail achtete sie, wenn sie sprach, aber er achtete nicht auf das, was sie sagte. Sie gefiel ihm nur deshalb, weil sie, wie er, dazu neigte, sich über das Leben und das Unglück in dieser Stadt zu beklagen, die ihn allmählich beengte.

»Vielleicht; aber mich plagt eine anderes Verlangen als das nach Geld. Vielleicht werde ich überhaupt nie Glück in einer Sache haben, weder hier noch anderswo.«

»Ich bin überzeugt, daß das Glück schon noch kommen wird. Die, die sich zu Beginn des Lebens beklagen, sind am Ende meistens glücklich.«

Er wollte ihr noch widersprechen. Was ging ihn in diesem Augenblick das Ende seines Lebens an, sogar wenn es sein Glück wäre?

Nail sagte: »Meine Mutter hat schon recht, wenn sie sagt, alles drehe sich ums Geld. Meine Mutter weiß immer genau, was sie sagt.«

Señora Mary schaute ihren ältesten Sohn voller Zufriedenheit an. Nail hatte es nicht gern, wenn seine Mutter mit Leuten wie Ismail redete und Verständnis für ihre Probleme zeigte. Für ihn war das, als ob er um ein Stück Zufriedenheit betrogen würde, das die anderen geschenkt bekamen. In seiner Bedrängnis sagte er eines Tages, als sie mit einem Freund Rafiks sprach: »Sprich bitte etwas leiser, Mama, jeder im Café kann dich hören.«

Ismail betrachtete ihn. Da saß er entspannt, mit vornübergeneigtem Kopf, die Stirn nach hinten fliehend, sein Haar war fein wie der Flaum eines Vögelchens, das noch nicht flügge war, er hatte rosige Wangen und einen Teint, so fein als wäre er poliert, und er trug eine dicke Brille, seit er seinen fünfundzwanzigsten Geburtstag gefeiert hatte.

Da kam Jean herein. Er sagte guten Tag, schüttelte Señora Mary die Hand und setzte sich neben sie. Nail schaute irritiert zu ihm hin. Jean fragte sie mit seiner Schafsstimme: »Wie geht es Ihnen heute, Señora?«

Sie antwortete in einem Französisch, das vom Akzent ihrer spanischen Muttersprache geprägt war: »Gut. Alles liegt in Gottes Hand. Und du, mein Sohn, geht es dir gut?«

»Danke, ja.«

»Und die Gesundheit?«

»Gut, danke.«

»Gott sei gedankt, wenn die Gesundheit in Ordnung ist, dann stimmt auch der Rest.«

»Wunderbares Wetter heute!«

»Ja, wirklich herrlich. Wenn es doch nur so bliebe!«

Nail rieb sich die Stirn, dann stand er mit verkniffenem Gesicht auf. Er zupfte seine Kleider zurecht, steckte die Hände in die Hosentaschen und drückte die Brust heraus, dabei schüttelte er sich und rollte die Füße von vorn nach hinten ab.

»Mama, gehn wir, es ist Zeit zum Mittagessen.«

Sie schaute ihn wortlos an. Vielleicht wollte sie noch eine Weile bleiben. Ismail und Jean standen auf und verabschiedeten sich. Sie ging hinaus, Nail hinterher. Sie war etwa fünfundvierzig Jahre alt; wenn man sie von hinten gehen oder dastehen sah, oder auch, wenn sie auf einen zukam, dann konnte man sie für ein Mädchen halten.

Fadila kam herein, ließ sich auf einen Stuhl fallen und seufzte. Sie hatte ihre morgendliche Blässe noch nicht mit ihrer psychedelischen Schminke verdeckt. Sie holte ein Päckchen blonde Zigaretten hervor und steckte sich mit dem elektronischen, vergoldeten Feuerzeug eine an. Sie nahm einen tiefen Zug und blies den Rauch heftig gegen die Decke; dann zog sie nochmals und blies Ringe in die Luft.

Sie fragte Ismail: »Wovon träumst du?«

»Von gar nichts.«

»Sag irgendwas und schweig nicht einfach so!«

Er wollte nichts zu ihr sagen. Ihn verlangte nach dem Geruch, den sie in seinem Bett hinterließ, wenn sie dort mit seinem Freund Rafik schlief. Es lockte ihn, sie zu vergewaltigen, aber er schluckte die Versuchung hinunter und begnügte sich damit, ihr Vorwürfe zu machen.

Er erinnerte sich an jenen Tag, als er heimkam und sie allein fand; sie wartete auf Rafik. Er erschreckte sie mit lauter Stimme: »Fadila?«

»Ja.«

»Du bist wunderbar.«

Sie lächelte freundlich.

»Ah, wirklich? Du findest mich immer nur wunderbar, wenn du betrunken bist.«

Er dachte, vielleicht bin ich schon so weit, daß ich die Frauen verabscheue. Lange betrachtete er ein Messer auf einem staubigen Bücherstapel, der aus lauter Nachlässigkeit so hoch geworden war.

Vielleicht sollte ich eine hübsche Frau wie sie umbringen, dann würde das aufhören. Die Launen von Frauen ihrer Art ärgern mich.

»Ismail, warum schaust du heute so drein? Ist etwas passiert?«

»Mmh, nein. Hast du Angst vor mir?«

»Ich? Nein! Was redest du denn da, Ismail? Ich sehe dich einfach nicht gern so sorgenschwer. Ich habe es lieber, wenn du munter bist.«

Sie ließ sich auf das Bett nieder, stützte sich auf die Ellbogen und betrachtete ihn. Sie bewegte ihre Beine und versuchte zu lächeln. Dann stand sie wieder auf, um die Verlegenheit zu überspielen, und ging vor ihm auf und ab.

Sie sagte: »Rafik kommt heute aber spät. Wenn er nicht bald kommt, werde ich mich endgültig mit ihm verkrachen.«

Er ließ sich auf das Sofa fallen und zündete eine Zigarette an. Er hörte, wie sie gegen die Toilettentür prallte und kreischte: »Ismail! Ismail! Da ist sie!«

Sie kam herein und zog sich erschreckt zum Bett zurück.

»Sie ist dort!«

»Wer?«

»Die Maus! Du hast sie nicht getötet, warum hast du mich angelogen?«

»Das ist doch eine andere. Ich habe sie schon gesehen, aber ich konnte sie noch nicht erwischen.«

»Du lügst, du hast sie nicht getötet. Du hast Mitleid mit diesen widerlichen Tieren!«

»Bist du eigentlich blöde? Wie soll ich Mitleid mit ihnen haben, wenn sie meine Bücher anfressen?«

Er ging zu dem Stapel in der Ecke und zeigte ihr zwei Bücher, die am Rand angeknabbert waren. Sie sank auf den Bettrand.

»Ich glaube dir nicht. Du hast diese Tiere gern. Rafik hat nämlich ein Stück in Öl getunktes Brot in der Küche gefunden, bei der Öffnung zur Brennholzkammer, wo die Mäuse nisten.«

»Ich sehe, du bist wirklich verrückt.«

»Ich glaube dir nicht, du kümmerst dich um diese Tiere. Rafik lügt nicht. Er hat dich hier schon mit Regenwürmern spielen sehen; und in diesem Zimmer hast du mit einem Frosch gespielt, du bist gehüpft wie er und hast gequakt wie er.«

»Ihr seid beide dumm. Hör bitte auf mit dem Blödsinn.«

»Ich komme nie mehr hierher.«

Ismail tanzte in Gedanken und sagte zu sich selber, genau das will ich ja, das wünsche ich mir. Du reißt mir ja auf dem Klo auch Seiten aus meinen Zeitschriften . . .

Rafik hatte seine Arbeit allmählich satt; er sollte die Angestellten im Kaffeehaus überwachen — in dem Restaurant, das sie besaßen. In kurzer Zeit war er zum Freund aller Kellner geworden, meist aß er in der Küche und hörte dem marokkanischen Koch zu, der vom Leben in Tanger vor dreißig, vierzig Jahren erzählte. Sein Vater, Monsieur Abdelbaki, sagte zu ihm: Die Angestellten sind an Gehorsam gewöhnt. Du mußt wissen, wie man mit ihnen umgeht, du zerstörst unseren Ruf und läßt sie bei der Arbeit pfuschen und tun, was ihnen gefällt. Iß im Restaurant und nicht in der Küche! Sprich in entschiedenem Ton mit ihnen, und so wenig wie möglich, damit sie dich respektieren lernen. Rafik verehrte seinen Vater wie Nail seine Mutter. Er wußte, daß sein Vater starrsinnig war und daß er ihn unmöglich von seiner Meinung überzeugen konnte. Er gab seine Arbeit auf, um seine Beziehung zu ihm nicht zu belasten.

Sie stiegen aus der Neustadt hinunter, um an diesem Abend in den populären Vierteln spazierenzugehen, wie sie es ein- oder zweimal im Monat zu tun pflegten. Fadila trug eine feine rosarote, durchsichtige Bluse, die an ihrem Körper klebte. Ihr Haar hatte sie nach dem Vorbild der Kleopatra geschnitten, ihr Gesicht war mit den teuersten Mitteln geschminkt, und sie roch nach feinem Pariser Parfum. Rafik trug nur ein einfaches Hemd und eine Hose. So zog er sich immer an, wenn er sich in der Altstadt amüsieren wollte.

Sie kamen auf den Flohmarkt. Die Zeit des Ausverkaufs hatte eben begonnen. Die Stimmen der Verkäufer übertönten einander auf allen Seiten beim Verkünden der Preise für alte und neue Waren. Vor jedem Stapel getragener Kleider blieb Rafik stehen. Er griff nach einem Hemd, einer Hose oder einem Schuh, prüfte einen Augenblick lang in gespielter Ernsthaftigkeit die Innenseite, diskutierte über die Qualität des Stücks und über seine Eigenheiten, dann entschuldigte er sich beim Verkäufer, und sie gingen weiter.

Fadila sagte gelangweilt: »Ich begreife nicht, warum Rafik hierhergekommen ist und all diese gebrauchten Dinge betastet, ohne jemals etwas zu kaufen.«

Rafik sagte zu ihr: »Das geht nur mich etwas an. *Toi, tu la fermes!*«

Er sprach meistens französisch, spanisch oder englisch. Den maghrebinischen Dialekt beherrschte er nicht richtig. Bei einem der drei Eingänge des Souks schlug Rafik vor, in einem Restaurant Baissar zu essen.

»Das habe ich nun schon seit Monaten nicht mehr gehabt. Es ist dort ganz gut. Erinnerst du dich an jenen Morgen, als wir es hier aßen?«

Ismail sagte: »Ja, es war so um sechs Uhr morgens; wir kamen eben aus dem Monocle«.

»Ich esse nichts, und ich komme auch nicht mit hinein.«

Rafik sagte scharf zu ihr: »Iß oder iß nicht, aber du kommst mit, hörst du?«

Sie erbleichte und ließ den Kopf hängen. Dann ging sie hinter den beiden hinein. In dem kleinen, dunklen und überaus schmutzigen Raum saßen fünf Männer und aßen Baissar. Sie gafften die Eintretenden neugierig an. Fadila wußte nicht recht, auf welchen der niedrigen Hocker sie sich setzen sollte. Ismail saß schon, und Rafik zog Fadila an der Hand, so daß sie neben ihn zu sitzen kam. Sie bestellten zwei Schalen Baissar mit Olivenöl und rotem Pfeffer und dunkles Brot.

Auf den drei Tischen standen Plastikkrüge. Der junge Kellner brachte die zwei Schalen und füllte ihnen den Wasserkrug, dabei sah er sie neugierig an, genau wie die anderen Männer. Einer blickte zu Fadila, halb spöttisch, halb begierig. Fadila schaute entweder zur Decke oder zu dem Knaben, der vor dem Abwaschtrog stand. Der neigte ausweichend den Kopf oder schaute zur Küche.

Einer von ihnen hatte fertig gegessen und fragte

den Besitzer des Restaurants beim Zahlen: »Was sind das bloß für Muslime?«

»Weiß Gott.«

Ismail und Rafik aßen und tranken mit Genuß. Fadila verteilte indessen ihre Blicke auf die Decke, den Knaben und die Leute.

Als sie wieder herauskamen, holte Fadila tief Atem und zündete sich schnell eine Zigarette an. Sie schaute nach hinten, als hätte sie etwas vergessen. Sie fragte Ismail: »Habe ich mich nicht schmutzig gemacht?«

Er blickte prüfend auf ihr kleines, flaches Hinterteil, wie wenn er es zum erstenmal sähe.

»Ich kann nichts entdecken.«

Sie nahm die Zigarette zwischen die Lippen, die Handtasche in die Linke und klopfte sich mit der Rechten mehrmals auf den Hintern, als ob wirklich etwas an ihrem Kleid hängengeblieben wäre.

Im Souk El Barrani nahmen sie ein Taxi und fuhren zum Café Hafa. Sie setzten sich in den Gang des Balkons über dem Meer. Rafik nahm einen tiefen Zug aus seiner Zigarette voll Kif und sagte: »Am Anfang gab es auf der Welt nur Himmel und Meer.«

»Und vorher?«

»Schweife nicht ab, Fadila, Himmel und Meer genügen.«

Fünf oder sechs Marokkaner saßen auf einer Matte unter einem kleinen Baum, ein Musikant spielte für sie eine Volksweise auf der Mandoline.

Rafik schaute zu Ismail: »Und du, was meinst du dazu?«

»Du hast schon recht, es genügt völlig, zu wissen, daß die Erde aus dem Wasser gekommen ist, und das Leben ebenfalls.«

Drüben sang einer zur Mandoline:

Ja nafsi ja l-ghadara
ja 'li dajjaatni.
Ajjami mischiet chasara
alaisch adhdhabatni?

Du meine Seele, du Verräterin,
die du mich verließest,
verloren gingen meine Tage hin,
was hast du uns vermieset . . .

Fadila schien an dem Abend im Café äußerst zärtlich. Trunken zog sie an ihrer Kif-Zigarette. Ismail berührte sie spielerisch. Sie erschauerte wollüstig, und ein kleines Kichern jagte das andere. Sie bekam keine Luft mehr und hustete. Dann steckte sie noch eine Zigarette an.

Ismail sagte zu ihr: »Der Tastsinn ist der beste der Sinne des Menschen. Ich bin erst sicher, daß ein Ding da ist, wenn ich es berührt habe. Die anderen Sinne trügen. Schau, so bist du mehr da«, er berührte sie leicht, »als wenn ich dich nicht anrühre.«

Sie sagte mit schmelzender Koketterie: »Ismail, ich bitte dich, berühre mich nicht so!«

Es kitzelte sie am ganzen Körper. Ihr Körper saugte die feinen Berührungen ein, die Ismail über alle Glieder verteilte. Rafik betrachtete die Weite des Meeres, und Fadila verlor sich in sich selber, wenn Ismail sie berührte.

Habiba war von Rabat gekommen; sie war von zu Hause weggelaufen. Sie hatte ihre Stelle als Krankenschwester aufgegeben, weil sie fern von Nail nicht leben konnte.

Ismail und Rafik saßen für sich allein im Café Clearidge.

»Mein Vater hat nie daran gedacht, daß Nail Habiba heiraten sollte. Sie wird bei dir wohnen, wenn es dich nicht stört. Wir werden Nail so schnell wie möglich zu überzeugen versuchen, daß er mit ihr Schluß machen muß. Er kann sie bei dir besuchen, aber mein Vater wird ihn zwingen, um elf Uhr nachts zu Hause zu sein.«

Ismail konnte Habiba seine Gastfreundschaft nicht verwehren, ebensowenig sein Bett. Er selber lag auf dem marokkanischen Sofa, auf dem er ihr gegenüber schlafen würde. Er trank spanischen Wein. Es goß in Strömen, und ein heftiger Wind blies; Habiba auf dem Bett hatte sich ausgestreckt. Das Holz im Ofen knisterte jedesmal, wenn er ein neues Scheit ins Feuer legte. Regen, Wind, Donner, unterbrochen von Augenblicken der Stille. Manchmal war das Bellen eines streunenden Hundes zu hören oder das Quaken eines Frosches unweit vom Haus. Sie warf sich im Bett herum. Er fragte: »Willst du jetzt schlafen?«

»Ja.«

Sie legte sich auf die rechte Seite, ihm gegenüber. Bei den Nachbarn im oberen Stock schlug ein loser Fensterflügel. Es regnete immer noch. Sie regte sich, setzte sich auf und fragte: »Was ist das?«

»Nichts.«

»Bei einem solchen Sturm kann ich nicht schlafen.«

»Fürchtest du dich?«

»Nein, vor wem denn?«

»Vielleicht hast du Angst vor irgend etwas.«

»Ich bin es noch nicht gewohnt, in diesem Zimmer zu schlafen.«

Er füllte sein Glas.

»Willst du auch eins?«

»Nein, danke.«

Nach einer Weile fragte er: »Trinkst du überhaupt nie?«

»Manchmal, aber nur wenig.«

»So nimm doch ein Glas. Vielleicht hilft es dir, dich zu entspannen und Schlaf zu finden.«

»Danke, ich will jetzt nicht. Hast du eine Geschichte zum Lesen?«

Er stand auf, stöberte in seinen Büchern und reichte ihr dann »L'Etranger«.

»Hast du das schon gelesen?«

»Nein.«

»Ich glaube, es wird dir gefallen.«

Er setzte sich auf das Sofa und betrachtete den Schatten der Lampe an der Decke.

Als Nicolette die Geschichte gelesen hatte, hatte sie zu ihm gesagt: ›Meursault ist eine seltsame, ängstliche Persönlichkeit, aber er verdient Mitleid. Glaubst du, es gibt wirklich einen Menschen, der sich sein Leben derart schwer macht, obwohl die Gesellschaft das gar nicht von ihm verlangt? Ich denke, Camus hat im Kopf seines Helden alle Schwierigkeiten des Lebens entfesselt, die er selber in den Tagen seines Elends in Algerien erlebt hat.‹ — ›Vielleicht; aber er hat sein ganzes Leben mit ernsthaften Betrachtungen über das menschliche Dasein verbracht und mit viel Verständnis über sein Schicksal nachgedacht.‹

Habiba fragte ihn: »Und du, liest du nichts?«

»Ich trinke, und dann verstehe ich nicht klar. Aber etwas beunruhigt mich.«

»Was?«

»Ich weiß nicht.«

»Ist es, daß ich hier bei dir bin?«

»Nein gar nicht; es ist ein persönliches Problem.«

Nach einer Weile fragte er sie: »Gefällt dir der Anfang des Romans?«

»Ja, es ist ein leichter Stil.«

Am Morgen fragte sie ihn: »Gehst du heute nicht arbeiten?«

»Ich habe frei.«

Er blickte auf seine kaputte Uhr und fragte sie: »Wie spät ist es?«

»Nach neun. Meine Uhr geht nicht ganz genau, vielleicht ist es auch erst neun Uhr.«

»Wann kommt Nail?«

»Er erwacht nicht vor zehn.«

Er zog seinen Mantel an. Bevor er hinausging, sagte sie: »Willst du nicht bleiben, bis er kommt, dann können wir zu dritt hier frühstücken.«

»Danke, ich gehe ins Café Esquima.«

Als er am Abend zurückkam, tranken Señora Mary und Habiba schwarzen Tee mit Zitrone und aßen Gebäck aus einer goldenen Schachtel. Er bemerkte eine versteckte Spannung in Habibas Zügen. Er betrachtete Señora Mary. Sie war Herrin der Lage.

Sie sagte: »Ich wundere mich, daß du so viele Bücher hast.«

»Nun ja.«

»Und findest du Zeit, sie alle zu lesen?«

»Unmöglich.«

»Warum kaufst du denn mehr, als du liest?«

»Ich bin eben ein Büchernarr.«

Sie schüttelte lächelnd den Kopf.

»Ich sehe. Da hast du ein hübsches Hobby, mit dem du dir die Zeit vertreibst. Das Buch ist der beste Freund. Aber du darfst dich nicht vernachlässigen vor lauter Lesen in diesen schwierigen Büchern, sonst schlägt es auf die Gesundheit. Die, die sich gehenlassen, nehmen kein gutes Ende.«

Er lächelte, und innerlich brüllte er vor Lachen. Als sie gegangen war, schäumte Habibas Zorn über Nails Familie auf.

»Sie sind wie faule Sardinen.«

»Ja, so sind sie.«

»Nail zuliebe habe ich doch alles geopfert. Seine Familie weiß genau, daß wir schon seit vier Jahren eine Beziehung haben. Glauben die eigentlich, ich werde ihn noch so lange weiter unterhalten, bis sie für ihn ein Mädchen aus einer Familie gefunden haben, die genauso reich ist wie sie selber?«

»Leute wie sie denken so. Wie war Nail heute abend zu dir?«

»Wie gewöhnlich, er blieb bis zehn Uhr. Er kann an allem gar nichts ändern.«

Nervös zündete sie eine Zigarette an.

»Ich habe angefangen, ihn zu verabscheuen; er ist ein großes Kind.«

Er schenkte sich ein Glas ein. Sie verlangte auch eins. Sie sah ihn voller Sympathie an, als er die Hand herüberstreckte. Er warf einen Blick auf das Buch neben ihr, »L'Etranger«. Er setzte sich auf den Bettrand und fragte: »Gefällt dir der Roman?«

Sie griff nach dem Buch und sagte: »Hm ... Das Verhalten des Helden beunruhigt mich. Er ist ein Pechvogel. Ich glaube nicht, daß er hart ist, aber starrsinnig. Er liebt wohl die Leute mehr als sich selber.«

Er sagte scherzhaft: »Könntest du mit einem Menschen wie ihm zusammenleben?«

Sie dachte nach.

»Ich weiß nicht. Das wäre schon etwas anderes.«

Ihre Blicke trafen sich, und sie schmunzelten.

»Ich bin blöd.«

»Warum?«

»Das ist nicht wichtig. Ich bin blöd, das genügt.«

»Das sind doch die Umstände.«

»Ich bin optimistischer, als ich sein sollte. Alles, was mir zustößt, sieht am Anfang so gewöhnlich aus, und dann kommt genau das Gegenteil von dem heraus, was ich erwartet habe.«

Er füllte die beiden Gläser.

»Du hast hübsche Hände.«

»Es sind ja nur Hände.«

»Hat er dir auch schon die Heirat versprochen?«

»Natürlich; warum, glaubst du, bin ich vier Jahre bei ihm geblieben?«

Am Abend traf Ismail Rafik und Fadila, die im Café Zagora etwas tranken und wie zwei Kinder lachten. Er setzte sich zu ihnen und bestellte ein Glas Wein.

Rafik sagte: »Nail geht nach London. Ja, das hat mein Vater beschlossen.«

»Und Habiba?«

»Die soll machen, was sie will. Er wird dort etwa sechs Monate bleiben und Englisch lernen. Der Vater denkt daran, ihn nach der Rückkehr an seiner Stelle in der Direktion unseres Hotels einzusetzen.«

»Sie ist allein und verlassen. Vielleicht bekommt sie einen Nervenzusammenbruch, wenn sie von seiner Abreise erfährt.«

»Soll sie ihm doch nachreisen, wenn sie will.«

Fadila sagte: »Sie ist widerlich.«

Ismail fragte: »Warum ist sie widerlich?«

»Weil sie Schlechtes über Rafiks Familie sagt. Auch über mich erzählt sie Gemeinheiten. Letztes Jahr, als ich Streit mit Rafik hatte und nach Paris ging, sagte sie einer Freundin in Rabat, die ich gut kenne, ich sei dorthin gegangen, um auf den Strich zu gehen. Findest du das nett?«

»Davon weiß ich nichts. Mir jedenfalls erzählt sie nur von ihrem Unglück.«

Spöttisch fragte sie ihn: »Und was sagt sie dir über sich selber? Sag die Wahrheit, Ismail!«

»Sie sagt, sie sei unglücklich und sie bereue, daß sie wegen Nail die Arbeit aufgegeben hat.«

»Ist das alles, Ismail? Das ist nicht alles. Sie hat etwas vor. Eine Freundin aus Rabat, die sie gut kennt, hat mir von ihr erzählt. Sie will auf Kosten von Nails Familie etwas werden. Dabei besorgt ihre Mutter die Wäsche bei den Leuten, ihr Vater trinkt, und ihr Bruder treibt sich herum.«

»Was kann sie dafür?«

»Sie hat Nail belogen, als er nach ihrer Familie fragte.«

»Jetzt verstehe ich.«

»Sie sollte besser nach Rabat zurückgehen und sich dort etwas suchen, das ihr zusagt.«

Rafik sagte: »Meine Mutter wird morgen bei ihr vorbeikommen und ihr etwas Geld geben, damit sie nach Rabat zurückgeht.«

Sie sagte: »Nail liebt sie gar nicht. Sie weiß es, aber sie stellt ihm immer nach, wohin er auch geht.«

Rafik sagte zu ihm: »Warum kümmerst du dich so um sie?«

»Weil sie unglücklich ist.«

Sie sagte boshaft: »So rette sie doch, wenn du kannst.«

Rafik fügte hinzu: »Sie wäre bestimmt eine gute Freundin, wenn sie einen Passenden fände.«

Ismail spürte, daß sie sich über ihn lustig machen wollten.

»Das hängt doch nicht von mir ab; Nail hat ihr schließlich die Heirat versprochen, nicht ich.«

Rafik sagte: »Sie lügt. Nail hat meiner Mutter alles erzählt. Seine Mutter könnte er niemals anlügen, das weißt du vielleicht.«

Ismail lächelte spöttisch und sagte: »Ich verstehe.«

Rafik sagte: »Zweimal mußte sie abtreiben. Dieses Spiel mit einem Kind läuft bei den Frauen heute nicht mehr.«

Fadila fragte: »Hast du die Maus immer noch nicht getötet?«

»Habiba hat es getan, aber es ist eine andere Maus aufgetaucht, die schlimmste, die ich je gesehen habe. Sie hat nicht Angst wie die anderen Mäuse. Sie ist dumm. Die letzte war viel schlauer als dieser lästige Starrkopf.«

Sie schnappte: »Tatsächlich, Habiba selber? Das kann nicht wahr sein!«

»Was ist daran so ungewöhnlich? Es ist ja nur eine kleine Maus.«

Boshaft sagte sie, als hätte sie sich an etwas erinnert: »Hm . . . Möglich. Sie muß es gewohnt sein, Mäuse zu töten.«

Ismail sagte belustigt: »Sie hat auch Regenwürmer gesehen, ohne sich davor zu fürchten.«

Fadilas ganzer Körper sträubte sich.

»Sie ist alles gewohnt. Du mußt eine Wohnung in

einem höheren Stockwerk suchen, Ismail. Im Erdgeschoß bist du immer solchen widerlichen Viechern ausgesetzt; es sei denn, du magst sie.«

Sie spürte, daß Ismail sie voller Verachtung anschaute. Sie sah auf die Uhr: »Oh, Rafik, wir haben uns verspätet, Jean wartet auf uns.«

Rafik schlug Ismail vor, zu Jean mitzukommen.

Ismail sagte: »Ich vertrage seinen Humor nicht.«

»Er hat wunderbares Haschisch gekauft.«

Sie fügte hinzu: »Ja, er hat heute eine sehr teure Sorte gekauft. Und er hat seine Wohnung mit neuen luxuriösen Möbeln ausgestattet.«

Rafik sagte: »Komm uns nach, wenn du willst.«

Es ist sehr traurig, daß Aicha nicht mehr unter uns ist. Wir haben uns jeden Abend im Café Fuentes getroffen. Sie hat schon vor dreißig die Prostitution aufgegeben. Durch Unglück ist sie vor der Zeit alt geworden, schmächtig, bleich, ihre Zähne verfault und schief. Sie hat kein richtiges Lachen mehr. Ihr nervöses Kichern verbirgt sie, indem sie den Kopf auf die Brust neigt. Sie hat angefangen, bei Antonio im Café als Serviererin zu arbeiten, dann ist sie seine Geliebte geworden. Sie hat nichts mehr an sich, auf das er eifersüchtig sein könnte, und bei ihm ist es umgekehrt genauso. Er ist durch den Wundbrand im Bein gealtert. Seine Nächte sind schlaflos und voller Wehklagen. Das Elend ihrer Tage hat sie zusammengebracht.

Seine Frau ist in Tanger gestorben, und seine Kinder sind in Spanien verheiratet. Fatima hurt herum, je nachdem wieviel sie gerade zum täglichen Gebrauch nötig hat. Sie wartet auf jemanden, der sie heiratet. Sie träumt viel, verrät aber nie etwas davon. Sie kaut an ihren Nägeln, bis sie bluten. Sie ist jung, hübsch, bescheiden und spricht kaum, einzig ihre Augen lachen immer. Ihre Stimme ist nur zu hören, wenn sie etwas verlangt oder verweigert.

Heute hat Aicha ein Transistorradio gekauft. Sie freut sich darüber wie verrückt. Sie hat kaum je etwas Neues angeschafft in ihrem Elend. Vielleicht hat Antonio dafür bezahlt, oder sie hat gespart. Niemand fragt sie danach, und sie verrät auch nichts darüber. Bei uns Armen gilt ein Transistorradio als ein ganz besonderes Statussymbol. Wir feiern die Errungenschaft mit ihr. Wir betasten und untersuchen das Gerät ganz genau. Einige Kaffeehausgäste beglückwünschen uns sogar zu dem Radio, wenn sie eintreten oder fortgehen. Wir verlangen von Aicha diesen oder jenen Sender zu hören. Freudig kommt sie unseren Wünschen nach. Sie ist unsere Gastgeberin, und wir sind ihre Gäste. Mir scheint, sie ist noch nie in ihrem Leben so glücklich gewesen wie an diesem Tag.

Alioua kommt am Abend ganz beduselt und traurig. Man sieht, daß sie den ganzen Tag getrunken hat. Sie bestellt einen Kaffee und ein Glas Wasser und flucht über die Männer. In ihrer Handtasche hat sie eine Flasche Wodka. Wir beginnen insgeheim aus dem einen Glas zu trinken. Einige Gäste und auch Antonio werden auf uns aufmerksam. Von fern teilen sie unsere Freude und lächeln. Mir geht es wie Feuer die Kehle hinunter, wenn ich mit einem Schluck an der Reihe bin. Wir trinken den Schnaps pur, ohne ihn zu verdünnen. So machen wir es immer, wenn wir uns mit einer kleinen Menge betrinken wollen.

Vor lauter Freude vergißt Aicha, beim Lachen ihre Lippen zusammenzupressen. Ihre fast ganz verfallenen Zähne unterstreichen an diesem Abend die Schönheit ihrer Unansehnlichkeit. Sie senkt den Kopf nicht beim Lachen. Sie erhebt das Antlitz, während ihre flache Brust vor Husten bebt. Sie stellt das Radio laut und leise, wie es ihr gerade paßt.

Die Flasche wird leer. Fatima geht mit einem Freier fort. Alioua torkelt im Halbschlaf davon. Am anderen Tag erfahren wir, daß sie sich mit den

Sicherheitspolizisten gestritten hat. Die haben sie dahin mitgenommen, wo sie sich nach dem Anblick des Meeres sehnen muß, den sie so sehr liebt.

Aicha lebt zusammen mit Antonio in seinem kleinen Haus. Sie bringt ihm immer das Essen ins Café. Am Abend geht sie vor ihm nach Hause und wartet auf ihn, damit sie noch etwas zusammensitzen können. Er pflegt jede Nacht eine Flasche Wein mitzubringen. An diesem Abend bittet mich Aicha zum ersten Mal, sie heimzubegleiten, damit sie von den Herumtreibern nicht belästigt wird. Sie hat Angst um das Transistorradio. Sie sagt es nicht, aber ich merke es. Ich fühle mich bleischwer vor Müdigkeit. Als ich zögere, mit ihr zu gehen, verabschiedet sie sich, etwas weniger fröhlich. Nachdem sie gegangen ist, reut es mich sehr, und ich raffe mich beinahe auf, um sie einzuholen und nach Hause zu bringen oder wohin sie will.

Die Sehnsucht nach einem Spaziergang in den alten Straßen trieb mich ins Baroud-Viertel. Es war ein Frühlingsabend. Seit Jahren war ich nicht mehr dort gewesen. Umm Kulthum tönte aus einem Fensterchen: »Du denkst an mich, vergißt mich nicht . . .« Ich erinnerte mich an die Kindheit in den Gassen von Tetuan. Kinder spielten auf dem kleinen Platz Fangen. Elende Frauen und Kinder füllten am Brunnen mit Geschrei ihre Wasserkrüge. Ich stand unter dem Fenster und hing den Erinnerungen nach.

»Choukri, was machen Sie da?«

Ich schaute zum Fenster hinauf. Das war ja Badr. Ich hatte ihn schon länger nicht mehr gesehen. Mit einem Drahtzug öffnete er von oben die Tür. Ich ging hinauf. Keiner von uns hatte gewußt, wo der andere wohnte. Wir trafen uns sonst in den Cafés des Zocco Chico oder am Abend bei gemeinsamen Freunden. In der Neustadt hatte ich ihn noch nie gesehen, seit ich da wohnte. Es war ein kleines Zimmer. An den Wänden hingen Bilder aus seiner Kindheit und aus reiferen Jahren, er allein oder mit einer oder mehreren Personen. Er trank gerade Tee. Er brachte eine geöffnete, nicht mehr ganz volle Flasche Wein und zwei kleine Gläser. Da war noch ein gerahmtes Foto, nicht allzu groß. Meine Augen weiteten sich. Aicha! Aicha bei Badr? Woher kannte er sie? Keiner der beiden hatte mir je vom anderen erzählt, und ich hatte ihn nie im Café Fuentes gesehen.

»Si Badr ...«

»Ja?«

»Das Foto dort ...«

»Was ist damit?«

Wir prosteten einander zu.

»Ich kenne sie nicht. Ein Freund von mir brachte es und hängte es auf, bevor er nach Frankreich auswanderte. Sie war seine Geliebte. Er arbeitete dort in einer Bar als Rausschmeißer, bis sie ihn erschossen haben.«

»Sie haben ihn getötet?«

»Er bekam Streit mit einem Franzosen und verprügelte ihn. Noch in der selben Nacht erschoß ihn der Franzose mit einer Pistole.«

»Geben Sie mir das Bild?«

»Nehmen Sie es, wenn Sie wollen, die Madame Kennedy ... der Ärmste ist tot. Kennen Sie sie?«

»Ja. Sie heißt Aicha. Sie ist vor mehr als zwanzig Jahren gestorben.«

»Sie auch? Wie denn?«

»Sie hatte sich ein Transistorradio gekauft, und am Abend saß sie mit uns im Fuentes. Auf dem Heimweg überfiel sie ein betrunkener Penner. Er wollte ihr das Radio wegnehmen. Sie wehrte sich und schlug ihm den Apparat über den Kopf. Er zerbrach ihr eine Flasche auf dem Schädel, dann fügte er ihr Stiche am Hals und an der Brust zu.«

Er stand auf und blickte eine Weile zu dem Bild, als sähe er es zum erstenmal. Dann setzte er sich wieder und sagte: »Wir Armen töten einander so leicht.«

Als ich beim Weggehen nochmals um das Bild bat, lehnte er freundlich und traurig ab.

»Lassen Sie es doch bitte lieber da. Es wird mich nun um so mehr an Kennedy erinnern. Auch er lebte arm in Tanger und starb arm in Frankreich.«

Von hinten packte er mich am Arm und sagte: »Komm her! Wohin gehst du?«

So überraschte mich mein Freund Abdoun Foroso immer mit einem Scherz. Wir gingen auf der Smarine-Straße.

Ich sagte: »Ich gehe zum Zocco Chico ins Restaurant von Ahmed Boufrakech. Den ganzen Tag nichts in den Magen gekriegt, außer einem Tässchen Milchkaffee am Morgen. Hunger hab ich und kein Geld.«

»Komm mit mir zum Monopole, zum alten Gelände der Tabakregie«, sagte er, »da gibts Essen, Trinken und Frauen. Dort hat die ganze Bekanntschaft ihre Festzelte aufgestellt, da finden wir alles.«

Vom Souk El Barrani aus fuhren wir mit seinem Wagen Richtung Bouabid, vorbei an Dradeb und Markala. Beim christlichen Friedhof von Boubana setzte er mich ab und sagte: »Warte auf mich unter dem Baum dort, ich bin bald wieder da.«

Ich sah seinen Wagen die Straße zur Mekra'a-Moschee und zum großen Hügel hinauffahren. Er mußte dort wohl ein dunkles Haschischgeschäft erledigen. Die Zeiten, da man Freunden vertraute, waren vorbei, so sagte er immer. Er war schon über dreißigmal im Gefängnis gewesen; meistens weil er Freunden vertraut hatte. Das wenigstens sagten Abdoun Foroso und die anderen Betrogenen.

Ich ließ mich unter der Weide nieder. Ich genoß die Kühle und die Ruhe. Ich liebte es, Sommernächte unter einem Baum oder am Meer zu verbringen. Ich erinnerte mich an die Zeiten, als Abdoun noch jung war. Als kleiner Junge mit reizbaren Innereien ging er im Sakaya-Viertel mit dem Dolch auf Anfoulou los, von dem es hieß, er habe einmal mit einem Esel gerungen, mit dem er zusammengestoßen war, und habe ihn zu Boden geworfen. Den Abslimou El Koundi erstach Hamidou Boudhra'a mit einem Messer, mit dem er sonst im Bordell von Ben Charki Kif zerhackte. Dahch, Kharrat, Bouhraoua, Batagine und Bagerdaou trinken heute Brennsprit, sie schlafen in irgendwelchen Hauseingängen, durchwühlen den Abfall und leisten Hunden und Katzen Gesellschaft. Alle kräftigen Männer in dieser gesegneten Stadt schlugen sich und lebten oder starben zu ihrer Zeit; die, die übriggeblieben sind, leben nicht zu ihrer Zeit, bringen sich selber Stück für Stück um, den Vorangegangenen folgend, töten oder werden getötet.

Ich genoß die Kühle und die Ruhe unter dem Baum. Da sah ich im Dunkeln, wie sich zwei Gestalten näherten, ihre Schatten neigten sich. Sie kamen in den Lichtschein des Mondes und der Straßenlampen, tauchten dann wieder in das Dunkel der Bäume. Sie blieben flüsternd stehen. Sie kamen auf mich zu wie zwei wandelnde Bäume. Sie starrten mich an wie zwei hungrige Geier. Mir wurde heiß und kalt, und ich fühlte mich unwohl unter dem Baum. Ich nahm mich zusammen und stand auf. Sie starrten mich hungrig an. Langsam näherten sie sich. Absätze wuchsen aus ihren Sandalen. Ihre Gesichter waren schwarz, genau wie die Sandalen. Meine Rippenflügel fühlten sich abwechselnd schwach und stark an. Sie blieben stehen, und der Lange sagte: »Gib mir, was du bei dir hast, alles!«

Ich sagte wie ein Verrückter: »Ich habe gar nichts. Aber wir haben Essen, Trinken und Frauen. Unsere Bekannten sind alle im Monopole.«

Ich hörte meine eigene Stimme fern in der Nacht. Ich sah die Farbe der Nacht in ihren Augen. Der Lange schaute zum Kleinen. Der kleine Schlaue zückte ein funkelndes Messer und sagte: »Wir müssen einmal sehen ob du wirklich gar nichts hast.«

Ich trug ein weißes Sommerhemd ohne Ärmel und eine billige Baumwollhose, die mir mein Ding fast abriß, wenn es sich reckte. Ich hatte sie schon im letzten Sommer getragen. Meine Sandalen waren ausgetragen und verletzten die Füße. Zornig zog ich mein Hemd aus und warf es dem Schlauen hin, dann begann ich mit derselben Gelassenheit die Hose auszuziehen. Der Lange streckte die Hand aus und sagte: »Setz dich zu uns, Brüderchen, behalte die Hose an.«

Der kleine Bösewicht gab mir das Hemd zurück.

»Hab keine Angst, du brauchst gar nichts zu fürchten.«

Ich schrie: »Die Zeiten der Angst sind vorbei, die Zeiten des Hungers und der Seuche sind da.«

Ich legte das leichte Hemd zusammen. Der Kleine sagte: »Setz dich, und sei nicht unanständig.«

Ich setzte mich und achtete nicht auf den Sieg in meiner Niederlage. War das nun wahr oder nicht? Egal, ganz egal. Es kam mir so vor, als sei ich genau wie sie. Es war mir gleich, was geschah, was schon geschehen war und was noch kommen würde, am Tag oder in der Nacht, mit ihnen oder mit anderen. Ich hatte mich selber verteidigt. Wir waren wie die Zähne eines Kamms geworden, so sagt man. Unter diesem Baum waren wir gleich. War das richtig oder nicht? Egal, völlig egal. Da saßen die beiden vor mir. Alles war gleich. Alles war egal. Der Lange zog eine Weinflasche und ein Glas aus der Tasche, dazu schwarze Oliven, starke Zigaretten und ein Feuerzeug. Dann räusperte er sich und fragte: »Woher kommst du?«

Ich sagte heftig und wie von Sinnen: »Ich habe kein Geld. Aber wir haben Essen, Trinken und Frauen. Das sagte mir Abdoun Foroso. Unsere Bekannten haben alle ein Festzelt im Monopole. Unsere Bekannten haben alles, sie haben alles, was ihr euch denken könnt.«

Sie schauten einander erstaunt an, und der Lange sagte zum Kleinen: »Laß ihn. Das ist ein armer Teufel, er ist geisteskrank.«

Er hielt mir das Glas hin, das ich durstig und wie besessen in einem Zug leerte. Verblüfft blickten sie einander an, während ich mir die Lippen leckte und meine Augen so weit wie möglich aufriß. Der Lange gab mir eine Zigarette, während ich schnell und laut immer wieder sagte: »Ich habe kein Geld. Ich habe kein Feuerzeug. Aber wir haben Essen, Trinken und Frauen. Unsere Bekannten sind alle dort drüben im Monopole. Sie haben alles, alles, was ihr euch denken könnt.«

Ich schaute den Baum an. Ich hatte sie dazu gebracht, einander betreten anzusehen, in Erwartung dessen, was da herunterfallen könnte. Ich lachte innerlich, machte ein fröhliches Gesicht, dann ein zorniges, zog genießerisch an der Zigarette. Sie beobachteten mich verlegen und mit Zuneigung. Ich blickte in die Nacht hinaus, zum Baum und in ihre Augen. Der Lange sagte voller Mitgefühl: »Zieh das Hemd an.«

Ich spuckte darauf und warf es in die Luft. Der Kleine stand auf, um es mir von hinten anzuziehen. Ich ließ ihn ruhig gewähren. Der Lange reichte mir das Glas, das ich wie beim erstenmal austrank. Ich lachte, bis der Kleine in das Lachen einstimmte. Wir lachten und lachten und lachten, ich und der kleine Schlaue, aber Blöde, während der lange Kluge Gott um Beistand für die Verrückten anrief. Ich fühlte mich erleichtert. Der lange Kluge machte ihm Vorwürfe, weil er mit mir lachte. Ich dachte, nun bin ich gerettet, und sie beschützen mich sogar. Da kam der Wagen meines Freundes Abdoun Foroso angefahren. Kreischend hielt er vor uns.

Abdoun rief: »Los, Rifi, steh auf, wir gehen!«

Schnell stand ich auf. Ich packte die Flasche, setzte sie an und nahm ein paar Züge. Der Lange sagte: »Gott behüte dich, du läufst ja voll.«

Abdoun Foroso fragte: »Was ist los?«

Ehrerbietig sagte der Lange: »Gar nichts, Si Abdoun, setz dich für ein Glas zu uns, das ist ein artiger, netter Bursche.«

Sie gaben ihm die Hand. Ich dachte, sie müßten von Tanger sein, weil sie wußten, wer Abdoun war. Vielleicht kannten sie alle unsere Freunde im Monopole. Ich lachte laut, bis die Hunde anfingen zu bellen. Lachend und tanzend ging ich zum Wagen, während weitere Hunde und auch Menschen in den Lärm einstimmten. Als ich die Türe öffnete, fragte mich Abdoun erheitert: »Was haben die beiden mit dir gemacht? Du hast sie doch nicht etwa übers Ohr gehauen?«

Ich setzte mich neben ihn und flüsterte: »Fahr los, dann sag ich dir alles!«

Wir lachten den ganzen Weg. Eine Hochzeitsgesellschaft kam uns entgegen, Autos, schwanger mit Mädchen, die fröhlich klatschten, wild die Trommeln und kleinen Tamburine schlugen. Sie reckten ihre Hälse aus den Wagenfenstern wie Giraffen und streckten die Arme aus wie die Verrückten. Sie riefen laut:

Addaha, addaha, wallahi ma challaha
Abatu, abatu, wallahi ma challatu.

Nehm er sie, nehm er sie,
und bei Gott verlaß sie nie.
Heg sie ihn, pfleg sie ihn,
und beileibe bleib bei ihm.

Abdoun Foroso sagte: »Wir haben auch eine Hochzeit im Monopole.«

Ich bewunderte seine neuen Kleider: Hemd und Hose weiß und weit, ein Krummdolch mit Elfenbeingriff und silberner Scheide an einem schwarzen Gurt; lange, schwarze Haare und ein schwarzer Bart, von hübschen grauen Strähnen durchzogen, seine Augen mit Kuhl geschwärzt und seine Zähne sauber geputzt. Und der Geruch seines arabischen Parfums erfrischte mich.

Bei der Ankunft im Monopole sagte er: »Das Leben besteht aus Essen, Trinken und Frauen, bis uns die Pest ereilt.«

Ein Lärm umgab uns, Stimmengewirr und Gesang, Kindergeplärr und Frauengeschwätz, Hundegekläff nah und fern. Der Schein des Mondes und der Sterne und der Laternen in den Zelten und draußen. Wohin wir unsere Schritte lenkten, wohin wir blickten, überall überschwemmte uns der Überfluß der Hochzeitsfeier. Aus einem Zelt tönte der Khayyam-

Vers: »Gebt, füllt das angenehme Glas, bevor das Glas des Lebens voll ist und das Maß ausgeschöpft.«

Da dachte ich an Nischapur, Tigris und Euphrat und die Tage Sindbads, an Ischtar, die ihre Geliebten ermordete, und Schehriar, der die schönsten Frauen tötete, an die Märtyrer Bagdads, die über alle Zeiten gehenkt, gekreuzigt, verbrannt und lebendig begraben wurden.

Ein kleines Mädchen in einem Zelt sagte: »Ich habe gesehen, wie einer im Meer ertrunken ist.«

Ein kleiner Knabe sagte: »Im Meer gibt es Fische, die die Menschen fressen.«

Da sagte das Mädchen: »Und die Menschen essen die Fische.«

Und der Knabe sagte: »Dann ißt der Mensch andere Menschen in den Fischen.«

Das Mädchen sagte: »Du bist blöd.«

Er sagte lachend: »Ich kenne auch die weibliche Form von blöd!«

Im Gebüsch und im Schilf stolperten wir über Büchsen und Konservendosen. Ein Hund bellte, dann mehrere, ein Hammel blökte, andere Tiere gaben Laut und schreckten die Leute auf ... Der Lärm verstummte, eine Frau beschimpfte ihren Hund: »Kafour! Still! Hol dich der Tod!«

Für einen Augenblick brüllten sie ihn an, so wie er heulte, dann schwieg er. Ich sah, daß das Schönste, die Zelte Abdouns und seiner Freunde, eingezäunt war. Beim Eingang des hohen Zeltes, das so stattlich wie der Eigentümer war, döste ein Schaf beim Wiederkäuen vor sich hin. Es gab irgendwelche Laute von sich, als wir dort ankamen. Im Zelt erhob sich ein Stimmengewirr zu unserer Begrüßung. Die strahlenden Frauen stießen bei Abdouns Ankunft trillernde Schreie aus. Zarifa vom Rif sprang auf und hängte sich bei ihm ein, sie küßte und umarmte ihn. Freude und Lust erfüllten die beiden, mit der Gewalt heftiger Liebe packte sie ihn an den schwarzen Haaren, die ein leichtes Silber in der Farbe der schönsten Mandelblüte durchzog. Ich dachte, wie schön ist doch die Liebe in den Fünfzigern und Sechzigern und in den späteren Jahren! Sie fingerte an den Knöpfen seines schönen Hemdes herum, und die Lust, die sie ausstrahlte, erfüllte beide. Sie küßte ihn auf die behaarte breite Brust, als ob sie ihn beißen wollte, während ihre Hände ihn umfaßten, Bauch gegen Bauch, wie ein Leib mit zwei Rücken. Sie sagte, halb erleichtert, halb tadelnd, weil sie heute und in anderen Nächten, ja während der ganzen Dauer ihrer jungen Liebe, so lange darauf gewartet hatte, daß er aus seinem Schlummer aufwache: »Ich wollte schon die Jellaba überziehen und nach der Stadt gehen, um zu sehen, wo du steckst.«

Sie lachten beide, und die Liebe war so schön in ihren Augen, wie ich es noch nie gesehen hatte.

Er sagte: »Laß nur, du törichtes Mädchen vom Rif! Nun bist du schon betrunken, dabei ist die Nacht noch lang. Geh schwimmen im Meer, geh!«

Sie sagte: »Los, gehn wir alle!«

Er tätschelte ihre Hinterbacken und hielt sie mit zärtlicher Kraft fest. Ihre Wollust brach aus ihr hervor.

»Mein Fleisch, mein Fleisch! Hol dich der Tod!« Dann flüsterte sie kokett: »Komm, nur du und ich, wir gehn schwimmen, los gehn wir schwimmen, wir beide!«

Ich dachte, das Leben ist nur ein Tag, aber die Liebe mit Fünfzig und Sechzig ist eine Ewigkeit, und danach hol uns die Pest!

Wir machten einen Rundgang durch Abdouns Zelt. Alle seine Freunde begrüßten uns fröhlich. Hassouna zündete zu unserer Ankunft zwei Kerzen an und stellte sie auf den Schwarzen Stein, eine große für Abdoun, und die zweite wie die anderen, die auf dem Stein standen. Ich war ja nichts weiter als ein Freund von ihm, und er war das Bindeglied zwischen mir und seinen Freunden. Sie tranken, rauchten, teilten einander im Scherz Hiebe aus, sie sangen und musizierten ungezwungen. Sie töteten die Traurigkeit und beteten für sie tausendmal, tausendmal beteten sie zu ihrem Begräbnis. Zarifa setzte sich auf den Teppich, Abdoun ließ sich auf einer Holzkiste nieder. Ich setzte mich auf den Boden und wandte mein Gesicht dem Schwarzen Stein zu. Man brachte uns zwei Gläser. Ich nahm einen Schluck aus meinem, den Rest goß ich mir über den Kopf und wünschte mir Glück und den anderen ein langes Leben. Die freudige Erregung sprach aus ihren Stimmen, und ich erinnerte mich an die Zusammenkünfte der Brüder, an unser Lachen und die vergangenen Nächte.

Abdoun fragte Khay Ahmed El Zahouani: »Und das Schaf, habt ihr es noch nicht geschlachtet?«

»Wir haben gewartet, bis du kommst.«

Antar El Sakouti stand auf, zückte einen Dolch und begann, ihn an dem Schwarzen Stein zu schleifen. Ich trank mein Glas aus und aß schwarze Oliven. Ich packte Hassounas schwarze Haare und küßte sie. Ich sagte zu ihr: »Was ist das Leben anderes als das?«

Abdoun Foroso sagte: »Hoch sollst du leben, mein Lieber, du und wir alle!«

Die Freude klang in ihren Stimmen. Hassouna El

Manaria trug die Leuchter wie Irrlichter voran, und wir folgte ihr feierlich. Abdoun sagte zu Zarifa vom Rif: »Bring einen von jenen Weinkrügen, den leeren wir dann darüber.«

Khayy Ahmed El Zahouaani und Abdellatif El Dounia packten entschlossen die Beine des Schafs und warfen es nieder. Das Schaf hielt im Wiederkäuen inne und rollte seine angsterfüllten Augen, dann meckerte es und blökte, bäbä, mämä. Ergeben starrte es auf die beiden: sie starrten wie hungrige Geier. Mir war heiß und kalt wie unter dem Baum. Ich schüttelte mich und stand auf. Das Schaf strampelte und rollte die Augen. »Meine Rippenflügel fühlten sich abwechselnd stark und schwach an.« Antar El Sakouti, der Schächter, schaute auf seinen Dolch. »Der Lange blickte zum kleinen Schlauen. Der kleine Bösewicht zückte ein funkelndes Messer.« Antar El Sakouti zog sich die Klinge über die Handfläche und den behaarten bloßen Unterarm. Er sagte: »Wir müssen mal sehen, ob du wirklich gar nichts hast.« Das Schaf schrie ängstlich bä äch ch ...!

Abdoun griff nach Zarifas Weinkrug, dann tastete Antar El Sakouti den Kehlkopf des Tieres genau ab, die tötende Klinge in der Hand. Abdoun Foroso rief: »Houita! Das ist der neue Name für Zarifa vom Rif!«

Das Schaf schrie.

»Mä äch ch ...«

Das scharfe Messer blitzte in Antars Hand, er sagte: »Bismillah für Houita!«

Dann führte Antar der Scharfrichter den tödlichen Schnitt. Das Schaf röchelte, die Kehle von einem Ohr zum anderen offen.

Rot sprudelte es hervor, sprudelte, ein Schuß Fett, zwei Stöße, noch ein Stößchen, es zitterte, zitterte, wurde rot, weiß, die Wunde klaffte tief, ein Schuß rot, ein Schuß weiß, und das Rinnsal verlor sich lauwarm, während die Augen des Schafes kullerten. Abdoun Foroso schüttete selig den Krug Roten über die Kehle des Tieres, und wir riefen wie verrückt, wild und überschäumend: »Houita, Houita, Houita!«

Wir schrien und lachten, während das Schaf strampelte und sich aufbäumte; Khnatha, die Freundin Slimans aus der Familie, stieß heisere Trillerschreie aus, sie trillerte, und Abdoun leerte den Krug ganz über das geschlachtete Schaf. Dann kam die Tochter Khnathas schreiend aus dem anderen Zelt herüber, sie trug einen Krug voll Wasser und zeterte zornig weinend.

»Halt, halt, das könnt ihr doch nicht machen! Schlachten mitten in der Nacht und noch Wein darübergießen! Das darf man doch nicht!« Dann goß sie lamentierend das Wasser über die Kehle des Schafs, um es von alten Vergehen und von dem neuen zu reinigen. Sie trugen sie in ihr kleines Zelt zurück und legten sie neben ihrer kleinen Schwester schlafen. Die Brise trug den Geruch des nächtlichen Meeres zu mir. Beim Tod dieses Schafs und bei all den Freunden, die so gesund wie Stiere sind — das Leben wird zu vielen Leben in einer solchen Nacht, bis der Mensch wieder vernünftig wird oder bis zur Flut!

Draußen vor den Zelten hörten wir eine Frau schreien. Alle Bekannten gingen dem Schrei nach, während sich das Schaf noch wälzte und schnaufte. Es schnaufte, und ich atmete die Kühle dieser Nacht, es streckte seine strampelnden Haxen in die Luft.

Ich wollte nicht davonstürzen wie die anderen, so blieb ich neben dem Schaf, das vor mir allmählich verendete, während das rote Rinnsal langsam versiegte. Wieder ein schriller Schrei, Kinderplärren, Stimmen von Frauen und Männern wurden laut, auch die Stimmen der Tiere und der Gegenstände. Die Sterne und Nebelschleier, die im Mondenschein vorüberzogen, und das Geräusch der ganzen Welt, der alten und der jungen, war da, unter dieser Nacht, zwischen diesen Zelten und den Dingen, dem Schaf und diesem Festzelt und den Freunden, die so mutig waren wie Stiere. Was war das Leben denn außer dem Jetzt, bis der Tod kam, wie Abdoun sagte.

»Gib mir dieses Messer!«

»Wirf es weg!«

»Los! Gib her!«

Houita kam atemlos zurück, taumelnd und verschwitzt. Sie stolperte über die Stricke und Pflöcke des großen Zeltes und sagte: »Der betrunkene Gorilla wollte seine Freundin Monica umbringen.«

Sie trat unter das Dach und warf sich schicksalsergeben in die Ecke beim Schwarzen Stein. Sie drehte sich auf das Gesicht, bedeckte es mit den Händen und weinte. Lamentierend, händeringend riß sie sich an den Haaren, fluchte. Dann erschlafften ihre Arme, ihre Augen wurden glasig, und sie seufzte, der Schwarze Stein vor mir und hinter ihr.

Sie kam zum Zelt zurück, mit ihnen Gorilla, außer Rand und Band. Sein Gesicht war zerkratzt, seine Brust entblößt, sein Bauch vorstehend und die Füße nackt. Monica war betrunken und weinte, sie war barfuß und halb nackt, blutig im Gesicht, an Hals und Brust, am ganzen Körper hatte sie Verletzungen.

Houita belebte sich wieder und stand auf, sie fiel ihrer Freundin Monica um den Hals und drückte sie an sich. Hassouna El Manaria zündete zu Ehren Gorillas und Monicas zwei neue Kerzen an und setzte sie auf den Schwarzen Stein. Wir brachten die beiden dazu, mit dem Wehklagen aufzuhören, wir ließen sie ruhig werden und lächeln, wir brachten sie zur Vernunft, zum Lachen, und dann boten wir ihnen alle Herrlichkeiten, die sie sich wünschen mochten.

Antar El Sakouti und Abdellatif El Dounia ließen wir draußen das Schaf ausnehmen, und Mina Soullouminni mußte ihnen beim Auswaschen der Bauchhöhle helfen. Der Mundschenk Mairoubi gab Gorilla ein bis zum Rand gefülltes Glas. Er verschüttete etwas davon, als er es, noch zitternd vor Erregung, nahm. Er trank in einem Zug, und der Rote tropfte auf seine nackte, von krausem Haar bedeckte Brust. Sie war wie sein ganzer Körper tätowiert, mit Frauengesichtern, mit Pfeilen und Dolchen, die ein oder zwei verschlungene Herzen durchbohrten. Daneben standen unter anderem ein paar spanische Worte, die er im Laufe seiner fünfundvierzig Gefängnisaufenthalte hatte schreiben lassen. Seine Kumpanen hatten sich nicht weniger tätowieren lassen, damals, als das Gefängnis in dieser Stadt noch eine Ehre und ein Zeichen für Mannhaftigkeit war.

No hay confianza en ninguno
te quiero mucho Jenatha
tu eres mi amor hasta la muerte.

Wir klatschten ihm zu, während er seine schielenden Augen rollte. Abdoun Foroso klopfte ihm mit der flachen Hand auf die Schulter, auf den Rücken, den Nacken, und er packte ihn an den Haaren, den Strähnen, dann fuhr seine Hand hinunter zum Bart. Mammou kitzelte Gorilla am ganzen Körper, bis die Fröhlichkeit hervorbrach. Wir machten ihn schmunzeln und lächeln, dann fing er an zu lachen, bis er fast in die Hosen machte. Er ging draußen pinkeln und kam wieder. Wir stellten einen Musikanten aus dem verlorenen Paradies auf, aus den alten vergangenen Tagen, und wir sangen das Lied von der Eroberung und vom Verlust in der modernen, jüngsten Zeit, von den Tagen, als Tanger noch Tore hatte, die beim Einbruch der Dunkelheit geschlossen wurden. Wer zu spät zurückkam, mußte eine Buße zahlen oder auch nicht, je nach der Laune des Wächters. Und wir sangen von der Macht Tareks: »Christenmensch, du Herrscher über die Dampfmaschine . . .«

Mammous Stimme war die schönste von allen. Gorilla stand auf und ging umher, und wir sangen und klatschten in die Hände. Er stimmte ein und klatschte mit, dann legte er die Hände in die Hüften und schlug links und rechts mit dem Hintern aus, in Kreisen und Halbkreisen. Abdoun Foroso stand auf und klaubte eine Fünfzigdirhamnote aus der Tasche, er befeuchtete sie mit Spucke und klebte sie ihm auf die Stirn. Das brachte Gorilla in Fahrt, und er tanzte schweißüberströmt herum. Sein Gesicht wurde ganz rot, und vor Freude bekam er feuchte Augen, seine kleinen Lippen waren zusammengepreßt, denn ihm fehlten einige Zähne. Mammou hatte eine angenehme Stimme, und Gorillas Tanz war ganz gewaltig.

Als wir des verrückten Singens, Klatschens, Tanzens und Schreiens müde waren, stellten wir das Tonband an mit alten Liedern von Abdelwahab und Umm Kulthum. Einige klangen modern und hatten klassische Worte dazu, andere wieder klangen klassisch und modern zugleich, nach dem Geschmack des Zeitalters, dessen Wurzeln sich erneuerten.

Während ich mein volles Glas zum Mund führte, sagte ich zu Houita vom Rif: »*Ouchaid abchoun innem!* Gib mir deine Möse!«

»*Mermi ma takhsad.* Wann du willst.«

»Jetzt.«

»Komm wir gehn schwimmen.«

»Gibst du mir deinen Hintern?«

Sie sagte lachend: »Die Möse geb ich dir, aber den Hintern kann ich dir nicht geben.«

Ich sagte, meine Augen voller Verlangen und Erregung in ihren: »Komm wir gehen zum Strand.«

Abdoun Foroso, der nur einige Worte Rifi verstand, sagte: »*Ouah akhari mouh, ouah.* Ja, mein bester Mouh!«

Dann leerte er sein Glas bis zur Neige.

Ich sagte: »Los gehn wir schwimmen, alle zusammen!«

Houita ging hinaus, und Abdoun und ich folgten ihr. Unser gemeinsames Verlangen nach ihr war groß. Wie wir sie feierten, sie voraus und wir hinterher! Beide liebkosten wir ihren tanzenden Hintern, tätschelten ihn, zwickten und befingerten ihn. Antar El Sakouti zerschnitt das Schaffleisch auf einer Holzkiste, Mina Soullouminni saß daneben auf der Kiste mit dem Glas in der Hand, und Dounia stand dabei, rauchte Haschisch und zählte die Sterne. Houita sagte zu den Freunden: »Schön, diese Nacht, herrlich, nicht?«

Wir hörten einen Säugling im Zelt schreien. Ein Köter bellte uns an. Die Leute in den Zelten antworteten auf unsere Freude, und wir auf die ihre. Hunde bellten die Nacht und uns an. Grillen zirpten, und man hörte Lachen aus einem Zelt. Aus einigen drangen lateinamerikanische Lieder, und in einem anderen sang man: Aiaiai, sing und weine nicht, es ist dein Recht, und auch Abu Kasras, das Schicksal und der Wunsch, und einmal betrat ich einen Garten, makh, makh, warum, warum? Hör das Lied der Vögel, ioua makh? Warum schaust du zu ihr? Du Blume meiner Einbildung, wo unter allen Menschen ist ein Vater, ich habe sie in meinem Herzen gehegt, wie meinen Vater, nach uns das Ende der Geduld ... Alle Zelte waren lauter Gesang und Fröhlichkeit. Wir ließen das Gebell, die Feiern und die Rufe hinter uns. Wie die Besessenen wollten wir einander auf dem Weg zum Strand zuvorkommen. Ich war hinter Abdoun, und Houita vom Rif kam hinter mir. Ich tat so, als schmerzten mich die Stiche der Kiesel in den Fußsohlen, damit Houita mich überholte, denn ich wollte ihren Körper vor mir haben, von hinten, von vorn und von allen Seiten. Abdoun Foroso zog alle Kleider aus und warf sie achtlos in den Sand. Er rannte allein voraus zum Wasser. Der Wasserspiegel leuchtete wie ein Mosaik. Houita machte es wie er, mit ihren leichten Kleidern. Im Mondlicht erschien sie ganz dunkel, ausgenommen ihre zwei Monde, zwischen denen sie wie die erste Morgendämmerung eines Frühlingstages war. Sie war nicht fett und nicht mager mit ihrem hübschen weißen Schimmer. Sie stieß einen Freudenschrei aus und rannte zu dem ruhigen Wasser, das von nah und von fern leuchtete wie ein Lichtteppich, den frühlingshafte Abendwinde fächelten. Sie hatte den Körper dieses Zeitalters, ob nackt oder bekleidet, wie ihre Genossinnen in den Zelten, die die Nächte und Leidenschaften liebten, im Paradies oder in der Hölle. Sie dachte nicht zuviel in der Vergangenheit und nicht zuviel in der Gegenwart. Oft war es eine alte Denkweise, selten modern. Abdoun Foroso, ich selber und die anderen im großen Zelt und in den vielen andern waren genauso. Ich zog mich ebenfalls aus und legte mich in den Sand. Ich schaute zu, wie sie tauchten, einander anspritzten und schrien. Ich dachte, die beiden Wesen dort und ich selber hier, wir bilden jetzt meine ganze Welt. Alles, was nicht hier vor mir ist, ist jetzt gar nicht da. Drei Tausendsassa genügen schon, um dem freudigen Dasein einen Sinn zu geben.

Abdoun Foroso sagte zu ihr: »Komm!«

Er jagte und packte sie und gab sie wieder frei, sie floh vor ihm ins Wasser und sagte lachend: »Nein, nein, geh allein!«

»Fürchte dich nicht, Angsthase.«

»Ja ich bin ein Hasenfuß, aber geh allein.«

Ich sah sie zurückkommen, während er mit kräftigen Stößen wie ein Delphin zum Floß hinausstrebte. Ich besah meinen Körper. Ich war wie das Schaf, und meine Freunde wie Stiere. Ich war nicht so oft und so lang wie sie im Gefängnis gewesen, und mir fehlten die Rippen, auf die die Tätowierungen mit Symbolen und leidenschaftlichen Worten gepaßt hätten.

Sie kam aus dem Wasser, voller Stolz und Koketterie kam sie daher, aber sie war auch ermüdet. Heiß schoß es mir durch alle Adern, wie ein Rausch, dann sah ich ihn. Er reckte sich stolz. Das belebte ihn. Sie sagte atemlos: »Er ist dumm, wegen ihm mußte ich Wasser schlucken, er wollte mich mitschleppen, ich wäre fast ertrunken.«

Ihr schwarzer, feuchter Schaum gefiel ihm. Sie legte sich neben mich und hob ein wenig ihr schönes

Bein. Er schüttelte sich und wurde von einer Welle der Lust überflutet, ein Rausch packte ihn und weckte schamlos seine Herrlichkeit. Neugierig schaute sie auf ihn und auf mich. Dann lachte sie und fragte mich: »Wieviel Zentimeter mißt er?«

»Zwanzig.«

»Du lügst.«

Sie lachte.

»Miß ihn doch, wenn du willst!«

Sie wälzte sich auf meinen Bauch. Ich saugte an ihrer Brust, bis ihre Haut in meinem Munde süß wurde. Ich dachte: Dein Ding erreicht ja alle Dimensionen, in der Länge und der Breite mehr als fünfundzwanzig Zentimeter.

Sie sagte in der Berbersprache: »Da hast du das Meer, geh, trink daraus, bis du genug hast.«

Ich sagte: »Auf deiner Haut ist das Meersalz wie Zucker.«

Ich log nicht, es schmeckte wirklich süß. Die Süße ihrer Haut in meinem Munde, oder die Süße meines Mundes auf ihrer Haut? Ich wußte es nicht. Vielleicht dachte ich auch nur an die Süße, und so entstand sie. Wir lachten, sie ließ ihr linkes Bein fallen und hob es wieder, während er es zu erhaschen suchte.

Sie sagte: »Wie du lügen kannst!«

»Die Lüge liegt in deiner Haut.«

»Was ist mit meiner Haut?«

Ich drehte mich auf den Rücken, da sah ich, wie Abdoun Foroso auf dem Sprungbrett stand. Ich schaute zu, wie der Sand von ihm herunterrieselte, wenn es ihn wieder überkam und es ihm heiß und lustvoll durch die Adern schoß, wie er sich neigte und er mir stand, sich reckte und schwoll, in dem Wunsch, zu tauchen und sich darin zu reiben. Ich dachte, er will springen und eintauchen, wie Abdoun es jetzt auf dem Floß tun wird, wenn er ins Wasser hüpft.

Sie sagte: »Du behauptest, du hättest zwanzig Zentimeter!«

Ich antwortete lachend und voller Verlangen: »Ich habe dir gesagt, miß ihn, wenn du mir nicht glaubst.«

Sie tastete nach ihm, umfaßte ihn zärtlich und drückte ihn dann in der Hand, sie beugte sich darüber und küßte ihn sanft.

Ich sagte: »Hab keine Angst, laß ihn nur schwimmen, oder laß ihn warten!«

Sie blickte zu den Kähnen auf dem Sand und zu ihm, dann erhob sie sich und sagte: »Komm, wir schauen uns deine zwanzig an!«

Ich wußte, daß Abdoun Foroso wegen keiner Frau eifersüchtig war. Für ihn waren alle von der gleichen Art, alle waren eine, und eine war wie alle. Er liebte den Spruch Abderrahman El Majdhoubs: »Das Vöglein flog, dann setzt' es sich auf eine Rut' ... und jede Frau ist eine Hur, sei's denn, sie wär für gar nichts gut.« Seine beiden legalen Frauen und was ihn sonst noch so verlockte, von Zeit zu Zeit, das genügte ihm mit seinen über fünfzig Jahren. Er machte mir keine Vorwürfe, wenn ich mich nicht an seine Wünsche hielt, und des öfteren überließ er mir einen Teil seiner Fänge, der Beute und der Geschenke während der Hochzeitsfeiern in diesen Zelten, bei mir zu Hause oder bei anderen großzügigen Freunden. Er war zufrieden mit seiner Spendierfreudigkeit mir und anderen armen Freunden gegenüber. Er selbst hatte mir eines Tages gesagt: »Die Zeit der Ehrbarkeit und des Todes wegen einer Sache ist vorbei. Dies ist der Moment, dessen Lust deine Lust ist und dessen Nacktheit auch die deinige ist.«

Ich folgte ihr, wohin ihre Laune sie, gehend, hüpfend, rennend, trieb. Zwischen Antlitz und Hinterteil war ich ihr Gefangener, ob sie rannte, flog, fiel oder aufstand, wohin sie sich wandte, dorthin wandte auch ich mich. Wir eilten zum Wasser und reinigten uns in kindlicher Lust vom Sand. Ich rieb sie, und sie rieb mich, wie wir hineingegangen waren, kamen wir wieder heraus, tollten herum wie zwei Kinder, im Sand zwischen den Fischerbooten und den Dingen, die die Leute und das Meer brachten. Mir war heiß und kalt, ich auf Houita oder sie auf mir, zwischen Fleisch und Sand. Wir machten eine Weile weiter, viel Fett und Schweiß floß. Beide lagen wir dann entspannt und erfüllt, und er wandte sein Gesicht zum Spektakel des Himmels. Sie sagte: »Du bist besser im Liebemachen und im Phantasieren.«

»Aber seine Arme sind doch so stark wie meine Schenkel.«

»Trotzdem, du hast einen langen Starken, und er hat einen kurzen Schwachen.«

»Er ist ja auch schon über fünfzig, und ich noch nicht vierzig.«

Wir hörten Abdoun rufen: »Du Teufelskerl bist mir zuvorgekommen. Du hast sie noch vor mir übers Ohr gehauen. Alles hast du zuerst genommen, du Mösenblocher.«

Ich sagte lachend: »Seine Lust ist auch deine, und seine Blöße ist die deine.«

»Du hast mich mit meinen eigenen Waffen geschlagen, du Teufelskerl!«

Zu dritt rannten wir ins Wasser, lachten, hüpften und spielten wie Kinder. Das Wasser war an manchen Stellen kühl, dann wieder warm wie Houitas Möse. Unter dem Baum war mir heiß und kalt, auf Houita und unter ihr, zwischen Fleisch und Sand, Schweiß Fischgeruch, Treibholz und Strandgräsern, über und unter dem Wasser, in der Luft dieser Nacht, unter diesem Himmel.

Unsere Freunde überraschten uns, hüpften und schrien wie Stiere. Sie taten dasselbe wie wir. Was ist das Leben außer heiß und kalt, wie Abdoun Foroso immer sagt, bis die Flut kommt und die Pest.

DAS KLEINE PARADIES

Über dem Tor des
kleinen Paradieses steht:
Ich denke nicht,
also bin ich nicht.

»Geh, du hast hier nichts zu suchen!«

Sie schaute den Wächter traurig an.

»Warum soll ich fortgehen?«

Sie bieten einander Milch und Honig an.

»Der Herr des Paradieses verbannt dich.«

Sie trinken Wein, wie es keinen anderen gibt. Sie kennen kein Weh und keine Klagen.

»Und warum verbannt mich der Herr dieses Paradieses?«

Sie riechen Wohlgerüche, wie es keine zweiten so berauschend gibt. Sie gleiten übereinander wie die Fische im Netz.

»Weißt du nicht, warum er dich verbannt hat?«

Sie tanzen. Sie saugen und sie säugen einander voller Lust. Sie rollen über das Gras, das mit Polstern übersät ist. Sie legen sich in die Büsche und sind einander Unterlage und Befriedigung. Sie stürzen und tun sich nicht weh.

»Nein, ich weiß es nicht.«

Ihr Rausch in den Zelten und Palästen kennt nicht seinesgleichen. Sie liegen ausgestreckt. Sie stehen.

»Weil du nachdenkst und träumst. Du bist hier schon lange traurig.«

»Ich glaube kaum, daß der Herr des Paradieses mich deswegen verbannt. Es ist nicht mein Fehler, daß ich unglücklich bin.«

Sie essen und trinken, was sie begehren und am liebsten mögen. Die Becher leeren und füllen sich von selber. So verbringen sie den ganzen Tag und die ganze Nacht.

»Der Herr des Paradieses zürnt jedem, der denkt, träumt und traurig ist in seinem Paradies.«

»Ich glaube nicht, daß er so hart ist, der Herr dieses Paradieses. Er ist gütig.«

Sie rennen, verbinden einander die Augen und spielen blinde Kuh. Sie schwimmen. Sie liegen im Schatten. Sie schaukeln. Sie lachen und singen.

»Nein, du täuschst dich, er ist gerecht und nicht gütig. Wie soll er dich in seinem Paradies haben wollen, wo doch seit langem keiner mehr mit dir geschlafen hat? Du kennst weder Tag noch Nacht.«

Sie denken nicht. Sie lesen und schreiben nicht. Sie träumen nicht und klagen nicht. Sie sind nicht unruhig und nicht hilflos. Sie sind ganz ruhig.

»Ein Jüngling war mit mir zusammen, der schöner als die anderen war.«

Sie braten Vögel. Sie werfen einander Früchte und verborgene Perlen zu. Sie erfreuen sich mit Seidentüchern und Blumensträußen. Wehe dem, der einsam bleibt, um nachzudenken, zu träumen und zu trauern. Sie kämpfen nicht miteinander. Sie kennen keinen Neid. Sie wetteifern nicht. Sie gaffen nicht. Sie schämen sich wegen nichts. Alles ist ihnen erlaubt.

»Und warum ist der Jüngling nicht mehr mit dir zusammen? Weißt du nicht, daß kein Mann ohne Frau und keine Frau ohne Mann bleiben darf?«

»Ich weiß.«

»Und?«

»Ich habe Pech gehabt, seit ich in dieses Paradies gekommen bin.«

»Das tut uns leid. Geh nun in die Welt der Kümmernis.«

Sie geht gehorsam und traurig.

»Geh, du hast hier nichts mehr zu suchen.«

Er schaut den Wächter traurig an. Er erinnert sich an das Glück des Paradieses, das er eine Zeit lang erfahren hat. Die Kümmernis draußen zeichnet sich deutlich ab.

»Warum soll ich denn gehen?«

Sie trinken wie sie wollen. Sie essen, was ihnen gerade schmeckt. Jeder saugt ein, was ihm süß erscheint. Sie bringen ihren Tag zu Ende und beginnen ihre Nacht. Sie haben Tag und Nacht für sich.

»Weil du nachdenkst, träumst und trauerst, seit du hierhergekommen bist. Der Herr des Paradieses verbannt dich, wie er die vor dir verbannt hat.«

Sie geben nichts. Sie betteln nicht. Sie arbeiten nicht. Sie stellen sich keine Fragen. Sie kennen keine Erinnerung und keine Reue.

»Ich glaube nicht, daß der Herr dieses Paradieses so hart ist.«

Jungfrauen und Knaben sind einander Gespielen. Der hübsche blonde Flaum auf den Beinen leuchtet in einem Licht, das nicht vom Tage und nicht von der Nacht stammt.

»Du mußt es glauben und dem Befehl Folge leisten.«

Sie sind nicht eifersüchtig. Sie sind nicht neidisch. Sie sündigen nicht und vergeben nicht.

»Ich kann es nicht glauben, und es ist mir nicht recht klar.«

Sie fragen nicht nach Herkunft und Heimat. Sie erinnern sich nicht mehr, wer und wo sie waren. Sie sind gekommen, wie schon die anderen vor ihnen.

»Was du da sagst, habe ich noch nie gehört.«

Sie sind von allen Seiten in Gruppen zu dem kleinen Paradies gekommen.

»Ich habe dir nur das überbracht, was du schon weißt. Du mußt mich nicht fragen, was der Herr dieses Paradieses mit seinem Eigentum macht.«

Sie sind großzügig mit dem, was sie haben, und sie kennen nur gemeinsames Eigentum.

»Gibt es denn keinen, der sich erbarmt?«

Sie kennen keinen Unterschied der Herkunft und keinen Rang. Es gibt keine Meinungsverschiedenheiten über Sprache oder Wissen.

»Darüber weiß ich nicht mehr als du.«

Sie ergehen sich nackt, wie sie losgeschickt wurden, und sie sind einander Spiegel und Geschenk.

»Wenn du mir doch nur ein wenig von dem sagtest, was du weißt.«

»Du erweckst Unruhe in den Seelen. Du kennst weder Tag noch Nacht.«

»Ein Mädchen war mit mir zusammen, das schöner als die andern war.«

»Aber sie ist nicht mehr bei dir. Wer, glaubst du denn, soll bei dir bleiben, wo du ein so ernstes Gesicht machst? Es ist eine Schande, wenn hier ein Liebender ohne Geliebte bleibt.«

»Ich weiß.«

»Und?«

»Ich habe kein Glück.«

Die Sache spielt sich ab wie zuvor. Er geht als Verstoßener. Vor dem Tor des kleinen Paradieses wartet die zuvor Verstoßene auf ihren Freund in der Verbannung. Ihre Blicke umarmen sich. Ihre Hände umfassen sich. Zusammen machen sie sich auf die Suche nach einem neuen Paradies, das keinen Tag kennt und keine Nacht, keinen Herrn und keinen Wächter.

DIE SELTSAME LEICHE

Ein Aufschrei auf dem Hauptplatz. Ein lebendiger Körper fällt auf die Erde. Von allen Seiten kommen Leute herbeigerannt. Der sterbende Körper blickt zum strahlenden Himmel empor. Seine Augen erlöschen allmählich. Nun stirbt er. Es ist zehn Uhr morgens. Die Leute eilen von allen Seiten herbei. Die Sonne weckt die Erinnerung an jene kalte Gottheit.

»Er rührt sich nicht mehr.«

»Keiner kann ihn wegbringen. Er ist auf ganz seltsame Weise gestorben. Ein erschreckender Vorfall.«

Die Leute sind an den Fenstern, auf den Balkonen, auf den Dächern, auf den Bäumen. Immer mehr kommen von überall her, eilend und rennend. Gesunde und Kranke, Große und Kleine, Arme und Reiche. Alle merken, daß es eine seltsame Leiche ist. Keiner wagt sich heran.

Elf Uhr. Der Leichnam liegt immer noch da. Viele haben sich unterdessen niedergelassen. Von Zeit zu Zeit setzen sich wieder andere. Ihre Augen werden nicht müde, auf den Leichnam zu starren. Nun schlagen Funken daraus hervor. Sie gähnen, dösen, trinken kalte Getränke, essen belegte Brote, rauchen, kauen Kaugummi, lächeln, scherzen und lachen, stoßen einander im Scherz oder im Ernst mit den Schultern, suchen nach einem geeigneten Platz zum Stehen oder Sitzen. Sie gehen hierhin und dorthin. Sie geben Erklärungen über die seltsame Leiche ab.

Sie entfernen sich für einen kurzen Rundgang und kommen allein oder in Gesellschaft von Neuankömmlingen zurück.

Halb zwölf. Viele Angestellte kommen auf den Platz und staunen. Sie haben ihre Büros vorzeitig verlassen, um den leuchtenden Leichnam noch im Anfangsstadium seiner Zersetzung zu sehen. Die Sonne brennt. Sie trocknen sich den Schweiß mit Taschentüchern und Ärmeln. Sie drängen sich auf den schattigen Plätzen unter den Bäumen oder den Vordächern der Geschäfte und Cafés. Ein alter Mann verliert das Gleichgewicht. Er fällt auf ein Mädchen, das dasteht. Frauen kreischen. Kinder weinen. Auf dem Gesicht des Mädchens zeichnet sich ein großer Schrecken ab. »Es ist nur ein Anfall von Unwohlsein. Mach dir nichts draus. Er stirbt nicht. Sicher hat er unter der Hitze gelitten.«

»Geh nach Hause, Alter. Du erträgst die heiße Sonne hier nicht.«

In der Runde fragt man, wo der alte Mann wohne.

Der Alte wehrt sich mit schwachen Kräften: »Laßt mich hierbleiben. Gebt mir ein wenig Wasser!«

Kurz nach Mittag. Nun kommen die Angestellten und die Arbeiter auf den Platz. Einige setzen sich. Mit Genuß verzehren sie ihre belegten Brote.

»Sie haben wirklich nicht übertrieben, das ist eine seltsame Leiche.«

»Schon seit zehn Uhr morgens liegt dieser Körper da.«

»Sieh mal, nun steigt leuchtender Rauch daraus auf!«

»Ja.«

»Ich sehe zum erstenmal eine Leiche, die ein so grelles Licht ausstrahlt.«

»Ein seltsamer Leichnam.«

»Gehst du heute abend zur Arbeit zurück?«

»Ich glaube nicht.«

»Aber deine Vorgesetzten merken doch sicher, daß du hier bist und dem Zerfall der leuchtenden Leiche zuschaust.«

»Sie sind selber hier. Ich glaube nicht, daß sie ins Büro zurückkehren. Du wirst sehen.«

»Ein Leichnam, der einfach von selbst verbrennt. Wer kann denn auf dieses Schauspiel verzichten?«

»Stimmt, das ist ein seltsamer Anblick.«

»Vielleicht eine neue Sorte von Mensch?«

»Wohl möglich.«

»Nähert sich denn niemand dem Leichnam?«

»Bist du verrückt oder was? Wer würde das wagen? Hingehen, wo er doch von selbst verbrennt.«

»Das hat noch keiner riskiert.«

»Wer soll denn sein Leben bei diesem Spektakel aufs Spiel setzen?«

»Eigenartig.«

»Warum gehst du nicht?«

»Ich?«

»Ja, du.«

»Warum ich?«

»Damit du genau siehst, ob er nun brennt oder nicht.«

»Geh doch du zuerst.«

»Ich weiß, daß er brennt.«

»Woher?«

»Schau doch, wie jetzt die Funken daraus hervorstieben. Seltsam ist nur, daß er nicht den selben

Gestank verbreitet, wie wenn man andere Leichen verbrennt.«

»Es ist eine Leiche nicht wie die anderen.«

»Vielleicht beginnt sie erst bei Sonnenuntergang zu stinken.«

»Das glaube ich nicht. Leichen stinken sonst eher am Tag als in der Nacht.«

»Wir werden sehen.«

»Vielleicht ist es eine Leiche aus einer anderen Welt.«

»Alles möglich. Wer weiß?«

Sie legen sich nieder und machen einen Mittagsschlaf.

Frauen und Mädchen laufen plötzlich unter einem der Bäume auf dem Gehsteig zusammen. Sie bilden einen Kreis. Eine zieht ihr Überkleid aus. Vier greifen danach. Ein Mädchen legt den Überwurf ab. Zwei halten ihn an beiden Seiten. So machen sie einen Vorhang für die vornübergeneigten Frauen.

»Die Ärmste, ich wünsche ihr Glück!«

Ihr Töchterchen weint.

»Hab keine Angst, Kleines, deine Mutter ist hier. Es geht ihr gut. Fürchte dich nicht, du bist ja bei uns.«

Eine junge Frau hebt das Kind auf und nimmt es in die Arme. Sie küßt es und spielt mit ihm. Es beruhigt sich. Der Ring wird immer dichter. Von allen Seiten kommen noch weitere Frauen dazu. Da kommt ein kleiner Knabe. Er versucht, einen Blick durch den Ring der Frauen zu werfen. Eine schiebt ihn sanft weg.

»Geh, du brauchst nicht zu sehen, was hier vor sich geht.«

Der Kleine schaut sie widerstrebend an.

»Ich gehe nicht weg.«

Sie versucht es nochmals. Er weicht zurück und beschimpft sie. Die Frau wird zornig.

»Seht ihn an! Daß er sich nicht schämt! Der soll nochmals herkommen, dann sieht er schon, was passiert!«

Sie drängen und stoßen. Der Kreis wird enger. Sie recken sich, stecken die Nase hierhinein und dorthinein. Sie suchen nach einer Öffnung, durch die sie erspähen können, wie die Sache im Inneren des Kreises verläuft. Von überallher kommen sie. Die Menge wird größer und größer. Kinder verlieren ihre Angehörigen. Andere spielen blinde Kuh. Schreien. Weinen. Lachen. Suchen. Rennen.

Handgreiflichkeiten. Und aaah ... ooh ... aah.

»Ein Knabe! Es ist ein Knabe!«

»Und wie geht es der Mutter?«

»Sie ist wohlauf.«

»Welch ein Glück!«

Der Platz ist heller als sonst. Immer noch kommen sie von anderen Ortschaften, von nah und fern. Mit Filmkameras wird die Zersetzung des leuchtenden Leichnams festgehalten. Er phosphoresziert immer noch. Einige Kinder sind mittlerweile eingeschlafen, umarmen ihre Mütter oder Verwandten, während andere immer noch spielen. Schüler machen ihre Hausaufgaben. Lehrer bereiten ihre Schulstunden vor oder korrigieren Arbeiten. Chefs und Untergebene. Die Leiche ist fast ganz zu Asche geworden. Die Glieder scheinen aufgelöst. Der Schädel, der abgefallen ist, leuchtet stärker als der Rumpf. Sie verlieren das Interesse am langsamen Zersetzungsprozeß, aber sie bleiben hier. Sie machen einen kleinen Rundgang, dann kommen sie wieder und lassen sich am Platz jener nieder, die inzwischen genug vom Sitzen haben. Die Sitzenden wechseln auf den vordersten Plätzen mit den Stehenden ab. Viele haben Decken, Kissen, Küchengeräte und Gaskocher dabei.

DAS NETZ

Für das Kind
Chakib Bouzeid

Er ging den ganzen Strand entlang, bis er zu den Fischerbooten gelangte, die auf dem Trockenen lagen. Vier oder fünfmal würde er ihn noch abschreiten, jedesmal in einem weiteren Bogen. Er würde weitermachen, bis er den ganzen Abschnitt, wo die Sommergäste hinkamen, abgesucht hätte.

Er fand einen Fingerring aus Plastik, der aber für seine mageren Finger zu groß war. Er steckte ihn in die Tasche. Vielleicht konnte er ihn in der Stadt verkaufen. Andere Sachen aus Plastik, die er hier gefunden hatte, hatte er schon seinen Freunden im Armenviertel angedreht.

Da war ein Plastikschnuller. Er wusch ihn mit Meerwasser, dann bekam er Lust, ihn in den Mund zu nehmen und daran zu saugen. Seine Mutter ging jeden Tag zum großen Souk, wo sie stundenlang mit den anderen arbeitsuchenden Frauen herumstand, bis jemand kam und eine von ihnen für eine Arbeit mit nach Hause nahm. Wenn er zurückkam und sie dort antraf, gab sie ihm manchmal einen Brotfladen mit Öl und Zucker.

Eine einzelne Gummisandale war halb im Sand vergraben. Sein Herz hüpfte, und seine Augen weiteten sich vor Freude. Er steckte den Schnuller in die Tasche seiner geflickten Hose. Er zog den Schuh heraus. Er war weiß und noch ganz gut. Er begann bald mit den nackten Füßen, bald mit den Händen in der Gegend herumzuwühlen. Das untersuchte Stück Strand wuchs in die Länge und Breite. Ihm wurde übel von der Sonne. Sein schmales, bleiches Gesicht war schweißüberströmt. Seine Glieder erschlafften. Die Fußspitzen schmerzten ihn vom Wühlen im Sand und wegen der vielen darin vergrabenen, harten Gegenstände. Er ging zum Wasser und wusch sich Gesicht und Arme. Eine Mineralwasserflasche aus Plastik wurde von den Wellen umhergetrieben. Er fischte sie heraus: leer. Er schraubte den Deckel ab und pinkelte hinein. Dann verschloß er sie wieder. Er trat etwas zurück, atmete tief ein und warf sie dann mit Anlauf hinaus, so weit er konnte. Sie versank erst und tauchte dann wieder auf. Das dämpfte seinen Zorn etwas und linderte die Müdigkeit.

In der Ferne kamen Leute über den Strand, um zu schwimmen oder um sich im Sand auszustrecken. Das letzte Restchen Sommer — und die letzten von diesen Ausländern, die das Meer so gerne mochten.

Lauter nutzloses Zeug oder Bruchstücke, die man nicht verkaufen konnte. Er nahm den Schuh und ging. Unterwegs fand er einen kleinen Plastikeimer ohne Henkel, der auf der Seite geborsten war. Er steckte seinen Schuh hinein. Nun ging er planlos herum. Die vergebliche Suche nach der zweiten Sandale hatte an seinen Kräften gezehrt. Und er hatte noch nicht einmal gefrühstückt. Er beschloß, die Jagd auf Fundgegenstände abzukürzen. Seine Mutter hatte einmal gesagt: »Die Leute verlieren und vergessen nichts mehr. Und wenn etwas liegenbleibt, so ist es meist wertlos. Die Dinge, die du findest, wollten die bloß loswerden.«

Abfall läßt sich nicht verkaufen. Abfall kann man nicht essen. Auf Abfall gibt keiner etwas. Aber er fand keine andere Arbeit, als im Sommer jeden Morgen und manchmal auch am Abend an den Strand zu kommen.

Er hatte einst zu seiner Mutter gesagt: »Ich werde ein Fischer sein, wie mein Vater, wenn ich groß bin.« Der Vater war jung ertrunken, zusammen mit zwei anderen, als ihr Fischerboot kenterte.

Ein kleiner Plastikfisch. Er hob ihn auf, schaute ihn an. Dann legte er ihn achtlos in den Eimer. Heute raubte ihm der Hunger jede Aufmerksamkeit für diese unbedeutenden Dinge, die ihn manchmal so sehr amüsierten.

Fischer holten eben ihr großes Netz aus dem Wasser. Sie zogen mit aller Kraft an den Seilen und beugten sich zurück, bis sie fast stürzten. In ihrer Anstrengung glichen sie Bäumen, die sich dem Wind entgegenstemmten. Bewundernd schaute er ihnen zu. Am liebsten hätte er mitgezogen an dem Seil, von dem bei jedem Ruck ganze Wassergirlanden herunterplätscherten. Was da aus dem Meer herauskam, lenkte ihn von der Suche im Sand ab. Die Fische zappelten im Netz und sprangen blitzend empor. Einige konnten sich befreien und glitten ins Wasser zurück.

Er ließ seinen Eimer fallen und half, die aus dem Netz herausgesprungenen Fische einzusammeln. Keiner hatte etwas gegen seine Hilfe einzuwenden. Sie waren recht einsilbig, und wenn einer etwas sagte, so schrie er laut — um ebenso schnell wieder in Schweigen zu versinken. Es waren immer Vorwürfe wegen der Art, wie sie ihr Netz herauszogen. Er half ihnen auch beim Sortieren der Fische. Er bemerkte, daß er die zappelnden Fische mit der gleichen Geschicklichkeit wie die andern packen konnte. Der große Haufen schwand, während die kleinen, verlesenen

Haufen rings um ihn wuchsen. Die Fische wanden sich und zappelten in seiner Hand, während er verbissen weiterarbeitete.

Ein kleiner Salm hatte eine besonders schöne Farbe. Er legte ihn zur Seite, wo er immer noch wild mit dem Schwanz schlug. Einer der Männer gab ihm eine Handvoll der kleineren Fische. Er legte seinen Lieblingsfisch zu den anderen. Dessen Zappeln erlahmte allmählich. Da nahm er ihn, trug ihn zum Wasser und setzte ihn sorgsam aus. Er tauchte unter und kam wieder hoch wie ein Korken. Er überließ den Fisch, der die Orientierung verloren hatte, dem Spiel der Wellen und ging zu seinen anderen Fischen zurück.

Er war ein bißchen traurig wegen jenes schönen Fisches. Er grub ein Loch in den Sand und steckte den Schuh hinein. Die Fische und das Plastikfischlein warf er in den Eimer. Beim Verlassen des Strandes achtete er nicht mehr auf den Sand, der ihm die Fußsohlen verbrannte. All das darin vergrabene Zeug war ihm egal. Er schaute auf die Fische im Eimer, den er mit beiden Armen umfaßte. Einige waren immer noch am Leben.

In der Nähe eines Schwimmbeckens sah er eine Katze dösen. Er nahm den Spielzeugfisch und warf ihn ihr hin. Wie elektrisiert setzte sich ihr Körper in Bewegung. Sie warf sich auf das Fischlein, beschnupperte und leckte es, drehte es mit den Pfoten um. Sie warf einen angstvollen Seitenblick auf ihn und schaute den Spielzeugfisch voller Befremden an. Da warf er ihr einen richtigen Fisch zu. Sie ließ den steifen Fisch liegen und kroch mit dem anderen davon, unter das Schattendach des Schwimmbeckens. Er ließ den Plastikfisch liegen und ging.

Wir kamen in die Gegend von Azro. Das heißt in der Berbersprache Stein. Alles war mit Schnee bedeckt. Da waren zwei Raben. Das Weibchen duckte sich ein wenig in den Schnee, das Männchen, das auf ihm ritt, deckte es mit gespreizten Flügeln.

Rachid sagte: »Der Täuberich fliegt vor Lust nach der Paarung.«

»Vielleicht ist der Rabe vom Geist des Teufels besessen.«

»Ich kenne die Tauben besser als die Raben.«

Die Erscheinung dauerte nur einen Augenblick. Ich hatte nicht gewußt, daß Raben auch im Schnee leben. Ob sie sich vom sauberen Weiß des Schnees abheben wollten, oder ob sie hierherkamen, um sich vom Staub zu reinigen? Wir hatten noch keinen anderen Vogel gesehen.

Wir kamen nach Dayiat Aoua. Ich erkundigte mich nach der Bedeutung des Namens. Mustafa sagte: »Dayiat heißt See, und Aoua kommt von Aoua dh-Dhib, das ist der Name eines Vogels, der an der Uferböschung lebt.«

»Ich habe schon gehört, Aoua sei der Name des Mädchens gewesen, das sich hier mit ihrem Geliebten getroffen habe. Später seien die beiden getrennt worden. Aus lauter Liebeskummer sei er gestorben, und sie habe geweint, bis sie blind wurde, und aus ihren wunderkräftigen Tränen sei der See entstanden. So erklärte es Rachid.«

Der Himmel senkte sich auf die Gegend, durch die wir fuhren, und es schneite. Die Straße war schlecht.

Ich schwieg. Die Schneeflocken wurden am Kühler aufgewirbelt, als würden wir durch Beete von weißen Blumen fahren, dann verschwanden sie.

Mustafa sagte: »Meine Füße sind starr vor Kälte.«

Ich sagte: »Wir trinken Cognac, wenn wir ankommen.«

Der Schneesturm wurde stärker. Streckenweise standen die Bäume zu unserer Linken dichter, dort lag mehr Schnee und mehr Staub. Jedesmal wenn Mustafa Gas gab, drehten die Räder durch. Er fuhr langsamer und sagte: »Diese Gegend ist berüchtigt für ihre vielen Verkehrsunfälle.«

Da waren Steinhäuser. Mageres Vieh suchte mit Nase und Hufen zwischen den Steinen nach halb vergrabenen Kräutern. Raben saßen auf den Leitungsmasten. Wir hörten ein Krächzen. Ich stellte mir einen weißen Raben vor und dachte an den Täuberich, der nach der Paarung von Lust erfüllt war.

Eine Frau stand mit ausgebreiteten Armen auf der Schwelle ihres Hauses und schaute in die Ferne. Sie trug ein dünnes, grünes Kleid. Um den Kopf hatte sie ein gelbes, mit anderen Farben gesprenkeltes Tuch geschlungen.

Ich sagte: »Mit dieser leichten Kleidung widersteht sie der Kälte.«

Rachid meinte: »Sie sind das gewohnt. Ich war drei Jahre lang in Ifrane. Das heißt auf berberisch Grotten. Da habe ich Leute gesehen, die in Regen und Schnee barfuß gingen.«

Wir waren angekommen. Der Wagen hielt auf einem schlammigen Platz. Überall waren Pfützen. Wir betraten ein kleines Café. Mitten im Raum stand ein alter gußeiserner Holzofen. Eine dunkelhäutige Frau im reifen Alter bediente. Sie trug Berberkleider in leuchtenden Farben. Auch ein junger Mann mit einer weizenfarbigen Haut war da. Wir bestellten Cognac. Sie sagte: »Wir haben Negrita-Rum.«

Zwischen ihren gesunden Zähnen, die noch nicht gelb geworden waren, hatte sie drei Goldzähne. Wir bestellten Kaffee und Rum. Die anderen Gäste waren still. Sie sahen aus, als kämen sie aus einer Kohlengrube, ohne sich gewaschen zu haben. Sie schauten uns gespannt an. Einer von ihnen verlangte ungeduldig einen Ricard. Die Frau sagte ruhig: »Er ist ausgegangen.«

»Er ist nur ausgegangen, weil ich jetzt einen bestellt habe.«

Sie zeigte ihm die Flasche. Da war nicht mehr genug darin, um eines unserer kleinen Gläser zu füllen.

Mit der gleichen Hartnäckigkeit sagte er: »Das macht nichts, schenk mir das Schlückchen ein und bring mir noch ein Bier!«

Sie brachte Gläser.

Er sagte: »Nichts für ungut.«

»Schon recht.«

Ich ging zum Ofen, setzte mich auf einen Stuhl und zog die Schuhe aus. Ich hielt die Füße an die Öffnung, aus der das Feuer schlug. Dampf stieg aus meinen Strümpfen auf. Mustafa tat es mir nach. Als wir uns aufgewärmt hatten, gingen wir zurück und leerten unsere Gläser. Sie verfolgten jede einzelne unserer Bewegungen. Draußen sagte ich: »Mit ihren Blicken haben sie uns fast die Haut abgezogen. Die haben nichts für Fremde übrig.«

Mustafa sagte: »Das ist nicht wahr, du kennst sie bloß nicht. Sie sind friedfertig und tapfer. Ihre Aufmerksamkeit hat uns nur aufgeregt, weil wir fremd sind.«

Ich erkundigte mich nach einem Ort namens Panorama von Lalla Yettou. Mustafa sagte: »Das ist nicht weit weg von dem Dorf. Aber bis wir da hinkommen, sind wir starr vor Kälte.«

»Ich habe eine Geschichte darüber gehört, aber ich erinnere mich nicht mehr richtig.«

»Yettou war eine Widerstandsführerin.«

»Eine Partisanin?«

»Ihr Vater war schon ein Anführer. Er kämpfte gegen die französischen Kolonialisten. Als er umkam, trat sie seine Nachfolge an.«

»Aber Yettou lebte doch vor sehr langer Zeit?«

»Ich meine die Yettou aus der Kolonialzeit. Sie verhafteten sie zusammen mit ihrem kleinen Sohn, wie es heißt. Als sie sich weigerte, die Verstecke der Partisanen zu verraten, folterten sie ihren Sohn vor ihren Augen. Aber sie blieb fest. Da vergingen sie sich an ihr, bis das Blut zwischen ihren Beinen herausfloß. Aber sie blieb fest. Da schnitten sie ihr die Brüste ab. Aber sie blieb fest. Da ermordeten sie sie, wie zuvor ihren Sohn.«

Rachid sagte: »Ich habe gehört, sie sei als Jungfrau erschossen worden, als sie noch nicht zwanzig war.«

Ich sagte: »Ich habe gehört, Lalla Yettou sei eine Schutzherrin mit Zauberkräften, und ihre Geschichte drehte sich um einen Wolf und einen vorbeikommenden Bauern, den sie verzauberte, als er den Wolf angriff.«

Wir kamen durch schmutzige, schlammige Gassen mit zerfurchtem Belag; die Wände der dunklen Häuser bröckelten ab. In einem Loch lag eine Ratte, der das Gekröse halb aus dem Bauch hing.

Die Passanten sprachen Chleuh. Ich konnte einige Worte aufschnappen, die meinem Dialekt vom Rif glichen. Ein kleines Kind lehnte sich an eine alte Wand und weinte verzweifelt. Rachid fragte es: »Was hast du?«

Der Kleine schaute ihn schluchzend, aber wortlos an. Ich sagte: »Laß ihn, er klagt sicher um Brot.«

»Wann finden wohl die Klagen um Brot ein Ende?«

»Wenn die Armen sterben ... oder dann die Reichen.«

Wir kehrten zum Platz zurück. Ich sagte: »Wir haben noch keine hübsche Frau gesehen.«

Rachid sagte: »Ihre unglückliche Geschichte hat sie entstellt.«

Mustafa sagte: »Die hübschen Mädchen wandern in die wirtlicheren Städte ab.«

Wir stiegen zum Viertel am Fuße des Hügels empor. Wir fragten ein Kind nach dem Namen.

»Das ist El Kechlah. Das heißt Kaserne.«

Das Kind trug zwei Plastik-Kanister. Wir fragten, was darin sei.

»Wasser.«

»Habt ihr denn kein Wasser im Haus?«

»Noch nicht. Wir holen es im Dorf. Erst drei Häuser sind an die Leitung angeschlossen.«

Es zeigte auf einen Neubau.

»Das ist eines davon.«

»Was macht der Eigentümer?«

»Er ist bei der Wasser- und Elektrizitätsgesellschaft angestellt.« Das Kind ging gebeugt auf dem gewundenen Weg weiter. Schnee bedeckte den Hügelrücken. Wir gingen wieder zum Platz hinunter. Einen Augenblick betrachteten wir den Felssporn des Dorfes, dessen Vorsprünge mit Schnee bedeckt waren.

Rachid sagte: »Im Sommer ist dort oben ein kleiner Markt. Die Leute steigen der Kühle wegen hinauf.«

Auf dem Rückweg machten wir in Ifrane Halt. Wir aßen etwas in einem gut geheizten Restaurant. Der Inhaber kannte Rachid. Er war aus Fes. In der hintersten Ecke des Saales saßen zwei seiner Söhne, die lasen und schrieben, während ihr älterer Bruder die Gäste bediente. Er hatte gerade Schulferien. Bald regnete, bald schneite es. Kinder tummelten sich im frischen Schnee. Sie gruben darin, rollten ihn zu Kugeln und bewarfen einander damit. In der ganzen Ortschaft sahen wir keinen einzigen Polizisten. Ich sagte zu Rachid: »Das ist ein beispielhafter Ort. Seine Ruhe verlockt, hier zu bleiben bis zum Tod.«

»Das sagte ich mir auch, als ich zum erstenmal herkam, aber nach einigen Wochen überfiel mich eine schreckliche Einsamkeit. Jedes Wochenende fuhr ich in andere Städte. Im Winter ist es ein toter Ort, während uns im Sommer alle die überschwemmen, die nicht um ihr Brot weinen müssen. Seltsam war, daß ich hier in den drei Jahren meines Aufenthaltes keine einzige Beerdigung sah. Als ob die Leute hier nicht stürben. Vielleicht werden sie aber auch insgeheim begraben.«

Rachid fuhr uns zu Leuten, die er kannte und begrüßen wollte. Bald kam er wieder aus dem Haus und lachte.

»Sie waren alle im Bett. Die älteste Tochter ist aufgewacht und hat mir aufgemacht. Ich will nicht, daß sie ihre Mutter und ihre Geschwister weckt. Es sind fünf Waisen, drei Mädchen, die älteste etwa fünfzehn, und zwei ältere Brüder.«

Mustafa warf ein: »Aber es ist doch erst sechs Uhr.«

»So sind ihre Gewohnheiten hier. Vielleicht wachen sie auch alle auf einmal um zwei oder drei Uhr morgens auf, um etwas zu essen, dann legen sie sich wieder hin. Wenn der Älteste sich nicht daran hält, protestiert der Nächstjüngere; und die Jüngeren werden bei Verfehlungen in einer eigens einberufenen Familiensitzung bestraft.«

»Und wovon leben sie?«

»Die Mutter und die zwei Brüder arbeiten, die beiden jüngeren Mädchen gehen in die Schule, und die ältere kümmert sich um den Haushalt, seit sie sie aus der Schule genommen haben.«

Ich sagte: »Also selbst in dieser Ortschaft gibt es Arme.«

»Die wirklich Armen siehst du gar nicht, die wohnen außerhalb der Mauern. Früher waren sie in ihren Hütten, dann baute man ihnen niedrige Häuser, damit sie das Stadtbild nicht verschandeln, wenigstens in den Augen der Reichen.«

In Imouzar hielten wir nochmals an. Das heißt in der Rif-Sprache verrückt, und auf Chleuh bedeutet es Kraushaar. Wir gingen zu den Höhlen der Huren. Einige von ihnen standen davor.

Es herrschte beißende Kälte. Einige trugen ihr durchsichtiges Nachthemd über Pullover und Rock oder wollenen Hosen. Manche riefen uns zu, wir sollten eintreten. Wir berieten uns. Ich wollte nicht, Rachid zögerte, während Mustafa unbedingt hineingehen wollte, um einen Eindruck von ihrem Leben in diesen Nestern zu bekommen. Aus der Decke jeder Höhle ragte ein rauchender Kamin.

Mustafa sagte: »Das sind geheizte Höhlen. Einige sind vielleicht ganz gut eingerichtet.«

Ihre Gesichter waren mit Puder bedeckt, und die Lippen waren mit billiger, tiefroter Farbe geschminkt. Ihre Hände waren gekrümmt. Verschiedene hatten tätowierte Wangen, mit Zeichen wie kleine Kreuze. Bei den meisten begann die Zeichnung über dem Kinn und verschwand im Ausschnitt.

Ich fragte mich, ob dies ein religiöser Brauch sei.

Mustafa sagte: »Gehen wir hinein und trinken Tee.«

Ich warf ein: »Das hat doch keinen Sinn, es gibt da nichts Interessantes.«

Junge Dorfbewohner gingen auf den Wegen vorbei, blieben stehen oder verschwanden in Häusern und Höhlen, manchmal kamen sie wieder heraus. Die Dämmerung begann die Gegend einzuhüllen, es wurde kälter. Die Vorübergehenden erschienen wie Schatten in der Ferne.

Zu einer, die vor der Schwelle einer offensichtlich neueren Höhle stand, sagten wir: »Ziemlich kalt, was?«

Sie sagte: »Ein wenig.«

»Gibts bei euch Musik und Gesang?«

»Wenn ihr bezahlt, organisieren wir alles.«

»Bist du allein, oder sind noch andere Frauen da?«

»Ich bin allein, aber alles läßt sich machen.«

Sie prüfte uns mit ruhigem Blick. Wir sprachen nichts mehr. Ich sagte: »Gehn wir! Wir haben genug mit ihr gescherzt. Wir vermehren nur ihr Elend. Die verfluchen uns gewiß, weil wir nicht hereinkommen und nicht verschwinden.«

Mustafa fragte Rachid: »Sind sie gut im Bett?«

»Solange sie nüchtern sind, ziehen sie kaum die Kleider aus. Da heben sie den Rock hoch und sagen, los, da bin ich. Wenn sie aber getrunken haben, küssen und liebkosen sie dich wie in den wirtlichen Städten.«

Ich fragte: »Dann gibt es also nur das Vergnügen des einen Mundes?«

»Im Sex haben sie noch nicht diversifiziert.«

Wir verließen die schlammige Straße und erklommen eine Treppe zum Café. Wir fragten den Kellner, der herauskam, ob drinnen geheizt sei.

»Wir bieten alles.« Nach dieser Auskunft fügte er hinzu: »Ich gehe wieder hinein.«

Fünf der Frauen saßen um den Ofen mitten im Raum. Sie klatschten miteinander und rauchten nervös. In einer Ecke saßen zwei Männer. Wir bestellten Kaffee. Die Frau hinter dem Buffet war schön, auch ohne Schminke, aber es schien, als hätte sie ihr Leben lang nie gelächelt. Während sie die Kaffeemaschine bediente, blickte sie uns durchbohrend an. Ich fragte mich, warum dieses spröde Gehabe sein müsse. Eine der Frauen trat zu ihr und flüsterte ihr etwas zu. Die Frau am Buffet sagte: »Er trödelt jedesmal, dieser Esel, sogar wenn er nur zum Werben an die Tür geht.«

Mir schien, sie hatte einen stinkenden Wind fahren lassen, als sie den Kellner einen Esel schimpfte. Ich flüsterte Rachid ins Ohr: »Zahlen wir und lassen den Kaffee stehen!«

»Warum? Was hast du?«

»Ihr Kaffee wird mir Bauchschmerzen bereiten, ganz sicher.«

»So sind die Leute hier eben, im Grunde sind sie gut. Sie verteilen nur keine Komplimente.«

»Sie spritzt Gift und Galle aus dem Mund.«

Wir bezahlten und dankten ihr. Sie maß uns wieder mit ihren Blicken, die anderen genauso.

Draußen sagte ich zu Rachid: »Die Geschichte vom fröhlichen Dasein in den Ortschaften, die wir gesucht haben, ist eine große Lüge.«

»Sie sind elend. Und wir haben keine einzige von ihnen zu einem Glas eingeladen. Ihr Leben ist ein einziges großes Anmachen, und nur der hereinkommende Dirham befruchtet es.«

Gerade da ging eine vorbei. Wir schauten sie prüfend an. Ihr Körper sah oben wie unten anstößig aus. Mit lächelnden Blicken lud sie uns wieder in das Café ein, das wir eben verlassen hatten.

Mustafa machte sich am Kofferraumschloß des Wagens zu schaffen, um sicherzugehen, daß man uns nicht bestohlen hatte. Als er den Deckel nicht aufbekam, sagte er: »Sie haben irgend etwas ins Schlüsselloch gesteckt und es abgebrochen.«

Ich sagte: »Fahren wir ab, bevor etwas Unangenehmeres passiert. Wir machen es dann in Fes auf. Ich hasse diese unwirtliche Seite Marokkos.«

Rachid sagte: »Hier stiehlt man nicht.«

»Und was ist hiermit?«

»Es müssen Kinder gewesen sein.«

»Aber wir haben keine Kinder gesehen. Sogar als wir ins Dorf kamen, waren keine da.«

»Es sind eben die Kinder der Nacht. Wir können sie nicht sehen, aber sie uns.«

Die Menge wartet auf den Zug der Dichter. An der Hauptstraße steht eine Bühne auf dem Gehsteig, oben liegen auf einem Tisch Bücher mit den Nummern der Dichter. Daneben steht eine Mülltonne. Die Masse steht schweigend, dichtgedrängt. Die Leute beugen sich vor und recken die Hälse, um die Straße hinunterzuspähen. Das Gedränge nimmt zu. Sie hängen und kleben zusammen über dem Asphalt. Sie flüstern miteinander.

Da kommt der Dichterzug in Sicht. Er ist von Wächtern begleitet.

»Sechs Dichter.«

»Sieben!«

»Nein, acht. Neun. Neun Dichter sind es!«

Die Blicke der Menge begegnen den Blicken der Dichter, die Augen der Dichter ruhen in den Augen der Menge.

»Sieh, wie lang ihre Haare und Bärte sind.«

»Sicher waren sie an einem Ort gefangen, wo sie kaum die Sonne sahen und kaum Luft zum Atmen hatten.«

Eine Menschenmenge dieser Art hat es hier noch nie gegeben. Das darüber lastende Schweigen ist an diesem Tag von besonderer Menschlichkeit. Sogar die Schritte der Wächter und der Dichter sind deutlich zu vernehmen. Die Leute trauen ihren Augen kaum. Auch die Kinder sind ganz still. Ihre Münder stehen offen. Irgendein Säugling beginnt zu weinen. Die Frau nebenan legt ihm sofort die Hand auf den Mund und ermahnt ihn zum Schweigen. Die Dichter tragen einen schwarzen Überwurf, der vorn und hinten mit einer großen, weißen Nummer versehen ist. Vier der Wächter steigen die hölzernen Treppenstufen zu der Bühne hinauf, dahinter der Zug der Dichter und der Rest der Wachen. Die Wächter stellen sich in einer Reihe vor dem Volk auf. Dann ruft der Kommandant den Dichter Nummer eins auf.

»Tritt vor und wirf deine Bücher in die Tonne!«

Der Dichter verharrt bewegungslos. Der Wächter wiederholt seinen Befehl ein zweites und ein drittes Mal mit lauterer Stimme — ohne Erfolg. Drohend blickt er auf den Dichter Nummer eins. Dann gibt er dem Bücher-Abfuhrmann einen Wink. Der tritt vor und nimmt zwei Bücher in die Hand, auf die in weißer Farbe auf schwarzem Papier eine Eins gemalt ist. Mit Hingabe wirft er sie in die Mülltonne.

Die Stimme des Ersten Wächters wird zorniger mit jeder Nummer, die er aufruft. Der Bücher-Abfuhrmann spuckt auf einen Band, bevor er ihn in die Tonne wirft. Die Menge wird unruhig, die Kinder beginnen zu weinen, Protest wird laut. Der Erste Wächter flüstert etwas ins Ohr des Abfuhrmannes. Alle Dichter haben sich geweigert. Dann herrscht wieder Schweigen. Die Blicke der Dichter begegnen den Blicken der Menge, die Augen der Masse ruhen in den Augen der Dichter.

Und wie sie hinaufgeklettert sind, steigen sie wieder von der Bühne herunter, um dorthin zurückzukehren, woher sie gekommen sind.

ENDE

WORTERKLÄRUNGEN

Anmerkung zur Transkription der arabischen Namen und Wörter. Man kann Menschen nicht darin korrigieren, wie sie ihre eigenen Namen schreiben, wenn sie selber ihr amtliches Dasein nicht nur in arabischen Lettern, sondern zugleich auch in unserer lateinischen Schrift führen. Darum sind sämtliche Personennamen und — der Einheitlichkeit halber — alle geographischen Namen sowie einige Sachbezeichnungen des marokkanischen Dialekts in der lokal üblichen, frankophonen Transkription wiedergegeben. Alle übrigen im hocharabischen Wortlaut übernommenen Textstücke und Wendungen dagegen sind, um das Lesen zu erleichtern, in einer leicht modifizierten Duden-Transkription wiedergegeben.

Aita	Kartenspiel.
Al-Hamdulillah	Lob sei Gott, gottlob.
Al-la'ana alaihi	Fluch über ihn! Verflucht sei er!
Baissar	Bohnensuppe.
Bismillah	Im Namen Gottes.
Bismillah ar-rahmani ar-rahimi	Im Namen des barmherzigen und gnädigen Gottes.
Darabukka	Arabische Handtrommel
Dfin	Umhang aus leichtem Material, von den Frauen über dem Kaftan getragen.
Dschinn, Dschinnija	Dämon, Dämonin.

Fendouk	Herberge.
Hadith	Korpus der überlieferten mündlichen Äußerungen des Propheten, die nicht geoffenbartes Wort sind.
Harira	Dicke Gemüsesuppe.
Id El Kebir	Auch: *Id al-adha;* der große Bairam, das Fest des Schlachtopfers; wichtigstes Fest im Islam, dessen vorislamische Tradition auf das Opfer Abrahams zurückgeht.
Jal'an dinak (dinhum)	Verflucht sei deine (ihre) Religion.
Kif	Marihuana, »Gras«.
Khmissa	Ein Amulett.
Kuhl	Antimonpulver, als Kosmetikum verwendet.
Mahia	Schnaps aus Feigen oder Datteln.
Majoun (El Hachich)	Haschischgebäck.
Ma schaa 'l-lah	Was immer Gott will.
Rahmatullah alaihi	Die Gnade Gottes sei mit ihm.
Rifi, der	Kabyle des Rif-Gebirges (Berber).
Rifi, das	Berberdialekt des Rifs.
Souk	Markt.
Tajine	Fleisch-, Geflügel-, Fischeintopf, mit Kartoffeln und Gemüse.

Zocco Chico — Arabisch: Souk El Dakhili, »der innere Markt«, weil innerhalb der Stadtmauern in der Medina gelegen; zur Zeit der internationalen Verwaltung in Tanger das Zentrum der Halbwelt.

INHALT

Das Nackte Brot von Mohamed Choukri ist erstmals am 15. November 1986 als dreiundzwanzigster Band der Anderen Bibliothek erschienen.

Mohamed Choukri schrieb seinen autobiographischen Roman in den Jahren 1972–1973 in arabischer Sprache. Veröffentlicht wurde er zum erstenmal 1973 in einer englischen Version von Paul Bowles. In arabischer Sprache erschien das Buch unter dem Titel *Al-chubzu 'l-hafi* zuerst 1982 im Eigenverlag in Casablanca. Die Übersetzung aus dem Arabischen besorgte Georg Brunold.

Die Geschichten »Bachir lebendig und tot«, »Der Rosennarr«, »Der Sarg«, »Es ist verboten, von den Fliegen zu reden«, »Mutterschaft«, »Das Netz«, »Die Dichter« sind dem Band *Madschnunu 'l-ward* (Der Rosennarr) entnommen, der zuerst 1979 in Beirut erschien. Die Geschichten »Die Sandalen des Propheten«, »Der Kaugummi und der Sommer«, »Das Unmögliche«, »Aicha«, »Das Zelt«, »Das kleine Paradies«, »Die seltsame Leiche«, und »Azro« stammen aus dem Band *Al-chaima* (Das Zelt), der zuerst 1985 in Casablanca erschien. Die Geschichten »Bachir lebendig und tot«, »Die Sandalen des Propheten« und »Der Kaugummi und der Sommer« übersetzte Georg Brunold, alle übrigen Viktor Kocher.

Sie sind am Ende der Lektüre einer ERFOLGSAUSGABE der ANDEREN BIBLIOTHEK angelangt. Diese ERFOLGSAUSGABE wurde auf modernen Produktionsanlagen hergestellt und unterscheidet sich deutlich vom Erstdruck.

Was ist die ANDERE BIBLIOTHEK?

Die ANDERE BIBLIOTHEK ist, wie die Frankfurter Allgemeine Zeitung schrieb, »eine Buchreihe, die ihresgleichen sucht«. In ihr erscheinen seit Anfang 1985 »ebenso gute wie schöne Bücher«, Monat für Monat ein Band; ausgewählt und herausgegeben von Hans Magnus Enzensberger unter dem Motto: »Wir drucken nur Bücher, die wir selber lesen möchten.«

In der ANDEREN BIBLIOTHEK wurden bedeutende literarische Entdeckungen wie der Roman »Die letzte Welt« von Christoph Ransmayr oder die Erzählungen »Fromme Lügen« von Irene Dische vorgestellt. Isaak Babels berühmte Erzählungen sind in der ANDEREN BIBLIOTHEK ebenso zu finden wie die frivolen »Blitzlichter« der Brüder Goncourt (in der brillanten Übersetzung von Anita Albus) oder Seumes »Spaziergang nach Syrakus im Jahre 1802«.

Die ANDERE BIBLIOTHEK ist längst auch zum Liebhaberobjekt für Sammler, Bibliophile und leidenschaftliche Leser geworden. Sie wird von Franz Greno kunstvoll ausgestattet und in der handwerklichen Tradition Gutenbergs nach den Regeln der ›Schwarzen Kunst‹ in der Nördlinger Buchdruck-Werkstatt gedruckt. Jeder Band bietet individuelle Typographie. Es wird eigens für die ANDERE BIBLIOTHEK entwickeltes holz- und säurefreies Papier der Papierfabrik Niefern verwendet.

Jeder Band der ANDEREN BIBLIOTHEK wird im Buchdruckverfahren vom Original-Monotype-Bleisatz auf der Condor Schnellpresse gedruckt; wenn die Erstauflage fertiggestellt ist, wird der Bleisatz eingeschmolzen.

Die limitierte Buchdruck-Ausgabe der ANDEREN BIBLIOTHEK ist in zwei Varianten erhältlich:

1. Normalausgabe

Hiervon werden in der Regel zwischen acht- und zwölftausend Exemplare aufgelegt.

Ausstattung: Solider, schöner Einband mit eigens gefertigten Überzugspapieren, bewährter Fadenheftung, Lesebändchen, Rückenschild mit goldener, geprägter Schrift. Die Buchbindearbeiten besorgt G. Lachenmaier in Reutlingen.

Jeder Band der Normalausgabe kostet 36 DM.

2. Leder-Vorzugsausgabe

Die Leder-Vorzugsausgabe ist numeriert und auf 999 Exemplare limitiert.

Ausstattung: Flexibler Einband aus lindgrünem, rein pflanzlich gegerbtem, ostindischem Ziegenleder — von Hand ausgeführt bei G. Lachenmaier in Reutlingen. Fadenheftung, Lesebändchen, Rückenschild mit goldener, geprägter Schrift. Im Kolophon numeriert.

Jeder Band der Leder-Vorzugsausgabe kostet 128 DM (im Abonnement 98 DM).

Die Bände beider Ausgaben sind sowohl einzeln als auch im Abonnement in jeder guten Buchhandlung erhältlich. Der Verlag erteilt gern weitere Auskunft:

Eichborn Verlag, Sachsenhäuser Landwehr 293,
D-6000 Frankfurt am Main 70, Tel. 069/68 1079,
FAX 069/68 4497.